KB091086

瑣尾錄

쇄미록

쇄미록 6

오희문 吳希文

瑣尾錄

일러두기

1. 이 책은《쇄미록(瑣尾錄)》(보물 제1096호)을 저본(底本)으로 삼아 번역하고 교감·표점한 것이다. 한글 번역: 1~6권, 한문 표점본: 7~8권

2. 각 권의 앞부분에 관련 사진 자료와 오희문의 이동 경로, 관련 인물 설명 등을 편집했다. 각 권의 뒷부분에는 주요 인물들의 '인명록'을 두었다.

3. 이 책의 번역은 원문에 충실하게 함을 원칙으로 하되, 난해한 부분은 독자의 이해를 위해 의역했다.

4. 맞춤법과 띄어쓰기는 한글 맞춤법과 표준어 규정을 따르는 것을 원칙으로 했다.

5. 짧은 주석(10자 이내)의 경우에는 괄호 안에 넣었고, 긴 주석의 경우에는 각주로 두었다.

6. 한자는 필요한 경우에 병기했으며, 운문(韻文)의 경우에는 원문을 병기했다.

7. 원문이 누락된 부분은 '-원문 빠짐-'으로 표기했다.

8. 물명(物名)과 노비 이름은 한글 번역을 원칙으로 하되, 불분명한 경우에는 억지로 번역하지 않고 한자를 병기했다.

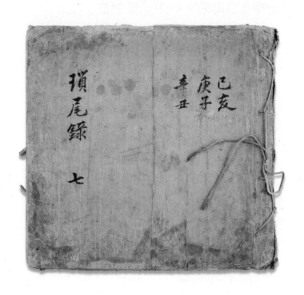

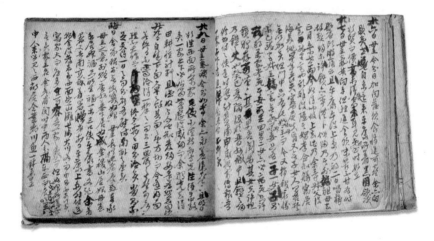

쇄미록 瑣尾錄

《쇄미록》은 오희문이 1591년(선조 24) 11월 27일부터 시작하여 1601년(선조 34) 2월 27일까지 쓴 일기이다. 모두 9년 3개월간의 일기가 7책 815장에 담겨 있다. 국사편찬위원회에서 1962년에 한국사료총서 제14집으로 간행하면서 널리 알려지게 되었고, 1991년에 보물 제1096호로 지정되었다. 해주 오씨 추탄공파 종중 소유로 현재 국립진주박물관에서 대여하여 전시하고 있다.

《쇄미록》은 종래 정사(正史) 종류의 사료에서는 볼 수 없는 생생한 생활기록이 담겨 있는 자료라는 측면에서, 특히 전란 중의 일기라는 점에서 더욱 주목을 받아 왔다. 그 결과 이미 많은 학자들에 의해서 연구가 진행되었다. 사회경제사, 생활사 등 각 부문별 연구 성과는 물론이고, 주제별로도 봉제사(奉祭祀)·접빈객(接賓客)의 일상 생활, 상업행위, 의약(醫藥) 생활, 음식 문화, 처가 부양, 사노비, 일본 인식, 꿈의 의미 등에 대한 연구가 이어지고 있다.

기해·경자·신축년 오희문의 주요 이동 경로

《쇄미록》권7

기해일록

◎ — 1599년 윤4월 29일 한양으로 출발

◎ — 1599년 5월 2일 한양 도착

◎ — 1599년 5월 5일 토당(土塘) 선영에 가서 성묘함

◎ — 1599년 5월 8일 남대문 밖 관왕묘(關王廟) 구경

◎ — 1599년 5월 10일 평강으로 출발

◎ — 1599년 5월 14일 평강 도착

◎ — 1599년 8월 9일 어머니 모시고 한양으로 출발

◎ — 1599년 8월 12일 한양 도착하여 토당(土塘)에 어머니 머물게 함

◎ — 1599년 8월 18일 평강으로 출발

◎ — 1599년 8월 20일 평강 도착

◎ — 1599년 11월 12일 한양으로 출발

◎ — 1599년 11월 15일 한양 도착하여 토당(土塘)에 있는 어머니 뵈러 감

◎ — 1599년 11월 23일 평강으로 출발

◎ — 1599년 11월 26일 평강 도착

경자일록

◎ — 1600년 2월 18일 한식날 제사 지내러 한양으로 출발(어머니 뵈러 감)

◎ — 1600년 2월 20일 한양 도착

◎ — 1600년 2월 29일 평강으로 출발

◎ — 1600년 3월 3일 평강 도착

◎ — 1600년 8월 15일 한양으로 출발(어머니 뵈러 감)

◎ — 1600년 8월 19일 한양 도착

◎ — 1600년 8월 27일 평강으로 출발

◎ — 1600년 8월 29일 평강 도착

신축일록

*오희문의 마지막 여정

◎ — 1601년 2월 22일 평강 출발, 말지령(末之嶺, 末支嶺)을 넘어 철원 백악촌(白岳村) 도착

◎ — 1601년 2월 23일 철원 양태항촌(兩胎項村) 유숙

◎ — 1601년 2월 24일 가사야(袈裟野) → 대탄(大灘) → 가정자(稼亭字, 柯亭子里) 유숙

◎ — 1601년 2월 25일 천천촌(泉川村, 泉川里) 도착 유숙

◎ — 1601년 2월 26일 누원(樓院) → 한양 도착

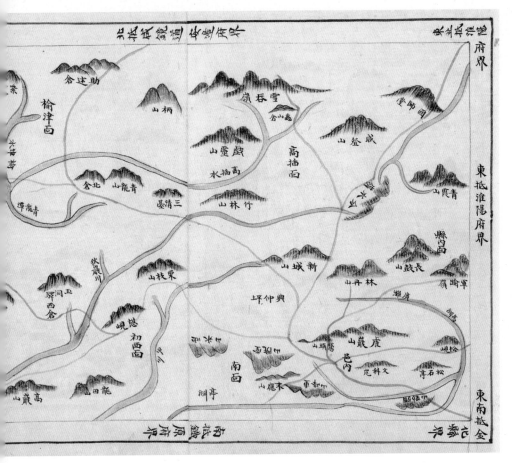

강원도 평강현의 그림식 지도 (서울대학교 규장각한국학연구원 소장 《관동읍지》 권3)

오희문의 가계도와 주요 등장인물

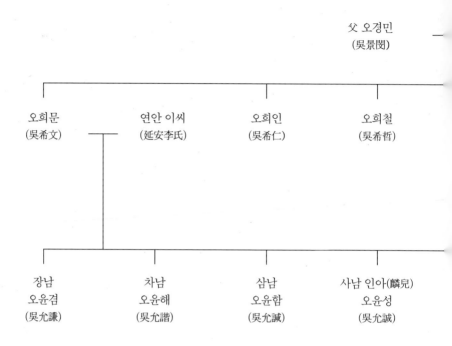

父 오경민
(吳景閔)

오희문　　　　　연안 이씨　　　　오희인　　　　　오희철
(吳希文)　　　　(延安李氏)　　　　(吳希仁)　　　　(吳希哲)

장남　　　　　　　차남　　　　　　삼남　　　　　　사남 인아(麟兒)
오윤겸　　　　　　오윤해　　　　　　오윤함　　　　　　오윤성
(吳允謙)　　　　　(吳允諧)　　　　　(吳允誠)　　　　　(吳允誠)

오희문(吳希文)　　일록의 서술자. 왜란 이전까지 한양의 처가에 거주하였다. 노비의 신공(身
貢)을 걷으러 장흥(長興)과 성주(星州)로 가는 길에 장수(長水)에서 왜란 소식을 들었으며,
이후 가족과 상봉하여 부여의 임천(林川)과 강원도 평강 등지에서 함께 피난 생활을 하였다.

오희문의 어머니 고성 남씨(固城南氏)　　남인(南寅)의 딸. 왜란 당시 한양에 거주하다가 일
가족과 함께 남쪽으로 피난하였다.

오희문의 아내 연안 이씨(延安李氏)　　이정수(李廷秀)의 딸이다.

오윤겸(吳允謙)　　오희문의 장남. 왜란 당시 광릉 참봉(光陵參奉)에 재직 중이었으며, 왜란이
일어나자 일가족과 함께 남행하여 오희문과 함께 피난 생활을 하였다. 왜란 중 평강 현감(平
康縣監)에 임명되었고 정유년(1597) 3월 별시문과에 급제하였다.

오윤해(吳允諧)　　오희문의 차남. 오희문의 아우 오희인(吳希仁)의 후사가 되었다. 왜란 당시
경기도 율전(栗田)에 거주하다가 피난하여 오희문과 합류하였다.

오윤함(吳允誠)　　오희문의 삼남. 왜란 당시 황해도 해주(海州)에 거주하고 있었다.

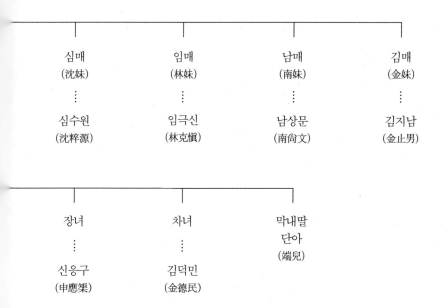

母 고성 남씨
(固城南氏)

심매   임매   남매   김매
(沈妹)   (林妹)   (南妹)   (金妹)

심수원   임극신   남상문   김지남
(沈粹源)   (林克愼)   (南尙文)   (金止男)

장녀   차녀   막내딸
                  단아

신응구   김덕민   (端兒)
(申應榘)   (金德民)

인아(麟兒)　오윤성(吳允誠). 오희문의 사남. 병신년(1596) 5월에 김경(金璥)의 딸과 혼인하였다.

충아(忠兒)　오윤해의 장남 오달승(吳達升)으로 추정된다.

큰딸　일가와 함께 피난 생활을 하다, 갑오년(1594) 8월에 신응구(申應榘)와 혼인하였다.

둘째 딸　일가와 함께 피난 생활을 하였으며, 왜란 이후 경자년(1600) 3월에 김덕민(金德民)과 혼인하였다.

단아(端兒)　오희문의 막내딸. 피난 기간 동안 내내 학질 등에 시달리다 정유년(1597) 2월에 병으로 사망하였다.

오희인(吳希仁)　오희문의 첫째 아우. 왜란 이전에 사망한 터라 거의 언급되지 않는다.

오희철(吳希哲)　오희문의 둘째 아우. 오희문과 함께 어머니를 모시고 피난 생활을 하였다.

심매(沈妹)　오희문의 첫째 여동생으로, 심수원(沈粹源)의 아내. 왜란 이전에 사망한 터라 거의 언급되지 않는다.

임매(林妹) 오희문의 둘째 여동생. 임극신(林克愼)의 아내. 왜란 당시 영암(靈巖) 구림촌 (鳩林村)에 거주하고 있었다. 기해년(1599) 4월경에 병으로 사망하였다.

남매(南妹) 오희문의 셋째 여동생. 남상문(南尙文)의 아내. 왜란 당시 남편과 함께 강원도 에 거주하고 있었으며, 주로 강원도와 황해도에서 피난 생활을 하였다.

김매(金妹) 오희문의 넷째 여동생. 김지남(金止男)의 아내. 왜란 당시 예산(禮山) 유제촌(柳 堤村)에 거주하고 있었다. 갑오년(1594) 4월경에 돌림병에 걸려 사망하였다.

임극신(林克愼) 오희문의 둘째 매부. 기묘년(1579) 진사시에 입격한 바 있으나 그대로 영 암에 거주하던 중 왜란을 겪었으며, 정유년(1597) 겨울을 전후하여 전라도로 침입한 왜군에 게 피살된 것으로 추정된다.

남상문(南尙文) 오희문의 셋째 매부. 왜란 당시 고성 군수(高城郡守)에 재직 중이었다.

김지남(金止男) 오희문의 넷째 매부. 왜란 당시 예문관 검열에 재직 중이었다. 왜란이 일어 나자 의병에 가담하여 활동하였으며, 환도 이후 갑오년(1594) 1월 한림(翰林)에 임명되었다.

신응구(申應榘) 오희문의 큰사위. 왜란 당시 함열 현감(咸悅縣監)에 재직 중이었다. 오희문 의 피난 생활에 물심양면으로 많은 도움을 주었다.

김덕민(金德民) 오희문의 둘째 사위. 왜란 당시 충청도 보은(報恩)에 거주하였으나, 정유년 에 피난 중 왜군에게 가족을 모두 잃고 홀로 살아남았다. 이후 오희문의 차녀와 혼인하였다.

이빈(李贇) 오희문의 처남이며, 왜란 당시 장수 현감(長水縣監)에 재직 중이었다. 왜란 이 전부터 오희문과 친교가 깊었으나 임진년(1592) 11월에 사망하였다.

이귀(李貴) 오희문의 처사촌. 계사년(1593) 5월 장성 현감(長城縣監)에 임명되었으며, 오 희문과 왕래하며 일가를 경제적으로 지원하였다.

김가기(金可幾) 오희문의 벗이며, 김덕민의 아버지, 즉 오희문의 사돈이다. 왜란 당시 금정 찰방(金井察訪)에 재직 중이었다. 갑오년(1594)에 이산 현감(尼山縣監)으로 옮겼으나, 정유 재란 때 가족들과 함께 왜군에게 피살되었다.

임면(任免) 오희문의 동서로 이정수의 막내사위. 참봉을 지냈으며, 갑오년(1594) 1월에 병 으로 사망하였다.

이지(李贄) 오희문의 처남으로 이빈의 아우. 갑오년(1594) 4월에 병으로 사망하였다.

심열(沈說) 오희문의 매부 심수원의 아들. 오희문 일가와 자주 왕래하였다.

소지(蘇騭) 임천에서 오희문의 거처를 마련해 주고 집안일을 거들어 준 인물이다.

허찬(許鑽) 오희문의 서얼 사촌누이가 낳은 조카. 피난 중에 아내에게 버림받아 떠돌다 오 희문에게 도움을 받았으며, 이후 오희문의 집안일을 거들며 지냈다.

신벌(申橃) 신응구의 아버지. 왜란 당시 온양 군수에 재직 중이었다.

이분(李蕡) 오희문의 처사촌이다.

임진왜란 연표

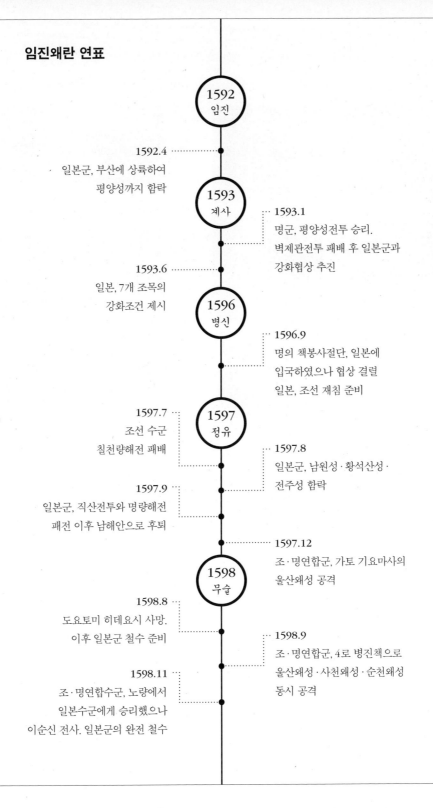

1592
임진

1592.4
일본군, 부산에 상륙하여
평양성까지 함락

1593
계사

1593.1
명군, 평양성전투 승리.
벽제관전투 패배 후 일본군과
강화협상 추진

1593.6
일본, 7개 조목의
강화조건 제시

1596
병신

1596.9
명의 책봉사절단, 일본에
입국하였으나 협상 결렬
일본, 조선 재침 준비

1597.7
조선 수군
칠천량해전 패배

1597
정유

1597.8
일본군, 남원성 · 황석산성 ·
전주성 함락

1597.9
일본군, 직산전투와 명량해전
패전 이후 남해안으로 후퇴

1597.12
조 · 명연합군, 가토 기요마사의
울산왜성 공격

1598
무술

1598.8
도요토미 히데요시 사망.
이후 일본군 철수 준비

1598.9
조 · 명연합군, 4로 병진책으로
울산왜성 · 사천왜성 · 순천왜성
동시 공격

1598.11
조 · 명연합수군, 노량에서
일본수군에게 승리했으나
이순신 전사. 일본군의 완전 철수

충무공팔사품도 忠武公八賜品圖 (국립중앙박물관 소장)

임진왜란 때 이순신의 뛰어난 무공이 전해지자 명나라 신종이 이순신에게 내렸다고 하는 8종류의 선물을 그림
으로 그린 것이다. 병풍에 그려진 팔사품은 도독인(都督印), 영패(令牌), 귀도(鬼刀), 참도(斬刀), 독전기(督戰旗),
홍소령기(紅小令旗), 남소령기(藍小令旗), 곡나팔(曲喇叭) 등이다.

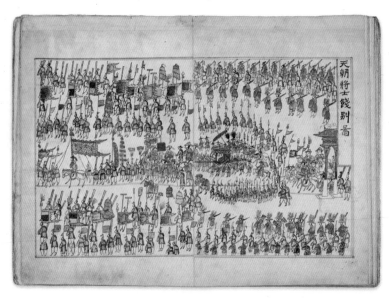

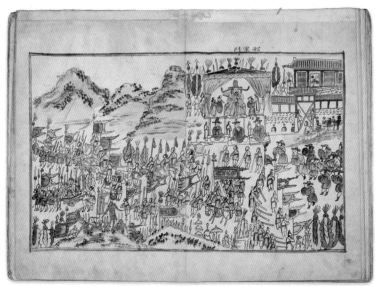

《세전서화첩》 중 〈천조장사전별도〉《世傳書畵帖》 中 〈天朝將士餞別圖〉 (한국국학진흥원 보관)

정유재란 종전 이후 귀국하는 명군(明軍)을 전별하는 내용을 담은 그림이다. 〈천조장사전별도〉 2도는 명 경략(經略) 형개(邢玠)를 비롯한 명나라 장수를 환송하는 장면이다. 화면의 좌측 하단에는 머리와 얼굴색이 다른 병사들이 수레를 탄 모습이 묘사되어 있다. 이들은 《조선왕조실록》에 '해귀(海鬼)'라고 기록되어 있다.

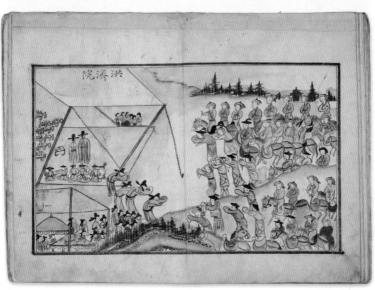

〈천조장사전별도〉 중 세부
해귀(海鬼)와 원병(猿兵)의 모습

기해일록 己亥日錄

1599년 1월 1일 ~ 12월 30일

◎ — 1월 큰달

◎ — 1월 1일

날이 밝을 무렵에 차례를 지냈다. 다만 집사람이 간밤에 다시 앞의 증상을 앓아 새벽까지 신음했는데, 전보다 배로 혼미하여 눈을 뜨지 못하고 미음도 마시지 못했다. 몹시 안타깝다. 앞서 며칠은 점차 차도가 있어서 가족들이 기뻐했는데, 오늘은 또 이와 같다. 더욱 걱정스럽다. 이 때문에 이웃에서 보러 온 사람들을 밖에서 돌려보내고 술과 음식을 대접하지 못했다.

금년 간지(干支)는 기해(己亥), 나의 환갑이다. 인생이 얼마나 되는가. 남은 생이 많지 않으니, 매우 슬프고 한탄스럽다. 하물며 또 집사람의 병세가 위태로워서 생사를 기약할 수 없다. 40여 년을 해로한 부부가 하루아침에 이렇게 되었다. 더욱 슬프고 한탄스럽다. 안협(安峽) 사람 연수(連守)가 찾아와서 배 10개를 바쳤다.

◎ ― 1월 2일

집사람의 증세가 새벽부터 비로소 누그러져 아침에는 눈을 뜨고 말도 하며 죽물도 거의 반 그릇이나 마시니, 온 식구가 말할 수 없이 기뻐했다. 그러나 증세가 일정하지 않으니, 이것이 염려스럽다. 이로 인해 평강[平康, 오윤겸(吳允謙)]*은 이른 아침에 현으로 돌아가서 관아의 일을 처리하고 사직 단자(辭職單子)를 드린 뒤에 모레 다시 와서 오래 머물 계획을 세웠다. 또 이은신(李殷臣)을 한양에 보내어 병의 증세를 물어보고 약재를 사 오게 할 생각이다.

김명세(金明世), 김린(金麟), 김애일(金愛日) 등이 찾아왔기에 술을 대접해 보냈다. 저녁에 최진운(崔振雲)* 사형제도 찾아와서 병세를 물어보고 돌아갔다. 부석사(浮石寺)*의 중 법희(法熙) 등 4인이 찾아왔기에, 역시 술을 대접해 보냈다.

◎ ― 1월 3일

집사람의 증세는 별다른 변화 없이 어제와 같다. 다만 증세가 일정하지 않으니, -원문 빠짐- 조금 회복될 것인가. 평강(오윤겸) -원문 빠짐- 안부를 묻고, 또 -원문 빠짐- 보낼 때 입을 것이다. 오늘 관청의 일을 처리하고 내일 아침에 달려올 것이라고 했다. 즉시 답장을 써서 -원문 빠짐- 아침에 찰방(察訪) 이빈(李賓)*이 이천(伊川)의 우거지(寓居地)에서 찾아왔다가

*　　오윤겸(吳允謙): 1559~1636. 오희문(吳希文)의 큰아들이다.

*　　최진운(崔振雲): 1564~1623. 오윤해(吳允諧)의 처남이다. 충청도 도사를 지냈다.

*　　부석사(浮石寺): 평강 관아의 서쪽 40리에 있는 절이다. 고암산(高巖山)에 있다.《국역 여지도서(輿地圖書)》제16권 〈강원도 평강현〉.

*　　이빈(李賓): 1547~1613. 오희문의 처사촌이다. 아버지는 오희문의 장인인 이정수(李廷秀)

유숙했다.

◎ — 1월 4일

간밤에 눈이 몇 치 내렸다. 집사람의 증세가 새벽부터 도로 심해져서 구역질을 -원문 빠짐- 미음도 겨우 먹어 원기가 날로 없어지니 끝내 어찌될지 모르겠다. 몹시 걱정스럽다. 평강(오윤겸)이 한낮이 되기 전에 달려왔다. 관아의 일을 처리한 뒤 제 어미를 간병해야 한다고 사직 단자를 올린 뒤에 왔다고 한다. 백미(白米) -원문 빠짐-, 중미(中米)* 5말, 찹쌀 2말, 밀가루 2말, 누룩 1동(同), 대구 5마리, 문어 1마리, 생전복 50개, 꿀 5되, 들기름 3되, 해삼 3되, 절인 연어 1마리 등을 가져왔다. 어물은 바로 통천 군수(通川郡守)*가 보낸 것이다.

◎ — 1월 5일

오늘은 집사람의 생일이다. 병을 앓고 있기 때문에 평강(오윤겸)에게 음식을 준비해 오지 말라고 했다. 증세에는 별로 변화가 없으나 구역질만은 줄지 않아 음식을 싫어한다. 걱정스럽다. 김언신(金彦臣)을 해주(海州) 윤함(允諴)*의 집으로 보내면서 대구 2마리, 꿀 2되, 잣 1말, 은어 5뭇, 포도정과(葡萄正果) 조금을 들려 보냈다. 정과는 윤함이 평소 먹고 싶어 해서 제 어미가 가을부터 간직해 두고 기다리다가 지금 그곳

....

의 셋째 동생 이정현(李廷顯)이고, 어머니는 은진 송씨(恩津宋氏)이다.
* 중미(中米): 품질이 중간쯤 되는 쌀이다.
* 통천 군수(通川郡守): 신경희(申景禧, 1561~1615). 고산 현감, 재령 군수, 수안 군수 등을 지냈다.
* 윤함(允諴): 1570~1635. 오희문의 셋째 아들이다.

에 가는 사람 편에 보낸 것이다.

찰방 이빈이 이천으로 돌아갔는데, 줄 물건이 없어서 집사람이 잣 3되, 감장(甘醬) 2사발, 메밀[木米] 3되를 주었고 평강(오윤겸) 또한 찹쌀, 콩, 감장 등의 물건을 주면서 사내종을 보내 현에서 받아가게 했다. 어두워질 무렵에 언명(彦明)*이 돌아왔다. 길에서 집사람이 위중하다는 말을 듣고 달려온 것이다. 묘제(墓祭)는 무사히 지냈다고 했다. 덕노(德奴)도 함께 왔다. 정목(正木)* 1필 반을 먼저 갖추어 왔고, 또 쌀을 사서 광노(光奴)의 집에 맡겨 두었으며, 후일에 한양에 가서 또 2필 반을 갖추어 오겠다고 했다. ―원문 빠짐― 갈 때 6필을 가져오기로 기약했는데 이제 와서 4필이라고 말하니, 후일에 ―원문 빠짐― 수량대로 갖추어 올지는 역시 기약할 수 없다. 이 사내종이 하는 일은 매번 이와 같다. 몹시 괘씸하고 얄밉다.

◎ ― 1월 6일

집사람의 증세에 아주 차도가 있는 것은 아니지만 특별히 더 아픈 곳은 없다. 다만 좀 나른한 기운이 있어서 정상적이었던 예전만은 못하다고 한다. 어제부터 밥을 지어 먹었는데, 두세 숟가락을 들 뿐이다. 평강현(平康縣)의 현임 향소(鄕所)* 권수(權銖)와 최수영(崔壽永)이 와서 보고 돌아갔다. 또 언명에게 들으니, 향비(香婢)의 종기는 아직도 낫지 않

....

*   언명(彦明): 오희철(吳希哲, 1556~1642). 자는 언명이다. 오희문의 남동생이다.
*   정목(正木): 품질이 매우 좋은 무명베이다.
*   향소(鄕所): 유향소(留鄕所)와 같은 말이다. 조선 초기에 악질 향리(鄕吏)를 규찰하고 향풍을 바로잡기 위해 지방의 품관(品官)들이 조직한 자치기구이다.

고 다른 곳에까지 생겨서 고름이 지금까지 그치지 않는데 종기를 고치는 의원은 돈이 적다면서 힘껏 치료해 주지 않고 또 바를 약도 주지 않았다고 한다. 그 모자(母子)가 먹고살기 어려워서 날로 굶주림에 시달리고 있단다.

◎ — 1월 7일

간밤에 집사람에게 나른한 기운이 또 생겨서, 밤새 눈을 감고 말을 하지 못했으나 그리 위중하지는 않았다. 새벽부터 조금 덜하다가 나중에는 나았다. 그 증세를 보니 학질 같은데 혹 5, 6일에 한 번씩 생기고 늘 통증을 느끼지는 않으니, 정확히 알 수 없다. 다만 원기가 몹시 약해져서 입맛이 없다고 한다. 매우 걱정스럽다. 토산(兎山) 이경담[李景曇, 이희서(李希瑞)]이 지나다가 들렀는데, 점심을 직접 싸 가지고 와서 먹었다. 최판관[崔判官, 최응진(崔應震)]을 만나 보고 가기 위해서이다.

◎ — 1월 8일

집사람의 증세는 어제와 같아서 밤새 편안히 잤다. 그러나 발작하는 것이 일정하지 않다. 이것이 걱정스럽다. 평강(오윤겸)은 현으로 돌아갔다. 관문(關文)*이 거듭 내려와서 명(明)나라 장수의 잔치에 쓸 물건의 몫을 나누어 정했기 때문에 현에 들어가서 마련하여 한양으로 실어 보내기 위해서이다. 그 어미의 증세에 차도가 있기 때문에 돌아갔다. 관청의 매로 꿩 2마리를 잡아 주었다.

....

* 관문(關文): 상급 관청에서 하급 관청으로 보내는 문서이다. 동급 관청끼리도 주고받을 수 있다.

◎ ― 1월 9일

김업산(金業山)의 매가 꿩 1마리를 잡아 왔고, 관청의 매도 꿩 2마리를 잡았다. 아침 식사 뒤에 최판관과 이토산(李兎山, 이희서)이 나란히 말을 타고 찾아왔다. 이토산은 그길로 바로 돌아갔고, 최판관과는 한동안 이야기를 나누었다. 물만밥[水飯]을 대접해 보냈다. 집사람의 증세는 어제와 같고 특별히 더 아픈 곳은 없다. 다만 일어나 앉지 못하고 음식이 달지 않다고 한다. 만일 -원문 빠짐- 다만 앓는 정도가 한결같지 않으니, 이것이 걱정스럽다. -원문 빠짐- 반 부(部), 좋은 술 8선(鐥)을 보내왔다. 즉시 아우와 술을 각각 한 대접씩 마셨다.

어두워질 무렵에 -원문 빠짐- 사내종 막산(莫山)이 한양에서 돌아왔다. 수은(水銀)과 사탕 1봉을 사 가지고 왔다. 집사람이 병을 앓은 뒤로 오래도록 머리를 빗지 못해서 이[蝨]가 많아 몹시 가려워했다. 이 때문에 사람을 보내 수은을 사 오게 한 것이다. 밤에 머리에다 수은을 발랐더니 이가 모두 빠져나와 죽었다. 갔다 오는 데 겨우 5일이 걸렸으니, 잘 걷는 사람이라고 하겠다.

◎ ― 1월 10일

집사람의 증세가 어제와 같은데 음식도 더 먹고 때로 한참씩 일어나 앉아 있으니 기쁘다. 어제 막산이 청어 3마리를 가지고 왔는데, 계집종들이 잘 간수하지 못해서 개가 물어 가서 다 먹어 버렸다. 몹시 괘씸하다. 병든 집사람을 위해서 사 온 것으로 아침에 신주(神主) 앞에 올리려고 했는데 그럴 수 없게 되었다. 더욱 몹시 애통하다.

언춘(彦春) 밭의 콩을 실어다가 타작했더니 평섬[平石]*으로 2섬 10

말이 나왔다. 5말은 아우의 집에 주고, 2말은 생원[生員, 오윤해(吳允諧)*]의 집에 주었다. 김억수(金億守)에게 준 매가 꿩 2마리를 잡아다 주었다. 이 매는 현의 북면(北面) 사람이 안협 땅으로 도망간 뒤에 붙잡아 길들인 것을 사람을 보내 빼앗아 와서 김억수에게 주어 길들였다. 몸의 크기가 겨우 8치이지만, 나이를 먹은 산지니[山陳]*이다.

◎ ─ 1월 11일

집사람의 증세는 어제만 못하여 잠시 나른한 기운을 보였다. 현에서 문안하는 사람이 왔기에 즉시 답장을 써서 보냈다. 덕노가 한양에 갈 때 생원(오윤해)의 사내종 춘이(春已)도 같이 갔다. 우리 집의 닭 24마리와 아우 집의 닭 20마리를 실어 보내서 팔게 하고, 또 무명 3필과 닭을 바꾸어 얻은 무명을 주어 모두 3새[升] 포(布)로 바꾸어 오도록 했다. 갯지(㖑知)도 한양에 가기에 힘을 합해서 팔고 사도록 일러 보냈다. 다만 이 사내종은 용렬하고 미련하여 반드시 내 마음에 들게 하지 못할 것이다.

어제 마침 날이 따뜻하여 벌 떼가 나와서 놀았는데, 1통의 벌은 전혀 들락거리지 않았다. 이에 통을 열어 보니 이미 다 굶어 죽어서 통 안에 쌓여 있었다. 지난가을에 꿀을 딸 때 통 속의 다리나무가 떨어져서

....

* 평섬[平石]: 평섬은 1섬이 15말, 전섬[全石]은 1섬이 20말이다.
* 오윤해(吳允諧): 1562~1629. 오희문의 둘째 아들이다. 숙부 오희인(吳希仁, 1541~1568)의 양아들로 들어갔다.
* 산지니[山陳]: 산에서 여러 해를 묵은 매이다. 《청장관전서(靑莊館全書)》 권68 〈사나운 새의 종류[鷙鳥種類]〉에 "산에 살면서 나이를 많이 먹은 매를 산지니라 하고, 집에 살면서 나이를 많이 먹은 매를 수지니[手陳]라 한다."라고 했다.

벌집도 모두 떨어져 내렸는데, 이 때문에 먹을 것을 다 먹고 굶어 죽은 것이다. 애석하다. 밀랍을 따 보니 5냥 5돈이다. 벌통 5개 중에 1통의 벌이 다 죽어 4개만 남았다.

어둑할 무렵에 이은신이 한양에서 돌아왔다. 그는 약을 사러 갔던 것이다. 승양탕(升陽湯)*에 들어가는 약재는 내의원(內醫院) 고지기[庫直]에게서 사 왔는데, 두 내의(內醫)의 약재 처방에 대한 의견이 서로 달랐으므로 어쩔 수 없이 전날에 먹던 승양탕으로 정했다고 한다. 내의는 허준(許浚)*과 이공기(李公沂)*라고 한다. 청어 3마리를 사 왔기에 즉시 신주 앞에 올렸다. 삶은 소머리도 가져왔고, 삼승포(三升布)* 긴 옷감 2필도 사 왔다. 평강(오윤겸)이 시킨 것이다.

◎ ─ 1월 12일

집사람은 어제 오후부터 피곤한 증세가 이전과 같아져서 밤새 불편해 하더니 아침이 되어서도 낫지 않고 음식도 전만큼 못 먹는다. 걱정스럽다. 이은신이 현으로 돌아갔다. 약은 추후에 지어 보내겠다고 한다. 김업산의 매를 팔아 왔는데, 정목 2필을 받았다. 매를 남겨 두어도 무익하기 때문에 어쩔 수 없이 판 것이다.

최참봉(崔參奉)*이 왔기에 술을 대접해 보냈다. 들으니, 오는 25일

....

* 승양탕(升陽湯): 허약, 식욕부진, 출혈이나 빈혈로 피가 부족할 때, 구토하며 설사할 때, 피가 섞이는 증상에 쓴다.
* 허준(許浚): 1539~1615. 30년 동안 내의원 어의를 지냈다. 임진왜란 때 선조(宣祖)를 의주까지 호종했다. 저서로《동의보감(東醫寶鑑)》이 있다.
* 이공기(李公沂): ?~1605. 선조 연간에 어의를 지냈고 수의(首醫)에까지 올랐다.
* 삼승포(三升布): 성글고 굵은 베이다. 석새삼베라고도 한다.

경에 도로 간다고 한다. 꿩 1마리를 주어 보냈다. 저녁에 현에서 문안하는 사람이 와서 평강(오윤겸)이 내일 근친한다고 전했다. 평강(오윤겸)이 가느다란 국수 1상자를 구해 보냈다.

◎ ─ 1월 13일

집사람의 증세에 차도가 있다. 그 증세를 보니, 지난달 26일에 아팠고 이달 1일에 아팠으며 6일에 또 아팠고 11일에 또 아팠다. 5일마다 매양 아팠던 것이다. 학질 같지만 실제로는 학질이 아니었다. 아픈 증세는 전보다 조금 누그러졌다. 다만 원기가 사라지고 입맛을 잃었다. 이것이 걱정스럽다.

억수에게 준 매가 간밤에 죽었다. 여기에 온 지 겨우 5, 6일 만에 생각지도 않게 죽었다. 아마 매의 주인이 ─원문 빠짐─ 빼앗긴 것에 분노하여 상처가 나게 했기 때문에 죽은 것이리라. 그렇지 않고서야 여기에 온 지 오래되지 않았고 겨우 하루만 날렸는데, ─원문 빠짐─ 며칠 만에 어찌 그리 갑자기 죽는단 말인가. 몹시 밉지만 어찌하겠는가.

주부(主簿) 김명세가 와서 보았다. 현의 아전 전응기(全應己)가 연천 현감(漣川縣監)*의 편지를 가지고 와서 생밤 4되를 바쳤다. 전날에 평강(오윤겸)이 사람을 보내서 구했는데, 오늘 비로소 가지고 돌아온 것이다. 저녁에 평강(오윤겸)이 근친했다. 큰 누치 1마리, 멧돼지 다리 1개

....

*   최참봉(崔參奉): 최형록(崔亨祿, ?~?). 오윤해의 장인이다. 세마를 지냈으며, 승지에 증직되었다.
*   연천 현감(漣川縣監): 김제남(金悌男, 1562~1613). 1602년 둘째 딸이 선조의 계비 인목왕후(仁穆王后)가 되어 연흥부원군(延興府院君)에 봉해졌다.

를 가지고 왔다. 누치는 이천 현감(伊川縣監)*이 보낸 것이고, 멧돼지 다리는 목전(木田)에 사는 무인(武人) 김환(金丸)이 사냥하여 바친 것이라고 한다. 나는 며칠 전부터 한기에 상해서 몸이 편치 않았다.

◎ — 1월 14일

집사람의 증세는 여전하고, 오후부터 오른팔이 쑤시고 아프단다. 예전에 아팠던 곳으로, 항상 토시를 끼다가 근래에 벗어 놓았기 때문에 찬 기운에 닿아 그렇게 된 것이다. 나도 비록 땀을 냈으나 거듭 감기에 걸려서 기침이 그치지 않고 입맛이 없다. 걱정스럽다.

옥동역(玉洞驛)*의 역인(驛人) 진귀선(晉貴先), 이상(李橡) 등이 와서 뵙고 각각 꿩 1마리씩을 바쳤다. 그들이 무엇을 청하려고 했으나 들어줄 수 없었고, 또 술이 없어서 그대로 보냈다. 안타깝다. 오늘은 죽은 딸의 생일이어서 떡을 차려 제사를 지냈고, 또 인아(麟兒)*의 생일이어서 제사를 지낸 뒤에 함께 이야기를 나누었다.

◎ — 1월 15일

집사람은 어제 팔이 아픈 뒤로 그 통증이 밤새 그치지 않았고 아침이 되어도 차도가 없었다. 이 때문에 기운도 편치 않고 먹는 것도 줄었다. 몹시 걱정스럽다. 그래서 평강(오윤겸)이 현으로 돌아가려다가 출

....
* 　이천 현감(伊川縣監): 윤환(尹睆, 1556~?).
* 　옥동역(玉洞驛): 평강현 관아에서 서쪽으로 40리에 있던 역이다.《국역 신증동국여지승람(新增東國輿地勝覽)》제47권 〈강원도 평강현〉.
* 　인아(麟兒): 오희문의 넷째 아들 오윤성(吳允誠, 1576~1652)이다.

발 직전에 도로 멈추었다. 나도 아직 낫지 않았다. 비록 여러 번 땀을 냈지만 도로 찬바람을 맞아서 오래도록 차도가 없다. 내 병 또한 걱정스럽다. 오늘은 대보름이다. 약밥을 조금 만들고 절육(切肉),* 탕, 구이 등을 차려 차례를 지냈고 또 죽은 딸에게도 지냈다. 또 차조밥을 지어서 노비들에게 먹였다.

◎ ─ 1월 16일

집사람이 원래 앓던 증세는 누그러진 것 같으나 팔의 통증은 더욱 심해져서 밤새 신음하고 ─원문 빠짐─ 또 더했다 덜했다 하여, 이 때문에 먹는 것을 몹시 싫어한다. 걱정스럽다. 나도 종일 두문불출했는데 회복되지 않았고, 평강(오윤겸)도 감기에 걸렸는데 아직 땀을 내지 못하고 먹는 것이 크게 줄었다. 인아의 처는 젖몸살을 앓았는데, 쑤시고 아픈 증세에 오랫동안 차도가 없다. 온 집안사람의 병이 이와 같다. 몹시 걱정스럽다. 현의 장무(掌務)*가 백미 5말, 간장 2되, 식초 2되, 날꿩 1마리를 보내왔다. 평강(오윤겸)의 명령에 따른 것이다.

어둑할 무렵에 윤함이 제 어미의 병세가 깊다는 말을 듣고 해주의 처가에서 밤낮으로 달려서 나흘 만에 비로소 도착했다. 그 일가의 처자식들은 모두 무사하다고 한다. 강참봉(姜參奉)*이 찹쌀 2말을 구해 보냈고, 그곳에 사는 친가의 노비들에게서 거둔 정목 3필을 가져왔기에 즉시 어머니께 드렸다.

....

* 절육(切肉): 얄팍하게 썰어 양념장에 재워서 익힌 고기이다.
* 장무(掌務): 관아의 장관 밑에서 직접 사무를 주관하는 우두머리 관원이다.
* 강참봉(姜參奉): 강덕윤(姜德胤, 1545~?). 오윤함의 장인이다.

◎ ― 1월 17일

집사람은 여전히 팔이 아프다. 몹시 걱정스럽다. 나도 영 낫지를
않고 평강(오윤겸)도 땀을 내지 못했다. 걱정이다. 어제 관문을 보니, 평
강(오윤겸)을 도내에 있는 명나라 군사에 대한 쇄마차사원(刷馬差使員)*
으로 삼았다고 했는데, 기한이 이미 지나서 어떻게 해 볼 수 없게 되
었다. 아마 큰일이 날 것이다. 이뿐만이 아니라 그 어미의 병세가 위중
하고 제 감기도 아직 낫지 않았으니, 비록 무거운 처벌을 받는다고 하
더라도 갈 수가 없다. 이 때문에 다시 사직서를 올리려고 급히 보냈는
데, 만일 차임(差任)*을 바꾸어 주지 않으면 정녕 큰 사단이 벌어져서 파
면당하고도 남을 것이다. 무거운 죄에 걸릴까 두렵다. 몹시 걱정스럽
다. 어제 남면(南面)에 사는 교생(校生) 심사임(沈思任)이 찾아왔다. 백미
2말, 생밤 두어 되를 가져왔기에 밥을 대접해 사례했다. 집사람이 병중
에 생밤을 먹고 싶다고 했기 때문이다.

◎ ― 1월 18일

집사람은 특별히 더 아픈 데가 없다. 하지만 팔의 통증은 여전하
여 비록 -원문 빠짐- 아직 쾌차하지 않으니 걱정스럽다. 평강(오윤겸)은 일
찍 식사를 하고 현으로 돌아갔다. 이 -원문 빠짐- 곳에서는 먹는 것이 편
치 못하고 또 오래 땀을 낼 수도 없기에 억지로 권해서 현으로 들여보
내고 거기에서 조리하도록 한 것이다. 저녁에 큰 눈이 내려서 반 자 넘

---

* 쇄마차사원(刷馬差使員): 쇄마 업무를 위해 임시로 차출하여 파견하는 관리이다. 쇄마는 지
  방에 배치하여 관용(官用)으로 쓰던 말이다.
* 차임(差任): 벼슬아치를 임명하는 일을 말한다.

게 쌓였다. 올겨울 중에 오늘 눈이 가장 많이 내렸다.

◎ ─ 1월 19일

집사람의 팔 통증이 여전하다. 큰 눈이 내린 뒤여서 땔감을 구하지 못했다. 걱정스럽다. 내 감기 증세는 간밤에 땀을 낸 뒤에 전보다 조금 덜하나 아직 완쾌되지는 않았다.

◎ ─ 1월 20일

집사람은 팔의 통증이 조금 덜해서 때로 일어나 앉고 음식도 더 먹는다. 기쁘다. 그러나 아직 쾌차하지는 못했다. 나는 병이 나아 간다. 다만 눈이 내린 뒤에 몹시 추워져서 옷이 얇은 하인들이 그 괴로움을 견디지 못하는데다 땔감도 떨어져서 방이 차다. 걱정스럽다.

관아의 사내종 갯지가 그저께 한양에서 현에 도착하여 오늘 비로소 이곳에 왔다. 그는 지난날의 덕노처럼 한양에 갈 때 목필(木疋)과 닭 등을 가지고 가서 3새 포로 바꾸어 오는 일을 맡았다. 정목 3필을 검푸른 삼승포 2필로, 닭 23마리를 검푸른 3새 포 1필과 반청(半靑) 3새 포 2필로 바꾸어 왔고, 인아가 잡은 수달의 가죽으로는 또한 반청 3새 포 1필 반으로 바꾸어 왔다. 보낸 물건의 값을 계산하여 따져 보면 많이 부족하고 바꾸어 온 3새 포도 그리 좋지 못하다. 탄식한들 어찌하겠는가.

평강(오윤겸)이 숭어 1마리를 구해 보냈다. 한양에서 산 것으로, 그 어미가 맛보고 싶어 했기 때문이다. 절편 1상자도 마련해 보냈고, 꿩 1마리, 등유(燈油) 2되도 보내왔다. 윤함이 데리고 온 사내종과 말을 돌려보낼 때 미역 1주지(注之), 말린 문어 1마리, 잣 5되를 주어 보냈고, 평강(오윤겸)도 잣 1말, 석이 1말을 보냈다. 또 들으니, 윤함의 처가 잉태를 하여 다음 달이 산달이라서 미역을 구하려고 한다는데, 집에 마침 떨어져서 조금만 보냈다. 안타깝지만 어찌하겠는가.

◎ ― 1월 21일

찬 기운이 몹시 매섭다. 집사람의 증세는 어제와 같고 별로 변화가 없다. 걱정스럽다. 이로부터 아주 쾌차했으면 좋겠다. 갯지가 현으로 돌아갔다.

◎ ― 1월 22일

집사람의 팔 통증은 여전하나 점차 나아 가고 음식도 더 먹는다. 기쁘다. 큰 눈이 내린 뒤에 오늘 또 큰 눈이 거의 한 자 넘게 내려 추위가 매우 혹독하다.

◎ ― 1월 23일

집사람의 증세는 어제와 같다. 현에서 문안하는 사람이 왔는데, 꿩 2마리, 돼지고기 포 20조(條)를 가져왔다. 반찬이 떨어져서 한창 걱정하던 차에 이 물건들을 얻었으니, 며칠 동안의 반찬은 되겠다. 언신이 고성(高城)에서 식량을 운반해 온 사람의 값으로 팥 12말을 받아 왔는데, 포 1필 값이다. 전날에 미처 거두지 못했으므로 이제 비로소 와서 바쳤다.

◎ ─ 1월 24일

집사람의 증세는 여전하다. 익위승양탕에 지곡(枳穀), 패모(貝母)*,
괄루인(括婁仁),* 행인(杏仁), 배승시(倍升柴)를 가미해서 10첩을 계속해
서 먹였더니 자못 효험이 있다. 충립(忠立)이 《사략(史略)》* 첫 권을 배우
기 시작했다. 전에 이미 《동몽선습(童蒙先習)》*을 읽고 외웠다.

◎ ─ 1월 25일

현에서 문안하는 사람이 왔는데, 죽백미(粥白米) 1말, 소고기 조금
을 보내왔다. 편지를 보니, 평강(오윤겸)의 감기가 아직도 낫지 않았다
고 한다. 걱정스럽다. 순찰사(巡察使)*가 다음 달 초에 온다고 하는데, 지
금 이미 춘천부(春川府)에 도착했다고 한다. 평강(오윤겸)이 사직서를
올렸는데 아직도 회답이 돌아오지 않았다.

◎ ─ 1월 26일

생원(오윤해)이 공부하러 부석사에 올라갔다. 윤함도 함께 가려고
했으나 말이 없어 가지 못했다. 말이 돌아오기를 기다려서 내일 올라
갈 계획이다. 들으니, 정시(庭試)*가 내달 21일로 정해졌다고 한다. 이

....

* 　패모(貝母): 백합과에 속하는 여러해살이 풀이다.
* 　괄루인(括婁仁): 약재로 박과의 하늘타리, 또는 노랑하늘타리로 불리는 씨이다.
* 　《사략(史略)》: 《십팔사략(十八史略)》으로, 원(元)나라의 증선지(曾先之)가 편찬한 역사서이다.
* 　《동몽선습(童蒙先習)》: 조선 중종조에 박세무(朴世茂)가 저술했다고 하기도 하고, 민제인(閔
　齊仁)이 지었다고도 한다. 이들 둘이 함께 지었다는 설도 있다. 아동들에게 기본적인 유교적
　도덕과 역사를 가르치기 위한 목적으로 저술된 책이다.
* 　순찰사(巡察使): 정숙하(鄭淑夏, 1541~1599). 임진왜란이 일어나자 의병장으로 전공을 세웠
　다. 좌승지, 병조참지, 병조참의, 강원도 관찰사 등을 지냈다.

때문에 아우와 함께 절에 올라가서 예전에 공부한 내용을 정리하려는 것이다.

◎ — 1월 27일

윤함은 감기에 걸려 절에 올라가지 못했다. 집사람의 본래 증세는 이미 나았고, 팔의 통증은 비록 쾌차하지는 못해도 나아 가고 있다.

◎ — 1월 28일

윤함이 절에 올라갔다. 원적사(圓寂寺)*의 중이 두부를 만들어 가지고 왔다. 전에 콩 3말을 보냈는데, 절반은 그때 두부를 만들어 가져왔고 또 절반은 남겨 두었다가 오늘 두부를 만들어 가져오게 한 것이다. 모레 죽은 딸의 대상(大祥)*에 쓰기 위해서이다.

저녁에 현에서 문안하는 사람이 왔다. 편지를 보니, 임시 파견 관원은 이미 바꾸었다고 한다. 다만 순찰사가 평강(오윤겸)이 직무에 부지런하지 않다고 하면서 관계없는 일을 가지고 하리(下吏)를 세 번이나 잡아다가 심하게 매질을 하여 거의 죽게 되었다고 한다. 아마 평소에 속으로 불쾌하게 여겼고 또 들은 것이 있어서일 게다. 훗날 틀림없이 욕을 당할 근심이 있기에 기미를 보고 움직이려고 다시 사직서를 올려서 반드시 받아들여지기를 기약해 보지만, 다만 우리 온 집안이 낭패를

....

*   정시(庭試): 3년마다 정기적으로 시행하는 식년시 외에 임시로 시행하던 여러 별시 중의 하나이다.
*   원적사(圓寂寺): 강원도 평강군 만운산(萬雲山)에 위치한 절이다.《국역 신증동국여지승람》제47권 〈강원도 평강현〉.
*   대상(大祥): 사람이 죽은 지 두 돌 만에 지내는 제사이다.

당할까 걱정스럽다고 한다. 탄식한들 어찌하겠는가. 그러나 집안을 걱
정할 것 없이 나중에 후회하지 않기 위해 거취를 속히 결정하라고 답
장을 보냈다.

백미 5말, 중미 5말, 전미(田米, 밭벼의 쌀) 5말, 석이 1말, 날노루고
기 반 짝, 세 가지 과일, 꿩 1마리, 중배끼[中朴桂]* 35잎을 구해 보냈다.
초하루에 있을 죽은 딸의 대상에 쓸 제수(祭需)이니, 고기로 반찬을 할
예정이다.

◎ ― 1월 29일

내일은 죽은 딸의 대상이다. 제수를 준비하는데 나물을 구하지 못
하여 꿩고기와 노루고기로 탕과 구이를 만들어 쓰게 했다. 최판관이 편
지를 보내 안부를 묻고 또 대구알 2부(部)와 다시마 4조(條)를 보냈기
에, 답장을 써서 인사했다.

....
* 　중배끼[中朴桂]: 중계(中桂) 또는 거여(粔籹)라고도 하는 유밀과(油蜜果)의 한 가지이다. 밀
　　가루에 꿀이나 조청, 참기름을 넣고 반죽하여 길쭉한 네모꼴로 베어 끓는 기름에 지져 내는
　　음식이다. 제사용으로만 사용하며 잔칫상에는 쓰지 않는다.

2월 작은달 - 12일 경칩(驚蟄), 27일 춘분(春分) -

◎ — 2월 1일

오늘은 죽은 딸 단아(端兒)*의 대상이다. 날이 밝을 무렵에 인아와 함께 제사를 지냈다. 세월이 훌쩍 흘러 어느새 대상이 되었다. 애통한 마음이 더욱 심하다. 생전의 일과 병들어 누워 있던 때와 임종 때의 말을 돌이켜 생각하면서 집사람과 마주하여 크게 통곡했다. 우리 부부가 살아 있는 동안은 매양 이날이면 비록 먹던 밥을 가지고라도 제사를 지내겠지만, 죽은 뒤에는 부탁할 곳이 없으리라. 이렇게 생각하니 비통함이 더욱 지극해진다. 슬프다.

최참봉이 편지를 보내 안부를 묻고 청어 2마리, 굴 1그릇을 보냈기에 답장을 써서 인사했다. 저녁에 현에서 문안하는 사람이 왔다. 술 3

....
*   단아(端兒): 오희문의 막내딸 숙단(淑端)이다. 피난 기간 내내 학질 등에 시달리다 1597년 2월 1일에 세상을 떠났다.

선, 절편 1상자를 보내왔다. 떡은 제 어미가 탕을 만들어 먹고 싶어 했기 때문에 만들어 보낸 것이다. 즉시 답장을 써서 돌려보냈다. 또 들으니, 평강(오윤겸)이 재차 사직서를 올렸다고 한다.

◎ ─ 2월 2일, 3일, 4일

집사람이 며칠 전부터 죽은 딸의 대상에 딸의 생전 모습을 떠올리며 슬퍼하다가 화기(和氣)를 해치게 되었는데, 어제부터 나아 간다. 다만 먹는 것이 전보다 줄어든 것 같다. 팔의 통증은 비록 깨끗이 낫지 않았지만 큰 증세는 이미 덜해져서 때로는 숟가락을 들고 식사를 한다. 이후로 아주 완쾌할 것이다.

지금은 중춘(仲春)*인데, 추위가 겨울보다 더하여 눈이 온 산에 가득한 채 아직 녹지 않았고 바람도 몹시 차가워 출입할 수가 없다. 김명세 등이 최참봉을 전별하는 일로 어제 편지를 보내 나를 불렀는데, 오늘 술과 안주를 갑자기 마련할 수 없어서 가지 못했다. 내일 관청에 사람을 보내 술을 구한 뒤에 최판관과 함께 가서 전별할 생각이다. 최참봉이 오는 10일에 고향으로 돌아간다는 소식을 들었기 때문이다.

생원(오윤해)의 사내종 춘이가 한양에서 돌아왔다. 들으니, 덕노가 부평(富平)으로 간 뒤에 어디로 갔는지 모른다고 한다. 올 기일이 이미 지났는데 지금까지 오지 않으니, 그 까닭을 모르겠다. 명나라 군사가 남쪽에서 올라와 도성 안에 가득하고 오가는 군사들이 거리를 메워 끊이지 않으니, 길가에 사는 사람은 편안히 지낼 수 없어서 들로 달아났

....
* 　중춘(仲春): 음력 2월을 달리 이르는 말이다.

고 한양 길의 네거리에서는 말을 빼앗아 사람이 통행하지 못한다고 한다. 혹시 덕노가 말을 그들에게 빼앗겨 속히 돌아오지 못하는 것인지 아니면 발을 저는 말이 더 아파 걷지를 못해서 그런지 걱정스럽다. 몹시 밉살스럽다.

관아의 사내종 세만(世萬)이 안부를 물으러 왔다. 편지를 보니, 방백(方伯, 관찰사)은 이미 김화(金化)에 이르렀다가 철원(鐵原)으로 들어갔고, 평강(오윤겸)은 사직서를 올리고 또 말미를 받았다고 한다. 우양(牛驤)과 천엽, 염통 각각 조금과 날꿩 3마리, 모주(母酒)* 등의 물건을 구해 보냈다.

◎ ─ 2월 5일

관아의 사내종 세만이 현으로 돌아갈 때 김담(金淡)도 함께 보냈다. 술과 안주를 얻어다가 최참봉을 전별하기 위해서이다. 저녁에 함열(咸悅)* 이 봉산(鳳山)에서 집사람의 병이 심하다는 소식을 듣고 사람을 보내 안부를 물었다. 편지를 보니, 그 일가가 모두 잘 있다고 하고 다음 달 초에 온 식구들이 위로 올라가서 우선 선영(先塋)* 아래에서 농사를 지을 계획이라고 한다. 소식을 못 들은 지 거의 반년이 되어 가는데, 지금 갑자기 안부를 듣게 되었다. 이루 말할 수 없이 기쁘다.

또 들으니, 자방(子方, 신응구)이 지난해 말에 평양(平壤)에 갔을 때

....
* 　모주(母酒): 술찌꺼기에 물을 타서 뿌옇게 걸러낸 탁주이다.
* 　함열(咸悅): 신응구(申應榘, 1553~1623). 오희문의 큰사위이다. 1594년 8월에 오희문의 큰 딸과 혼인했다. 신응구는 1593년 5월에 함열 현감으로 부임하여 1596년 윤4월에 체직될 때 까지 재직했다.
* 　선영(先塋): 경기도 양주 금촌리에 있다. 신응구도 사후에 이곳에 안장되었다.

죽은 사내종 막정(莫丁)의 전답을 그 일가 사람에게 팔자 소 1마리와 무명 20필을 바쳤는데 소는 몸집이 비록 작지만 품질이 좋고 무명은 거칠고 나빠서 도로 물리고 다시 갖추어 오게 했다고 한다. 즉시 사람을 보내 찾아와야 하지만 집에 믿을 만한 심부름꾼이 없다. 걱정스럽다.

또 들으니, 함열 현감의 일가가 사는 곳이 큰길에서 멀지 않아서 서쪽에서 내려오는 명나라 군사가 길에 가득하여 난리를 당할까 두렵기에 우선 신천(信川) 땅으로 옮겼다가 그길로 올라가려 한다고 한다. 찾아온 사람이 전한 말이다.

◎ ─ 2월 6일

봉산에서 온 사람을 현으로 들여보냈다. 생원(오윤해)의 처자식들이 소근전(所斤田)으로 부모를 뵈러 왔다. 그 부모가 오는 열흘 사이에 떠나기 때문이다.

◎ ─ 2월 7일

아침 식사 뒤에 아우와 함께 술병을 가지고 최참봉의 집에 가서 전별했는데, 마침 최판관이 그 자리에 왔고 최참봉의 두 아들도 참석했다. 김린도 술과 안주를 가지고 와서 보고 조용히 이야기를 나누다가 해가 기운 뒤에 돌아왔다. 저녁에 현에서 문안하는 사람이 왔다. 편지를 보니, 그저께 방백이 철원에 도착했는데 평강(오윤겸)은 겸관(兼官)* 이기 때문에 가서 맞이하고 어제 관청으로 돌아왔다고 한다. 다만 업아

....

* 겸관(兼官): 이웃 고을의 수령 자리가 비었을 때 임시로 그 고을의 사무를 겸임하는 수령이다.

(業兒)의 담증(痰症)이 매우 심하다고 한다. 몹시 걱정스럽다. 돼지 다리 1개, 술 5그릇, 꿩 1마리를 구해 보냈다. 즉시 답장을 써서 돌려보냈다.

◎ ─ 2월 8일

인아의 처가 젖몸살을 앓아 여러 날 쑤시고 아프다고 하더니 이제는 곪았다. 침으로 터뜨린 뒤에 고름이 많이 나왔으니 나을 듯하다. 매우 기쁘다. 직동(直洞)의 마조장(磨造匠, 돌이나 쇠붙이를 갈아서 물건을 만드는 장인)이 나무 촛대 1쌍과 향합(香盒) 2개를 만들어 왔는데, 몹시 엉성하다. 안타깝다.

◎ ─ 2월 9일

이 마을 사람들이 양곡을 운반하여 경창(京倉)에 들이고서 오늘 비로소 돌아왔는데, 명나라 군사가 도성에 가득하여 우리나라 사람은 발을 붙일 수가 없어서 장삿길이 끊어져 도성 사람들이 고초를 견디지 못한다고 한다.[*]

또 들으니, 덕노가 지난달에 이미 내려갔다고 한다. 그러나 어디로

....

[*] 명나라……한다: 이 당시 명나라 군사의 폐해가 극심하여 심지어 우리나라 사람이 명나라 군사로 가장하여 패악을 일삼기도 했다. 《국역 선조실록(宣祖實錄)》32년 2월 12일 기사에, 지평 경섬(慶暹)이 "이부총(李副摠)의 표하군(標下軍) 한 사람이 매우 포악하여 여러 사대부의 집에 뛰어 들어가 부녀자를 협박하여 재물을 약탈하기도 하고 야간에 습격하여 그 집의 계집종을 겁탈하기도 했습니다. 한 번이라도 불만이 있으면 달자(㺚子)를 거느리고 무리지어 난동을 부리는 등 여염에서 난리를 일으키는 폐해는 사람들이 견딜 수 없을 정도였습니다. 오랫동안 자세히 살펴보니 진짜 명나라인이 아니고 수원에 사는 방자(幇子) 막동(莫同)이었습니다. 이부총의 표하에 있는 사람을 따라다니면서 의복과 언어를 명나라인처럼 가장하여 사람들이 구별하지 못해 감히 손을 못 쓰게 하고 제멋대로 한 것이었습니다."라고 했다.

갔는지는 알 수 없다. 참으로 괘씸하다.

◎ ― 2월 10일

함열이 보낸 심부름꾼이 어제저녁에 현에서 돌아와 오늘 일찍 떠나가기에 답장을 써 보냈다. 꿩 1마리를 상례(相禮)*에게 보내고 멧돼지고기 1덩이와 석이, 느타리버섯 조금, 잣 4되를 진아(振兒) 어미 집에 보냈다. 고기는 진아가 먹게 하려는 것이다. 먼 길에 소식이 오래 끊어져서 한창 걱정하던 차에 지금 심부름꾼이 안부를 물으러 온 것이다. 몹시 기쁘다. 방백이 지나간 뒤에 관인(官人)을 보내 막정의 전답을 팔고서 받은 물건도 찾아올 계획이다.

◎ ― 2월 11일, 12일

요즘 찬 기운이 한겨울보다 심하여 옷이 얇은 하인들이 일하기가 괴롭다. 걱정스럽다. 남면에 사는 상인(喪人) 전 만호(萬戶) 김언보(金彦寶)가 와서 보고 돌아갔다. 들으니, 방백이 내일 현에 들어오는데 김억수가 활을 잘 쏘는 사람이라고 하여 현에 들어간다기에 편지를 써서 평강(오윤겸)에게 보냈다. 최참봉 일가가 떠나가고 생원(오윤해)의 처자식들이 돌아왔다. 함께 골짜기에서 머문 지 이미 3년이 지났는데, ―원문 빠짐― 매우 부럽다.

....

* 상례(相禮): 신벌(申橃, 1523~1616). 오희문의 사위인 신응구의 아버지이다. 상례 직임을 역임했기 때문에 이와 같이 불렀다. 안산 군수, 세자익위사 사어 등을 지냈다.

◎ ─ 2월 13일

소 5마리를 빌려서 말지(末之)의 밭 두 곳에 난 조를 실어 왔는데, 두 번에 10바리로 끝내지 못하고 이튿날까지 3바리 해서 다 실어 왔다. 낮에 평강(오윤겸)이 근친했다. 어제 부석사에 와서 두 아우와 함께 자고 왔는데, 두 아이도 머무는 것을 그만두고 내려왔다. 평강(오윤겸)은 내일 방백이 현에 도착하는데 낮에 옥동역에서 멈춘다고 했기 때문에 마중을 가기 위해 온 것이다. 술 1병, 꿩 2마리를 가져왔다.

◎ ─ 2월 14일

아침 식사 전에 평강(오윤겸)이 옥동역으로 달려가 방백이 오기를 기다렸다. 방백이 거느리고 온 행렬이 매우 간소했기 때문에 반찬으로 쓰고 남은 날꿩 1마리, 마른 대구 1마리, 생대구 반쪽, 생가자미 2마리, 돼지고기 포 4조를 사람을 시켜 먼저 보냈다. 이곳에 반찬이 떨어진 것을 보았기 때문이다. 먼저 전풍(全豊) 밭의 조 155뭇을 타작했더니, 전 섬[全石]으로 2섬 3말이 나왔다. 15말은 아우의 집에 주고, 5말은 생원(오윤해)의 집에 주었다.

◎ ─ 2월 15일

오는 21일은 정시가 열리는 날이어서 윤해와 윤함이 내일 상경하려고 한다. 그러나 명나라 군사가 성안에 가득하다고 하니, 아마 물려서 시행할 듯하다. 제 형더러 방백의 행차에 자세히 물어보게 했다. 오늘 통지가 와야 하는데 종일 기다렸으나 아무 소식이 없으니 그 까닭을 모르겠다. 잊어버린 것은 아닌지 걱정된다.

◎ ― 2월 16일

아침에 생원(오윤해)이 제 아우 윤함과 함께 현에 들어갔다. 정시를 물려서 시행하지 않는다면, 내일 양식을 얻어서 상경할 계획이다. 다만 간밤에 큰 눈이 내려 반 자 가까이 쌓였고 센 바람도 불어 아마도 길이 질척거려서 가는 길이 어려울 것이다. 매우 걱정스럽다. 도중에 물려서 시행한다는 소식을 들으면 돌아오겠다고 했다. 저녁에 김억수가 현에서 돌아왔다. 그편에 평강(오윤겸)의 편지를 받아 보니, 방백은 오늘 떠났고 정시는 혹 물려서 시행한다고 하나 아직 정확한 소식은 듣지 못했다고 한다. 평강(오윤겸)은 쇄마차사원으로 내일 사이에 상경해야 하는데, 여러 고을의 쇄마(刷馬)가 형편상 일제히 모이지는 못할 것이다. 정녕 사단이 날 듯하다. 매우 걱정스럽다.

평산정(平山正)이 매를 구하는 일로 그저께 현에 왔는데, 오늘이나 내일 사이에 이곳으로 와서 본다고 한다. 다만 관가에 매가 없어서 형편상 들어주지 못할 것이다. 한탄한들 어찌하겠는가. 생대구 2마리, 생가자미 10마리, 방어(魴魚) 반쪽, 생홍합 1사발, 노루 다리 2개, 청주 7선을 보내왔다. 어머니께 드릴 반찬이 바야흐로 떨어져서 몹시 걱정하던 차에 뜻밖의 물건을 얻었다. 기쁘다.

◎ ― 2월 17일

어제 평산정이 오늘 와서 본다는 말을 들었기에 종일 기다렸으나 오지 않았다. 아마 현에서 바로 돌아갔나 보다. 10년 동안 소식이 막혀 한번 보고 싶었고 또 할 말도 있었는데 만나지 못했다. 안타깝다.

◎ — 2월 18일

김담이 군량을 운반하는 일로 말미를 얻어 현으로 들어가기에 편지를 써서 보냈다. 평강(오윤겸)은 오늘 한양으로 떠났는지 모르겠다. 저녁에 평산정이 왔다. 만나지 않고 돌아간 줄 알았는데 지금 갑자기 만나게 되었다. 말할 수 없이 기쁘고 위로가 된다. 그가 교하(交河)에 있는 우리 집 사내종의 전답과 거주지가 매우 좋아 옮겨 가서 살 만하다고 했으므로 가을에 이사할 계획을 세웠다. 같이 자고 위아래 사람들에게 아침저녁 밥을 대접했다.

또 들으니, 생원(오윤해)이 아우와 함께 어제 한양으로 떠났다가 철원 땅에 이르러 정시를 물려서 시행한다는 소식을 듣고는 즉시 돌아와 오늘 부석사에 도착하여 그곳에 머물면서 공부한다고 한다. 평강(오윤겸)은 오늘 낮에 한양으로 출발했다고 한다. 평산정이 매를 간절히 얻고자 했기 때문에 관가에 2마리뿐인데도 어쩔 수 없이 1마리를 주어 보냈다. 그도 매를 얻은 것을 기뻐했고, 나도 그의 소망을 들어주게 되어 매우 기뻤다.

전 토산 현감 이경담이 인편에 편지를 보냈다. 오는 20일 뒤에 그 딸의 혼수(婚需)를 평강(오윤겸)에게서 얻어 보내 달라고 간절히 말했다. 그러나 평강(오윤겸)은 마침 한양에 가서 없고 관청의 형편상 들어줄 수 없다. 한탄한들 어찌하겠는가. 즉시 답장을 써서 돌려보냈다.

◎ — 2월 19일

평산정이 이른 아침에 교하로 돌아갔다. 집에 아무 물건도 없어서 주지 못하고, 집사람이 다만 잣 4되, 석이 조금을 구해서 그의 작은집에 보냈다. 예전에 매우 친했기 때문이다. 지난가을부터 매를 구하는 친구들이 많았지만 주어 보낸 적이 전혀 없고, 봄이 되면서 다만 2마리를 길렀다. 이것이 없으면 어머니께 반찬을 드릴 수가 없으니, 분명 남에게 줄 형편이 못 된다. 그러나 나이 많은 평산정이 이 때문에 멀리 깊은 산골에 왔고 또 평소에 그 아버지 광천(廣川)이 우리 집을 친자식처럼 후하게 돌봐 주어 그 은혜를 많이 입었으니, 부탁을 저버릴 수가 없었다. 이에 내놓을 수 없는 물건을 준 것이다.

춘금이(春金伊)가 어제 현에서 부석사에 갔다가 지금 비로소 왔다. 생원(오윤해)의 편지를 보니, 요새 공부를 하는 중이라 정시 때가 되면 내려오겠다고 한다. 현에서 춘금이가 오는 편에 소금 2말, 꿩 1마리를 보내 주었다.

◎ ─ 2월 20일

평강(오윤겸)이 한양에 갈 때 관청의 매를 여기에 와서 날려서 꿩을 잡아 드리라고 했기 때문에 어제 내려오던 길에 날렸는데 잃어버리고 지금까지 찾지 못했다고 한다. 아마 아주 잃어버렸을 것이다. 애석하다. 매가 1마리뿐이고 재주도 뛰어났는데, 만일 이것을 얻지 못하면 어머니께 드릴 반찬을 구할 길이 없다. 더욱 걱정스럽다. 집사람은 어제 비로소 머리를 빗고 방 밖으로 나가서 어머니를 뵈었다.

◎ ─ 2월 21일

현의 아전이 와서 내일 상경하는 문안하는 사람이 있다고 하기에, 편지를 써서 평강(오윤겸)이 있는 곳에 부쳤다. 다만 들으니, 독운어사

(督運御史)*가 그저께 현에 들어와 평강(오윤겸)이 자기를 보지 않고 한양에 갔다는 이유로 화를 내며 좌수(座首) 권수와 별감 최수영, 호방(戶房)과 이방(吏房) 등을 잡아다가 각각 한 차례씩 매질을 했다고 한다. 조정의 쇄마가 급한 것은 생각하지 않고 관청에서 영접하지 않은 사소한 일 하나에 노하여 죄 없는 사람을 심하게 매질했다. 안타깝다.

이뿐만이 아니라 데리고 온 서리(書吏)와 소유(所由)* 등이 먼저 사람들에게 인정물(人情物)* 등을 요구하여 많은 물건을 징수해 갔다고 한다. 어사의 성은 문(文)인데, 이름은 무엇인지 모르겠다. 만일 소유를 데리고 왔다면 아마 대간(臺諫)을 겸한 자로, 여러 고을을 순행하면서 독려하는 것이리라. 아랫것들을 단속하지 않아 가는 곳마다 인정물을 요구하니, 먼저 자기 스스로 풍헌(風憲)의 소임*을 실추하는 줄 모르는 것이다. 어느 겨를에 남의 일을 책망한단 말인가. 그의 성이 문이라면, 이름은 아마 홍도(弘道)일 것이다.*

◎ ─ 2월 22일

서쪽 이웃에 사는 전업(全業)의 온 식구들이 도망가고자 하여, 먼저 그 아들 전풍과 사위 박언수(朴彦守) 등에게 몰래 가산을 옮긴 뒤 먼저 처자식을 데리고 달아나게 했고 전업과 그 아내만이 아직 남아 있으나

....
* 독운어사(督運御史): 세금이나 곡식, 군량미 등의 수송을 감독하는 어사이다.
* 소유(所由): 사헌부의 아전이다.
* 인정물(人情物): 인정으로 주는 돈이나 물건이다. 벼슬아치들에게 은근한 뜻으로 넌지시 건네주는 선물이나 뇌물의 성격을 띤 물품이다.
* 풍헌(風憲)의 소임: 풍교(風敎)와 헌장(憲章)을 바로잡는 사헌부의 소임을 말한다.
* 그의……것이다: 문홍도(文弘道, 1553~?)는 수원 부사, 의정부 사인 등을 지냈다.

오래지 않아 따라갈 것이라고 한다. 이뿐만 아니라, 근처에 사는 사람들 중에도 옮겨 가고 싶어 하는 자들이 많다고 한다. 우리 한집만 깊은 산골에 있어서 형세가 매우 불안하니, 탄식한들 어찌하겠는가. 전에 잃었던 관청의 매를 그저께 되찾았다고 한다. 기쁘다.

◎ ― 2월 23일

언명의 사내종 춘희(春希)가 영암(靈巖)에서 찾아와 전혀 뜻밖에 임매(林妹)*의 편지를 전해 주어 받아 보니, 종이 가득 모두 비통한 내용이었다. 슬퍼하고 탄식한들 어찌하겠는가. 또 들으니, 전날에 왜적에게 잡혀간 계집종 수비(守非)가 지난해 섣달에 돌아와서 하는 말이 경온(敬溫)이 지난해 4월에 병을 얻어 적진에서 죽었다고 했단다. 더욱 몹시 애통하다. 그러나 살아서 일본에 들어가 몸을 더럽히기보다는 차라리 우리나라 땅에서 죽은 것이 한편으로는 다행이다.

임진사(林進士)*의 누이 이서방댁(李書房宅)이 그 아들 귀생(龜生)과 함께 포로로 잡혀서 이미 바다를 건너갔다고 한다. 불쌍하다. 다만 임매는 임진사의 서사촌(庶四寸) 임극성(林克成)에게 침해를 받아 살아갈 수가 없다고 한다. 매우 애통하다.

◎ ― 2월 24일

느즈막이 눈비가 섞여 내리고 종일 그치지 않았다. 길이 질척거려

....
* 임매(林妹): 오희문의 여동생. 임극신(林克愼)의 부인이다.
* 임진사(林進士): 임극신(1550년~?). 오희문의 매부이다.

서 물을 길어 오기도 어렵다고 한다.

◎ ― 2월 25일, 26일

눈비가 내린 뒤에 연일 바람이 불어서 추위가 한겨울보다 심하여 사람이 견딜 수가 없다. 현의 아전 득문(得文)이 왔는데, 평양에 보내려는 자이다. 근래 들으니 서쪽으로 내려온 명나라 군사가 길에 가득한데 온갖 짓을 다하여 재물을 약탈한다고 하기에, 가고 올 때 그 환난을 당할 듯하여 우선 가지 못하게 했다. 다시 모두 돌아갔다는 소식을 들은 뒤에 보내려고 우선 돌아가게 했다. 다만 평강(오윤겸)이 한양에 간 뒤로 그 소식을 듣지 못하여 걱정이 그치지 않는다. 또 편지를 써서 들려보내고 한양에 가는 인편에 전달하게 했다.

느지막이 집사람의 기운이 도로 불편해져서 어둑해질 때까지 이어졌다. 한질(寒疾)인가 염려되어 인동초(忍冬草)*를 달여 먹이고 이불을 두툼하게 덮고 땀을 내게 했더니, 땀은 조금 났지만 몹시 답답해 했다. 가슴에 탄환 같은 것이 막혀 있어서 이 때문에 답답하고 숨이 가쁘다고 한다. 이에 또 달걀 노른자를 먹였더니, 오래지 않아 구역질을 하면서 도로 토하고 나서 기운이 조금 안정되었다. 그러나 밤새 뒤척이다가 새벽녘에야 잠이 들었다. 아침이 된 뒤에 나아져서 죽을 마셨으나 아직도 쾌차하지 못했다.

....

* 인동초(忍冬草): 인동 덩굴의 줄기와 잎을 그늘에 말린 것이다. 이뇨, 살균, 해열 및 풍습(風濕), 종기 등에 쓰이는 약재이다.

◎ ― 2월 27일

집사람의 병 때문에 생원(오윤해)이 있는 곳에 말을 보내 불러오게
했다. 오전에 점차 차도가 있었으나 입맛이 없다고 한다. 아마 크게 아
픈 뒤여서 입에 맞는 음식이 없는 듯하다. 저녁에 생원(오윤해)이 제 어
미가 편치 않다는 말을 듣고 절에서 내려왔다. 윤함은 말이 없어서 함
께 오지 못했는데, 증세가 나아 가기 때문에 다시 훗날을 보아 가며 말
을 보내 불러올 계획이다.

◎ ― 2월 28일

집사람의 증세는 특별히 더 아픈 데 없이 점점 회복되어 간다. 이
마을에 사는 사람들이 양곡을 운반하는 일로 모두 한양에 가기 때문에,
생원(오윤해)에게 편지를 쓰게 하여 들려 보내 평강(오윤겸)이 있는 곳
에 전하도록 했다.

◎ ― 2월 29일

전풍 밭의 조를 타작했더니, 모두 2섬 15말이다. 전에 먼저 타작했
던 것까지 합하면 모두 4섬 18말이고, 단은 아직 타작하지 않았다. 저
녁에 이분(李賁)*이 찾아왔다. 이천 집에서 그 형수의 영구(靈柩)를 모시
고 와서 철원 경계까지 보내고 나서 그길로 찾아온 것이라고 한다.

....

* 이분(李賁): 1557~1624. 오희문의 처사촌으로, 이빈(李賓)의 동생이다.

3월 큰달 -13일 청명(淸明), 11일 한식(寒食), 27일 춘분(春分) -

◎ — 3월 1일

이분이 이천으로 돌아갔는데, 조 2말, 메밀 1말을 주어 보냈다. 연전에 찰방 이빈이 찾아왔을 때 어망을 만들어 보내기로 약속하고 그물을 뜰 실을 가져갔는데, 이분이 오는 편에 다 떠서 보내왔다. 매우 기쁘다. 다만 아직 추를 달지 않았다. 김광헌(金光憲) 밭의 조를 타작했더니, 전섬으로 2섬 15말이다.

집에서 기르는 암고양이가 봄이 된 뒤로 수컷을 부르면서 밤낮으로 사방 이웃으로 분주히 다니는데, 사방 이웃에도 수컷이 없어서 이때문에 며칠 동안 부르기를 그치지 않았다. 그저께부터는 어디로 갔는지 알 수 없다. 아마 호랑이에게 물려간 듯하다. 아깝다. 이 고양이가 돌아온 뒤로 집 안의 쥐 떼가 잠잠해져서 날뛰는 걱정이 없었는데, 이제는 고양이가 없으니 아마 쥐 떼가 서로 기뻐하면서 곡식을 축낼 것이다.

◎ — 3월 2일

현에서 사람이 왔는데, 꿩 2마리, 들기름 1되, 중배끼 20잎을 보내
왔다. 다만 평강(오윤겸)이 한양에 간 뒤에 아직 돌아온 자가 없는데,
전해 들으니 무사히 한양에 가기는 했으나 명나라 군사가 날뛰어서 한
양에 있을 수가 없어 용산(龍山) 근처로 피해 있다고 한다. 메주콩[末醬
豆] 20말을 비로소 삶았는데, 개비(介非)가 맡았다.

◎ — 3월 3일

삼짇날인데 술, 떡, 꿩 구이만 차리고 또 대구를 안주로 해서 신주
앞에 올렸다. 달리 차린 물건이 없다. 한탄스럽다. 저녁에 현에서 방자
(房子)*가 왔는데, 절일(節日)이라서 절편 1상자를 만들어 지워 보냈다.
또 평강(오윤겸)의 편지를 보니 지난 25일에 쓴 것인데, 명나라 군사가
성에 가득하여 온갖 포악질을 일삼아서 가진 물건을 다 빼앗겼고 아랫
사람들은 많이 맞아 상했으며 평강(오윤겸)도 욕을 당할까 두려워 숨어
지내며 나가지 않는다고 한다. 필경 어찌될지 알 수 없다. 걱정스럽기
그지없다.

함열의 사내종 춘억(春億)이 어제 현에 도착하여 자방(신응구)의 편
지와 딸의 편지를 전해 주어 보니, 위아래 식솔이 무사히 지낸다고 한
다. 다만 명나라 군사를 피하여 지난달 초에 봉산에서 신천군(信川郡)으
로 옮겨 살았는데, 불편한 일이 많아서 또 다른 곳으로 옮겨 명나라 군
사가 다 돌아가기를 기다렸다가 봉산 옛집으로 돌아와 지내며 여름을

....
* 방자(房子): 지방의 관청에서 심부름하는 남자 하인이다.

보낸 뒤에 한양으로 갈 계획이라고 한다. 진아는 50여 자를 배웠다고 한다. 보고 싶어도 볼 수 없으니, 안타깝다.

◎ — 3월 4일

강비(江婢)가 메주콩 20말을 받아서 삶았다. 한식절(寒食節)이 이미 가까운데 평강(오윤겸)이 한양에 가서 돌아오지 않아 제수를 준비해 보내 주지 못한다. 뿐만 아니라 명나라 군사가 성안에 가득하여 아직 다 돌아가지 않았고 산소는 바로 길가에 있기 때문에, 오가는 사이에 곤란한 일을 만나면 그 형편상 찬을 진설하여 묘소에 제사를 지낼 수 없다. 이 때문에 이곳에서 멀리 바라보고 제사를 지낼 작정이지만, 제수를 한 가지도 준비할 길이 없다. 매우 걱정스럽다. 할 수 없으면 나물이라도 차려 정성을 표하려고 한다. 시사(時事)가 이 지경에 이르렀으니, 탄식한들 어찌하겠는가.

◎ — 3월 5일

현의 장무가 관청의 명령을 받아 양식을 실어 보냈는데, 백미 5말, 중미 10말, 전미(田米) 5말이었다. 꿩 1마리도 보내왔다. 평강(오윤겸)의 편지가 어제 한양에서 현에 도착한 것을 지금 비로소 보았다. 명나라 군사에게 침해를 받아 버티지 못할 형세여서 한 달 안에는 일을 마치지 못하겠으므로 돌아올 시기를 아직 정할 수 없다고 한다. 몹시 걱정스럽다.

또 들으니, 덕노는 가진 말을 명나라 군사에게 빼앗기고 구타까지 당해 다쳐서 거의 죽다가 겨우 살아났다고 한다. 만일 명나라 군사에게 빼앗겼다면 추후에 찾아야 한다. 얼마 못 가 발을 저는 말을 반드시 버리고 갈 것이므로 오히려 되찾을 수 있었을 것이다. 아마 소금을 팔러 다닐 때 발을 절다가 죽은 것을 가지고 명나라 군사에게 빼앗겼다고 둘러대고 또 즉시 평강(오윤겸)에게 가서 보지도 않고 그 어미 집에 누워 있는 것이리라. 이보다 더 애통할 수가 없다. 지난해에 말 1필이 그의 손에서 죽어서 겨우 소를 팔아 은 7냥으로 바꾼 뒤에 그것을 다 주고 다리 저는 이 말을 샀는데 지금 또 잃었으니, 터럭만큼도 집에 도움이 안 된다. 그러나 부릴 사람이 없어서 이 사내종에게 맡기고 있건만 매번 이 모양이니, 손해가 매우 많다. 몹시 괘씸하지만, 후회한들 어찌하겠는가. 여전히 바로 오지 않으니, 이후로 아주 달아나고 오지 않을 셈인가.

◎ ─ 3월 6일

생원(오윤해)의 사내종 안손(安孫)이 현에 들어가기에, 편지를 써주고 한양에 가는 인편에 건네주어 평강(오윤겸)에게 전달되도록 했다. 전에 두 번이나 편지를 보내서 며느리에게 전해 보내라고 했는데, 지금 평강(오윤겸)의 편지를 보니 하나도 받지 못했다고 한다. 아마 잊어버리고 보내지 않은 것이다. 이 때문에 이번 편지는 평강(오윤겸)의 첩에게 보내서 잊지 말고 한양으로 올려 보내게 했다.

패자(牌字)*가 이루어져서 현의 장리(掌吏)에게 보내어 한식에 쓸 제

....
* 　패자(牌字): 지위가 높은 기관이나 사람이 자신의 권위를 근거로 상대에게 어떤 사항에 대한 이행을 지시하거나 통보하는 성격의 문서이다.

수를 전례대로 하나하나 준비하게 했다. 오는 8일 안으로 구해 보내면 여기에서 제사를 지낼 계획이었는데, 관청에도 찬이 없다고 하므로 두부콩을 부석사에 보내서 두부를 만들어 오게 하여 나물 음식으로 제사를 지낼 생각이다. 한탄스러우나 어찌하겠는가. 눌은비(訥隱婢)가 메주콩 20말을 받아 삶았다. 세 계집종이 받아 간 콩이 도합 3섬이다. 이 도의 독운어사 류공진(柳拱辰)*이 안협의 집에서 평강으로 가다가 지나는 길에 찾아왔다. 류공진은 내 아들과 교제가 두터운 벗이다. 매우 고마웠다.

◎ ─ 3월 7일

이웃에 사는 군사 전업이 번을 서는 일로 한양에 갔다가 비로소 돌아왔다. 보러 와서 하는 말이, 지난 2일에 평강(오윤겸)에게 가서 보았더니 그가, "나도 2, 3일 뒤에는 관청으로 돌아갈 예정인데 아침에 먼저 돌아가는 자에게 이미 편지를 보냈기에 지금 다시 쓰지 않는 것이니 이 뜻을 전달해 달라."라고 했단다. 근래의 조보(朝報)* 두어 장을 보내왔다. 아마 일을 끝내고 돌아오는 것인가 보다. 다만 어사(御史) 진효(陳效)*가 한양에서 죽었다고 하는데, 이 때문에 명나라 장수들이 더 체류하기에 평강(오윤겸)이 바로 돌아오지 못한다고 한다. 그러나 아직 정확한 것은 모르겠다.

....

* 류공진(柳拱辰): 1547~1604. 남원 부사, 사섬시 정 등을 지냈다.
* 조보(朝報): 승정원에서 재결 사항을 기록하고 서사(書寫)하여 반포하던 관보(官報)이다. 왕명, 장주(章奏), 조정의 결정사항, 관리 임면, 지방관의 장계(狀啓) 등이 모두 포함되었다.
* 진효(陳效): ?~1599. 명나라의 관료이다. 정유년(1597) 12월에 흠차 어왜 감찰 요해 조선 등처 군무 감찰어사(欽差禦倭監察遼海朝鮮等處軍務監察御史)로 동정군(東征軍)의 공죄(功罪)를 조사하라는 명을 받고 나왔다.

◎ ― 3월 8일

간밤 꿈에 죽은 딸을 보았다. 내가 마침 누구 집인지 모르는 곳에 있었는데, 손에 약과를 들고 여러 아이들에게 나누어 주고 있을 때 죽은 딸이 행랑 아래 서 있었다. 기름을 바른 머리를 빗질해 땋고 분을 바르지는 않았으며 자색 저고리와 반청(半靑) 치마를 입고서 얼굴을 들고 손을 내밀어 먹을 것을 달라고 했다. 내가 말하기를, "너도 여기에 있었느냐?"라고 하고 즉시 대계(大桂)*1잎을 주었더니, 바로 받아서 산적 곶[串]에 꿰어 -원문 빠짐- 먹는 것이었다. 갑자기 꿈에서 깨어났다. 말소리와 용모가 흡사 생전 모습과 같았고 얼굴과 눈동자가 또렷이 떠올라 절로 눈물이 흘러 옷깃을 적셨다. 둘째 딸과 두 며느리는 등불을 밝혀 바느질을 하면서 아직 잠자리에 들지 않았고, 집사람도 잠들지 않고 일어나 앉아 있었다. 내가 꿈에서 본 일을 말해 주고 집사람과 마주 보면서 하염없이 눈물을 흘렸다.

죽은 지 지금 2년이 되도록 한 번도 꿈에 나타나지 않기에 꿈에서라도 한번 보고 싶어도 보지 못했는데, 오늘 밤 내 꿈에 나타나 나로 하여금 옛날에 놀던 일을 생각나게 하는구나. 창자가 끊어질 듯이 괴롭고 슬프기 그지없다. 대상 전에 한번 그 무덤에 가 보려고 했으나 사내종과 말이 없어서 가지 못했는데, 떠돌던 혼령이 꿈속에서 나를 찾아왔단 말인가. 아, 슬프고 슬프다.

저녁에 현의 장무가 한식에 쓸 제수를 갖추어 보냈다. 반병미(飯餠

....

*   대계(大桂): 밀가루에 꿀을 넣고 반죽하여 얇게 밀어서 직사각형으로 자른 후 뜨거운 기름에 지진 유밀과(油密果)의 하나이다. 대박계(大朴桂)라고도 한다.

米) 3말, 메밀 1말, 찹쌀 3되, 꿀 1되, 참기름 5홉, 말린 꿩 2마리, 대구 3마리, 닭 2마리, 껍질을 모두 벗긴 세 가지 과일 각각 1되 5홉, 석이 1말, 간장 3되, 청주 5선, 각종 나물을 실어 보냈다. 관청의 매도 가져왔는데, 이곳에서 날려서 꿩을 잡아 쓸 계획이다.

들으니, 평강(오윤겸)이 돌아올 때 도중에 감사(監司)의 관문을 받았는데 뒤따라 인부와 말을 올려 보내고 이어서 담당관에게 교부하게 하라고 하여 부득이 도로 올라갔다고 한다. 매우 걱정스럽다. 그러나 아직 자세한 것은 알지 못하겠다. 김담과 춘금이더러 그물을 가지고 앞 내에서 물고기를 잡게 하여 1백여 마리를 얻었다. 이것을 구워 제사에 쓸 수 있게 되었다. 기쁘다.

◎ ─ 3월 9일, 10일

매사냥꾼이 꿩 3마리를 잡아 왔다. 찬을 만들게 하니, 온 집안이 종일 시끄러워서 여가가 없었다. 저녁에 현의 통인(通引)* 만세(萬世)가 한양에서 평강(오윤겸)을 모시고 돌아왔는데, 평강(오윤겸)이 대탄(大灘)* 가에 이르러 편지를 써서 먼저 보냈다. 편지를 보니, 오늘 현에 도착하여 우선 며칠 머문 뒤에 근친할 계획이어서 먼저 사람을 시켜 안부를 여쭙는 것이라고 했다. 우심(牛心) 1부(部)를 구해 보냈다. 내일 제사에 이것을 구워 쓰면 되겠다. 매우 기쁘다.

....

* 통인(通引): 지방 관아에서 수령의 잔심부름을 하던 이속(吏屬)이다. 특히 경기도와 영동 지방에서 사용하던 명칭이다.
* 대탄(大灘): 지금의 한탄강(漢灘江)을 말한다. 근원이 회양부의 쌍령(雙嶺)에서 나와 남쪽으로 흘러 철원의 남쪽을 지나고 또다시 서쪽으로 흘러 연천현의 서남쪽에 이르러서 임진강(臨津江)과 합류한다.《국역 해동역사(海東繹史)》속집(續集) 제14권 〈지리고(地理考)〉.

◎ ― 3월 11일

한식절이다. 첫닭이 울 때 제사를 지냈다. 먼저 조부모께 지내고 다음으로 선친께 지냈으며 다음으로 죽전(竹前) 숙부모 두 분께 지내고 그 뒤에 죽은 딸에게 지냈다. 그런 뒤에 제사 도구를 거두어 가지고 동쪽 집에 가서 제사를 지냈다. 다만 찬이 없어서 면(麵), 떡, 밥, 국, 세 가지 과일, 두 가지 고기탕, 한 가지 채소탕, 세 가지 어육적(魚肉炙), 한 가지 나물적, 쟁반에 올린 나물로 제사를 지냈다. 내일은 고조부의 기일이어서 우리 형제가 제사를 지내야 하기 때문에 술과 고기를 먹지 않았다.

아침 식사 뒤에 윤함이 현에 들어갔다. 정시가 오는 17일로 결정되었다고 하기 때문에 먼저 현에 들어가서 제 형에게 말을 얻어 가지고 상경하려는 것이다. 그런데 사람과 말을 얻기가 매우 어려우니 기필할 수가 없다. 생원(오윤해)은 내일 따라 들어갈 계획이다. 평강(오윤겸)은 어제 무사히 현에 도착해서 사람을 보내 안부를 물어 왔다. 편지를 보니, 덕노는 실제로 말을 둘러댄 것은 아니었다. 처음에 말을 빼앗기고 평산(平山)까지 따라갔다가 밤을 틈타 훔쳐 가지고 나왔으나 도로 잡혀서 몹시 구타를 당하여 거의 죽다 살아났다고 한다. 그가 즉시 돌아오지 않고 이처럼 지체하다가 끝내 이러한 환난을 겪었으니, 누구를 탓하겠는가. 다만 다시 말을 사는 것이 매우 어려우니, 우리 집의 일이 걱정이지만 어찌하겠는가.

또 들으니, 광노의 집에 두었던 호피(虎皮)를 무명 7필로 바꾸었다고 한다. 여기에 더 보태서 살 작정이다. 제사를 지낸 뒤에 가까운 이웃 사람들을 불러서 술과 떡을 대접했다. 어떤 사람이 와서 피나무 자리를 팔기에, 조 1말 2되를 주고 바꾸어서 방에 깔았다. 깔 자리가 없었기 때문이다.

◎ ― 3월 12일

날이 밝을 무렵에 아우와 인아, 붕질(鵬姪, 붕아)*과 함께 고조부의 제사를 지냈다. 면, 떡, 밥, 국, 세 가지 과일, 세 가지 탕, 세 가지 나물적을 차려서 지냈다. 생원(오윤해)은 아침 식사 뒤에 현으로 들어갔다. 정시 소식을 듣고 과거를 보기 위해 제 형에게 양식을 얻어서 한양에 갈 계획이다. 다만 말이 절룩거려서 가지 못할까 걱정스럽다.

언명의 사내종 춘희가 오늘 비로소 영암으로 돌아가는데, 현에 들어가 역시 양식을 얻어서 가려고 했다. 임매에게 보낼 물건이 없어서 다만 육촉(肉燭, 쇠기름으로 만든 초) 1쌍을 구해 주고 또 답장을 써서 전하게 했다. 어머니께서도 잣 1말, 꿀 1되를 구해 보냈다.

또 들으니, 평강(오윤겸)이 한양에 있을 때 한식 제사를 비록 묘소에서 지내지는 못했지만 베 1필과 대구 1마리를 구해서 묘지기 사내종 등에게 주고 술과 안주를 사 오게 하여 분향하고 술잔만 올렸다고 한다. 사세(事勢)가 이 지경이어서 할 수 없이 이곳에서 제사를 지내기는 했지만, 묘소 앞을 그냥 지나치려고 하지 않았기 때문이다.

....

* 붕질(鵬姪): 오희철의 외아들 오윤형(吳允詗)으로 보인다. 붕아(鵬兒)라고도 한다.《해주오씨대동보(海州吳氏大同譜)》 권10.

◎ ― 3월 13일

전풍이 꿩 1마리를 가져왔다. 망일(望日)에 사는 백성 전업석(全業石)이 꿩 1마리, 무 2말, 느타리버섯 등을 가지고 왔다. 청탁할 일이 있기 때문이었다. 내가 관여할 일이 아니니, 평강(오윤겸)이 근친하는 때를 기다렸다가 말해 줄 계획이다. 참무 2백 개와 큰 무 25개를 심었다. 종자를 얻기 위해서이다.

◎ ― 3월 14일

이웃 사람의 말을 빌려 타고 판관 최응진의 집에 찾아가 조용히 이야기를 나누었다. 그 집에서 나에게 물만밥을 대접했다. 해가 기울어서야 돌아왔다. 언신이 소를 끌고 북면에 갔다. 팥을 실어 오기 위해서이다. 지난달에 무명 1필을 가지고 생선으로 바꾸어 북촌(北村) 인가에 맡겨 두었다.

◎ ― 3월 15일

생원(오윤해)의 사내종 춘이가 지난달에 생선을 사러 영동(嶺東)에 갔다가 어제 현에 도착하여 오늘 비로소 여기로 왔다. 평강(오윤겸)의 편지를 보니, 근래 어사가 온다는 기별이 현에 와 있어서 근친하지 못한다고 한다.

또 들으니, 경기 관찰사가 명나라 군사에게 구타를 당해 인사불성이 되었고 도사(都事)는 피신하여 어디로 갔는지 알 수 없어서 전에 쇄마를 모두 교부했는데도 당시에 회답을 내주지 않아 병조(兵曹)가 직접 와서 회답하기를 독촉하고 경리(京吏)를 잡아 가두어 장차 큰일이 날 것 같다고 한다. 문어사(文御史, 문홍도)도 지난번에 보지 않고 한양으로 간 일 때문에 크게 노하여 가는 곳마다 헐뜯으니, 또한 아마 무슨 처분이 있을 것이라고 한다. 탄식한들 어찌하겠는가. 날꿩 3마리, 가자미 2뭇, 대구 3마리를 가져왔다. 이 두 가지 생선은 통천(通川)의 향리(鄕吏) 박세업(朴世業)이 춘이가 올 때 구해 보낸 것이다. 박세업은 평강(오윤겸)과 잘 알고 지냈기 때문에 전에도 인편이 있으면 계속 보내 주었다. 인정이 후하다고 할 만하다.

생원(오윤해)과 아우 윤함은 지난 3일에 말을 얻어서 한양에 갔다고 했으니, 일정을 계산해 보면 오늘 한양에 도착했을 듯싶다. 그러나 명나라 군사가 아직 다 돌아가지 않았다고 한다. 걱정스럽다.

◎ ─ 3월 16일

김억수가 환자[還上]*를 받아 오는 일로 현에 들어가기에 답장을 써서 보냈다. 어둑할 무렵에 덕노가 한양에서 돌아왔다. 길에서 생원(오윤해) 형제를 만났는데, 생원(오윤해)이 데리고 양주(楊州) 고을 앞까지 갔다가 타고 가는 말을 명나라 군사에게 빼앗길까 두려워 도로 덕노에게 주어 보내고 걸어서 한양으로 갔다고 한다. 덕노는 당초에 명나라 군사가 말을 빼앗을 때에 심하게 매를 맞아 병이 나서 그 어미에게 가서 누워 있다가 이제야 비로소 온 것이라 한다. 반동(反同)*한 무명 2필

....

* 환자[還上]: 환곡(還穀). 조선시대의 구휼제도 가운데 하나로, 흉년 또는 춘궁기에 곡식을 빌려 주고 풍년 때나 추수기에 되받던 일 또는 그 곡식을 말한다.
* 반동(反同): 물고기나 소금 또는 잡물을 나누어 주고 후에 이자를 계산하여 거두거나 혹은 베나 재화를 나누어 주었다가 후에 이윤을 취하는 행위이다. 일종의 이자놀이라고 할 수 있는데, 지방의 관리들이 지방 세입을 늘리거나 개인의 축재를 위한 수단으로 이용했다.

반을 바쳤다.

◎ ─ 3월 17일

소나무 가지를 베어다가 머무는 집의 서북쪽 가에 울타리를 만들게 했다. 해가 아직 일렀기 때문에 또 뒤편 냇물에 어살*을 치게 했다. 지난해에 쳤던 곳이다.

저녁에 현의 아전 민득문(閔得文)이 함열의 사내종 춘억과 같이 왔다. 평양에 보내려고 하는 자이다. 득문이 먼 길에 혼자 갈 수 없다고 하여 덕노와 함께 보내려고 했는데, 덕노는 어제 와서 병을 핑계로 일어나지 않는다. 다시 머물게 하여 며칠 동안 몸조리시켜 오는 20일 뒤에 보낼 예정이다. 그래서 득문을 도로 보냈다가 21일에 오도록 했다. 평강(오윤겸)에게도 이러한 내용으로 답장을 써서 보냈다. 문어사가 어제 현에 왔는데, 3일 동안 머물 것이라고 한다.

◎ ─ 3월 18일

춘억이 봉산으로 돌아가기에 편지를 써서 보냈다. 북쪽 배나무에 까치가 집을 지었기에 그 가지를 잘라서 없애 버렸다. 속담에 북쪽의 까치집은 집안에 해롭다고 했기 때문이다.

어제 어살을 친 곳에서 민물고기 25마리가 잡혔다. 또 삭녕(朔寧)

....
* 어살: 원문의 어전(漁箭)은 물고기를 잡기 위하여 물속에 싸리나 참대, 긴 나뭇가지 등을 빙 둘러 꽂아 둔 어살을 말한다. 하천어전과 해양어전이 있는데, 여기에서처럼 냇가에 두르는 하천어전은 원래의 하천에 돌로 방죽을 쌓고 그 일부분에 방죽 대신 통발을 설치하여 하천 상류에서 내려오는 물고기가 그 안에 들어가도록 설치한다.

의 향리로 부역을 피해서 서쪽 이웃에 와 있는 자가 물고기 40여 마리를 잡아서 바치기에 간장 1사발로 보답했다. 전에 한 번 와서 바쳤을 때에 -원문 빠짐- 쌀 1되로 갚았는데 또 이같이 가져왔으니, 아마 감동했기 때문이리라.

앞내에 어살을 -원문 빠짐- 밭에 뿌린 삼씨는 집 앞 억수의 밭에 4되, 전업의 밭에 5되, -원문 빠짐- 밭에 2되 5홉이다. 도합 1말 1되 5홉을 뿌렸다.

저녁에 춘이가 현에서 돌아왔다. 평강(오윤겸)의 편지를 보니, 어사가 아직도 머물러 있는데 어제 불러들여 보고는 매우 후의를 베풀었다고 한다. 어찌하여 전날에는 심하게 노여워하다가 지금은 관대하게 대하는가. 아마 남의 말이 있어서일 것이다. 가소로운 일이다. 꿩 1마리, 천문동(天門冬),* 말린 정과 조금을 보내왔다.

◎ — 3월 19일

어머니께서 감기에 걸려 콧병이 나고 기침가래가 극심한 지 이미 3일이고 식사량이 크게 줄었다. 몹시 걱정스럽다. 중금(仲今)의 밭을 병작(幷作)*하는 사람들이 조 종자를 받아 가지고 갔다. 다만 찰방이 금년에도 또 경작을 하게 하려는지 아직 알 수 없다. 그러나 우선 씨를 뿌려 두고 후일을 기다려 보게 했다. 허락할지의 여부가 걱정이다. 덕노

....
* 천문동(天門冬): 백합과에 속하는 다년생 뿌리 식물이다. 우리나라의 남부 해안 지방에서 많이 자란다. 한방에서는 뿌리를 약재로 이용한다. 노인의 만성기관지염, 폐결핵 등에 쓰인다.
* 병작(幷作): 토지가 없는 농민이 지주의 토지를 빌려 경작하고, 수확량을 절반씩 나누는 것을 말한다.

와 김담에게 채소밭을 갈고 각종 채소 씨를 뿌리게 했다. 또 가시나무를 베어다가 울타리를 만들게 했다.

◎ ─ 3월 20일

오늘 어머니께서 차도는 있으나 아직 쾌차하지는 못하셨다. 어제 저녁에 안악(安岳)에 사는 계집종 복시(福是)의 둘째 아들 천수(天壽)가 와서 보고 하는 말이, 신홍점(申鴻漸)*의 침해를 받아 그 괴로움을 이기지 못하여 살 수가 없는 지경이라 내 어머니를 모시고자 온 집이 돌아와서 우거하려 한다고 했다. 일의 형편상 그 말을 따르지 않을 수가 없다. 아침저녁 식사를 대접해 보냈다. 그 어미는 지난해에 병으로 죽었다고 한다. 무명 9자, 가자미 1뭇을 어머니께 갖다 바쳤다.

◎ ─ 3월 21일

어머니는 아직도 쾌차하지 못하셨다. 걱정스럽다. 류어사(柳御史, 류공진)가 영동에서 사직서를 올린 뒤에 집으로 돌아가면서 이곳을 지나갈 때 사람을 시켜 안부를 물었다. 또 들으니, 문어사는 홍문관 수찬(弘文館修撰)에 제수되어 그저께 한양으로 돌아갔다고 한다.

오후에 비가 내려 밤까지도 그치지 않으니, 밀밭과 보리밭, 삼밭, 채소밭에 매우 좋다. 기쁘다. 저녁에 춘이가 현에서 돌아와 평강(오윤겸)이 내일 근친한다고 전했다. 꿩 1마리, 열목어 6마리, 생파, 목숙(苜宿),* 세미(細米) 1말, 꿀 2되 등의 물건을 구해 보냈다. 언명의 사내종 개

....

* 신홍점(申鴻漸): 1551~1600. 마전 현감을 지냈다.

금(今)이 식량을 구하는 일로 현에 갔다가 돌아왔다. 전미(田米) 1말, 보리 2말을 얻어 왔다.

지금 정시의 방(榜, 합격자 명부)을 보니 뽑힌 자가 10명인데, 생원(오윤해)은 거기에 들어 있지 않았다. 때가 오지 않았는가, 운명이 기구한 것인가. 한탄한들 어찌하겠는가. 윤함은 탈 말도 없이 갔으니 어떻게 온단 말인가. 몹시 걱정스럽다.

이재영(李再榮), 이안눌(李安訥), 이경익(李景益), 이형원(李亨遠), 목장흠(睦長欽), 윤양(尹讓), 류성(柳惺), 임업(林㦿), 이선복(李善復), 백대형(白大珩)이 급제했는데, 이선복은 이경천(李慶千)의 아들이다. 몹시 기쁘고 위로가 된다. 이경천은 장수 현감(長水縣監) 이빈(李贇)*의 처남으로, 한집안이나 같기 때문이다. 그의 조부는 여든 살이 넘어서 평안도에서 떠돌고 있으니, 그의 기쁨을 어찌 말로 형용할 수 있겠는가. 이재영은 서출(庶出)이어서 삭제되었다.

◎ ─ 3월 22일

어머니께서는 차도가 있으나 아직 완쾌하지는 못하셨다. 걱정스럽다. 어살에 잡힌 민물고기를 수달이 다 먹어 버려서 겨우 10여 마리를 잡았다. 밤비로 물이 불어서 많이 잡혔을 것이라고 생각했는데, 잡은 것이 이것뿐이다. 아쉽다. 김언보가 민물고기 30여 마리를 갖다 바쳤다.

저녁에 평강(오윤겸)이 근친하러 왔다. 두어 달째 못 보다가 이제

....

* 목숙(苜宿): 콩과의 식물로, 주로 약재로 쓰인다. 개자리 또는 거여목이라고도 한다.
* 이빈(李贇): 1537~1592. 오희문의 처남이다. 오희문의 장인인 이정수의 아들이다. 임진왜란 당시 장수 현감을 지냈으나 1592년 11월에 사망했다.

만나니, 기쁘고 위로되는 마음을 어찌 말로 다 하겠는가. 백미 5말, 중미 5말, 소금 5말, 꿩 2마리를 가져왔다. 소금은 류공진이 우리 집에 준 것인데, 짐이 무거워서 1섬 중에 5말만 가지고 왔다고 한다. 이것으로 간장을 담글 수 있겠다. 기쁘다.

◎ ─ 3월 23일

어머니는 여전히 편찮으시다. 걱정스럽다. 이 마을 근처에 살던 사람이 한양에서 왔는데 생원(오윤해)이 마침 만나서 편지를 보냈다. 편지를 보니, 명나라 군사가 아직도 도성 안에 가득하여 한양에 하루 머물기도 몹시 어렵고 괴로워서 곧바로 돌아오고자 하는데 종과 말이 없으니 춘이에게 말을 끌려 가정자(柯亭子)*에 보내라고 했다. 전날에 관아의 사내종 갯지와 세만 등이 말을 가지고 한양에 갔으니, 돌아올 때 아마 타고 올 것이다. 이 때문에 춘이를 보내지 않았다.

정시의 서제(書題)는 "당(唐)나라 승려 이필(李泌)이 부른 명(命)에 사례하고 봉래원(蓬萊院)을 지은 일*에 대한 표문"이었는데, 시한이 사시(巳時, 9~11시)까지여서 촉박한 관계로 답안을 완성한 자가 많지 않았다고 한다. 윤해와 윤함도 아마 미처 짓지 못했을 듯하다.

매사냥꾼이 꿩 2마리를 잡아 와서 바쳤다. 최판관이 평강(오윤겸)을 찾아와서 보기에, 나도 나가 보고 물만밥을 대접했다. 김린도 참석했다. 수달이 간밤에 어살을 친 곳에 또 와서 망가뜨려 놓고 잡힌 물고

....
* 가정자(柯亭子): 양주군 이담면에 있는 마을로, 지금의 경기도 동두천시 동두천동에 속한다.
* 당(唐)나라……일: 당나라 때 이필(李泌)이 대종(代宗)의 부름을 받아 사례하고 봉래전(蓬萊殿) 서각(書閣)을 지어 머물렀던 일을 말한다.《신당서(新唐書)》권139 〈이필열전(李泌列傳)〉.

기를 다 먹어 버렸다. 몹시 괘씸하다. 김담에게 덫을 놓게 하여 꼭 잡으려고 한다.

◎ ― 3월 24일

어머니는 여전히 편찮으셔서 식사량이 전보다 많이 줄었다. 몹시 걱정스럽다. 근래에 돌림병이 성행하여 언명의 두 아이와 동쪽 집의 아이들이 밥을 먹지 않고 앓으며 후임(後任)*도 앓는다. 몹시 걱정스럽다.

평강(오윤겸)이 현으로 돌아갔다. 나는 언명, 인아와 함께 뒤쪽 정자에 올라가 구경하다가 냇가로 내려와 발을 씻었다. 또 백비암(白鼻巖)에 올라 한참 동안 멀리 바라보니, 시내의 버들은 푸르고 산의 꽃은 피어나 눈에 들어오는 봄빛이 술 마시기에 딱 좋았다. 그러나 집에 술이 한 방울도 없어서 봄날을 그대로 보내게 되었다. 한탄한들 어찌하겠는가.

현의 아전 민득문과 덕노를 봉산에 함께 보냈다. 그길로 평양에 가서 밭을 사기 위해서이다. 편지를 써서 함열의 집에 보냈는데, 보낼 것이 아무것도 없어서 다만 말린 산삼과 도라지 조금을 보냈다.

◎ ― 3월 25일

어머니는 여전히 편찮으시고 아직도 쾌차하지 못하셨다. 몹시 걱정스럽다. 어살에 잡힌 민물고기가 거의 서너 사발이나 되었다. 덫을 놓은 뒤로 수달이 오지 않았기 때문이다. 언신을 현에 보냈다. 귀리 종

....

*   후임(後壬): 오윤성의 딸이다. 오윤해의 딸 효립(孝立)보다 10여 일 늦게 태어나 후임이라고 이름을 지었다.

자를 구해 오기 위해서이다. 화전(花煎)을 부쳐서 신주에 올린 뒤에 위아래 사람들이 함께 먹었다. 다만 기름을 구하기가 몹시 어려워서 겨우 구해서 만들어 올렸다. 전풍 밭의 조를 타작했더니 9말이 나왔다. 아직 다 타작하지 못했다.

◎ ― 3월 26일

생원(오윤해)이 그저께 윤함과 함께 현에 이르러 하루를 머물고 오늘 비로소 왔다. 윤함은 아직 현의 관아에 머문다고 한다. 언신이 귀리 종자 8말을 가지고 왔다.

어머니께서 오늘은 차도가 있으나 아주 쾌차하지는 못하셨다. 또 생원(오윤해)에게 들으니, 한양에 들어온 명나라 군사들이 방자하고 거리낌이 없어 조금이라도 마음에 들지 않으면 양반, 상인(常人)을 가릴 것 없이 마구 때리고 욕을 하며 재산을 약탈해서 사람들이 살 수 없다고 한다. 한탄스럽다.

◎ ― 3월 27일

어머니 병환의 큰 증세는 이미 덜해졌고 음식도 차츰 더 드신다. 이제는 아주 쾌차하실 듯하다. 몹시 기쁘다. 조인손(趙仁孫)의 밭을 갈고 귀리 3말, 깨 3되를 뿌렸다. 하루갈이이다. 오전에 언명, 인아와 함께 걸어서 가 보고 날이 저물어 돌아왔다.

◎ ― 3월 28일

언춘의 밭을 갈았다. 하루갈이이다. 늦조[晚粟] 3되 5홉을 뿌렸다.

어살에서 민물고기 1사발을 잡았고, 전업이 40여 마리를 갖다 바쳤다. 삭녕에서 도망 온 아전도 큰 물고기 15마리를 바쳤다.

◎ ─ 3월 29일

조련(趙連)의 밭을 갈았으나 다 못 갈아서 씨를 뿌리지 못했다. 식사한 뒤에 아우 및 두 아이와 함께 가 보고 그길로 상암굴(上巖窟)에 올라가 보았다. 그 깊이를 알 수가 없는데, 냇물이 졸졸 흘러나오고 굴 옆에는 또 옛 절터가 있었다. 누군가 하는 말이, 이 굴은 이천 땅에서 시작된다고 했다. 오후에 돌아왔다.

저녁에 현에서 문안하는 사람이 왔다. 편지를 보니, 근래에 근친하러 오겠다고 한다. 새 책력(冊曆) 1부, 대구 1마리, 말린 열목어 3마리를 보내왔다. 이제 새 책력을 보니, 한식은 지난 12일이었다. 우리나라 책력을 보기 전에는 모두 11일이라고 해서 그날에 제사를 지냈는데, 잘못이었다. 우스운 일이다. 명나라 책력만 보았는데, 명나라 책력에는 한식이 적혀 있지 않았기 때문이다.

또 조보를 보니, 순화군(順和君)이 강 위에서 잔치를 벌이고 놀다가 사람을 죽였다고 해서 대론(臺論)*에까지 나왔다고 한다.* 잔치하고 놀

....

* 대론(臺論): 사헌부와 사간원에서 하던 탄핵을 말한다.
* 순화군(順和君)이……한다: 사헌부 지평 이필영(李必榮)이 살인을 저지른 순화군 이보(李𤣰)를 법률에 따라 처벌하라고 건의한 것을 말한다. 《국역 선조실록》32년 3월 25일. 순화군은 선조의 아들로, 임진왜란 당시 근왕병을 모집하려고 처조부 황정욱(黃廷彧) 등과 함께 강원도에 파견되었다가 왜군을 피해 회령에 갔다. 그러나 왕자 신분을 내세워 행패를 부리다가 향리로 강등당해 회령으로 유배된 국경인(鞠景仁) 등에 의해 왜군에 넘겨졌다. 1593년 일본으로 압송되기 전에 풀려났다. 살인과 물건 갈취로 1601년에 군(君)의 작위에서 박탈되었다가 1604년에 호성원종공신 1등에 책록되었다.

때가 아닌데다가 연전에 이조(吏曹)의 서리를 매질해 죽여서 겨우 수습했는데 이제 또 사람을 죽였으니, 두려워하지 않고 깨닫지 못하는 것을 알 만하다.

정시에서 장원한 이재영은 부계(府啓, 사헌부에서 올리는 계)에서 천한 광대 학금(鶴今)의 아들이라고 해서 삭제되었고, 심지어 그 아비가 정해져 있지 않다고 사관(四館)*에서도 죄를 논하여 파직했다고 한다. 무과에 장원한 권승경(權升慶)도 서얼이라고 하는데, 또 한양에서 온 사람에게 들으니 파방(罷榜)*했다고 한다. 아직 확실한 것은 알 수 없다.

◎ — 3월 30일

어제 못다 간 밭을 다 갈았는데, 파종은 끝내지 못했다. 저녁에 가 보았다. 집사람이 딸들을 데리고 비로소 동쪽 생원(오윤해)의 집에 갔다가 그길로 동대(東臺)에 올라 꽃구경을 하고 돌아왔다. 다만 바람을 겁내서 긴 옷으로 얼굴을 가리고 눈만 내놓고 보았다. 우습다. 그러나 오랜 병 끝에 비로소 출입했으니 역시 위로가 된다.

....

* 　사관(四館): 성균관(成均館), 예문관(藝文館), 교서관(校書館), 승문원(承文院)의 총칭이다.
* 　파방(罷榜): 과거에 합격한 사람의 발표를 취소하는 일을 말한다.

4월 작은달 -14일 입하(立夏), 29일 소만(小滿) -

◎ ─ 4월 1일

어제 못다 심은 밭에 씨를 다 뿌렸다. 직(稷) 1말 5되로, 이틀갈이
이다. 평강(오윤겸)이 제 어미가 복용할 팔물원(八物元)*을 지어 보내서
어제부터 먹기 시작했다. 동대 건너편 언덕 위에 깨를 심을 만한 곳이
있기에 두 사람을 시켜 나무를 베게 하고 만져 놓았다. 훗날 땅을 일구
어 씨를 뿌리려고 한다.

함열의 사내종 등 5명이 말을 가지고 왔다. 영동에 가서 어물을 사
오는 일 때문이다. 여기에 들렀기에 자방(신응구)의 편지를 받아 보니,
재령(載寧)에서 봉산의 사내종 집으로 돌아와 지내는데 별일 없다고 한
다. 평강(오윤겸)의 죽은 사내종 막정의 전답은 이미 팔아서 무명 20필,

....
* 팔물원(八物元): 심신을 보익하고 혼백을 안정시키며 담(痰)을 삭이고 열(熱)을 내리며 경계
(驚悸)와 정충(怔忡)을 멎게 하는 약이다.

검푸른 무명 2필, 검푸른 새 철릭[天翼]* 1벌, 큰 암소 1마리를 받았는데, 소는 그곳에 남겨 두어 먹이고 그 나머지 물건은 지금 온 사내종 편에 보내 주었다. 몹시 기쁜 마음을 어찌 말로 다 하겠는가. 만일 함열이 직접 가지 않았다면 반드시 남에게 속임을 당했을 터인데, 함열이 마침 일이 있어 그곳에 간 김에 판 것이다. 전답은 모두 그 일가가 샀다고 한다. 평상시에는 그 값이 이렇게 높지 않다고 한다. 다만 관청 사람과 덕노가 이 때문에 갔으나, 중도에 공교롭게도 길이 어긋나서 만나지 못했다고 한다. 그러나 그 소는 반드시 끌고 올 것이다. 전답을 판 숫자는 함열이 써서 보냈다.

아차도(阿次島)의 밭은 반일같이인데, 암소 1마리 값이다. 집 앞의 삼밭은 무명 9필 값이다. 언덕 위의 직전(稷田)은 반일같이인데, 무명 9필 값이다. 또 밭 하루같이는 아청(鴉靑) 2필 값인데, 무명 6필로 계산했다. 이 밭은 매우 불량하기 때문에 값이 싸다고 한다. 논 7마지기는 무명 2필과 검푸른 새 철릭 1벌 값인데, 무명 5필로 계산했다. 또 밭 반일같이는 묵어서 살 사람이 없다고 한다. 밭 두 곳은 막정이 살아 있을 때 이미 팔았다고 한다. 논 2마지기는 당초 팔 때 거론하지 않았기 때문에 팔지 않았는데, 다시 막정의 형에게 물어보겠다고 한다. 안협에 사는 연수가 날꿩 1마리, 파 등을 갖다 바치기에 대구 1마리로 갚았다.

....
*   철릭[天翼]: 무관이 입는 공복(公服)의 일종이다. 깃이 곧고 허리에 주름이 잡혔으며 큰 소매가 달렸다.

◎ ― 4월 2일

최중운(崔仲雲, 최응진)이 사람을 보내 우리 형제를 초청했기에 오전에 함께 말을 타고 가다가 도중에 비를 만났는데, 그의 집에 들어간 뒤에 비가 더 세차게 내렸다. 최의 집에서 화전을 부쳐 먼저 대접한 다음 물만밥을 주었다. 조용히 이야기를 나누었다. 해가 기운 뒤에도 비가 여전히 그치지 않아 우비[雨具]를 입고 돌아왔다.

평강(오윤겸)이 처와 첩을 데리고 이미 먼저 집에 도착해 있었다. 비를 맞고 온 것이다. 백미 5말, 중미 10말, 전미(田米) 5말, 대구 3마리, 가자미 2뭇, 말린 열목어 4마리, 들기름 2되, 잣 5되를 가지고 왔다. 그 처자들이 앞으로 머물러 있을 때 먹을 양식이다. 소주 5선도 가져왔다.

◎ ― 4월 3일

매 2마리가 꿩 5마리를 잡아서 가져왔다. 모두 품관(品官)*의 매인데, 올 때 빌린 것이다. 오전에 집사람이 여식들을 데리고 울방연(鬱方淵)에 가 보고 한동안 구경하다가 돌아왔다. 이 못은 집 앞의 멀지 않은 곳에 있는데, 꽃이 만발하고 푸른 버들이 늘어섰으며 맑은 물이 거울처럼 비치고 흰 바위가 여기저기 놓여 있는 빼어난 곳이다. 그러나 술과 안주도 없이 공연히 갔다 왔다. 우습다.

....

* 품관(品官): 향직(鄕職)의 품계를 받은 벼슬아치이다. 주현(州縣)에 유향소(留鄕所)를 설치하고 고을에 사는 유력한 자를 좌수, 별감, 유사에 임명하여 수령을 보좌하며 풍속을 바로잡고 향리를 규찰하고 정령(政令)을 전달하며 민정(民情)을 대표하게 하던 유향품관(留鄕品官)이다.

◎ ─ 4월 4일

집사람이 근래에 또 왼쪽 팔을 앓는다. 비록 크게 아프지는 않지만 여러 날 차도가 없다. 걱정스럽다. 어살에 잡힌 민물고기가 두어 사발이다. 그중에 쏘가리가 2마리 섞여 있는데, 1마리는 거의 반 자가 넘는다.

오전에 여러 아이와 언명을 데리고 직동 동네 입구에 올라가서 최판관을 맞아다가 매를 날리는 것을 구경했다. 연한 나물을 뜯어서 탕을 만들고 꿩 2마리를 잡아 구워서 점심을 지어 같이 먹었다. 해가 기울어서 평강(오윤겸)과 윤함은 먼저 돌아오고, 나는 아우 및 두 아이와 함께 최판관을 붙들어 머물게 하고 또 매를 날리는 것을 구경했다. 꿩 2마리를 잡아서 1마리는 최판관에게 주고 저녁때 돌아왔다. 관둔전(官屯田)을 갈고 반직(半稷)*2되 7홉을 뿌렸다.

◎ ─ 4월 5일

평강(오윤겸)은 안협 저전(楮田)에 가서 류어사를 찾아보고 돌아왔다. 박언수의 냇가 밭을 갈고 ─원문 빠짐─ 반직(半稷)과 깨를 뿌린 뒤에 사동(土同)의 밭으로 옮겨 가서 갈았으나 끝내지 못했다. 하루갈이이다. 오후에 가 보고 돌아왔다.

계집종 옥춘(玉春)이 한양에서 돌아왔다. 그 딸 향비의 종기는 아직 차도가 없단다. 토당(土塘)의 산소*아래에 오래 머물면서 식량을 구

....

* 반직(半稷): 섞어 심고 함께 거둔 기장과 조이다. 평강 사람들이 이렇게 부른다.
* 토당(土塘)의 산소: 해주 오씨의 광주(廣州) 입향은 10세(世) 오계선(吳繼善) 대에 부인의 산소를 그곳에 두면서 시작되었다. 오계선의 아들 오옥정(吳玉貞) 대부터 광주 토당리(현재의 서울시 강남구 역삼동)에 선영을 마련하고 정착했다. 그의 아들들, 즉 12세 오경순(吳景醇)과 오경민(吳景閔), 13세 오희문과 오희인의 묘소는 경기도 용인시 처인구 모현면 오산로 61

하기가 어려워 양식을 얻으려고 생원(오윤해)의 사내종 안손과 같이 왔
다. 전에 들은 파방 이야기는 헛소문이었다.

◎ ─ 4월 6일

평강(오윤겸)이 처와 첩을 데리고 현으로 돌아갔는데, 인아가 모시
고 갔다. 전귀실(全貴實)이 햇고사리 5뭇, 김업산이 당귀 3뭇을 갖다 바
쳤다. 새 물품이기 때문이다. 대접할 것이 없어서 각각 쌀 1되씩을 주
어 보답했다. 평강(오윤겸)이 중간쯤 가다가 매를 날려 꿩 2마리를 잡아
보냈다.

◎ ─ 4월 7일

현에서 문안하는 사람이 왔다. 제사에 쓸 중배끼를 만들어 보냈다.
녹두가루 2되도 보내왔다. 내일은 초파일이자 죽은 딸의 담제사(禫祭
祀)* 날이기 때문에 찬을 준비하여 제사를 지내려고 한다.

◎ ─ 4월 8일

날이 밝을 무렵에 생원(오윤해)과 윤함이 제사를 지냈다. 죽은 지
3년이 지났고 담제사도 마쳤으니, 이 뒤로는 초하루와 보름의 제사도
그치게 되었다. 이것을 생각하니 더욱 몹시 비통하여 나도 모르게 눈물
이 흘러 옷깃을 적신다. 슬프다. 간밤에 어살에 걸린 민물고기를 새벽

....

번길에 있다.
* 　담제사(禫祭祀): 대상을 지낸 2개월 후에 날을 골라 소복을 벗고 평상복을 입을 때 지내는
　　제사이다.

에 어떤 사람이 모두 훔쳐 갔다. 아마 이웃 사람의 짓이리라. 몹시 밉지만 어찌하겠는가.

어제 원적사의 중이 관청의 메주콩 3섬을 갖다 바쳤다. 관청의 명령이었다. 7말은 아우의 집에 주었다. 우리 집의 계집종들이 삶은 메주콩은 아직 마르지 않았다.

◎ ─ 4월 9일

지난밤 꿈에 이자미(李子美, 이빈)를 보았는데 흡사 평시와 같았다. 깨고 나서 옛일을 생각하니 슬픔을 이길 수가 없다. 언신이 아침에 현에서 돌아왔다. 평강(오윤겸)의 편지를 보니, 모레쯤 영동에 간다고 한다. 가자미 10뭇, 알 2사발, 생문어 반 짝을 보내왔다. 종자콩 1섬은 받아서 두고 왔다고 한다.

전에 다 갈지 못한 사동의 밭을 다 갈고 차조 4되를 뿌렸다. 세속에서 말하는 염주차조이다. 오후에 언명과 함께 가 보고 돌아왔다.누에가 비로소 태어나 쓸어내렸다.

◎ ─ 4월 10일

집사람은 팔의 통증이 아직 나아지지 않아서 누워만 있고 일어나지 못한다. 걱정을 말로 다 할 수가 없다. 사동의 묵은 밭을 다 갈고 사속(蛇粟) 2되 5홉을 뿌렸다. 하루갈이이다. 오후에 가 보았다.

현의 아전 민득문이 전날에 덕노와 함께 평양에 갔는데 돌아올 때 중도에 말에게 병이 나서 같이 오지 못했다가 이제 비로소 왔기에, 편지를 써서 도로 현에 보냈다.

신수함(申守咸)이 준 어미 벌이 새끼 벌을 까서 동쪽 울타리 가의 배나무 위에 붙었기에 억수를 시켜서 받게 했다. 다 올리기 전에 놀라서 흩어져 달아났는데, 동대 가의 늙은 나무 등걸에 붙은 것을 겨우 받아서 앉혔다. 거의 잃을 뻔하다가 도로 얻었다. 기쁘다. 분량이 거의 5, 6되나 된다고 한다.

망일에 사는 백성 전업석이 두릅나물과 고비나물을 갖다 바쳤다. 김업산과 덕복(德卜)의 처도 햇고사리와 당귀(當歸)를 갖다 바쳤다. 저녁 식사에 국을 끓이고 구워서 함께 먹었다.

◎ — 4월 11일

오래 묵은 모래땅을 갈고 참깨와 찰기장을 뿌렸는데, 끝내지 못했다. 오전에 가 보았다. 주부 김명세가 와서 보았다. 무용위(武勇衛)로서 한양에 가서 번을 서다가 그저께 내려왔다고 한다.

함열의 사내종 몽숭(蒙崇)이 봉산에서 왔다. 자방(신응구)의 편지를 보니, 잘 있다고 한다. 상례도 편지를 보내서 안부를 묻고 또 백모필(白毛筆) 1자루를 보냈다. 마침 구하려고 할 때에 보내 주었다. 매우 감사하다.

◎ — 4월 12일

남쪽 울타리 밖의 밭을 갈고 토란과 상추를 심었다. 병아리 13마리를 내렸다. 김언희(金彦希)가 아주 큰 민물고기 15마리를 갖다 바치기에 미역 1주지로 보답했다. 삭녕에서 도망 온 아전이 서쪽 이웃에 와서 사는데, 자기 집에서 제사를 지낸 뒤에 술과 떡, 반찬을 쟁반에 담아 갖다 바치기에 황태(黃太) 6되로 갚았다. 이 아전은 지난해부터 부역을 피해 와서 산다.

평강(오윤겸)이 미역 5동, 대구 2마리, 생전복 60개를 보냈다. 저녁에 인아가 현에서 돌아왔다. 제 형은 오늘 영동으로 떠났다고 한다. 염분(鹽盆)*을 점검하는 책임을 맡은 김에 그길로 풍악(楓岳, 금강산)을 구경하려는 것이다. 통천에서부터 강릉(江陵)까지 순행하고 돌아온다고 한다. 심양덕(沈陽德)*에게도 편지를 써서 부쳤다.

◎ ─ 4월 13일

연전에 수확한 것을 거의 다 먹고 반직(半稷) 두어 섬만 남았다. 이밖에는 더 이상 얻을 길이 없으니, 많은 식구들의 앞일을 말할 수가 없다.

◎ ─ 4월 14일

전에 갈다가 끝내지 못한 묵은 밭을 갈고 외고지조[瓜花粟]*와 찰기장, 참깨 등을 각각 조금씩 심었다. 이는 모두 하루갈이이다. 오래 묵은 모래땅을 일구면 기장, 조, 깨 등을 심는 것이 좋다고 하기에 그렇게 했다. 하지만 내가 보기에는 깊이 갈지 않았고 흙이 뒤집히지 않은 곳도 많으니, 아마 수확이 좋지 않을 것이다. 그러나 이틀간의 노동력을 버리는 셈 치고 시험해 본 것이다. 현의 장무가 보리쌀 2말, 날꿩 3마리를 보냈다.

....
* 염분(鹽盆): 바닷물을 고아 소금을 만드는 가마이다.
* 심양덕(沈陽德): 심열(沈說, ?~?). 오희문의 매부인 심수원(沈粹源)의 아들로, 오희문의 생질이다. 강릉에 거주했다.
* 외고지조[瓜花粟]: 까끄라기가 짧고 줄기가 희며 열매가 누른 조이다. 《국역 산림경제(山林經濟)》제1권 〈치농(治農)〉.

◎ ─ 4월 15일

집 앞에 있는 박언방(朴彦邦)의 밭을 갈고 참깨 1되 5홉을 뿌렸다. 반일갈이이다. 인아가 물고기 54마리를 낚아 왔기에 포를 떠서 말리게 했다. 저녁에 함열의 사내종 등이 어물을 사 가지고 돌아와서 들러 잤다. 내일 봉산에 간다고 하기에 편지를 써서 보냈다.

채억복(蔡億福)이 당귀와 고사리 등의 나물을 보냈는데, 함열의 사내종이 떠난 뒤였다. 아쉽다. 언방의 밭 사이에는 청태(靑太) 3되와 찰사탕수수를 심었다.

◎ ─ 4월 16일, 17일

윤함이 어제 새벽부터 곽란을 앓아 밤낮으로 내내 머리가 아프다고 하고 구토가 그치지 않았다. 걱정스럽다. 나도 감기가 들어 비록 누워 앓지는 않아도 몸이 자못 편치 않다. 덕노에게 암소를 끌고 현에 들어가게 했다. 종자콩을 실어 오는 일 때문이다. 윤함이 앓고 난 뒤에 입이 써서 배를 먹고 싶어 했기 때문에 배를 구하기 위해서도 보냈다. 한집안의 세 노비를 시켜 조인손의 보리밭에 청태(靑太) 2말 9되를 심게 했는데, 끝내지 못했다. 후일에 상태(常太) 6되를 심으려고 한다.

◎ ─ 4월 18일

아침에 비가 내리다가 오전에 비로소 그쳤다. 이 때문에 밭을 갈지 못하고 소를 놀렸다. 신수함의 벌통에서 또 새끼 벌이 태어나서 전에 붙었던 배나무 위에 붙어 있는 것을 김업산에게 받게 했다. 절반이 들어가다가 도로 흩어져서 또다시 나무에 붙었다. 받아서 생원(오윤해)의 집에 주고 기르게 했다.

저녁에 덕노가 돌아와 종자콩과 장무가 보낸 꿩 1마리와 나물을 갖다 바쳤다. 근래에 돌림병이 몹시 성행해서 동쪽에 거주하는 생원(오윤해)의 처자와 이곳 식구들이 모두 아프고 나도 앓아서 아직도 쾌차하지 못하고 있다. 걱정스럽다.

◎ — 4월 19일
생원(오윤해)이 우리 집의 소를 빌려다가 못다 간 자기 밭을 갈았다. 또 하루갈이의 밭이 있으나 힘이 부족해서 갈지 못하고 나에게 갈라고 했다. 이 때문에 내일 내가 갈 작정이다. 박번(朴番)의 보리밭에 황태(黃太) 1말 4되를 심었다.

◎ — 4월 20일
집사람은 아픈 팔이 아직도 낫지 않아 간밤에는 새벽까지 끙끙 앓았다. 식사량도 완전히 줄었고 누워만 있고 일어나지 못한다. 걱정스러운 마음을 어찌 말로 다 하겠는가. 우의(牛醫)를 불러 소의 저는 발을 치료했는데, 곰 기름과 송진, 밀랍을 섞어서 호미자루로 상처 난 곳을 지졌다.

생원(오윤해)이 갈지 않은 언방의 밭을 갈았으나 끝내지 못했다. 먼저 올기장 2되, 늦기장 1되를 뿌렸다. 신수함의 벌통에서 또 새끼 벌이 태어나서 전에 붙었던 배나무 위에 붙었기에, 박언방을 시켜 받아다가 앉히게 했다. 겨우 3되 남짓이다. 이는 세 번째 태어난 것이다.

◎ ─ 4월 21일

어제 끝내지 못한 언방의 밭을 갈고 늦반직[晩半稷] 8되를 뿌렸다. 하루반갈이이다. 다만 흰 모래땅이어서 만일 가뭄을 만나면 반드시 좋지 않을 것이다. 수고롭기만 하고 공이 없을까 걱정이다.

저녁에 김담이 한양에서 돌아왔다. 남매(南妹)*의 편지를 보니, 잘 있다고 한다. 그러나 영암 임매의 부음을 듣게 되어 놀라움과 슬픔을 이기지 못하겠다. 지난달에 춘희가 왔을 때 누이의 편지를 보았는데, 그때 상기증(上氣證)*을 앓아 밤에는 새벽까지 잠을 자지 못하고 숨이 가빠 얼른 나았으면 좋겠다고 했다. 나는 변을 당한 뒤에 마음의 걱정이 많아서 이 병이 생긴 것이라고 생각했다. 그러니 두어 달도 지나지 않아 갑자기 이리 될 줄 어찌 알았겠는가. 길이 너무 멀고 집에는 말 1필 사내종 1명도 없어서 달려가 곡할 형편이 못 된다. 애통해 한들 어찌하겠는가. 그곳에도 동생이나 친척이 없어 비복(婢僕)들만 곁에서 모실 텐데, 누가 염습해서 빈소를 차리겠는가. 더욱 몹시 애통한 일이다.

우리 동복(同腹) 7남매 중에 둘째 아우와 심매(沈妹)*는 모두 나이 서른도 되기 전에 일찍 죽었고, 김매(金妹)*는 난리 뒤인 갑오년(1594)에 병으로 죽었으며, 이제 임매가 또 천 리 밖에서 죽었다. 우리 형제와 남매만 남았다. 늙은 어머니께서 살아 계신데 먼저 죽은 자식이 반이 넘고 더구나 내가 장남으로서 나이가 이미 예순이 넘어 남은 생이

....

* 남매(南妹): 오희문의 여동생. 남상문(南尙文)의 부인이다.
* 상기증(上氣證): 기침이 멈추지 않는 호흡기질환이다.
* 심매(沈妹): 오희문의 여동생. 심수원(沈粹源)의 부인이다. 임진왜란 이전에 사망했다.
* 김매(金妹): 오희문의 여동생. 김지남(金止男)의 부인이다.

많지 않으니, 이 세상을 보고 사는 것이 앞으로 몇 해나 되겠는가. 매번 늙으신 어머니 때문에 걱정이다. 어머니께서 만일 임매의 죽음을 들으시면 반드시 애통한 나머지 식음을 전폐하시어 몸이 상할 것이다. 그래서 숨기고 말씀드리지 않았다. 이달 7일에 세상을 떠났는데, 사람을 시켜 정자(正字) 임현(林晛)*에게 부고(訃告)를 하여 바로 내려와 상례(喪禮)를 살피라고 했다고 한다. 남북으로 멀리 떨어져 있어 병을 앓을 때에는 약을 대 주지 못하고 죽어서는 직접 염습도 하지 못했다. 이 생각을 하니 애통함이 더욱 지극하다.

◎ ─ 4월 22일

시험 삼아 김담에게 암소와 발을 저는 소로 그 밭을 갈아 보게 했다. 갈 수 있는지 없는지를 알고자 한 것인데, 비록 많이는 못 갈아도 굳지 않은 땅은 갈 만하다고 한다.

◎ ─ 4월 23일

현에서 사람이 와서 관아의 소식을 전하고 날꿩 1마리, 말린 조기 3마리를 가져왔다. 평강(오윤겸)이 간 뒤로 아직 소식을 듣지 못했다. 걱정스럽다. 집에서 기르는 병아리 3마리를 일시에 모두 잃었는데, 그 까닭을 모르겠다. 괴이한 일이다.

....

* 임현(林晛): 1569~1601. 오희문의 매부인 임극신의 조카이다.

◎ ─ 4월 24일

임매의 부음을 들은 지 4일째 되는 날이다. 이른 아침에 아우와 세 아들을 데리고 동쪽에 있는 생원(오윤해)의 집에 모여서 곡하고 베띠를 둘렀다. 우리 집에서는 어머니께 곡소리가 들릴까 싶어서이다.

◎ ─ 4월 25일

인아가 김언보의 밭을 빌려 갈았으나 밭갈이와 씨뿌리기를 마치지 못했다. 신수함의 벌통에서 또 새끼 벌이 태어나 배나무 위에 붙었기에 받아서 앉혔다. 네 번째로 태어난 벌로, 분량은 3되이다.

간밤에 김담과 이웃 사람 4, 5명이 횃불을 밝혀 앞 시내에서 물고기를 쏘아 잡아서 혹은 1사발, 혹은 1접시를 갖다 바쳤는데, 고기를 먹으면 안 되기 때문에 도로 주었다. 물고기를 잡는 방법을 보니, 한 사람이 불을 들고 있고 여러 사람이 횃불 사이로 다니면서 나무 활과 나무 화살로 쏘는데 잘 쏘는 자는 많이 잡았다. 그러나 물고기의 허리가 꺾이고 몸체도 상해서 먹을 만한 온전한 것이 없었다.

◎ ─ 4월 26일

어제 못다 간 밭을 갈고 늦직[晩稷] 2되 5홉을 뿌렸다. 하루갈이이다. 또 지난해에 깨를 심었던 밭으로 옮겨 가서 갈고 늦조 2되를 뿌렸다. 반일갈이이다.

◎ ─ 4월 27일

이웃 사람 경이(敬伊)의 장인이 석이 1말을 갖다 바쳤다. 모레 기제사에 쓸 작정이다. 몹시 기쁘다. 그러나 줄 물건이 없다. 안타깝다. 참봉 홍매(洪邁)*가 사내종과 말을 보내서 태두(太豆)를 바꾸어 갔다. 홍매가 편지를 보내 안부를 묻기에 나도 답장을 써서 사례하고 또 잣 3되를 보냈다. 심부름을 온 사내종은 그 부친 참판(參判) 영공(令公)이 가까이 두고 부리던 사환이다. 이제 그를 보고 옛일을 생각하니, 슬픔을 견디기 어렵다.

이웃 사람 박언방이 한양에 갔다가 돌아왔다. 남매의 편지를 보니, 잘 있다고 한다. 명나라 장수는 이미 다 돌아가고 경리(經理) 만세덕(萬世德)*만 진에 머물러 있으며 여러 군사들도 모두 해산하고 돌아가 한양에 머물러 있는 자는 매우 드물다고 한다.

정자 임현의 편지를 보니, 영암의 임매는 이달 초닷새에 병으로 세상을 떠났는데 장례를 치를 사람이 없어서 자기가 그믐께 내려갈 것이라고 한다. 우리 형제 중에 한 사람이라도 예의상 장례에 가야 하지만, 집에 말이 1필도 없으니 반달이나 걸리는 길을 갈 형편이 못 된다. 이곳의 비통한 심정을 말로 다 할 수가 없다. 처음 들었을 때는 초이레에 세상을 떠났다고 했는데, 이제 임현의 편지를 보니 초닷새이다. 먼저 들은 것은 잘못된 소식이었다.

현의 사람이 제수를 가지고 왔다. 장무의 기록을 보니, 백미 1말 5되, 찹쌀 3되, 메밀가루 1말, 잣 1되, 호두 1되, 개암 4홉, 꿀 2되, 참기

---

* 홍매(洪邁): 홍인서(洪仁恕)의 아들이다. 오희문은 홍인서와 한마을에 살면서 친하게 지냈다.
* 만세덕(萬世德): ?~?. 명나라의 관료이다. 무술년(1598)에 흠차 조선 군무(欽差朝鮮軍務) 도찰원 우첨도어사(都察院右僉都御史)로 경리 양호를 대신해 11월에 압록강을 건너왔다. 기해년(1599)에 군문 형개(邢玠)가 주본을 올려 그를 머물게 하였으므로 만세덕은 그대로 경성(한양)에 남아 있다가 경자년(1600) 6월에 돌아갔다.

름 5홉, 대구 2마리, 말린 꿩 1마리, 날꿩 2마리, 가자미 1뭇, 감장 1말, 간장 2되, 미역 3뭇, 다시마 4조, 석이 1말, 각종 채소, 중배끼 86입을 보내왔다.

언신과 그 어미가 당귀 각각 2뭇, 김언보가 1뭇, 김업산이 고사리 2뭇을 갖다 바쳤다. 원적사에 두부콩 1말 5되를 보내서 두부를 만들어 왔다. 모레 제사에 쓸 것이다.

◎ ― 4월 28일

딸들이 여러 계집종들을 데리고 제수를 장만했다. 현의 장무가 생 열목어 10마리, 말린 열목어 6마리를 보냈다. 내일 제사에 쓸 것이다. 이은신이 와서 보고 그대로 머물러 잤다. 전날에 초청했기 때문이다.

좌랑(佐郎) 조익(趙翊)*이 명령을 받고 함경도에 갔다가 돌아올 때 현에 들러서 평강(오윤겸)을 만나려고 했으나 그가 마침 없었다. 무료 하던 차에 편지를 보내 안부를 묻기에, 즉시 답장을 써서 사례했다. 조 익은 찰방 이빈의 사위로, 평강(오윤겸)이 급제한 사마시에서 장원을 했다. 일찍부터 교분이 두터운 사이이다. 김언보가 민물고기를 잡아다 바쳤는데, 거의 서너 사발이다. 제사에 쓰려고 한다.

◎ ― 4월 29일

날이 밝을 무렵에 아우와 세 아들, 붕질을 데리고 제사를 지냈다. 세 가지 과일, 두 가지 떡과 면, 포, 식해, 두 가지 정과, 다섯 가지 채소

....

*   조익(趙翊): 1556~1613. 병조좌랑, 광주 목사 등을 지냈다.

탕, 두 가지 어육탕, 세 가지 어육적, 반상 제구(諸具), 밥, 국을 차려서 지내고, 음복한 뒤에는 가까운 이웃 사람들을 불러다가 술과 떡을 주어서 보냈다. 또 떡과 어육적을 최판관의 집에 보냈다. 오전에 이은신이 현으로 돌아가기에 메주콩 1말을 주어 보냈다.

생원(오윤해)이 조좌랑(趙佐郎)을 만나기 위해 옥동역에 갔다. 들으니, 조좌랑은 이천 길로 간다고 한다. 생원(오윤해)이 저녁에 조좌랑을 만나 보고 돌아왔다. 조익은 그의 장인 이찰방(李察訪)이 이미 떠난 줄 모르고 만나 보려고 왔던 것인데, 지금 없다고 들었기 때문에 도로 평강에 가서 잔 뒤에 내일 철원으로 갔다가 그길로 한양으로 간다고 했단다.

요새 가뭄이 너무 심해서 밀과 보리가 여물지 않고 앞서 심은 곡식에도 모두 싹이 나지 않았다. 콩은 비가 내린 뒤에 심어야 하기 때문에 사람들이 모두 심지 않았다. 만일 내달 초에도 비가 오지 않으면 밀과 보리는 누렇게 말라서 모두 버리고 거두지 못하게 된다고 한다. 앞서 우리 집에서 박번의 밭에 심어 놓은 콩을 꿩과 비둘기가 다 쪼아 먹어서 싹이 하나도 없다고 한다. 안타깝다.

윤4월 작은달 - 15일 망종(芒種) -

◎ ─ 윤4월 1일

김언보의 밭을 갈고 팥을 심었으나 끝내지 못했다. 오후에 내가 직접 가서 보고 돌아올 때 이미 심은 밭을 둘러보았더니, 싹이 난 곳도 있고 나지 않은 곳도 있었다. 다만 조인손의 밭에 심은 콩은 꿩과 비둘기가 절반이나 쪼아 먹어서 보충해서 심은 뒤에야 수확할 수 있을 것이다.

◎ ─ 윤4월 2일

어제 못다 간 언보의 밭을 갈았으나 역시 끝내지 못했다. 개비를 시켜 조인손의 밭에 콩 2되를 보충해서 심게 했다. 최판관이 와서 보기에 물만밥을 대접했다. 조용히 이야기를 나누다 날이 저물어서 돌아갔다.

◎ ─ 윤4월 3일

언보의 밭을 갈아 오전에 끝내고 두(豆) 9말 4되를 뿌렸다. 오후에 내가 가 보고 돌아왔다. 가물어서 콩밭을 갈지 않았는데, 비록 먼저 간 두전(豆田)이라도 분명 싹이 나지 않을 것이고 난다고 해도 아마 드물게 나서 영글지 않을 것이라고 한다. 걱정스럽다. 밀과 보리는 이미 이삭이 난 것이라도 누렇게 시들어 영글지 않았다. 안타깝다.

평강(오윤겸)이 간 지 이제 20여 일이 지났는데 아직 소식을 듣지 못했다. 걱정스럽다. 요새 양식과 반찬이 떨어져서 늘 태두(太豆)로 보충해 먹고 있으니, 앞일을 이루 말할 수 없는 형편이다.

◎ ─ 윤4월 4일

현의 사람이 왔다. 평강(오윤겸)의 편지를 보니, 간성(杆城)에 이르러서 지난 20일에 써 보낸 것이다. 무사히 순행하고 있으며 이달 열흘께 현에 돌아올 터인데, 돌아올 때 풍악산을 유람한다고 한다.

두 계집종에게 깨밭을 매게 했다. 다만 가뭄이 너무 심하여 밤에는 춥고 낮에는 서남풍이 종일 계속 불어 누런 먼지가 해를 가렸다. 그래도 산골짜기의 밭곡식은 비가 내리면 괜찮을 것이다. 그러나 경기도의 논 중에는 아마도 심지 못하고 때를 넘긴 곳이 많을 것이니, 올해 농사도 부실할 것이다. 백성의 생활이 몹시 걱정스럽다.

◎ ─ 윤4월 5일

새벽에 비가 내리더니 느즈막이 도로 그쳤다. 바람만 계속 불고 마른 해가 몹시 내리쬔다. 농사가 몹시 걱정스럽다. 집사람이 친 누에는 이미 세 잠을 잤고, 딸들의 누에는 한창 세 잠을 자는 중이어서 일어나지 않았다.* 이 뒤로는 날마다 뽕잎을 따야 하므로, 사람과 소에 여가가 없을 것이다. 조밭은 아직 초벌로도 매 주지 못했고, 콩밭에는 씨를 전혀 뿌리지 않았으며, 두전(豆田)은 다만 이틀을 간 뒤에 다 갈지 못했다. 양식이 이미 바닥났으니 걱정을 이루 다 말할 수 없다.

◎ ― 윤4월 6일

존광(存光)의 들에 있는 채억복의 밭을 갈고 두(豆)를 심었는데 끝내지 못했다. 두 사내종이 소를 끌고 이른 식사 뒤에 점심을 싸 가지고 멀리 가서 뽕잎을 따서 실어 왔다.

◎ ― 윤4월 7일

어제 못다 간 채억복의 밭을 다 갈고 두(豆) 4말을 심었다. 이틀갈이이다. 전에 들으니, 안협 땅의 산 중턱 바위 밑에 조그만 암자를 지었는데, 깔끔하여 볼 만하다고 했으므로 간절히 가 보고 싶었다. 그 밑에 사는 부자 연수가 내가 가 보고 싶어 한다는 말을 듣고 두부를 차려 나를 초청하기에, 아우 및 인아와 함께 가려고 했다. 그러나 마침 말이 없어서 나만 소를 타고 아우와 인아는 걸어서 갔다. 여기에서 5리 길이어서 멀지 않았기 때문이다.

암자 앞에 당도해 보니 소나무가 구부정하게 바위를 덮었는데 그 밑에 앉아 쉴 만하기에 잠시 둘러앉았다. 늙은 중 두셋이 와서 맞았다. 눈길 닿는 대로 멀리 바라보니, 모든 산들이 둘러싸고 있고 땅에 올망

....

* 집사람이……않았다: 누에는 네 번 허물을 벗는데, 한 번 허물을 벗을 동안을 잠이라고 한다. 한 잠이 대략 5~6일 정도이다. 세 번째 잠을 잔 뒤 누에를 섶에 올리면 실을 뽑아내고, 누에는 번데기가 된다.

졸망 모여 있는 민가들을 낱낱이 셀 수가 있었다. 그 바위는 높이가 백 길이나 되었으므로 두려워서 바위 근처로는 가지 못했다. 연수도 나와서 맞았다. 절에 들어갔더니 밥을 짓고 두부를 차려 내왔다. 연하고 좋아 먹을 만했다. 나는 34곳을 먹고 몹시 배가 불러 돌아왔다.

나와서 소나무 아래 앉았노라니 중들이 또 10여 곳을 구워 내왔다. 또 짚신 1켤레를 주었는데, 정교하여 신을 만했다. 여러 사람들과 함께 걸어 내려올 때 자주 쉬면서 평지에 이르렀다. 소를 타고 집에 돌아오니 해가 이미 기울었다.

◎ — 윤4월 8일

세 사람에게 소 2마리를 끌고 가서 뽕잎을 따서 실어 오게 했다. 오늘 이후로 누에가 모두 세 잠을 자고 일어나 1바리의 뽕잎으로는 부족하기 때문에 2바리를 실어 오라고 보낸 것이다. 비로소 두 계집종에게 밭을 매게 했다. 근래에 양식이 떨어져서 태두(太豆)와 메밀가루를 섞어서 아랫것들을 먹인다. 한탄스럽다. 아침부터 비가 내리더니 이내 볕이 들었다. 삼과 보리가 누렇게 말랐으니, 올해 농사가 걱정이다.

◎ — 윤4월 9일

이른 식사 뒤에 세 사람에게 소 2마리를 끌게 하여 점심을 싸 가지고 가서 뽕잎을 따서 실어 오게 했다. 집사람이 치는 누에 한 칸 치가 오늘 비로소 섶에 올랐다. 또 두 계집종을 시켜서 밭을 매게 했다.

오후에 현의 아전이 왔다. 사슴 앞다리 1짝, 갈비 1짝을 가져왔다. 장무가 보낸 것이다. 즉시 갈비 반 짝을 갈라서 최판관의 집에 보내고 편지를 써서 안부를 물었다. 다만 평강(오윤겸)이 관청에 돌아온다는 소식은 아직 듣지 못했다고 한다. 그러나 평강(오윤겸)이 갔다 오는 거리를 따져 보니, 2, 3일 안에는 올 듯하다. 생원(오윤해)이 제 아우와 함께 물고기를 낚아 40여 마리를 가져왔다. 즉시 포를 떠서 소금에 절여 말렸다.

◎ ─ 윤4월 10일

어제 오후부터 비가 오락가락하며 밤새 그치지 않더니, 오늘 아침에 이르러서는 때로 세차게 내리다가 오후에 비로소 그쳤다. 비록 흡족하지는 못하지만 오랜 가뭄 끝에 이 한 보지락의 비*를 얻었으니, 아마도 밭의 곡식이 소생할 수 있을 것이다.

사내종 셋과 계집종 둘을 보내서 뽕잎 1바리를 따왔다. 비로 인해 많이 따지 못했다. 안타깝다. 집사람이 친 누에는 이제 다 섶에 올랐다.

현에서 문안하는 사람이 왔다. 평강(오윤겸)의 편지를 보니, 어제 무사히 관아에 돌아왔단다. 통천에서 여러 고을을 순행하다가 강릉에 도착해서 지나는 길목의 경치 좋은 곳을 둘러보았고, 돌아올 때는 내금강(內金剛)과 외금강(外金剛)에 들어가서 구경했다고 한다. 강릉에 있을 때 심열(沈說)을 만났기 때문에, 조카도 편지와 대구 3마리, 생전복 40개를 보내왔다. 평강(오윤겸)도 구해 온 대구 15마리, 생전복 1백 개, 미역 3동, 소조곽(小造藿) 3동, 고등어 20마리, 절인 황어 10마리, 송어 3

....

* 한 보지락의 비: 원문의 일리지우(一犁之雨)는 쟁기질하기에 알맞게 내린 봄비이다. 보지락은 비가 온 양을 나타내는 단위로, 보습이 들어갈 만큼 빗물이 땅에 스며든 정도이다.

마리, 말린 문어 3마리, 방어 반 짝, 말린 홍어 1마리, 중미 5말, 전미(田米) 5말, 소금 1말을 실어 보냈다. 오랫동안 먹지 못했으므로 온 집안사람이 다 함께 저녁 식사 때 구워 먹었다.

◎ ─ 윤4월 11일

오늘도 사내종 셋이 소 2마리를 끌고 가서 뽕잎을 따왔다. 계집종 옥춘이 현에 들어갔다. 한양에 갈 양식을 얻기 위해서이다. 편지를 써서 보냈다. 박언수의 밭을 갈고 콩을 심었으나 끝내지 못했다. 사흘갈이이다.

◎ ─ 윤4월 12일

어제 끝내지 못한 밭을 갈았으나 역시 끝내지 못했다. 오늘도 소 2마리를 끌고 세 사람이 가서 뽕잎을 따왔는데, 가득 실어 오지 않았다. 몹시 괘씸하다. 행랑에 사는 두 계집종들이 누에가 많기 때문에 반을 나누어서 사사로이 차지했다고 한다. 더욱 분통이 터진다.

옥춘이 현에서 돌아왔다. 평강(오윤겸)의 편지를 보니, 영동에는 생선과 미역이 몹시 귀해서 말을 빌려 사 온다고 해도 남는 것이 없을 것이고 도리어 손해를 볼 것이니 할 일이 못 된다고 한다. 그래서 그 계획을 그만두려고 한다. 남매의 암소가 저녁에 수송아지를 낳았다.

◎ ─ 윤4월 13일

현의 아전이 이천에서 돌아올 때 들러 이천 현감이 보낸 누치 1마리, 쏘가리 1마리를 바쳤다. 평강(오윤겸)이 편지를 보내 얻은 것이다.

쏘가리는 도로 관아 안으로 보냈다. 어제 끝내지 못한 밭을 다 갈고 황태(黃太) 4말과 소태(小太) 8말을 심었다.

저녁에 이훤(李暄)이 와서 보았다. 이훤은 처사촌 원성군(原城君)의 손자이자 봉림수(鳳林守)의 아들로, 이 현에 사는 좌수 권수의 사위가 되어 와 있다. 이훤은 종실(宗室)의 내외거족이건만 지금 지극히 미천한 사람의 사위가 되었으니, 인물 됨됨이를 알 만하다. 산골짜기에 본래 양반은 없지만, 권수는 여기에 사는 품관보다도 더 못난 자라고 한다. 탄식할 만하다. 여기에 온 김에 머물러 잤다. 집사람이 안으로 불러다가 만나 보았다.

김담이 길에서 큰 거북을 발견하여 잡아다 바치기에, 아침 식사에 탕을 끓여 아우 및 두 아이와 같이 먹었다.

◎ — 윤4월 14일

이훤이 아침 식사 뒤에 돌아갔다. 오전에 신수함의 벌통에서 작년에 태어난 새끼 벌이 비로소 새끼 벌을 까서 그 벌이 동쪽 울타리 밑에 붙었기에, 김담을 시켜 받아다가 북쪽 울타리 밑에 앉혔다. 거의 5, 6되가 되었다.

인아의 계집종 막비(莫非)가 뽕잎을 따러 산에 올라갔다가 뱀에게 발을 물려 실려 왔으므로 즉시 침으로 독을 빼게 했다. 그러나 발등이 몹시 부어 걷지를 못한다. 일이 많은 요즘 같은 때에 부리지 못하니 걱정스럽다.

◎ — 윤4월 15일

집사람이 치는 누에는 섶에 이미 다 올랐고 딸들의 누에는 오늘 비로소 섶에 오르기 시작했으니, 며칠 안으로 다 익을 것이다. 다만 온 집안의 위아래 사람들이 익은 누에를 거두느라 벌통에서 벌이 태어난 것도 몰랐다. 벌이 이미 동쪽 울타리 밖으로 멀리 날아가 버려서 인아 형제가 쫓아갔으나 미치지 못했다. 안타깝고 아깝다. 그러나 어느 벌통에서 태어난 것인지 모르겠다.

언신이 소를 가지고 현에 들어갔다. 종두(種豆)를 얻어 오기 위해서이다. 저녁에 어제 태어난 벌통에서 벌의 출입이 아주 드물기에 이상해서 벌통을 떼어 내서 보니, 아침에 도망간 벌은 바로 이 통의 벌이었다. 안타깝다. 생원(오윤해)과 인아가 앞 냇물에서 물고기를 낚아 백여 마리를 잡아 왔기에 식해를 담갔다. 막비가 또 침을 맞았는데, 독물이 흘러나왔다.

◎ — 윤4월 16일

누에가 어제부터 섶에 오르기 시작하더니 이제는 다 올라가서, 어제 가득 싣고 온 뽕잎이 쓸모없게 되었다. 이에 덕노의 처와 은개(銀介) 등에게 나누어 주었다. 이들도 누에를 치는데 아직 익지 않았기 때문이다. 생원(오윤해)과 인아가 물고기를 낚아 또 백여 마리를 잡았기에 식해를 담갔다.

◎ — 윤4월 17일

아침에 언신이 돌아왔다. 편지를 보니, 오늘 근친하러 온다고 한다. 태(太) 10말, 두(豆) 16말을 실어 왔다. 아우의 집에 각각 1말씩 주었다. 언신도 태(太) 2말을 받아 갔는데, 이는 환자이다. 채억복에게도 밭값으로 태(太) 2말을 주었다.

언신이 그물을 가지고 물고기를 잡아서 1사발 넘게 갖다 바쳤다. 저녁에 탕을 끓여서 함께 먹었다.

평강(오윤겸)이 근친하러 왔다. 영동에 갔다 오느라 보지 못한 지가 지금 이미 두어 달이 되었다. 아이들과 함께 대청에 둘러앉아 이야기를 나누는데, 영동의 기이한 경치와 풍악산의 맑은 정취에 대해 끊임없이 이야기를 하다 보니 밤이 깊어졌다. 중미 5말, 전미(田米) 4말, 사슴고기 포 1첩을 가지고 왔다.

◎ ─ 윤4월 18일

평강(오윤겸)은 그대로 머물렀다. 존광의 들에 있는 채억복의 밭을 갈고 두(豆) 2말 8되를 심었다. 하루갈이인데, 전에 다 못 갈았던 곳이다. 철원 부사(鐵原府使)*가 백미 5말을 구해 보냈다. 전에 주기로 약속했기 때문에 평강(오윤겸)이 사람을 보내 가져왔다.

최참봉의 아들 최정운(崔挺雲)이 와서 보기에 아침 식사를 대접해 보냈다. 김명세, 김린도 와서 보았다. 전원희(全元希)가 민물고기 10여 마리를 갖다 바쳤다.

김린이 중금의 밭에 보리 대신 심을 두(豆) 1말 5되를 받아 갔다.

....

* 철원 부사(鐵原府使): 윤방(尹昉, 1563~1640). 철원 부사, 경기 감사, 형조판서, 영의정 등을 지냈다.

반일갈이인데, 전에 최참봉이 있을 때 갈아먹던 보리밭이다. 박번의 보리밭에는 전에 콩을 심었으나 비둘기와 꿩이 다 쪼아 먹었기 때문에 또 잡태(雜太) 1말을 심었다. 그러나 이처럼 가무니, 아마도 또 나지 않을 것이다.

◎ ― 윤4월 19일

평강(오윤겸)이 현으로 돌아갔다. 인아도 따라갔다. 전풍의 밭을 갈고 상태(常太) 2말 3되를 다 심은 뒤에 관둔전으로 옮겨 가서 갈고 콩 1말을 심었다. 전풍의 밭은 하루갈이이고, 둔전은 반의반일갈이이다. 느지막이 직접 가 보았다. 박번의 보리밭 끝의 갈지 않은 곳을 갈게 하고 두(豆) 4되를 심었다.

올해 누에를 쳐서 딴 고치가 집사람은 13말, 후임 어미는 16말, 딸은 5말 5되, 정임(正任)은 2말이다. 나도 어망을 짜려고 길러서 고치를 땄는데, 겨우 2말이다. 도합 38말 5되이다. 아우의 처도 4말을 땄다. 동쪽 생원(오윤해)의 집에서 딴 것은 생원(오윤해)의 양모(養母)가 7말, 몽임(蒙任)이 3말, 충아(忠兒)* 어미가 8말이니, 모두 18말이다. 동서의 두 집과 온 집안이 딴 고치가 60말이다. 여염집에서 늦게 기른 누에는 이제 한창 많이 먹는데, 뽕잎이 없어서 많이 따지 못하기 때문에 자못 굶주려 버려진 것도 있다고 한다. 뽕나무가 들불로 인해 모두 탔기 때문이다. 우리 집은 매우 다행스럽다.

....

* 충아(忠兒): 오윤해의 큰아들인 오달승(吳達升)으로 보인다.

◎ ─ 윤4월 20일

집안의 다섯 명에게 조련의 직전(稷田)을 매게 했으나 끝내지 못했다. 느지막이 내가 아우와 함께 걸어서 가 보았는데, 소나기를 만나 나무 그늘로 달려 들어가 피했다. 생원(오윤해)이 물고기를 낚아 60여 마리를 가져왔기에 포를 떠서 소금에 절여 말렸다.

저녁에 안손이 현에서 돌아왔다. 임정자(林正字, 임현)의 편지를 한양에서부터 가지고 와서 전했다. 편지를 보니, 죽은 누이의 장례는 내달 7일로 정해져서 자기도 모레 내려간다고 하면서 우리 형제 중에 같이 가서 장례에 참석할 사람이 있냐고 물었다. 그가 어찌 이곳 사정을 알 수 있겠는가. 집에 말 1필 종 1명도 없는데, 이처럼 먼 길을 어떻게 떠난단 말인가. 비록 인정과 예법으로 보면 가지 않을 수 없지만 형편이 이와 같으니, 비통해 한들 어찌하겠는가.

◎ ─ 윤4월 21일

새벽에 비가 내리더니 아침이 지난 뒤에는 도로 그쳐, 겨우 싹의 뿌리를 적셔 줄 뿐이었다. 그러나 오랜 가뭄 뒤에 이제 이 비를 만났으니, 태두(太豆)는 잘 자랄 것이다. 박과 동과(東瓜)*의 모종을 옮겨 심었는데, 잠시 뒤에 해가 났다. 아마 자라지 못하고 마를 것이다.

....

* 　동과(東瓜): 박과의 식물로, 동아, 동화라고도 한다. 현재는 널리 쓰이지 않지만 조선시대에는 많이 재배되고 이용되었다. 식용 이외에 약용으로도 쓰였다. 가래를 제거하고 기침을 멎게 하며 폐농양이나 충수염 등에 소염의 효과가 있고 이뇨작용도 한다.

◎ ─ 윤4월 22일

현에서 문안하는 사람이 왔다. 편지를 보니, 남정지(南廷芝) 백형(伯馨)의 아들이 상례 물품을 얻으려고 현에 왔는데 관청에서 줄 물건이 없어 걱정이라고 한다. 남백형은 평강(오윤겸)과 교제하던 자로, 지난해 봄에 죽었다. 인정에 있어 몹시 슬프고 불쌍하다. 그러나 관청에 비축해 둔 물품이 하나도 없으니 어찌 들어준단 말인가. 또한 걱정스럽다. 말린 열목어 20마리와 알 1사발을 보내왔기에 생원(오윤해)의 집과 아우의 집에 나누어 주어 아침 식사에 반찬으로 하게 했다.

집안사람 4명에게 조련의 못다 맨 밭을 매게 한 뒤에 사동의 차조밭으로 옮겨서 매게 했으나 끝내지 못했다.

◎ ─ 윤4월 23일

세 사람에게 사동의 끝내지 못한 밭을 매게 했으나 역시 끝내지 못했다. 오전에 언명과 함께 가 보고 그길로 여러 밭을 돌아보았더니, 풀이 무성하고 싹은 드물어 매기 어려운 형편이었다. 걱정스럽다.

◎ ─ 윤4월 24일

인아가 빌린 김언보의 밭을 갈고서 태두(太豆)를 심었으나 끝내지 못했다. 하루갈이이다. 인아가 물고기를 낚아 40여 마리를 잡았는데, 큰 것은 8, 9마리이다. 생원(오윤해)도 이만큼 잡았다.

근래에 양식이 떨어져서 어머니와 우리 형제 이외의 자녀들과 종들은 날마다 저녁에는 콩죽을 쑤어 먹는데, 이마저도 계속 공급하기 어렵다. 몹시 걱정스럽다. 우리 집뿐만 아니라 동서쪽 생원(오윤해)과 아우의 집도 몹시 군색하여, 무명을 팔아서 쓰려고 해도 팔리지 않는다. 더욱 걱정스럽다.

◎ ─ 윤4월 25일

어제 끝내지 못한 밭을 다 갈고 황태(黃太) 2말, 팥 1말 8되를 심었다. 오후에는 옮겨 가서 언명이 빌린 언보의 밭을 갈고 두(豆) 6되를 심었다. 반의반일갈이이다.

◎ ─ 윤4월 26일

이인방(李仁方)의 밭을 갈고 두(豆) 2말을 심었다. 김현복(金賢福)이란 자가 중금의 밭에 심을 녹두 7되를 받아 갔다. 종자콩은 집에 보관해 둔 것이 없어서 주지 못했다.

오늘 주부 김명세 등과 냇가에 모여서 이야기를 나누고 물고기도 잡기로 약속했으나, 마침 내가 모레 한양에 가야 해서 준비할 일이 많기 때문에 참여하지 못했다. 저들이 물고기를 잡아 거의 한 자 반이나 되는 매우 큰 누치와 큰 빙어 15마리를 보내왔다. 매우 감사하다. 저녁식사에 탕을 끓여 같이 먹었다. 빙어는 소금에 절여 가져가서 제사에 쓰려고 한다. 생원(오윤해) 형제가 또 낚시로 백여 마리를 잡아 왔다.

현의 아전이 제수를 가져왔다. 메밀가루 1말, 잣 1말, 사슴고기 포 10조, 말린 열목어 10마리, 백미 2말, 중미 2말, 석이 1말이다. 소금 1말도 가져왔는데, 이것은 집에서 쓸 것이다. 즉시 답장을 써서 돌려보냈다. 새 어망 하나도 보내어 그물에 추를 달아 오게 했다. 납추 181개를 가져갔다.

◎ ─ 윤4월 27일

네 사람에게 사동의 차조밭을 매게 하여 다 맨 뒤에 옮겨 가서 묵은 조밭을 매게 했으나 끝내지 못했다.

◎ ─ 윤4월 28일

네 사람에게 어제 끝내지 못한 밭을 매게 하여 마친 뒤에 옮겨 가서 언춘의 밭을 매게 했으나 역시 끝내지 못했다.

남매의 사내종 덕룡(德龍)이 현에서 돌아왔다. 평강(오윤겸)의 편지를 보니, 메주[末醬] 7말, 콩 3말, 잣 5되, 석이 1말, 백지(白紙) 1뭇, 상지(常紙, 보통 등급의 종이) 2뭇을 덕룡이 가는 편에 구해 보낸다고 했다. 근래에 도움을 청하는 친구들의 편지가 구름처럼 모여들지만 들어줄 수가 없어 모두 빈손으로 돌려보냈으니, 분명 서운해 하는 사람이 많을 것이기에 몹시 걱정스럽다고 했다. 또 나라의 말 3필을 잃어버렸으니, 백성의 말을 징발해 보내기는 했지만 관례에 따라 분명 파면당할 것이기에 앉아서 파면을 기다린다고 했다. 만일 체직(遞職)*되면 우리 집 식구가 반드시 굶주리게 되어 얼마 못 가 쓰러질 것이다. 걱정한들 어찌하겠는가. 그러나 관청에 비축한 물품이 바닥나서 아무런 방책이 없으니, 마음을 졸이기보다는 차라리 한 번 파직당하여 걱정이 없는 편이 낫겠다.

내일 한양에 가야 해서 행장(行裝)을 꾸리는데, 발을 저는 소가 중도에 자빠질 것 같아 걱정스럽다. 메주콩 30말을 소 2마리에 나누어 싣

....
* 체직(遞職): 벼슬이 갈리는 것을 말한다.

고 가서 된장을 담갔다가 올가을에 한양에 올라갈 때 쓸 계획이다. 무명 16필도 가지고 가는데, 이것으로 말을 살 생각이다.

저녁에 세만이 현에서 말과 도중에 먹을 양식 등을 가지고 왔다. 내일 데려가려고 하기 때문이다. 처외조부 익양군(益陽君)*의 묘제도 지내야 하지만, 출발할 때 여의치 않아서 사소한 물건만 가지고 가서 변통하여 쓰려고 한다.

◎ ─ 윤4월 29일

일찍 출발하여 삭녕 땅에 이르러 말을 먹이고 점심을 먹었다. 또 철원 땅 적랑촌(狄郎村)에 이르러 잤다. 집주인은 평강 사람으로, 난리가 난 뒤에 와서 산다. 올 때 길에서 생원(오윤해)의 사내종 춘이를 만나 말을 일러 보냈다. 그편에 들으니, 최정운이 처를 데리고 고향으로 돌아가다가 길에서 명나라 사람을 만났는데 길을 막고 난동을 부려서 간신히 피해 갔다고 한다.

....

*   익양군(益陽君): 성종(成宗)의 왕자인 이회(李懷)를 말한다. 오희문의 부인은 이회의 외손녀이다. 《선원강요(璿源綱要)》〈제왕자사세일람(帝王子四世一覽)〉.

5월 큰달 -23일 초복(初伏), 17일 소서(小暑), 1일 하지(夏至) -

◎ — 5월 1일

날이 밝을 때 출발하여 연천현(漣川縣) 앞 냇가에 이르러 아침밥을 먹고, 또 떠나서 대탄 가에 이르러 말을 먹이고 점심을 먹었다. 가정자에 이르러 들으니 참봉 홍매는 나가고 없다고 하여, 묵지 않고 익담촌(益淡村) 홍언규[洪彦規, 홍범(洪範)]의 집으로 갔다. 마침 언규가 집에 있어서 그 집에서 묵었다. 홍언규의 집에서 나에게 저녁밥을 대접했고 그와 조용히 옛이야기를 나누었다. 언규는 본래 백자정동(柏子亭洞)에 살아서 서로 교분이 두터웠으므로, 해후하니 기쁘고 위로되는 마음을 이루 다 말할 수가 없다. 대대로 내려오던 집은 모두 불타 버렸고 전답도 모두 황폐하게 버려져 있었는데, 언규는 난리를 피해 평안도에 가서 살다가 올봄에야 돌아왔다고 한다. 오늘 길에서 평강 사람을 만났는데, 내려가는 자가 많았다.

◎ — 5월 2일

새벽부터 천둥이 치고 비가 올 기미가 있었으나 아침에는 비가 내리지 않았기에 일찍 출발하여 천천촌(泉川村)*에 도착했다. 길가에 샘이 솟아 나와 냇물이 되었는데, 몹시 차고 맑기 때문에 이런 마을 이름이 붙은 것이다. 샘가에서 아침 식사를 하고 또 떠나서 누원(樓院)* 앞내에 이르러 말을 먹이고 점심을 먹은 뒤에 말의 꼴을 베어 실어 왔다.

춘금이가 배가 아파서 걷지 못하기에 묵었던 집에 남겨 두고 조리한 뒤에 오도록 했더니, 점심 먹는 곳으로 뒤쫓아 왔다. 그러나 아직 다 낫지는 않았다. 해가 기울 무렵에 내가 먼저 도성 안으로 들어가 남매의 집에 도착하여 만났다. 기쁘고 위로되는 마음을 어찌 말로 다 하겠는가. 조용히 옛이야기를 나누다가 저녁밥을 먹은 뒤에 광노의 집에 가서 잤다. 덕노는 뒤따라올 때 길에서 명나라 군사를 만나 도롱이를 빼앗겼다. 몹시 안타깝다.

◎ — 5월 3일

신함열(申咸悅)이 성묘하러 봉산에서 한양에 이르러 지나갈 때 찾아왔다. 그편에 딸의 편지를 보니, 잘 있다고 한다. 위로가 된다. 대구 2마리, 열목어 1마리, 말린 생선 40마리, 꿀 1되, 메밀 5되를 남매에게 보냈고, 말린 민물고기 50마리는 기성군(箕城君)*에게 보냈으며, 말

....

* 천천촌(泉川村): 양주 치소(治所)의 북쪽에 위치한 마을이다.
* 누원(樓院): 조선시대에 양주에 속한 지역이다. 다락원이라고도 한다. 철원, 원산 방면으로 가려면 동대문을 나와 보제원을 거쳐 수유리를 지나 다락원에 이르게 된다. 현재 서울시 도봉구 도봉동 지역이다.
* 기성군(箕城君): 이현(李俔, ?~?). 광평대군(廣平大君) 이여(李璵)의 6대손이다.

린 민물고기 20마리, 대구 1마리, 잣 1되는 남첨사(南僉使)* 수씨(嫂氏)의 집에 보냈다. 그리고 대구 1마리, 잣 2되, 열목어 1마리는 광노에게 주었다.

계집종 옥춘이 제수를 받들어 춘금이와 함께 소에 싣고 먼저 산소로 갔다. 종일 광노의 집에 있었다. 소를 팔려고 하니 값이 싸고 말을 사려고 하니 값이 비싸서 모두 매매하지 못했다. 안타깝다. 최진운도 말을 사려고 여기에 왔는데, 마침 서로 만나게 되어 이야기를 나누고 저녁밥을 나누어 주었다. 저녁에 남매에게 가 보고 돌아왔다.

누룩 5덩어리 반으로 은 7돈, 꿀 2되로 은 2돈, 중간 크기 문어 2마리로 은 2돈 반을 받아 모두 은 1냥 1돈 반이다. 이 돈으로 살림을 운용하려고 한다. 이 물건들은 전에는 값이 비싸다고 들었는데, 이제 판 금액이 이 정도이니 모두 계획과 맞지 않는다. 안타깝다.

◎ ─ 5월 4일

토당의 산소에 가다가 남매의 집에 들렀더니, 명나라 사람들이 많이 모여서 한창 양을 잡아 안주를 만들고 있었다. 잔치를 벌여 술을 마시려는 것이다. 또 기성군을 찾아가 조용히 이야기를 나누었다. 기성군이 군이 붙잡아 점심을 지어 나에게 대접했는데, 이미 한낮이 지났다.

올 때 또 임참봉(任參奉)*의 집에 갔다. 경릉(慶隆)의 모친이 마침 임

....
* 　남첨사(南僉使): 남경례(南景禮, 1539~1592). 오희문의 둘째 외삼촌 남지명(南知命)의 아들이다. 첨사를 지냈다.
* 　임참봉(任參奉): 임면(任免, 1554~1594). 오희문의 동서로, 오희문의 장인인 이정수의 막내 사위이다.

배천(任白川)*의 집으로 갔다고 하기에 가 보았더니, 배천은 성묘하러 나갔고 그의 맏아들 경원(慶遠)이 집에 있다가 나를 맞아 주어 옛이야기를 나누었다. 해가 기울어서 달려와 강을 건너 산소에 이르러 먼저 묘 앞에 나아가 빈 절을 했다. 또 죽은 딸의 묘를 보고 나도 모르게 애통한 마음에 통곡하고 돌아왔다. 옥춘과 묘지기 등에게 제수를 만들어 진설하게 했다. 그 길에 복룡(卜龍)의 집에서 잤다.

◎ ─ 5월 5일

아침 식사 전에 묘소로 나가 먼저 조부모께 제사를 지내고, 다음으로 아버지, 죽전 숙부 내외분, 죽은 아우에게 차례로 제사를 지냈으며, 그 뒤에 죽은 딸의 제사를 지냈다.

제수는 면, 떡, 세 가지 과일, 세 가지 어육탕, 세 가지 어육적, 포, 식해, 밥, 국 등이었다. 백미 2말로 떡을 하고, 백미 9되로 밥을 지었으며, 메밀가루 8되로 면을 만들어 썼다. 제사를 다섯 번 지내고 나니, 날은 따뜻하고 몸은 몹시 피곤하여 땀이 등을 적셨다. 다 지낸 뒤에 사내종들이 거처하는 뒤편 정자로 와서 한참 동안 누웠다가 아침밥을 먹고 또 술과 떡을 먹었다. 마침 허찬(許鑽)과 덕 ─원문 빠짐─ 가 와서 모였다. 날이 저물어 출발하여 도로 한강을 건너 남매의 집에 들어갔더니, 마침 화령 도정(花寧都正)과 생원 최기남(崔起南)*이 왔다. 오래도록 못 보다가 우연히 만났으니 기쁘고 위로되는 마음을 말로 다 할 수 있겠는가. 한

....

* 임배천(任白川): 임태(任兌, 1542~?). 오희문의 처사촌 여동생의 남편이다. 배천 현감, 영유 현감, 연기 현감 등을 지냈다.
* 최기남(崔起南): 1559~1619. 1600년 왕자사부로 발탁되었고, 1602년 알성 문과에 급제했다.

참 동안 이야기를 나누었다.

명나라 사람 20여 명이 여기에 모여서 술을 마시고 유희를 벌이니, 특별한 구경거리였다. 이 집이 좋기 때문에 이처럼 와서 모임을 여는 자들이 없는 날이 없다고 한다. 누이의 집에서 내게 저녁밥을 주었다. 저녁 무렵에 광노의 집으로 돌아왔다. 내일은 춘금이를 평강에 보내야 하겠기에 등불을 밝히고 편지를 썼다. 여기에 와서 들으니, 함열이 이곳에 들렀는데 마침 내가 미처 오지 않았기 때문에 만나 보지 못했다고 한다. 아쉽다. 또 들으니, 발을 저는 소를 어제 팔아서 은 7냥을 받았다고 한다. 어제 기성군의 집에 있을 때 정목(政目)*을 보니, 김자정(金子定)*이 예조좌랑(禮曹佐郎)에 제수되었다.

◎ — 5월 6일

이른 아침에 춘금이에게 암소를 끌고 돌아가게 했다. 봉산에서 온 물건과 내가 가지고 온 빈 그릇도 모두 들려 보냈다.

들으니, 함열은 몸이 불편해서 오늘 떠나지 못한다고 한다. 일찍 식사를 마친 뒤에 말을 달려 용산창(龍山倉) 동문 밖에 그가 머무는 사내종의 집으로 찾아가 보았다. 주부 민우경(閔宇慶)*도 와서 함께 이야기를 나누다가, 또 정자 임현이 거처하는 서문 밖 집에 가서 영암 임매의 상사(喪事)에 대해 물어보았다. 정자는 지난달 27일에 장사를 지내

....
* 정목(政目): 벼슬아치의 임명과 해임을 적어 놓은 문서이다.
* 김자정(金子定): 김지남(金止男, 1559~1631). 자는 자정이다. 오희문의 매부이다. 1593년 정자(正字)가 되었고, 황주 판관, 강원도 도사, 형조참의, 경상 감사 등을 지냈다.
* 민우경(閔宇慶): 1573~?. 1616년 증광시에 입격했다.

러 내려갔다고 하고 정자의 모친만 있었다.

참봉 민우안(閔友顔)이 마침 이웃집에 와서 머물고 있었다. 나를 부르기에 들어가 보고 함께 옛이야기를 나누었다. 참판 영공이 오늘 이사를 하기 때문에 소란스럽고 또 같이 모일 데가 없어서 서로 만나 보지 못했다고 한다. 정자의 모친이 나에게 물만밥을 대접했다.

또 판관 이귀(李貴)*의 집에 찾아갔는데, 그는 집에 없었다. 이에 들어가서 그 첩을 만나 보고 함열의 집으로 돌아와서 한참 동안 이야기를 나누었다. 함열이 나에게 물만밥을 대접했다. 해가 기울어서 작별하고 나오던 차에 문밖에서 또 봉사(奉事) 김백온(金伯蘊)*을 만나서 도로 들어가 앉아 이야기를 나누고 저녁때 돌아왔다. 또 남첨사 수씨 모녀에게 들러 보고 돌아왔다.

오늘 갔다 올 때 명나라 사람이 연 시장을 질러가다가 앞뒤로 호위를 받으며 외출한 명나라 장수를 만났다. 또 용산 가는 길목의 높은 언덕에 올라 노량진 강변을 바라보니, 명나라 군사들이 진법(陣法)을 익히고 돌아가는데 저마다 병기(兵器)를 가지고 길에 가득했다. 이 행렬이 10여 리를 뻗어 있으니, 또한 장관이었다.

옥춘을 신직장(申直長)*의 집에 보내서 집사람이 보낸 물건과 편지를 전해 주었다. 또 간장독을 빌리려고 했더니 없다고 한다. 호수(湖叟)*

....

* 이귀(李貴): 1557~1633. 오희문의 처사촌이다. 장성 현감, 군기시판관, 김제 군수를 지냈다.
* 김백온(金伯蘊): 김경(金璥, 1550~?). 자는 백온이다. 1579년 생원시에 입격했다.
* 신직장(申直長): 신순일(申純一, 1550~1626). 오희문의 장인 이정수의 동생인 이정현의 사위이다.
* 호수(湖叟): 오희문의 매부인 남상문이다. 그가 쌍호정(雙湖亭)에 거처하여 쌍호 장인(雙湖丈人)이라고 불렸기 때문에 이와 같이 호칭한 것이다. 《국역 아계유고(鵝溪遺稿)》 제6권 〈쌍

가 나에게 황모필(黃毛筆) 1자루를 주었다.

◎ ─ 5월 7일

서강(西江)에 사람을 보내 소금과 간장독을 사 가지고 왔다. 중목(中木)*1필을 중간 크기의 독 2개로, 거친 무명 2필을 소금 17말로 바꾸었는데, 다시 되어 보니 13말이다. 또 광노에게 딸의 은반지 2개를 만들게 했다. 하나는 구슬 3돈을 주고 하나는 민짜 2돈을 주어 모두 5돈이 들었다. 연마할 때 5푼이 줄었다. 값은 절인 방어 1마리, 짚신 5켤레, 은자(銀子) 5푼을 주었다고 한다. 또 깨진 그릇을 때우고 딸들의 작은 거울 2개를 갈면서 그 값으로 은자 8푼을 주었다.

나는 남매의 집으로 가서 종일 송월헌(松月軒)*에 누워 쉬다가 호수와 내기 바둑을 두어 판 두었다. 또 동산(東山)에 올라 훈련원(訓練院)을 바라보니, 명나라 장수가 진법을 훈련시키는 광경이 또한 장관이었다. 그러나 멀어서 자세히 볼 수는 없었다.

또 중들의 도총섭(都摠攝)* 의엄(義儼)*이 호수를 보러 왔기에 나도

....

호장인묘갈명(雙湖丈人墓碣銘)〉.

* 　중목(中木): 품질이 중간 등급쯤 되는 무명이다.

* 　송월헌(松月軒): 남상문의 조부인 금헌공(琴軒公) 남치원(南致元)이 성종의 부마가 되어 문아(文雅)함으로 한 시대를 풍미했는데, 대저택과 우물을 하사받았다고 한다. 금헌공이 우물곁에 심어 둔 소나무가 아름다워서 남상문이 송월헌이라고 이름을 지었는데, 임진왜란을 겪고도 불타지 않았다고 한다.《국역 아계유고》제6권 〈송월헌기(松月軒記)〉

* 　도총섭(都摠攝): 조선시대의 승직(僧職) 가운데 최고 직위이다. 주로 비상시에 주어진 승직이었지만, 그 뒤에는 평상시에도 존재했다.

* 　의엄(義儼): ?~?. 속명은 곽수언(郭秀彦)이다. 휴정(休靜)의 제자이다. 임진왜란이 일어났을 때 스승인 휴정을 도와 황해도에서 5백 명의 승병을 모집하여 왜군과 싸웠다. 1596년 첨지에 제수되었고 여주에 파사성을 쌓았다.

만나 보았다. 오래전부터 이름을 들어서인지 지금 만나 보니 마치 예전부터 알던 사이 같았다. 이제 가선대부(嘉善大夫)에 올라 금관자를 달고 있었다. 의엄은 점심을 먹은 뒤에 먼저 돌아갔다. 누이의 집에서 나에게 저녁밥을 주었다. 어둑해질 무렵에야 돌아왔다. 《삼국지(三國志)》 12권을 빌려 가지고 왔다.

◎ ─ 5월 8일

이른 아침에 남이상(南履祥)*을 불러 광노를 데리고 남대문 밖 관왕묘(關王廟)*에 가서 구경했다. 이는 명나라 장수가 지은 것이다. 청기와를 입히고 단청이 휘황했으며, 좌우의 협실(夾室)은 아직 다 짓지 못했다. 묘문(廟門)으로 들어가서 소상(塑像)을 쳐다보니, 금관(金冠)을 쓰고 홍포(紅袍)를 입었는데 얼굴이 붉고 수염은 길어서 흩날려 배 아래까지 늘어져 있었다. 빼어난 풍모가 늠름하여 먼 옛날 사람이 마치 살아 있는 듯했다. 청룡언월도는 탁자 밑에 꽂혀 있었다. 묘문 밖으로 나오니 좌우에 모시고 선 자가 각각 두 사람이었다. 어떤 이는 긴 칼을 가졌고 어떤 이는 금감(金龕)*을 받들고 있는데, 엄숙하여 살아 있는 듯했다. 관평(關平), 관흥(關興), 주창(周倉) 등이라고 한다. 오색 깃발에 각각 성명과 일월(日月)을 써서 수실을 달아 아래로 늘어뜨렸고, 좌우 탁자 위에서는 향불이 계속 피어올랐다.

....
* 　남이상(南履祥): 남상문의 서출(庶出) 아들이다.
* 　남대문 밖 관왕묘(關王廟): 관왕묘는 《삼국지(三國志)》에 등장하는 관우(關羽)를 모신 사당이다. 숭례문 밖 도저동 산기슭에 있었다. 1598년에 명나라 장수 진인(陳寅)이 세웠다. 《국역 신증동국여지승람》 제2권 비고편 〈경도(京都)〉.
* 　금감(金龕): 금속으로 만든, 신주를 모시는 감실이다.

또 나무통에 대나무 조각[竹片]의 찌가 4개 있는데, 이는 명나라 사람이 대나무 조각을 던져 추첨하여 점을 치는 도구이다. 오른쪽 다리가 긴 상 위에는 점책(占冊)과 벼루를 놓아두었다. 또 목패(木牌) 5, 6개에는 칠언시구(七言詩句)를 쓰기도 하고 넉자 시구를 쓰기도 했는데, 모두 관왕(關王)을 찬양하는 내용이었다. 모두 잊어버려서 기억하지 못하다가 "만고의 영웅다운 풍도는 명나라를 밝게 했고, 새로 새운 사당은 번방(藩邦)을 진압하네[萬古英風昭上國 新開廟貌鎭藩邦]."라는 구절이 우연히 기억났다. 이는 모두 명나라 사람이 써서 새긴 것이다. 또 문액(門額)에 명(銘)을 만들어 붙였는데, 전자(篆字)이다. 또 "고충대절(孤忠大節)" 네 글자를 크게 써서 붙였다. 향을 피우고 절을 하는 명나라 사람들이 끊임없이 오간다고 한다.

돌아올 때 김백온이 머무는 집에 들렀더니 마침 출타하고 집에 없었다. 또 남대문 안 동쪽으로 들어왔더니, 명나라 사람이 운명을 점치는 곳이 있었다. 처음에는 물어보려고 했으나 복채가 없어서 그만두었다. 시장통을 질러오는데 좌우에 늘어선 점포에 눈이 어지러워 무엇인지 자세히 알 수 없었다. 양관(凉冠)을 사려고 했으나 작아서 내 머리에 들어가지 않아 역시 그만두었다. 집에 돌아오니 해가 이미 중천이었다.

간장독 2개를 샀다. 하나에는 비지 1동이, 메주콩 15말, 소금 5말 2되가 들어가고, 다른 하나에는 비지 1동이, 메주콩 12말 5되, 소금 4말이 들어간다. 그래도 가득 차지 않아 2, 3말은 더 넣겠다고 한다. 후일에 더 보내서 담그도록 광노의 처에게 소금 1말 5되를 주고 일렀다.

오후에 관동(館洞)에 가서 먼저 사평(司評) 홍우(洪遇)를 만나서 이야기를 나누었고, 또 참의(參議) 홍인헌(洪仁憲)* 영공의 집에 가서 이야기를 나누었다. 그러나 공조(工曹)에서 상의할 공사(公事)가 있어서 정랑(正郎) 최광필(崔光弼)*이 와서 앉아 있었기 때문에 조용히 이야기를 나눌 수 없었다. 또 동지(同知) 이정귀(李廷龜)* 영공의 집에 갔더니 마침 생원 김명남(金命男)과 도사 신종원(辛宗遠)이 와 있어서 함께 옛이야기를 나누었다. 다만 날이 저물어서 돌아오기에 바빠 느긋하게 이야기를 나누지는 못했다. 아쉽다. 그 집에서 우리들에게 이화주(梨花酒)*를 대접했다. 어둑해져서 돌아왔다.

자미(이빈)의 집 향나무를 보았더니 다 베어 가고 남은 게 없었다. 수백 년 된 집 뜰의 귀한 나무가 하루아침에 다 없어졌다. 애석하다. 이 동지(李同知) 영공이 나에게 하는 말이, 우리나라 사람과 명나라 사람이 날마다 잘라 가서 가지와 줄기가 거의 없어졌는데 머지않아 다 베어 갈 듯하여 하는 수 없이 자기가 베어 와서 활용하려 한다고 했다.

◎ ― 5월 9일

식사한 뒤에 묵사동(墨寺洞)*으로 직장(直長) 신순일(申純一)을 찾아 갔는데 마침 집에 없었다. 그 처가 나를 부르기에 들어가서 보고 직장을 기다렸지만 오래 있어도 오지 않았다. 이 때문에 동학동(東學洞)으로

....
* 홍인헌(洪仁憲): ?~?. 사관, 사간원 정언, 사헌부 장령, 공조 참의 등을 지냈다.
* 최광필(崔光弼): 1553~1608. 예산 현감, 봉상시 주부, 강원도 도사 등을 지냈다.
* 이정귀(李廷龜): 1564~1635. 이조판서, 좌의정 등을 지냈다.
* 이화주(梨花酒): 쌀누룩을 이용해 만든 탁주이다. 배꽃이 한창 피었을 때 담그는 술이라고 하여 이화주라고 부른다. 빛깔이 희고 된죽과 같아 물을 타서 마신다.
* 묵사동(墨寺洞): 서울시 성북구 성북동에 있던 마을이다. 옛날 이곳에 묵사(墨寺)라는 절이 있어서 묵사동이라고 했다. 또 이곳에 관청에 쓰이는 먹을 제조하여 공급하던 관아인 묵시가 있던 데서 유래되었다고도 한다.

돌아와 임참봉댁(任參奉宅)을 만나 보고 또 배천 현감(白川縣監) 임태(任兌)를 찾아가 조용히 이야기를 나누었다. 또 남매의 집으로 와서 종일 누워서 쉬다가 호수와 내기 바둑을 두었다. 기성군을 찾아본 뒤에 도로 남매의 집으로 가서 저녁 식사를 하고 돌아왔다.

평강(오윤겸)이 버린 첩 진옥(眞玉)이 딸을 안고 와서 인사했다. 그 아이를 보니 이미 걷고 말도 하며 생김새가 단아하여 몹시 사랑스러웠다. 소주와 안주를 가져와서 바쳤다. 마침 이은신이 왔기에 함께 먹었다. 줄 물건이 없어서 무명 반 필로 보답했다. 들으니, 진옥은 지아비를 바꾸었다고 하는데, 사실인지는 모르겠다. 그러나 홀로 살 수는 없다고 말을 했다. 처음 생각에는 그 딸만 보고 진옥은 만나지 않으려고 했는데 지금 딸을 안고 와서 보고 하염없이 우니, 그 마음의 진위는 비록 알 수 없지만 인정상 또한 측은한 마음이 들었다. 어둑할 때 세만을 시켜 말에 태워서 보냈다.

오늘 나갔을 때 가지고 간 부채를 명나라 사람에게 빼앗겨서 이처럼 더운 날씨가 돌아오는 시기에 더 이상 가지고 다닐 부채가 없다. 기성군이 마침 이 말을 듣고 명나라 부채 1자루를 주었고, 호수도 쇄금선(洒金扇) 1자루를 주었다. 진옥의 딸은 지난해 4월 28일에 태어났으며, 애임(愛任)이라고 이름을 지었다고 한다.

근래에 조정이 조용하지 않아 영상(領相) 이원익(李元翼)이 의논이 맞지 않는다고 하여 열네 차례나 사표를 올려 말하기를, "시류(時流)와 대립해서 그대로 수상(首相)의 자리에 있을 수 없습니다."라고 했다고 한다. 이 때문에 옥당(玉堂, 홍문관)에서 차자(箚子)*를 올려 이원익과 류성룡(柳成龍)이 서로 비호한다고 심하게 헐뜯었는데, 언관(言官)들은 이리저리 눈치를 보며 침묵한 채 말을 하지 않아서 이 때문에 양사(兩司, 사헌부와 사간원)가 바야흐로 사피(辭避)*하고 있으며 갈린 뒤에는 먼저 류성룡에게 죄를 가하고 그다음으로 이원익에게 죄를 가할 것이라고 한다. 좌상(左相) 이항복(李恒福)*도 류성룡과 일을 같이한 것과 다름이 없어서 사직하는 차자를 올렸다고 한다. 삼공(三公)이 이와 같으니, 나랏일을 알 만하다. 한탄한들 어찌하겠는가.

큰 숟가락 3개, 작은 숟가락 2개를 값을 치르고 만들어 왔다. 장인(匠人)이 토당리(土塘里)에 살기 때문에 어제 덕노를 보내 가져왔다.

◎ — 5월 10일

오전에 출발하여 고양(高陽) 땅 큰 냇가에 이르러 점심을 먹고 교하촌(交河村) 평산정의 집에 도착했다. 죽은 노비들이 살던 곳이다. 나도 올가을에 와서 지내려고 하기 때문에 일찍이 평산정과 약속했다가 이제 비로소 와 보는 것이다. 그러나 죽은 사내종의 전답과 집터는 근처 사람들이 모두 샀다고 한다. 옛날부터 경작해 먹은 자가 많으니, 반드시 쟁변을 벌인 뒤에나 되찾을 수 있을 것이다. 한탄스럽다. 마침 운림수(雲林守)*와 임경연(任慶衍)이 먼저 와서 기타 젊은이들과 종정도(從政圖)* 놀이를 하고 있었다. 두 공은 모두 처오촌이다. 만나 보니 기쁘고

....

*   차자(箚子): 일정한 격식을 갖추지 않고 사실만을 간략히 적은 상소문이다.

*   사피(辭避): 맡은 직무를 거절하고 그 자리를 피해 버리는 것을 말한다.

*   좌상(左相) 이항복(李恒福):《국역 선조실록》에 따르면, 이 당시 좌의정은 이덕형(李德馨)이었다. 오희문의 오기로 보인다.

*   운림수(雲林守): 이종윤(李宗胤, ?~?). 왕실의 종친이다. 익양군 이회의 증손자이며, 인성정(仁城正) 이경(李儆)의 아들이다.

위로되는 마음을 어찌 말로 다 하겠는가. 평산정과 같이 잤다.

◎ ─ 5월 11일

평산정이 만류해서 그대로 머물렀다. 또 죽림수(竹林守)*를 불러와서 만나 보았고, 운림수와 임경연도 와서 모였다. 두 사람 모두 근처에 살았기 때문이다. 오전에 비가 내리면서 그치지 않는다. 오랜 가뭄 끝에 이 반가운 비를 얻었다. 몹시 기쁘다. 다만 명나라 사람에게 우비를 뺏겼는데 지금 길에 나와 있으니 몹시 걱정스럽다.

◎ ─ 5월 12일

비가 이따금 세차게 내리고 동풍이 세게 부니 필시 큰비가 내릴 조짐이다. 그러나 오래 머물 수가 없어서 조금 그치기를 기다려 출발했다. 평산정이 내게 쌀 5되를 주었는데, 도중에 비로 인해 발이 묶일까 걱정해서이다. 오다가 광산수(光山守) 형제*가 머무는 곳을 지났는데, 당초 그 집을 알지 못했으므로 지나온 뒤에야 알았지만 되돌아갈 수가 없었다. 이 때문에 사람을 시켜 안부만 묻고 그 이유를 말해 주고 오게 했다.

....

* 종정도(從政圖): 정도(政圖), 승관도(陞官圖), 승경도(陞卿圖), 종경도(從卿圖)라고도 한다. 옛날 실내 오락의 일종이다. 넓은 종이에 벼슬 이름을 품계와 종별에 따라 써 놓고 5개의 모가 난 주사위를 굴려서 나온 끗수에 따라 관등을 올리고 내린다.
* 죽림수(竹林守): 이영윤(李英胤, 1561~1611). 종친으로, 청성군(靑城君) 이걸(李傑)의 아들이다. 그림을 잘 그렸는데, 특히 영모(翎毛)와 화조(花鳥), 말 그림에 뛰어났다.
* 광산수(光山守) 형제: 광산수 이효윤(李孝胤)과 금산군(錦山君) 이성윤(李誠胤)을 말한다. 청원군(靑原君) 이간(李侃)의 아들이다.

파주(坡州)를 지나다가 우계[牛溪, 성혼(成渾)]의 집을 지나게 되어 그의 맏아들 성진사(成進士)*를 찾았다. 만난 적은 없지만 들은 지는 오래여서 서로 만나 보니 옛 친구 같았다. 들른 김에 우계의 신위(神位) 앞에 빈손으로 절했다. 평생 흠모하면서도 한번 만나 뵙지 못하고 이렇게 되었으니, 오늘 방문한 자리에서 서글픔을 이길 수 없었다. 성공(成公)이 유숙하라고 강권했으나 해가 아직 높았기 때문에 작별하고 와서 적성현(積城縣) 앞 사노(私奴) 막금(莫金)의 집에 이르렀다.

종일 비가 내리고 바람이 불었는데, 세만의 찢어진 도롱이를 입었더니 비가 새서 다 젖었다. 안타깝다. 간밤에 주인집의 굶주린 벼룩에게 뜯겨 밤새도록 긁느라 편안히 자지 못했다.

◎ ─ 5월 13일

새벽에 출발하여 현 앞 신직포(神直浦)의 얕은 여울을 건너서 장단(長湍) 땅 백련역(白蓮驛) 앞 인가에 이르러 아침 식사를 했다. 그 뒤에 출발하여 달려와 삭녕군(朔寧郡) 앞 나루의 얕은 여울을 건넜는데, 오래 가물어 물이 얕았기 때문에 두 강의 물이 모두 겨우 무릎 정도에 닿을 뿐이었다. 군에서 10여 리를 지나와서 백성 한윤필(韓允弼)의 집에 투숙했다. 지금도 비가 내리고 바람이 불어 비록 세차게 내리지는 않아도 종일 그치지 않으니, 비의 형세를 보건대 아마 장마인 듯하다.

....

* 　성진사(成進士): 성문준(成文濬, 1559~1626). 아버지 성혼(成渾)이 무함을 당하자 벼슬을 버리고 14년간 은거했다. 영동 현감 등을 지냈다.

◎ — 5월 14일

아침에도 비가 그치지 않았기 때문에 유숙한 집에서 아침 식사를 했다. 그 뒤에 비가 걷히고 바람이 잠잠해져서 출발하여 험한 고개 서너 개를 넘어서 안협 땅에 이르러 말을 먹이고 점심을 먹었다. 여기서 집까지는 겨우 반 식(半息, 15리)의 거리이다. 냇가 나무 그늘 밑에 누워 쉬다가 해가 기운 뒤에 출발하여 집에 당도하니 날이 아직 일렀다. 온 집안의 위아래가 반갑게 맞았다. 먼저 어머니께 절을 올린 뒤에 아우 및 아이들과 이야기를 나누었다. 내일은 증조부의 기일이어서 온 집안 사람들이 제사에 쓸 음식을 준비했다.

◎ — 5월 15일

날이 밝을 무렵에 아우가 윤해와 함께 제사를 지냈다. 나는 먼 길을 와서 피곤하고 몸이 편치 않아서 참여하지 못했다. 아침부터 비가 내리는데 때로 세차게 내리기도 했다.

집에 와서 들으니, 보리 수확량이 조인손의 밭에서 전섬으로 3섬 10말이고 박번의 밭에서 전섬으로 1섬 10말이어서 모두 5섬이었다. 기장밭과 조밭은 이미 다 초벌은 매 주었다. 다만 오는 길에 곡식 작황을 보니, 비록 오랜 가뭄 뒤라 논농사는 좋지 않았으나 밭곡식은 곳곳이 모두 무성했다. 그런데 여기에 와 보니 작황이 좋지 않아서 기장과 조는 겨우 2, 3치이고 싹이 드문 곳이 많았다. 안타깝지만 어찌하겠는가.

해주 윤함 처가의 사내종 논금이(論金伊)가 말을 끌고 왔다. 그 집에서 종과 말을 보내서 모셔 가려는 것이다. 그편에 들으니, 윤함의 처는 무사히 해산했는데 이번에도 아들을 낳았다고 한다. 매우 기쁘다.

윤함이 일찍이 현에 들어가서 오지 않았기 때문에 논금이가 어제 이미 현으로 갔다고 한다. 세만이 홀로 현으로 돌아가기에 편지를 써서 보냈다.

저녁에 윤함이 현에서 돌아왔다. 평강(오윤겸)은 모레 중에 근친하러 온다고 한다. 백미 3말, 소금 2말, 벼 19말을 실어 보냈다. 벼는 함열 집안의 물건이다. 연전에 환자를 쓰고 납부하지 않았기 때문에 적산(積山)의 사내종 집에 두게 했던 것을 이제 비로소 가져다가 실어 보낸 것이다. 윤함의 장인이 조기 6뭇, 말린 민어 1마리, 홍어 1마리, 밴댕이 2뭇, 절인 조기 3뭇을 보내왔다. 평강(오윤겸)에게도 조기 5뭇, 민어 1마리, 밴댕이 2뭇을 보냈다.

◎ ― 5월 16일

노비 넷에게 조련의 밭을 매게 했다. 두벌매기인데도 끝내지 못했다. 저녁에 평강(오윤겸)이 근친하러 왔다. 소주 4선, 찐 새끼 노루 5마리를 가지고 왔기에 즉시 함께 먹었다. 백미 1말, 메밀 5되, 미나리와 햇오이 30여 개도 가져왔다. 한양에서는 오이가 이미 나왔지만 이곳에서는 처음 보기 때문에 즉시 신주 앞에 올렸다. 우리 집에 심은 오이는 가뭄에 마르다가 이제야 넝쿨이 뻗었고, 박과 동과 싹도 이러하다가 요새 비가 와서 비로소 무성해졌다.

◎ ― 5월 17일

요새 장맛비가 그치지 않아서, 비록 그칠 때도 있지만 많이 올 때도 있다. 저녁에 현의 사람이 제수와 소주, 찐 새끼 노루 등을 가져왔

다. 술과 고기를 즉시 같이 먹고, 아우 및 아이들과 함께 모여 이야기를
나누다가 밤이 깊어서 자리에 들었다.

◎ ─ 5월 18일

평강(오윤겸)은 그대로 머물렀다. 그러나 큰비가 세차게 내려 앞내
가 넘치니, 며칠 안으로는 건너지 못할 것이다. 이로 인해 윤함도 떠나
지 못했다.

◎ ─ 5월 19일

오전에 비가 잠시 멎고 물도 줄었다. 평강(오윤겸)이 부득이한 일
로 현으로 돌아가게 되어 물이 얕은 곳으로 가마를 타고 건너기로 했
다. 오후에 출발하여 부석사에서 자고 내일 현으로 들어갈 계획이라고
한다. 윤함은 역시 떠나지 못했다.

◎ ─ 5월 20일

죽전 숙모의 기일이다. 나는 여독으로 피로해서 생원(오윤해)과 인
아에게 제사를 지내게 했다. 요새 비가 내려 밭을 매지 못한다. 답답
하다. 집안의 종들에게 밀을 베어 밭두둑에 쌓아 두게 했다. 마침 비가
멎어서 베었으니, 비가 오래 내리면 베지 못하고 썩히게 될까 싶어서
이다.

◎ ─ 5월 21일

비는 멎었으나 음산하여 자못 큰비가 내릴 조짐이 있다. 그래서 먼

길을 경솔히 떠날 수가 없어서 윤함이 역시 떠나지 못했다. 세 노비에게 전에 끝내지 못한 직전(稷田)을 매게 하여 끝냈다.

◎ ─ 5월 22일

윤함이 해주로 돌아갔다. 비로 인해 모시러 온 사내종과 말이 오래 머물다가 이제 비로소 떠나갔다. 마침 어제부터 비가 그쳤기 때문이다. 이번에 이별하면 다시 만나게 될 때는 겨울이나 내년 봄이 될 것이다. 작별에 임해 몹시 슬펐다. 그러나 형편이 그러한 것을 어찌하겠는가. 우리 집이 궁핍해서 그 처자를 데리고 같이 살 수가 없다. 안타깝다. 올 가을 감시(監試)*에 좋은 종이를 부쳐 줄 수 없기에 무명 1필을 주어서 사서 쓰도록 했다. 어제 밀을 타작했더니 소출이 15말 나왔다. 동서 두 집에 각각 1말씩 보냈다.

◎ ─ 5월 23일

현에서 문안하는 사람이 왔다. 어린 꿩과 찐 새끼 노루를 보내왔다. 오늘은 초복이다.

◎ ─ 5월 24일

평강(오윤겸)이 돌아갈 때, 내일 사람과 말을 보내 현으로 제 어미를 모시고 가겠다고 했다. 그러나 미처 하지 못한 집안일이 많기 때문에 생원(오윤해)의 사내종을 빌려 보내서 사람과 말을 보내지 말라고

....

* 감시(監試): 생원과 진사를 뽑는 과거시험이다.

기별했다.

◎ ― 5월 25일

어머니의 생신이므로 생원(오윤해)의 양모가 송편을 만들어서 먼저 보냈고, 우리 집에서도 떡을 만들어 먼저 신주 앞에 차례를 지낸 뒤에 같이 먹었다. 마침 최판관이 우양 1조각을 구해 보냈기에 차례에 쓰고 편지를 보내 사례했다. 오후에 현의 사람이 또 왔다. 평강(오윤겸)이 상화병(床花餠)*과 찐 새끼 노루 2마리, 어린 꿩 5마리, 두 가지 과일을 보냈다. 포목 1필도 보냈기에 어머니께 드렸더니, 어머니께서 몹시 기뻐하시면서 홑이불을 만들겠다고 하셨다. 즉시 답장을 써서 돌려보냈고, 보낸 음식들을 모두 함께 먹었다.

덕노는 어제 휴가를 얻어 수이(守伊)와 동반해서 양식을 구하기 위해 갔다. 윤함은 오늘쯤 집에 도착했을 것이다.

◎ ― 5월 26일

생원(오윤해)이 그 장인 일가가 가까운 날에 고향으로 돌아간다는 소식을 듣고 현에 들어갔다가 그길로 남촌(南村)에 가서 보려고 했다. 이에 나도 편지를 써서 최참봉에게 보냈다. 이곳은 궁핍해서 노자도 줄 수가 없다. 탄식한들 어찌하겠는가.

....

* 상화병(床花餠): 밀가루를 막걸리로 반죽하고 누룩을 넣어 발효시킨 다음 팥소를 넣고 채소나 고기볶음 따위를 얹어 시루에 쪄낸 떡이다. 상화고(霜花糕)라고도 한다.

◎ ─ 5월 27일, 28일

김린이 와서 보았다. 전귀실의 처가 상화병 1바구니를 만들어 바쳤고, 동쪽 집과 서쪽 집에도 작은 바구니에 담아 보냈다. 보답할 물건이 없어 다만 밥을 지어 대접해 보냈다.

◎ ─ 5월 29일

죽전 숙부의 기일이다. 제사를 지냈는데, 나는 마침 몸이 불편해서 인아에게 참석하게 했다. 오후에 언명과 함께 존광의 들에 걸어가서 태두전(太豆田)을 돌아보고 돌아왔다.

◎ ─ 5월 30일

생원(오윤해)이 그 장인 일가를 찾아본 뒤에 관아에 와서 자고 이제 비로소 돌아왔다. 새끼 노루 2마리와 꿩 5마리를 가지고 왔다. 다만 근래에 양식이 떨어져서 아우의 집이 더욱 궁핍한데도 구제해 주지 못한다. 걱정을 말로 다 할 수 없다. 이 때문에 춘금이를 현으로 보냈다. 들으니, 적산에 곡식 두어 섬이 남아 있다고 하기에 평강(오윤겸)에게 내일 빈 말이 올 때 실어 보내게 했다.

6월 큰달 -2일 대서(大暑), 3일 중복(中伏), 17일 입추(立秋), 23일 말복(末伏) -

◎ ─ 6월 1일

춘금이가 돌아왔다. 백미 1말, 전미(田米) 3말을 구해 보내왔다. 저녁에 큰비가 쏟아지다가 잠시 뒤에 그치더니 밤새도록 내렸다 그쳤다 한다. 만일 비가 그치지 않아 냇물이 불어나면 내일 사람과 말을 보내오지 않을 듯하다.

지난번에 내가 한양에서 돌아올 때 머리빗을 깜빡하고 평산정의 집에 놓아두었는데, 평산정이 직접 발견하지 않고 아랫것들이 가져갔으면 영영 잃어버릴 것이다. 여러 해 동안 주머니 속에 간직하고 아침저녁으로 머리를 빗던 물건을 하루아침에 잃어버렸다. 몹시 아깝다. 마침 한양에 가는 사람이 있기에 즉시 광노에게 사 보내라고 했더니, 나무빗 하나를 사 보내기는 했는데 명나라 빗이다. 좀 커서 마음에 들지 않는다. 어찌하겠는가.

◎—6월 2일

평강(오윤겸)이 사람과 말을 보냈는데, 내일 현으로 제 어미를 모셔 가려는 것이다. 벼 19말, 보리 1섬, 쌀보리 3말, 소주 4동이, 삶은 돼지머리 1개를 보냈다. 보리는 5말을 덜어서 동서쪽 두 집에 나누어 보냈다.

어둑할 무렵에 비가 많이 내리고 한참 뒤에 그쳤다. 만일 이처럼 날이 개지 않는다면 내일 가는 것을 장담할 수 없다. 새끼 노루 1마리도 보내왔다.

◎—6월 3일

집사람이 임아(任兒)와 충손(忠孫)을 데리고 오전에 떠나갔는데, 생원(오윤해)이 모시고 갔다. 비가 내리지는 않지만 자못 비가 내릴 기미가 보이니, 아마도 도중에 큰비를 만날 듯하다. 저녁에 비가 세차게 내렸는데, 거리를 따져 보니 5, 6리도 못 가서 비를 만났을 게다. 가마를 타고 더디 가기 때문이다.

◎—6월 4일

어제저녁부터 큰비가 내리더니 오늘도 종일 내리고 밤새 그치지 않아 냇물이 몹시 불어났다. 집사람이 어제 가지 않았다면 끝내 현에 가지 못했을 것이다. 다행이다. 집사람이 여기에 있으면 요새 궁핍해서 큰 병을 치른 뒤에도 겨우 아침저녁으로 밥 두어 홉을 먹는 것 외에는 종일 배고픔을 참아야 한다. 또 집안일을 처리하느라 심려를 많이 해서 다른 병이 날까 두려워, 평강(오윤겸)에게 관아로 모시고 가게 하여 두어 달 동안 머물며 조리하라고 억지로 권해서 보낸 것이다. 충아도 따라가고 싶어서 울음을 그치지 않았기 때문에 데려갔다.

◎ — 6월 5일

큰비가 종일 그치지 않았다. 앞 냇가의 두 언덕이 모두 잠겨서 사람들이 건너지 못했다.

◎ — 6월 6일

비가 내리다 그쳤다 하여 종일 음산하다. 현의 아전이 일이 있어 여기에 왔다가 길을 돌아서라도 가야 한다기에 편지를 써서 보냈다. 오래 밭을 매지 않았고 메밀밭도 갈지 않았는데 절기가 이미 늦어 버렸다. 매우 걱정스럽다. 귀리를 타작했더니 22말이 나왔다.

◎ — 6월 7일

간밤에 밤새도록 비가 내리더니 아침에도 그치지 않았다. 이 때문에 메밀밭을 갈지 못했다. 느지막이 비로소 날이 갰다.

요즘 배고픔이 몹시 심하여 때때로 두 눈이 어지러워 눈을 감고 한참 있어야 안정된다. 양식을 계속 마련할 방법이 없어서 점심을 먹지 못하기 때문이다. 콩을 삶아서 허기를 달래려고 했으나 콩 1되를 삶으면 식구가 많아 금세 다 없어져서 날마다 삶아 먹을 수도 없다. 콩도 다 떨어져 가서 매일 저녁마다 가루로 만들어 죽을 쑤어서 위아래가 나누어 먹는데, 이마저도 계속하기가 어렵다. 이 또한 걱정스럽다. 이 때문에 집사람에게 현으로 들어가 머물면서 조리하도록 한 것이다.

예순의 나이에 앞날이 얼마나 남았겠는가. 그런데 늘 배고픔 속에 사니, 이 인생이 참으로 애석하다. 어머니께서도 아우의 집이 궁핍해서 드리는 밥을 매번 아우의 아이들에게 나누어 주신다. 드리는 음식이 매우 적으니 시장하실 때가 많을 테지만, 삼시 조석 외에는 더 이상 드릴 물건이 없다. 더욱 답답하고 한탄스럽다.

그저께 이웃 사람이 마침 새끼 노루를 붙잡아서 뒷다리와 내장을 가져왔기에 며칠 동안 탕을 끓여서 어머니께 드렸다. 기쁘다. 저녁부터는 드릴 음식이 없다. 집 안에 아무것도 없고 채소조차 구할 수 없는 형편이니, 하물며 고기를 바라겠는가. 소금과 간장도 떨어졌다. 더욱 걱정스럽다.

◎ ─ 6월 8일

생원(오윤해)이 현에서 돌아왔다. 겨우 물을 건너서 왔다고 한다. 말린 방어 반 짝, 가자미 5뭇, 새끼 노루 1마리, 어린 꿩 1마리를 보내왔다. 집안의 다섯 사람에게 김언보의 두전(豆田)을 매게 했으나 끝내지 못했다.

◎ ─ 6월 9일

김현복이 메밀 종자 3말을 받아 갔다. 어제 끝내지 못한 밭을 매서 끝냈다.

◎ ─ 6월 10일

언신이 병을 핑계로 일어나지 않아서 이 때문에 메밀밭을 갈지 못했다. 절기가 늦었을 뿐 아니라 허비하는 시간도 적지 않다. 안타깝다. 만일 병들어 누운 것을 일찍 알았으면 김담을 내보내지 않았을 터인데,

소를 빌려 재를 실어서 밭 가는 곳에 보낸 뒤에야 병으로 쟁기를 잡을 수 없는 줄을 알았다. 먼 곳에 오가는 사이에 한낮이 되었는데, 쟁기를 잡을 사람이 없어서 밭을 갈지 못했다. 몹시 괘씸하다. 할 수 없이 온 집안사람이 채억복의 두전(豆田)을 맸으나 끝내지 못했다.

◎ ― 6월 11일

메밀밭을 갈았으나 끝내지 못했다. 관판(棺板) 11장을 배 만드는 곳으로 실어 보냈다. 이 현에서 만든 배를 이제 비로소 하류로 보내기 때문에 관판을 실어 보낸 것이다. 잣나무판 6장, 송판 5장이다. 또 농기구도 보냈다. 언명도 메주콩 10말을 보냈다. 언신은 그 일로 배를 타고 갔기 때문에 지켜보다가 강에 도착한 뒤 광노에게 수레 값을 주고 실어다가 그 집에 두게 했다.

◎ ― 6월 12일

오늘도 어제 끝내지 못한 밭을 갈았다. 그러나 억수의 소가 성질이 순하지 못해서 두 소가 싸웠으므로, 밭을 갈지 못하고 그대로 돌아왔다. 연일 날을 허비하는 것이 적지 않다. 한탄한들 어찌하겠는가. 다만 전날 끝내지 못한 두전(豆田)을 매게 했다.

언신 등이 오늘 비로소 배를 출발시켜 곧바로 내려갔는데, 공리(工吏) 박언홍(朴彦弘)에게 거느리고 가게 했다. 최진운이 그 누이를 보러 왔다. 나도 가서 보고 한참 동안 동대 위에 둘러앉아 이야기를 나누다가 우리 집에서 저녁밥을 대접했다. 근래에 양식이 떨어져서 내일 밭을 갈 때 대접할 양식을 달리 구할 길이 없다. 할 수 없이 여물지 않은 올

기장을 베어서 1말을 솥에 말려서 굽고 찧어 가지고 내일 쓰려고 한다.

◎ ─ 6월 13일

전날 끝내지 못한 밭을 갈고 메밀을 도합 7말 9되 뿌렸다. 저녁에 안손이 현에서 돌아왔다. 쌀보리 5말, 콩 5말, 어린 꿩 4마리, 돼지고기 2편(片), 오이 30개, 소금 1말, 간장 1말을 보내왔다. 콩과 쌀 각각 1말 씩을 아우의 집에 보냈다. 관청도 이처럼 텅 비어서 이후로는 더 이상 계속해서 보낼 길이 없다고 한다.

◎ ─ 6월 14일

관둔전을 갈고 메밀 2말을 뿌렸다. 저녁에 현의 방자가 내일 차례에 쓸 물건과 얼음덩이를 가지고 왔다. 밀가루 1말 5되, 찹쌀 5되, 두(묘) 2말, 전미(田米) 3말, 밀 1말, 어린 꿩 7마리, 중간 크기 노루 반 마리, 꿀 1되, 간장 1되, 소주 5선을 보내왔다.

또 들으니, 갯지가 좋은 말을 사 가지고 한양에 갔다가 돌아왔는데, 오래지 않아 말이 뜻밖에 죽었다고 한다. 매우 아깝다. 당초에 살 때 크고 작은 소 3마리를 주었는데, 한 달도 지나기 전에 죽었다고 한다.

◎ ─ 6월 15일

오전에 전병, 수단(水丹),* 꿩고기 적, 노루고기 탕으로 차례를 지낸

....
*   수단(水丹): 쌀가루나 밀가루를 반죽하여 경단같이 만들어서 삶은 뒤에 냉수에 헹구어 물기가 마르기 전에 꿀물에 넣고 잣을 띄운 음식이다.

다음에 죽은 딸에게도 지냈다. 춘금이와 김담 등은 휴가를 얻어 가지고 갔으므로, 다만 집안의 두 계집종에게 밭을 매게 했다.

◎ ― 6월 16일

마을 사람이 현에 들어가기에 편지를 써서 보냈다. 저녁에 계집종 옥춘과 생원(오윤해)의 사내종 춘이가 한양에서 왔다. 고성 남매의 편지를 보니, 잘 있다고 한다. 다만 광노가 암말을 사서 보냈는데 걸음이 더디고 둔할 뿐만 아니라 허리 밑으로 병이 들어 산에 오르고 내릴 때 허리가 끌려서 가므로 짐을 싣지 못한다고 한다. 이처럼 병든 말을 왜 사서 보낸단 말인가. 아마 값이 쌌기 때문일 것이다. 은 4냥 3돈 반을 주었는데, 이는 남매 집의 말이라고 한다. 후일에 되물릴 생각이다. 말 값이 너무 비싸서, 비록 병든 말이라도 이와 같다고 한다. 무명으로 계산하면 13필이다.

◎ ― 6월 17일, 18일

마을 사람들이 삼을 담그기에 나도 전업 밭의 삼을 먼저 베어서 묻었는데, 8뭇이다. 해가 저물어 미처 꺼내지 못했다. 그러나 집안에서 부리는 이들이 모두 나갔고 덕노는 무릎에 종기가 나서 다닐 수 없어서, 사람을 빌려 시켰으나 미흡한 일이 많았다. 안타깝다.

◎ ― 6월 19일, 20일

춘금이와 담이(淡伊) 등이 돌아왔다. 이에 삼을 베게 했다. 우리 한 집의 위아래가 벤 것을 따로 한곳에 묻을 생각이다. 어제 묻어 둔 삼의 껍질을 벗기니 3단 반인데, 모두 길고 커서 반 이상은 베를 짜는 데 쓰지 못하겠다.

저녁에 현에서 문안하는 사람이 왔다. 어린 꿩 7마리, 붕어 13마리, 오이 30개를 보내왔다. 그러나 평강(오윤겸)의 편지를 보니, 사내종 세만과 그 첩의 집 계집종 둘이 모두 갯지의 죽은 말고기를 먹고는 중독되어 몹시 고통스러워하는데 살릴 수 없다고 한다. 불쌍하다. 상인(常人)은 비록 그 독이 있는 것을 눈으로 보면서도 한때의 욕심을 참지 못하여 문득 먹고는 중독되어 죽는 경우가 자주 있으니, 사람의 욕심을 이처럼 막기 어렵다.

이 이치로 미루어 본다면, 명리(名利)의 욕심은 비록 사군자라고 할지라도 초탈하지 못하고 스스로 위기에 빠져서 망하는 경우가 이어지는데도 스스로 중지할 줄을 알지 못하는 격이다. 그 욕심의 크기는 달라도 죽는 것은 마찬가지이다. 탄식한들 어찌하겠는가. 이제 조보를 보니, 조정에 한 차례 풍랑이 또 일어나서 각자 서로 공격하고 있었다. 이를 통해서도 알 수가 있다.

◎ ― 6월 21일, 22일

잠가 놓았던 삼의 껍질을 벗겼더니 박번 밭의 삼은 2단 4뭇이고, 억수 밭의 삼은 3단 3뭇이다. 1단은 즉시 어머니께 바치고, 아우에게 4뭇을 주었으며, 또 생원(오윤해)의 처에게 5뭇을 주었다.

◎ ― 6월 23일

며칠 전에 언신의 의붓아들이 밤에 집 안에서 자다가 호랑이에게 물려 오른쪽 다리가 심하게 부었으나 죽지는 않았다고 한다. 마침 사람이 일찍 발견해서 큰 소리로 외쳐서 쫓았기 때문에 버리고 갔다고 한다. 두려운 일이다.

◎ ― 6월 24일

전귀실이 오이 30여 개, 송수만(宋守萬)이 오이 15개, 언신의 처도 20여 개를 갖다 바쳤다. 그 성의에 보답할 물건이 없으니 안타깝다. 요새 더위가 몹시 심해서 괴로움을 견딜 수 없다. 나도 직접 냇가에 가서 연일 목욕을 하여 땀을 씻으니, 마음과 정신이 시원하고 상쾌하다. 그러나 물에서 나오면 도로 더워지니, 서늘하고 높은 정자에 올라가 느긋하게 누워 잠시라도 더위를 식히고 싶다.

저녁에 충아가 현에서 돌아왔다. 중미 3말, 전미(田米) 5말, 새끼 노루 1마리, 어린 꿩 4마리, 오이 20개, 가지 10개를 보내왔다. 양식과 찬거리가 떨어진 차에 왔으니 기쁘다. 그편에 들으니, 오늘 세만은 거의 살 길이 보이나 어린 사내종이 또 중독되었다고 한다.

◎ ― 6월 25일

최판관이 편지를 보내 안부를 묻고, 또 가지 8개, 새우젓 조금을 보냈다. 즉시 답장을 써서 사례했다.

오후에 나 홀로 말을 타고 여러 밭의 기장과 조 및 태두(太豆)를 돌아보았는데, 겨우 버리지 않을 정도일 뿐이다. 태두(太豆)는 지난해보다 좀 낫지만, 사동 밭의 조는 이미 패서 익어 가는데 멧돼지가 큰 이삭만 골라서 반이나 먹어 버렸다. 안타깝다. 메밀밭은 비록 싹이 났으나 드물다. 지난해에는 너무 많이 뿌렸고 올해는 너무 드물게 뿌렸다. 이는 모두 집안의 노비들이 어리석어서 농사의 이치를 알지 못하고 또 힘을 다하지 않았기 때문이다. 괘씸하지만 어찌하겠는가.

◎ ― 6월 26일

억수가 삼을 잠갔기 때문에 덕노를 보내서 소근전의 장풍년(張豊年)이 심은 삼을 베어 오게 했더니 모두 2단이다. 함께 잠그게 했다. 그러나 모두 길고 커서 베를 짜는 데 적당하지 않다고 한다. 거죽을 벗겼더니 12뭇이다.

◎ ― 6월 27일

이웃 사람 박문재(朴文才)가 어제 현에 들어갔다가 오늘 아침에 돌아왔다. 집사람이 편지를 보내왔기에 보니, 관아 안은 모두 잘 있고 세만 등도 모두 차도가 있다고 한다. 콩 3말, 소금 1말, 어린 꿩 2마리, 새끼 노루 다리 1짝을 보내왔다. 김담이 휴가를 얻어 갔다가 이제 비로소 현으로 돌아왔다.

◎ ― 6월 28일

춘금이도 휴가를 받아 현에 들어갔다. 편지를 써서 관아 안에 전하게 했다. 언신이 한양에 갔다가 이제 비로소 돌아왔다. 남고성(南高城, 남상문)의 편지와 누이의 편지를 보니, 잘 있다고 한다. 또 광노의 편지를 보니, 언신이 가지고 간 관판 11장과 농기구는 모두 받아서 그 집에 두었으나 실어 들일 때의 수레 값으로 무명 반 필, 쌀 5되를 더 주었다고 한다.

억수의 고양이가 병아리를 물어 갔다. 분하다. 오후에 아우와 함께 걸어서 울방연 가에 가 보았더니, 올조가 이미 누렇게 익어 가는데 새 떼가 절반이나 쪼아 먹어 버렸다. 분통해 한들 어찌하겠는가. 뒷마루 밑에서 큰 뱀이 나와 달아나는 것을 창밖에 앉아서 거의 놓칠 뻔하다가 겨우 때려죽였다.

◎ ─ 6월 29일

이 면의 위관(委官)*들이 와서 보고 전미(田米) 4말을 바쳤는데, 받아서는 안 될 듯하여 재삼 거절했더니 억지로 두고 돌아갔다. 1말은 즉시 아우의 집에 주었다. 그들에게는 미안하지만 양식이 떨어졌을 때 뜻밖의 물건을 얻었으니, 며칠은 목숨을 연장할 수 있겠다.

◎ ─ 6월 30일

현에서 문안하는 사람이 양식을 가지고 왔다. 쌀보리 5말, 태(太) 5말, 두(豆) 3말, 벼 5말, 어린 꿩 3마리, 소주 5선, 토란대 3단, 무 3뭇을 보내왔다. 쌀보리와 태(太) 각각 5되를 두 계집종에게 나누어 주었다. 다음 달의 급료는 구하는 대로 더 줄 계획이다. 동쪽 집에 벼 1말, 아우의 집에 콩 5되를 또 보냈다. 저녁에 인아가 현에서 돌아왔다. 새 그물을 가지고 왔다. 예전에 현의 아전에게 보내서 추를 달아 보내게 한 것이다.

....

* 　위관(委官): 토지의 등급을 매길 때 그 고을에 사는 사람을 임시로 뽑아 임명한 심판관이다.

7월 작은달 -2일 처서(處暑), 17일 백로(白露) -

◎ ─ 7월 1일

모레 쓸 제수를 얻기 위하여 이른 아침에 편지를 써서 김담에게 주어 현에 보냈다. 오전에 홀로 말을 타고 경작한 기장밭, 조밭, 태두전(太豆田)을 돌아보고 왔는데, 올조는 이미 반이 익어 열흘 안으로 수확해서 먹을 수 있을 듯하다. 늦곡식도 이미 다 패었다.

현의 아전이 제수를 가지고 왔는데, 밀가루 1말, 메밀 5되, 백미 5되, 감장 1말, 간장 1말, 가지 15개, 오이 20개 등이다. 평강(오윤겸)이 이곳에 보낼 사람이 없을까 걱정하여 관청 사람을 시켜 먼저 보냈기 때문에 김담은 저녁에 빈손으로 돌아왔다. 잣과 석이는 전날에 이미 보내왔다. 오늘부터 밭을 매서 다 끝냈다.

◎ ─ 7월 2일

딸들에게 제사에 쓸 음식을 준비하게 했다. 집에는 아무것도 없고 살 곳도 없어서 초라하게 갖추었다. 안타깝다.

◎ ― 7월 3일

조모의 제삿날이다. 새벽에 아우와 두 아이에게 제사를 지내게 했다. 나는 마침 감기가 들어 밤새 머리가 아픈데다가 윗입술도 부어서 증세가 심해질까 싶어 제사에 참석하지 못했다. 무밭을 갈고 씨를 뿌렸다.

◎ ― 7월 4일

생원(오윤해)이 현에 들어갔다가 그길로 한양에 가서 별시(別試)를 보려고 한다. 계집종 옥춘도 함께 갔다. 전날에 광노가 사 보낸 말은 처음에는 짐을 싣지 못하겠다 싶어 값을 되물리려고 했는데, 근래에 잘 먹여서 처음 올 때보다 조금 나아졌다. 오늘 아침에 흙 8말을 담아서 싣고 고개를 오르내리고 또 돌이 깔린 냇물을 건넜는데, 별로 넘어질 걱정이 없었다고 한다. 아우와 인아도 타고 고개를 넘어 보니 발을 헛디디는 적이 없었다고 한다. 비록 힘 센 말은 아니어서 많이 싣지는 못하지만 7, 8말쯤은 그래도 실을 수가 있다고 한다. 시일이 이미 오래되어 도로 물릴 수도 없는 노릇이니, 우선 머물러 두었다가 살이 찌기를 기다려 내달쯤 올려 보내서 도로 팔 생각이다.

◎ ― 7월 5일

채억복이 와서 보고 큰 참외 3개를 바쳤다. 8일의 차례에 쓰려고 한다. 기쁘다. 집에는 보답할 물건이 없어서 겨우 추로주(秋露酒)* 한 잔

....

* 추로주(秋露酒): 가을철에 내린 이슬을 받아 빚은 청주(清酒)이다.《산림경제(山林經濟)》〈치

을 대접했다. 그가 온 김에 벌통 위에 다른 그릇을 더 덮어서 이어 놓게 했다. 대체로 벌통은 통 위에 으레 다른 그릇을 더 덮어 주어야 꿀이 많아진다고 했기 때문에 잇게 한 것이다. 7통 중에 3통은 올해 난 것이기 때문에 꿀이 많지 않고, 그 나머지 예전 벌통 넷의 뚜껑을 열어 보니 모두 꿀이 가득했다. 다만 신수함이 가져온 벌통만은 꿀이 차지 않았으니, 올해에 새끼 벌을 많이 낳았기 때문이다. 이것은 작은 나무 그릇으로 덮었다.

◎ ― 7월 6일

덕노가 말을 끌고 현에 갔다. 모레 차례를 지낼 제수를 얻어 오기 위해서이다. 며칠 이래로 가을 기운이 매우 완연하여 비록 겹옷을 입어도 따뜻한 줄 모르겠다. 앞으로 아직 할 일이 많은데 집에 부릴 사람이 없으니 어찌할 수가 없다. 한밤중에 이 일을 생각하면 온갖 걱정이 가슴을 메워 말똥말똥 잠을 이루지 못한다. 내 인생이 한탄스럽다. 이는 모두 내 계책이 부족해서 벌어진 일이다. 늙으신 어머니와 처자들은 모두 나 하나만 믿고 있는데, 올가을에는 비록 떠나지 못해도 내년 봄 농사철 전에는 여기를 떠나야 할 형편이다. 올겨울까지 가족이 모여 살 방도를 미리 마련한 뒤에나 내년을 기약할 수 있을 것이다. 그런데 앉아서 세월만 보내며 어찌할 방도가 없어서 때만 기다린 채 굶주림과 추위는 하늘에 맡겨 두었다. 더욱 한탄스럽다.

....

선(治膳)에 "가을 이슬이 흠뻑 내릴 때 넓은 그릇에 이슬을 받아 빚은 술을 추로백(秋露白)이라고 하니, 그 맛이 가장 향긋하고 톡 쏜다."라고 했다. 추로백을 추로주라고도 한다.

◎ ― 7월 7일

칠석(七夕)이다. 술과 과일로 차례를 지냈다. 저녁에 덕노와 춘금이가 돌아왔다. 일가의 편지를 보니, 무사히 잘 있고 생원(오윤해)은 어제 이미 한양으로 떠났다고 한다. 벼 10말, 콩 5말, 귀리 3말, 어린 꿩 8마리, 중간 크기의 노루 반 마리, 수박 2개, 참외 7개를 보내왔다.

동대 앞 언방의 밭에서 기장을 타작했더니, 전후로 모두 12말이 나왔다. 울방연 가에서는 외고지조 2말을 거두었다. 묵은 밭이 있어서 지난봄에 갈아 두었던 것이다.

◎ ― 7월 8일

선친의 생신이다. 찐 고기, 상화병, 탕, 적, 과일 등을 차려 차례를 지냈다.

◎ ― 7월 9일

처음으로 개비에게 먼저 익은 참깨를 베게 했더니, 깨 알갱이가 3되 5홉이 나왔다.

◎ ― 7월 10일

동풍이 계속 불어 깊은 가을처럼 날이 차가워서 겹옷을 입고 있어도 따뜻한 줄 모르겠다. 효립(孝立)이 며칠 전부터 무수히 설사를 하여 음식을 전혀 먹지 않더니, 오늘은 젖도 먹지 않고 먹으면 토해 낸다. 눈을 감고 계속 누워서 피곤해 하고 일어나지 않는데, 젖먹이의 병이라 약도 쓸 수 없다. 몹시 걱정스럽다.

언명의 계집종 개금이 간밤 꿈에 생원(오윤해)이 책을 들고 동쪽 집에서 여기로 오는데 도중에 썼던 갓이 바람에 날려 하늘로 올라가 잡으려고 해도 그러지 못했다고 한다. 이는 갓을 버리고 관모(官帽)를 쓸 징조이니, 이번에는 반드시 급제할 것이다. 하례할 일이다. 정유년 봄에 그 형이 한양에 가서 과거를 볼 때 내가 꿈에서 그가 갓을 벗고 와서 뵙는 것을 보았는데, 마침내 꿈이 영험하게 맞았다. 이번에는 어리석은 계집종의 무심한 꿈이 이와 같으니, 반드시 효험이 있을 것이다. 기쁘다. 이뿐만이 아니라 사람마다 모두 길몽을 꾸었다고 하고 또 열심히 공부했으니 아마 헛되지는 않을 것이다. 모레가 초시(初試) 날이다. 윤함도 아마 한양에 왔을 것이다.

◎ ─ 7월 11일

현에서 문안하는 사람이 왔다. 편지를 보니, 집사람은 회복되어 간다고 한다. 기쁘다. 어린 꿩 4마리, 수박 3개, 토란대 3단을 보내왔다. 즉시 답장을 써서 돌려보냈다. 효립은 설사가 덜한 듯하지만 병세가 심한 것은 여전하다. 몹시 걱정스럽다. 저녁에 비가 왔다.

◎ ─ 7월 12일

오늘은 효아(孝兒)에게 차도가 있어 젖을 먹어도 토하지 않고 또 꿩고기도 먹고서 눈을 뜨고 일어나 앉는다. 몹시 기쁘다.

오늘은 별시에 입장하는 날이다. 두 아이가 시험을 볼 터인데 어떻게 할지 모르겠다. 종일 날이 흐리기만 하고 비는 내리지 않는다. 한양도 날씨가 이러한지 모르겠다. 걱정을 잊을 수가 없다.

◎ ― 7월 13일

관아의 사내종 갯지가 말을 끌고 왔다. 내가 내일 현에 가려고 하기 때문이다. 깨를 베어 밭 가운데 묶어서 쌓았는데 깨 알갱이가 5되 7홉이 나왔고, 전날에 베어서 쌓아 놓았던 것을 털었더니 1말 2되가 나왔다. 갯지가 올 때 햅쌀 3되, 어린 꿩 2마리를 갖다 바쳤다. 쌀은 신주 앞에 올렸다.

◎ ― 7월 14일

이른 아침 식사 뒤에 떠나서 저녁이 못 되어 현에 도착하여 아이들을 보았다. 또 업아를 보니 예전 같지 않아서 살이 붙고 보기 좋아졌다. 우리 집안의 천리마이니, 훗날 큰일을 하리라고 기대할 만하다. 매우 기쁘고 위로가 된다. 관아에서 차와 음식을 내왔다. 다만 관아에 비축한 물자도 바닥나서 더 이상 손 쓸 방법이 없다고 한다. 안타깝다.

◎ ― 7월 15일

관아에 머물렀다. 백중(百中)이어서 관아에서 과일과 술과 떡을 내왔다. 종일 아이들과 모여 이야기를 나누었다. 저녁에 경방자(京房子)가 한양에서 내려왔다. 생원(오윤해)의 편지를 보니, 초장(初場)*에는 윤함과 함께 무사히 출입했다고 한다. 세 소(所)를 두 소로 합쳐서 거행했는데, 저는 일소(一所)인 성균관(成均館)에 들어갔고 이소(二所)는 사가(私

* 초장(初場): 과거시험 때 첫째 날 보는 시험장을 초장, 둘째 날 보는 시험장을 중장(中場), 마지막 날 보는 시험장을 종장(終場)이라고 했다. 이를 삼장(三場)이라고 한다.

家)였다고 한다.

◎ ─ 7월 16일

관아에 머물렀다. 행여 생원(오윤해)이 초시에 합격한다면 전시(殿
試)*에 쓸 좋은 종이는 구하기가 어려울 것이다. 이 때문에 이곳에서 백
지로 배접하여 내일 생원(오윤해)에게 보내야겠다.

◎ ─ 7월 17일

오전에 떠나서 소근전에 이르니, 주부 김명세와 김린, 허충(許忠),
권호고(權好古) 등이 각각 술과 과일을 가지고 집 앞 송정(松亭) 아래에
서 기다리고 있다가 맞아 주었다. 한참 이야기를 나누다가 해가 기울
어서야 돌아왔다. 올 때 평강(오윤겸)이 중미 1말, 벼 4말, 새끼 노루 반
짝, 어린 꿩 3마리를 보냈고, 쌀 5되, 벼 1말, 소주 4선, 어린 꿩 1마리,
삶은 집돼지 다리 1짝은 아우의 집에 보냈다. 내일이 아우의 생일이기
때문에 윤겸이 구해 보낸 것이다. 관아에 있을 때 들으니, 윤겸의 처와
첩에게 모두 태기가 있다고 한다.

◎ ─ 7월 18일

관아의 사내종 세만이 현으로 돌아가기에 편지를 써서 보냈다. 어
제 데려온 자이다. 찰기장을 베어 타작했더니, 5 -원문 빠짐- 나왔다.

....

* 　전시(殿試): 초시(初試)에 합격한 사람이 다시 보던 복시(覆試)에서 선발된 사람에게 임금이
　　친히 치르게 하던 과거시험이다.

◎ ─ 7월 19일

사동 밭의 사속(蛇粟)을 타작했더니, 17말이 나왔다. 아우의 집에 2말, 생원(오윤해)의 집에 1말을 보냈다.

◎ ─ 7월 20일

인아가 집안사람 4명을 데리고 소근전에 가서 염광필(廉光弼)이 병작한 중금의 밭에 심은 반직(半稷)을 타작하는 것을 살펴보고, 전섬으로 1섬 4말을 나누어 가져왔다. 7말은 즉시 아우의 집에 보내 방아를 찧어 한양에 갈 때 양식으로 쓰게 했다. 또 두 계집종의 이달 급료로 각각 1말 반씩 주었다.

◎ ─ 7월 21일

현에서 문안하는 사람이 와서 들으니, 쪽[藍草]이 많이 부족해서 명주를 물들이는 일을 절반도 못했다고 한다. 이 지역의 인가에서 구해 보았으나 얻지 못하고 돌아갔다. 아쉽다.

◎ ─ 7월 22일

윤해와 윤함 두 아이의 초시 결과를 아직도 듣지 못했는데, 오늘은 전시일(殿試日)이다. 어떻게 되었는지 알 수 없으니, 걱정이 그치지 않는다. 어제 뒷내 상류에 어살을 놓았는데, 간밤에 잡힌 것이 겨우 20여 마리이다.

◎ ─ 7월 23일

근래에 오랫동안 비가 오지 않고 서늘한 바람이 계속 불면서 이슬도 내리지 않아 결실을 맺지 않은 늦곡식이 많은데, 메밀밭과 무밭에 더욱 해롭다고 한다. 안타깝다.

◎ ─ 7월 24일

아침에 이 면에 사는 백성이 현에서 돌아올 때 평강(오윤겸)이 편지를 써서 전해 보냈고, 생원(오윤해)이 한양에서 보낸 편지도 전했다. 편지를 보니, 두 소의 유생(儒生)이 거의 4, 5천 명이어서 아직 채점을 하지 못하여 21일 즈음에 방이 나온다고 하는데 20일에 현의 아전이 내려가기 때문에 부친다고 했다.

두 소의 책제(策題)와 제가 지은 책문(策文)의 중두(中頭)와 입론(立論) 등을 써서 보냈기에 보니, 의견을 개진한 것이 분명해서 합격할 만했다. 그러나 과장(科場)에서의 득실은 기필할 수가 없다. 전시는 26일로 물려 정했다고 한다. 윤함의 편지도 왔는데, 오래 한양에 머물러 있어서 고생이 막심하다고 한다. 걱정스럽다.

또 들으니, 왜적이 우리나라 사람 10여 명을 돌려보내면서 하는 말이 전날에 보낸 강화사(講和使)가 지금까지 오지 않았으니 너의 나라에서 만일 즉시 보내지 않으면 내년 2월에 군사를 일으켜 다시 오겠다고 했단다. 돌아온 사람에게 들으니, 풍신수길(豊臣秀吉, 도요토미 히데요시)은 이미 죽었고 그 아들이 자리를 계승했는데 겨우 8세여서 풍신수길과 동성(同姓)인 자가 섭정을 한다고 한다. 그 위엄과 권세가 나라 안에 진동하여 가등청정(加藤淸正, 가토 기요마사) 이하가 모두 복종하여 명령을 듣는다고 한다. 그 군사는 비록 바다를 건너갔으나 아직 해산시키지 않고 날마다 연습하고 있으니, 내년 2월에 대거 침입할 계획에 의심할 것이 없다고 한다. 몹시 걱정스럽다. 전날에 저들의 강화사를 우리나라에서 명나라 조정에 보냈는데, 명나라 조정에서 다 죽였다고 한다.

또 들으니, 식년시(式年試)*는 내년 봄으로 물렸으나 시기는 아직 정하지 않았다고 한다. 만일 물려서 행한다면 윤함은 이곳에 와서 본 뒤에 황해도로 돌아가겠다고 한다.

저녁에 평강(오윤겸)이 근친하러 왔다. 내일은 내 생일이다. 이 때문에 소주 6선, 청주 2병, 수박 4개, 참외 6개, 가지 30개, 백미 1말, 중미 3말, 메밀 1말, 찹쌀 5되, 중간 크기의 노루 1마리, 어린 꿩 7마리, 잣 1말, 팥 2말을 마련해 왔다. 함께 둘러앉아 이야기를 나누었다. 어머니의 행차는 내달 9일로 정했다. 만일 다행히 생원(오윤해)이 급제한다면 이곳에서 경연(慶筵)을 열어야 하니, 어머니의 행차를 물려야 할 것이다.

◎ ─ 7월 25일

딸들을 시켜 차례 지낼 음식을 차리게 했다. 세 가지 떡, 탕, 적, 과일 등을 차려서 먼저 신주 앞에 제사를 지냈고, 다음으로 죽은 딸에게 지냈다.

이웃에서 찾아온 자들에게 각각 술과 떡을 대접해 보냈다. 또 최판관을 불러다가 여러 가지 음식을 갖추어 놓고 각각 술잔을 돌린 뒤에 상을 물렸다. 조용히 이야기를 나누다가 저녁때 돌아갔다. 안협에 사는

....
* 식년시(式年試): 3년마다 정기적으로 시행된 과거시험이다.

노인 연수가 와서 보고 또 좋은 배와 수박을 바쳤다. 소주 2잔과 떡, 적을 대접해 보냈다.

이웃 사람들이 오늘이 내 생일이란 말을 듣고 박문재가 떡 1바구니를 만들어 왔고, 김언보와 전업이 각각 찰기장쌀 1말, 김억수가 햇꿀 1되를 가져왔다. 기타 사람들도 산열매, 황이(黃茸) 등의 물건을 각각 가져왔다. 모두 술과 떡을 대접해 사례했다.

저녁에 현의 아전이 편지를 가지고 왔다. 그편에 들으니, 생원(오윤해) 형제가 모두 초시에 합격했는데, 마침 이은신의 가노(家奴)가 듣고 와서 전하더라고 했다. 오늘내일 중으로 풍금이(豊金伊)가 올 때 방목(榜目, 합격자 명부)과 생원(오윤해)의 편지도 전해 줄 것이라고 한다. 전시는 26일로 물려 정했는데, 윤함도 참여한다고 한다. 더욱 몹시 기쁘고 위로가 된다. 그러나 아직 방목과 생원(오윤해)의 편지를 보지 못했으니, 그것이 허위 정보일까 걱정이다.

◎ ― 7월 26일

평강(오윤겸)이 일찍 식사를 하고 현으로 돌아갔다. 멀리 못 가서 비가 내렸으나 많이 내리지는 않았으니, 아마 옷은 젖지 않았을 것이다.

◎ ― 7월 27일

춘이가 현에 들어가기에 편지를 써서 보냈다. 목화를 바꾸어 오는 일 때문에 그길로 안변(安邊)으로 갈 것이다. 나는 말이 없어서 함께 보내지 못했다. 올해는 목화를 구해 쓰지 못해서 위아래가 추위에 얼게 될 것이다. 탄식한들 어찌하겠는가.

◎ ─ 7월 28일

저녁 내내 현에서 사람이 오기를 기다렸으나 오지 않았다. 풍금이가 아직 돌아오지 않은 것인가. 두 아이가 합격했다는 정확한 소식을 아직 듣지 못했다. 걱정스럽다. 오후에 나 홀로 말을 타고 경작한 여러 밭의 조와 직(稷)을 돌아보니, 남의 곡식만 못하고 또 경작한 것도 매우 적어서 겨울을 지나기가 몹시 어려울 듯하다. 걱정스럽지만 어찌하겠는가.

◎ ─ 7월 29일

이른 아침에 전업이 술과 떡, 과일 등을 가지고 왔다. 집에서 제사를 지낸 음식이라고 한다.

8월 큰달 -4일 추분(秋分), 19일 한로(寒露) -

◎ ― 8월 1일

현에서 문안하는 사람이 왔다. 편지를 보니, 윤함이 어제저녁에 왔는데 전시에 참여했다가 다음 날 떠나왔다고 한다. 생원(오윤해)은 전시 시험날 저녁때 비가 내려서 미처 다 쓰지 못했는데 군사에게 뺏겨서 바치지 못했다고 한다. 온 집안의 위아래 식구들의 희망이 모두 허사로 돌아갔다. 탄식한들 어찌하겠는가. 때가 오지 않은 것인가. 윤함은 써냈다고 하지만, 행문(行文)은 그가 잘하는 것이 아니다. 어찌 바랄 수 있겠는가.

전책(殿策)의 제목은 "인재 등용"이고, 상시관(上試官)은 이산해(李山海)*라고 한다. 초시에서는 생원(오윤해)이 논(論)으로 차하(次下)를, 윤함은 부(賦)로 차하를 받아 참석했다고 한다.* 과장에 참여한 사람들의

....

* 　이산해(李山海): 1539~1609. 병조좌랑, 사헌부 집의, 영의정 등을 지냈다.

책(策)이 모두 출제자의 마음에 들지 않아서 합격한 사람이 적었다고 한다. 논의 제목은 "양귀산(楊龜山)이 채경(蔡京)의 추천에 응하다"*이고, 부의 제목은 "큰 공은 유생으로부터 나오니, 우윤문(虞允文)이 채석강(采石江)에서 금(金)나라 임금 완안량(完顔亮)을 이긴 일*에 대하여"라고 한다.

또 이소의 논의 제목은 "송 고종(宋高宗)이 《춘추(春秋)》를 즐겨 읽다"*이고, 부의 제목은 "초당(草堂)에서 현자를 천거했으니, 바로 등우(鄧禹)가 초당에 있을 때 광무제(光武帝)가 찾아가고* 등우가 광무제에게

....

* 　초시에서는……한다: 과거시험의 성적은 이상(二上), 이중(二中), 이하(二下), 삼상(三上), 삼중(三中), 삼하(三下), 차상(次上), 차중(次中), 차하(次下)의 9등급으로 나누어 우열을 평가하고 삼하 이상을 급제로 했다.

* 　양귀산(楊龜山)이……응하다: 양귀산은 북송(北宋)의 학자 양시(楊時)이다. 정호(程顥)의 제자이다. 채경(蔡京)은 철종(哲宗) 소성(紹聖) 연간과 휘종(徽宗) 연간에 장돈(章惇) 등과 함께 왕안석(王安石)의 신법(新法)을 복구하고 사마광(司馬光), 문언박(文彦博), 정이(程頤), 소식(蘇軾) 등 신법을 반대했던 학자와 문인 3백여 인을 간당(奸黨)으로 몰아 유배하거나 금고했던 인물이다. 그는 만년에 입지와 사세가 어려워지고 자신의 주변 인물들이 사리(私利)에만 관심이 있다는 것을 알고 양시를 추천했다. 《송사(宋史)》 권472 〈간신열전이채경(姦臣列傳二蔡京)〉.

* 　우윤문(虞允文)이……일: 우윤문은 송(宋)나라 고종(高宗) 연간의 정승으로, 금(金)나라의 물밀 듯한 공세로부터 송나라를 지켜낸 문신이다. 특히 금나라의 무서운 기세에 밀려 사직이 기울던 때에 채석강(采石江)의 전투에서 참모 군사라는 미미한 직함과 미약한 군사로 금나라의 백만 대군을 꺾음으로써 사직을 안정시키는 큰 공훈을 세웠다. 《송사》 권383 〈우윤문전(虞允文傳)〉.

* 　송……즐겨 읽다: 남송(南宋)의 제1대 황제인 고종(高宗)에 관한 고사이다. 《역대명신주의(歷代名臣奏議)》 권9 〈성학(聖學)〉에 "고종 황제가 조정(趙鼎)에게 이르기를 '짐은 금중(禁中, 대궐 안)에 있을 때에도 본래 날마다 하는 일과가 있다. 아침에는 신하들이 상주한 글을 읽고, 오후에는 《춘추(春秋)》와 《사기(史記)》를 읽으며, 밤에는 《상서(尙書)》를 읽는다[高宗皇帝謂趙鼎曰 朕居禁中 自有日課 早閱章奏 午後讀春秋史記 夜讀尙書].'라고 했다."라고 적고 있다.

* 　등우(鄧禹)가……찾아가고: 등우는 후한(後漢) 사람으로, 13세에 장안에 유학할 당시 광무제(光武帝)를 만나 서로 절친하게 지냈다. 그 후 광무제가 병사를 일으켜 하북에 있다는 소식

엄광(嚴光)을 천거했던 일"*이라고 한다. 일소의 상시관은 이정귀이고, 이소의 상시관은 이충원(李忠元)*이라고 한다.

오늘은 석전일(釋典日)*이어서 집돼지 앞다리 1짝과 중미 2말을 구해 보내왔다. 어머니의 행차가 오는 9일로 정해져서 사람과 말 3필을 뽑아 놓았고 집사람도 6일에 돌아온다고 한다. 윤함도 황해도로 돌아간다고 한다. 다만 평강(오윤겸)의 첩이 낙태했다고 한다. 애석하다. 즉시 답장을 써서 현의 사람에게 주어 돌려보냈다.

심열의 편지도 왔기에 보니, 과거를 본 뒤에 곧바로 집으로 돌아갔다고 한다. 올겨울에 한양으로 올라와서 우리 어머니를 뵐 터인데, 지금은 가을걷이가 바빠서 돌아간다고 한다. 생원(오윤해)은 그길로 인천(仁川)에 가서 정(鄭)숙모를 뵌 뒤에 율전(栗田)으로 돌아간다고 한다.

....

을 듣고 찾아가자 광무제가 매우 기뻐하여 말하기를, "나는 마음대로 관직을 줄 수 있는 힘이 있다. 그대가 멀리서 나를 찾아온 것은 벼슬을 하고 싶어서인가?"라고 하니, 등우가 대답하기를, "벼슬은 원치 않습니다."라고 했다. 광무제가 묻기를, "그렇다면 무엇을 하고 싶은가?"라고 하니, 등우가 대답하기를, "단지 명공(明公)의 위덕(威德)이 사해(四海)에 베풀어지기를 바라고 제가 작은 힘이나마 다하여 공명(功名)을 죽백(竹帛)에 남기고 싶을 따름입니다."라고 했다.《후한서(後漢書)》권16〈등우열전(鄧寇列傳)〉.

* 등우⋯⋯일: 엄광(嚴光)은 광무제와 원래 동문수학한 사이이다. 광무제가 등극한 이후에 그의 간곡한 부름을 거절하고 부춘산(富春山)에 은거하여 몸소 농사짓고 낚시질하면서 살았다. 이후로 세상에서는 벼슬에 나간 등우를 폄하고 은거한 엄광을 추앙했다.《후한서》권83〈엄광전(嚴光傳)〉.

* 이충원(李忠元): 1537~1605. 홍문관 수찬, 첨지중추부사, 한성부 판윤 등을 지냈다.

* 석전일(釋典日): 2월과 8월의 첫째 드는 정(丁)의 날에 문묘에서 공자에게 제사 지내는 의식을 석전이라고 한다. 소나 양의 희생을 생략하고 채소 등으로 간소하게 지낸다. 석채(釋菜)라고도 한다.

◎ ─ 8월 2일

아침에 춘금이가 휴가를 받아 현으로 돌아가기에 편지를 써서 보냈다. 아침 식사 때 어제 보내온 돼지 다리로 탕을 끓였다. 아이들이 오랫동안 먹어 보지 못했기에 몰려들어 다투어 먹으면서 울고 웃으니, 집 안 가득 떠들썩했다. 한편으로는 우습다. 다만 어머니는 본래 돼지고기를 드시지 않기 때문에 드리지 않았다. 아쉽다.

저녁에 이 면의 색장(色掌)*이 현에서 편지를 가지고 왔기에 보니, 9일의 어머니 행차에 필요한 물품들은 이미 다 준비했는데 다만 양식과 찬거리를 구하기가 몹시 어려워서 할 수 없이 군량 1섬을 먼저 꾸어 쓸 계획이라고 한다. 삶은 집돼지머리와 다리 반 짝을 보내왔다.

일찍이 인아에게 사람을 데리고 매 그물을 칠 곳의 풀을 베게 했더니, 사람들이 전 인일(寅日) 또는 술일(戌日)에 풀을 베고 다음 인일 또는 술일에 그물을 치는 것이 법이라고 했다. 오늘이 인일이기 때문에 남보다 앞서 터를 잡았으니, 올해는 기어코 잡아서 말을 살 밑천을 마련해야겠다.

◎ ─ 8월 3일

아침 식사 전에 어제 보내온 돼지머리를 썰어서 온 집안사람들이 모두 모여 나누어 먹었다. 저녁에 현의 아전이 또 왔다. 편지를 보니, 집사람이 요 며칠 몸이 불편해서 다시 며칠 조리한 뒤 6일에 돌아오겠다고 한다. 삶은 돼지고기를 또 보냈고, 햅쌀 1말도 보내왔다. 다만 어

....
* 색장(色掌): 지방의 고을에서 잡다한 일을 맡은 아전이다. 대개 각 동리에서 농사를 권장하고 죄인을 추고(推考)하며 조세와 군역 따위를 감독했다.

머니께서는 본래 집돼지고기를 드시지 않고 반찬이 떨어진 지 오래여서 늘 채소만을 드리니, 늙으신 어머니의 입에 어찌 맞겠는가. 이 때문에 어머니의 식사량이 크게 적어졌다. 매우 걱정스럽다.

◎ ─ 8월 4일

광주(廣州)의 묘소 아래에 사는 사내종 성금(成金)이 왔다. 9일에 갈 때 데리고 가기 위하여 전에 불렀기 때문이다. 다만 제 소를 가져오지 않고 팔았다고 둘러댄다. 괘씸하다. 인아가 가서 김현복이 병작하는 중금 밭의 조를 타작했는데 전섬으로 1섬 8말이 나왔고, 단은 아직 타작하지 않았다고 한다. 아우의 집에 4말을 나누어 보내서 한양에 갈 때 양식으로 쓰도록 했다.

◎ ─ 8월 5일

집사람이 내일 오겠다고 했기 때문에 덕노를 현으로 보냈고, 언명도 자기 사내종을 함께 보냈다.

◎ ─ 8월 6일

저녁에 집사람이 왔는데, 윤함이 모시고 왔다. 인아도 중로(中路)에 가서 맞이하여 돌아왔다. 평강(오윤겸)이 9일의 어머니 행차에 쓸 양식과 찬거리로 백미 4말, 전미(田米) 5말, 콩 3말, 노루고기 포 15조, 미역 3주지, 말린 생선 2마리, 날꿩 3마리, 감장 1말, 간장 2되를 구해 보냈다. 언명의 집에도 중미 3말, 전미(田米) 5말, 감장 1말, 나무소반 3개, 밥솥 1개, 백지 1뭇, 상지 1뭇을 보냈다.

◎ — 8월 7일

강비가 그저께부터 두통으로 몹시 괴로워하더니 지금까지 조금도 나아지지 않아 음식을 전혀 먹지 못한다. 걱정스럽다. 전업과 박언방이 한양에 가기에 편지를 써서 남매의 집에 먼저 보내어 어머니께서 올라가려고 하시는 뜻을 알게 했다. 김언보가 와서 보고 꿀 2되를 바쳤다. 민시중(閔時中)도 날꿩 1마리를 가져왔다.

◎ — 8월 8일

김명세, 김린, 김애일 등이 술통을 가지고 와서 전별했다. 우리 형제가 어머니를 모시고 내일 한양에 가기 때문이다. 남촌에 사는 백성 최억수(崔億守)가 햅쌀 3말을 가져왔기에 술 석 잔을 대접해 보냈다.

평강(오윤겸)이 왔는데, 소주 5선, 청주 1동이, 차좁쌀 3말, 수박 3개, 꿀 2되, 약과 90개, 중배끼 80개, 제사에 쓸 개암 5되, 생밤 5되, 대구 2마리, 말린 꿩 4마리, 날꿩 5마리, 닭 5마리, 말린 열목어 2마리 등을 가져왔다. 우리 집에서도 차좁쌀 떡을 만들어서 가는 길에 먹으려고 한다.

철원에 사는 백성이 늙은 수말을 끌고 와서 우리 집의 암말로 바꾸어 가지고 갔다. 우리 집의 말은 걸음이 몹시 더딘데다 짐을 싣지 못하여 한창 고민하면서 다른 말로 바꾸려고 한 지가 오래였다. 이 사람이 그 말을 듣고 와서 바꾸어 갔다. 몹시 기쁘다.

◎ — 8월 9일

어머니를 모시고 일찍 식사를 한 뒤에 출발했다. 어머니는 말지의 산 아래에 이르러 작은 가마를 타고 고개를 넘었다. 고갯길이 좁고 험해서 사람이 함께 갈 수 없었기 때문이다. 나도 걸어서 고개를 넘어 산 아래 배나무 정자 아래에 이르러 말을 먹이고 점심을 먹었다. 그 뒤에 떠나서 철원 땅 마산촌(馬山村)에 이르렀다. 평강 백성이 난리 뒤에 이곳으로 옮겨 와서 살고 있기에, 그 집에 들어가서 잤다. 집주인의 이름은 거을후미(巨乙後未)이다. 연로하여 국역(國役)을 면제받은 지 이미 오래되었다. 평강에서 요역(徭役)을 할 때 현감의 은혜를 많이 입었다고 와서 고맙다는 말을 하기에, 약과와 떡 등을 대접하고 소주 한 잔을 주었다. 우리 일행이 편안히 잤다.

◎ — 8월 10일

날이 밝기 전에 자릿조반[朝飯]*으로 흰죽을 지어 어머니께 드리고 우리들은 소주를 마셨다. 집주인도 닭을 삶고 술을 바치기에, 소주를 대접하여 보답했다.

해가 뜨기 전에 떠나서 철원 땅 권화원(權化院)* 앞 냇가에 이르러 아침밥을 먹었다. 길에서 생원 한효중(韓孝仲)을 만나 잠시 말을 세워 놓고 이야기를 나누다가 작별했다. 한효중에게 들으니, 별시에서 장원 급제를 한 사람은 조탁(曺倬)*이고 뽑힌 사람은 16명이라고 한다. 한효중도 함경도로 들어가서 처자를 데리고 돌아오고자 하여 오늘 평강현에 들어가서 잔다고 하기에, 우리 일행이 무사히 가더라고 평강(오윤

* 자릿조반[早飯]: 아침에 잠에서 깨어난 그 자리에서 먹는 죽이나 미음 따위의 간단한 식사이다.
* 권화원(權化院): 철원부 서쪽 35리에 있던 역원(驛院)이다.
* 조탁(曺倬): 1552~1621. 공조참판, 한성부 좌우윤 등을 지냈다.

겸)에게 전해 주도록 일렀다. 아침밥을 다 먹기 전에 또 평강에서 양주 땅으로 가는 판관 최응진을 만났다. 그는 성묘하러 가는 길이었다. 뜻밖에 만나서 냇가에 둘러앉아 이야기를 나누다가 최응진이 먼저 떠나갔다. 양주 땅 우음대(亏音代)에 이르러 작고한 판서(判書) 김첨경(金添慶)*의 사내종 수이의 집에서 잤다.

◎ ─ 8월 11일

날이 밝기 전에 자릿조반으로 흰죽을 쑤어 어머니께 드리고 출발하여 가정자 인가에 이르러 아침밥을 지었다. 참봉 홍매, 내금위(內禁衛) 김순걸(金順傑)이 와서 보았다. 그들은 이곳에 임시로 머물고 있다. 홍공(洪公)이 밥을 지어 대접했다.

떠나서 천천촌에 2, 3리 못 미쳐서 천둥이 치고 비가 많이 내려 북쪽에서부터 바람을 타고 세차게 몰려왔는데, 어머니는 간신히 도롱이를 입어서 옷이 젖지 않았지만 그 나머지 위아래 사람들은 모두 옷이 젖었고 신아(慎兒) 등은 옷이 다 젖어서 이를 떨면서 울었다. 한편으로는 우습다.

달려서 천천촌에 이르러 고 병마절도사 신각(申恪)*의 사내종 세동(世同)의 집에서 잤다. 전부터 왕래할 때면 언명과 평강(오윤겸)이 세동의 집에서 잤기 때문에 우리를 몹시 후하게 대접해 주었다. 나도 술과

....

* 김첨경(金添慶): 1525~1583. 대사헌, 호조참판, 예조판서를 지냈다.
* 신각(申恪): ?~1592. 임진왜란이 일어나자 한양 수비를 위하여 이양원(李陽元) 휘하의 중위대장에 임명되었고, 다시 도원수 김명원(金命元) 휘하의 부원수로서 한강을 지켰다. 양주 해유령(蟹踰嶺)에서 왜군을 크게 무찔렀다.

떡을 주어 보답했다. 다만 소나기가 오래 내리지 않았기 때문에 젖은
옷을 널어서 말렸다.

◎ ─ 8월 12일

날이 밝기 전에 어머니께 자릿조반으로 흰죽을 쑤어 드리고 출발
하여 장수원(長壽院) 앞 냇가에 이르러 아침밥을 먹었다. 간밤에 자던 주
인집의 방에서 벼룩들에게 뜯겨 편안히 자지 못하고 계속 긁어 댔다. 아
침밥을 먹는 곳에서 이불을 펴놓고 이불 속에 있는 벼룩을 털어 버렸다.

처음에는 어머니를 모시고 남고성의 집에 가서 머물까 했는데, 누
이가 아침 먹는 곳에다 사람을 보내 알리기를 어머니께서 쓰실 방을
수리해 놓았더니 명나라 군사가 빼앗아 들어와 있다고 했다. 이 때문에
할 수 없이 토당으로 바로 가려고 했는데, 누이가 또 토문(土門) 밖으로
사람을 보내서 도성 안으로 들어와서 자고 내일 가라고 하므로 한양으
로 들어가 누이의 집에서 잤다. 김지남(金止男)이 어머니께서 한양에 오
셨다는 말을 듣고 저녁에 찾아왔기에 조용히 이야기를 나누었다. 소주
두 잔을 마시고 밤이 깊어서 돌아갔다. 우리 형제는 행랑방에서 잤다.

◎ ─ 8월 13일

자릿조반을 먹은 후 언명이 어머니를 모시고 처자를 거느려서 먼
저 토당으로 가고, 나는 일이 있어 머물러 있었다. 제수를 사 가지고 내
일 갈 생각이다. 남매의 집에서 아침 식사를 하고 광노의 집으로 왔다.
오후에 김자정이 와서 보고 한참 동안 이야기를 하다가 저녁 식사를
하고 돌아갔다. 아침에 도성으로 들어가다가 명나라 군사를 만났는데,

내 말을 빼앗아 타고 가 버렸다. 덕노가 뒤따라가서 찾아왔다. 이 때문에 1바리도 실어 가지 못했다. 선아도 이 때문에 여기 머물러 있는데, 내일 내가 갈 때 데려갈 생각이다. 내 말을 팔려고 했지만 요즘 말 값이 도로 싸져서 팔 수 없다. 안타깝다. 그러나 추석을 지낸 뒤 다시 며칠 머물면서 팔아 볼 계획이다.

◎ ─ 8월 14일

성문이 열리기를 기다려서 데리고 온 사람과 말을 도로 내려 보내고 말 1필만 남겨 두었다가 내가 타고 갈 계획이다. 이 때문에 먼저 돌아가는 사람들에게 양식으로 지닌 쌀을 각각 5되씩 내어 남아 있는 사람들에게 주도록 했다.

아침 식사 뒤에 남매에게 가 보았다. 중소(仲素, 남상문)가 붙잡는 바람에 바둑 두어 판을 둔 뒤에 신아를 데리고 말을 달려 어머니가 계신 토당으로 왔다. 이곳은 삼촌의 사내종 자근복(者斤福)의 집이다. 몸이 겨우 들어갈 만큼 집이 작아서 오래 살 수 없으므로 언명에게 속히 집을 짓게 했다. 생원(오윤해)도 제사를 지내려고 율전에서 들어왔다. 언명의 처가 묘지기 계집종들을 데리고 제수를 준비했다. 나는 아우 및 생원(오윤해)과 함께 이웃집에서 잤다.

◎ ─ 8월 15일

새벽부터 비바람이 세차게 일어 묘소에 제사를 지낼 형편이 못 되었는데, 늦은 아침 뒤에 비로소 날이 개어 묘소에 올라가 제사를 지냈다. 먼저 조부모에게 지내고 다음으로 선친께, 그다음으로 죽전 숙부 내외분께, 그다음은 죽은 아우에게 지낸 뒤에, 또 죽은 딸에게 지냈다. 그런 뒤에 또 향매(香妹), 영손(英孫), 지질(遲姪)에게 지내고 나니 해가 이미 기울었다.

묘 앞에 둘러앉아 음복을 했다. 오덕일(吳德一)과 허찬도 와서 제사에 참여했다. 제사를 마친 뒤 집 짓는 곳에 가 보았다. 광진(光進)과 복룡 등이 술과 안주를 올리기에 또 두어 잔을 마셨다. 어머니가 계신 곳으로 와서 또 어제 자던 집에서 잤다. 정귀원(鄭貴元) 부자가 와서 보고 생밤 두어 되를 바쳤다.

◎ ― 8월 16일

식사한 뒤에 어머니와 작별하고 생원(오윤해)과 함께 떠나서 사평원(沙平院)에 이르렀다. 마침 남쪽으로 내려가는 명나라 장수 가낭중(賈郎中)*을 만나서 말에서 내려 길가에 서 있었다. 접반사(接伴使) 첨지(僉知) 한술(韓述)*이 내 얼굴을 알아보고는 역시 말에서 내리기에 잠시 서서 이야기를 나누고 도성 안으로 들어왔다. 먼저 임참봉댁을 찾고 또 들어가 임배천(임태) 부자를 본 뒤에 광노의 집에 도착했더니, 평강(오윤겸)의 처자가 도착해 있었다. 평강(오윤겸)의 편지를 보니, 서촌(西村)의 일가가 모두 무사하다고 한다. 다만 강비의 병세가 위중해서 구원할 수 없다고 한다. 불쌍하다. 이 계집종은 비록 미욱하지만 어려서부터

....
*   가낭중(賈郎中): 가유약(賈維鑰, ?~1630). 명나라의 관료이다. 계사년(1593) 3월에 흠차 사험 군공(欽差査驗軍功) 병부 무선청리사 주사(兵部武選淸吏司主事)로 나와 의주에서 군공을 조사하고 안주에서 군대를 위로한 뒤 바로 돌아갔다. 기해년(1599) 4월에 원임 낭중(原任郎中)으로 경리 만세덕을 보좌하여 다시 나왔다가 경자년(1600) 7월에 돌아갔다.
*   한술(韓述): 1541~1616. 예조정랑, 삼척 부사, 서천 군수, 해주 목사 등을 지냈다.

집안에서 자라면서 오로지 아침저녁으로 밥 짓는 책임을 도맡았다. 이제 만일 타향에서 죽는다면 제 몸이 가련할 뿐만 아니라 우리 집안에서 일을 할 사람이 더욱 없을 것이다. 몹시 걱정스럽다.

저녁 식사 뒤에 남매에게 가 보았다. 다만 고성이 그저께부터 몸이 편치 않아 음식을 전혀 먹지 못하고 피곤하여 일어나지 못한다. 몹시 걱정스럽다. 이 때문에 도사 김자정을 찾아보고 같이 잤다. 앞서 약속을 했다. 마침 자정의 형 명남(命男)과 질녀의 남편 최영진(崔永津)도 와서 같이 이야기하다가 밤이 깊어서 자리에 들었다.

◎ ― 8월 17일

아침 식사 전에 자정과 작별하고 기성군을 찾아갔더니, 그는 풍병(風病)으로 침을 맞고 뜸을 뜨면서 사직서를 내고 집에 있었다. 함께 옛이야기를 나누고 나에게 아침 식사를 대접했다. 오전에 남매에게 가서 보니 중소가 아직도 쾌차하지 않아 한창 곤히 자고 있었기 때문에 만나 보지 못하고 돌아왔다. 오후에 평강(오윤겸)의 처자가 떠났다. 토당에 가서 자고 그길로 어머니를 뵈려 한다고 한다.

광노에게 좋은 무명 1필을 가지고 목화 14근으로 바꾸어 오게 했는데, 다시 달아 보니 15근 반이다. 생원(오윤해)의 양모는 중급 무명 1필을 목화 12근으로 받아 왔는데, 다시 달아 보니 12근 10냥이다.

김자정이 경영고(京營庫)에서 업무를 본 뒤에 들렀고, 진사 윤민헌(尹民獻)*도 와서 보고 조용히 이야기를 나누다가 해가 기울어서 흩어져
....

* 윤민헌(尹民獻): 1562~1628. 1599년 사마 양시에 입격하여 선공감역에 임명되었으나 나아가지 않았다.

갔다. 저녁에 계집종 옥춘이 토당에서 왔다. 어머니의 편지를 보니, 떨어져 사는 것을 탄식하셨다. 슬픈 눈물을 주체할 수가 없다.

◎ ― 8월 18일

어제 며느리의 행차에 계집종들이 잘못하여 우리 주머니에 든 양식을 가지고 갔기 때문에 성문이 열리기를 기다려서 토당에 덕노를 보내 찾아오게 했다. 늦게 식사를 한 뒤에 생원(오윤해)과 함께 떠나서 양주 녹양역(綠楊驛) 앞 냇가에 이르러 말을 먹이고 점심을 먹었다. 천천촌에서 작고한 판서 윤의중(尹毅中)*의 사내종 집에서 잤다.

◎ ― 8월 19일

날이 밝을 무렵에 출발하여 가정자에 이르러 아침을 먹었다. 김수희(金受禧)와 김순걸 등이 와서 보았다. 순걸은 나에게 생밤 3되를 주었다. 한참 이야기를 나누고 왔다. 연천현 앞에 이르러 말을 먹이고 점심밥을 먹은 뒤에 철원 땅 양태항촌(兩胎項村)에 와서 교생 이인준(李仁俊)의 집에서 잤다. 오후에 길에서 집으로 돌아가는 참봉 홍매를 만나 말을 세우고 잠시 이야기를 나누고 헤어졌다. 어제부터 서리가 내렸다.

◎ ― 8월 20일

날이 밝기 전에 떠나서 삭녕 동면(東面)의 이름도 모르는 백성의 집에 이르러 아침 식사를 한 뒤에 출발했다. 험한 고개를 세 번 넘고 큰

....

*   윤의중(尹毅中): 1524~1590. 평안도 관찰사, 부제학, 형조판서 등을 지냈다.

내를 두 번 건넜는데, 산길이 험해서 파리한 말이 자주 자빠졌다. 겨우 집에 도착하니 날이 이미 저물었다. 마침 신함열의 사내종 춘억이 봉산에서 왔기에, 자방(신응구)의 편지와 딸의 편지를 보았다. 지난번에 자방(신응구)은 감기를 앓고 진아는 이질(痢疾)을 앓았는데, 이제 겨우 차도가 있어서 오는 9월 그믐 전에 온 집안이 한양으로 돌아가기로 정했다고 한다. 다만 그 집은 올해 농사를 짓지 않아서 곤궁할까 자못 걱정된다고 한다. 몹시 걱정스럽다.

인아가 황촌(荒村)의 학전(學田)*에 가서 수확하는 것을 보고 왔다. 반직(半稷)은 전섬으로 3섬 7말을 나누어 왔고, 단은 타작하지 않았는데 10여 말은 나오겠다고 한다. 올 때 길가의 농사 상황을 보았더니, 여러 곡식들을 한창 수확하고 있었다. 늦콩과 보리는 미처 여물지 않았는데, 연 3일 서리가 내려서 모두 말랐다. 안타깝다. 일찍 심은 태두(太豆)에는 결실이 많다.

한양에 있을 때 강비의 병세가 위중하다는 것을 듣고 필경 죽었을 것이라고 생각했는데, 지금 와서 보니 어제부터 일어나 있었다. 이틀거리*라고 한다.

◎ ― 8월 21일

춘억이 현에 가기에 편지를 써서 평강(오윤겸)에게 보냈다. 평강(오

....
* 학전(學田): 성균관(成均館), 사학(四學), 주부군현(州府郡縣)의 향교(鄕校) 등에 지급하던 논밭이다. 성균관에는 4백 결, 사학에는 각 10결, 주부의 향교에는 각 7결, 군현의 향교에는 각 5결로 규정되어 있었다.
* 이틀거리: 이틀을 걸러서 앓는 학질, 즉 사흘에 한 번씩 발작하여 좀처럼 낫지 않는 고금이다. 당고금, 이일학(二日瘧), 해학(痎瘧)이라고도 한다.

윤겸)의 첩의 사내종 풍금이는 어제 잔 곳에서 바로 관아로 돌아갔다.

저녁에 춘금이가 현에서 돌아왔다. 보리 종자 29말, 밀 종자 3말, 날꿩 2마리를 가지고 왔다. 관아에서도 찐 찰떡 1바구니, 세미 1말을 보내왔다. 올해 크고 작은 동과를 모두 30여 개 땄고 가지도 많았으나 오이는 부실했다.

◎ ─8월 22일

평강(오윤겸)이 보리 종자를 실어 보냈다. 전날 춘금이가 올 때 짐이 무거워 가져올 수 없었기 때문이다. 백미 1말도 보냈다. 오후에 무료해서 혼자 걸어가서 내가 경작하는 앞뒤 들의 태두전(太豆田)을 돌아보고 돌아왔다. 태두(太豆)는 일찍 심었기 때문에 서리가 오기 전에 여물었으니, 이제는 서리를 만나더라도 못 먹게 되지는 않을 것이다.

◎ ─8월 23일

간밤에 비가 내려 새벽이 되어서야 그쳤다. 언신에게 김언보의 밭을 빌려서 가을보리를 갈게 했다. 내년에 비록 일가가 모두 떠나가더라도 여기에 보리를 심어 놓으면 거두어 쓸 수 있을 것이고 시사에 어려운 일이 많아서 떠날 시기도 기약할 수가 없기 때문에, 이로써 멀리 내다보는 계획을 하는 것이다. 채억복이 큰 누치 1마리를 갖다 바치기에 쌀 1되를 주었다.

◎ ─8월 24일

어제 못다 간 보리밭을 다 갈고 보리 종자 27말을 뿌렸다. 김언보가 쏘가리 1마리를 가져왔는데 크기가 반 자가 넘었다. 저녁에 평강(오윤겸)이 근친했기에 이 물고기를 구워서 주었다. 백미 2말, 세미 3말을 가지고 왔다. 꿩 1마리, 소주 1병도 가져왔기에 즉시 한 잔을 마셨다.

다만 언명이 없는 가운데 술잔을 드니 갑자기 함께 마시지 못하는 신세가 생각났다. 슬퍼하고 탄식한들 어찌하겠는가. 이제 꿩고기를 얻었는데 어머니께도 드리지 못하니, 밥상을 마주해도 목으로 넘어가지 않는다. 형편이 절박해서 늙으신 어머니와 하나뿐인 아우와도 같이 살지 못하고 먼저 외진 곳으로 보냈으니, 거처와 음식이 분명 여의치 못할 것이다. 걱정한들 어찌하겠는가.

◎ ― 8월 25일

오전에 평강(오윤겸)이 현으로 돌아갔다. 깨를 타작했더니 10말이 나왔다. 아직 다 타작하지 못했지만 지난해의 수확량과 따져 보면 반에도 못 미친다. 안타깝다. 광노가 그 집의 사람과 말로 소금 40여 말을 사서 이곳으로 보내 곡식으로 바꾸게 한 다음 내년에 갖다 쓸 계획을 세운다고 했다. 그가 절인 준치 2마리를 갖다 바쳤다.

◎ ― 8월 26일

안손을 현에 보냈다. 말먹이 콩을 구하기 위해서이다. 매 그물을 두 곳에 치고 어소(魚巢)*를 여섯 곳에 담갔다. 또 조련의 밭에 난 직(稷)

....

* 어소(魚巢): 물고기를 기르기 위해 강 속에 나뭇가지를 얽어서 만든 것으로 보인다.《국역 노가재연행일기(老稼齋燕行日記)》제7권 계사년 2월 21일 일기에 "강 가운데에 여기저기 나뭇가지를 모아 어소를 만들어 놓은 것이 보였다.《이아(爾雅)》에 강에다 섶나무를 쌓아 고기

370뭇을 거두어 밭에 쌓아 두게 했다. 전날에 베어 펼쳐 놓았던 것이다. 내가 걸어서 가 보고 어두울 때 돌아왔다.

◎ ― 8월 27일

옥동역의 계집종 중금 밭의 메밀을 타작하기 위해 인아가 덕노를 데리고 이른 아침에 갔다. 느지막이 생원(오윤해)과 함께 말지 뒷산에 걸어가서 계집종들이 메밀을 거두어 묶는 모습과 인아 밭의 조를 바라보았다. 고개를 돌려 사방을 바라보니, 가을 산이 한창 좋아서 비단으로 수를 놓은 듯하여 술을 마시기에 딱 좋았다. 그러나 이웃에 이야기를 나눌 만한 친구가 없고 술도 한 방울 없다. 탄식한들 어찌하겠는가. 그러나 높은 곳에 오르자 시원하여 그런 대로 찌든 마음을 씻어 주니, 또한 한 번 마음을 상쾌하게 하기에 충분했다.

저녁에 안손이 현에서 돌아왔다. 백미 2말, 말먹이 콩 5말, 꿀 5되, 들기름 3되, 염초(焰硝)* 4뭇을 보내왔다. 생원(오윤해)의 집에 꿀과 기름을 각각 1되씩 보냈고, 꿀 1되는 인아의 처에게 주었다.

광노 집안의 사람이 한양으로 돌아가기에 편지를 써서 토당의 어머니께 전하게 하고 말린 꿩고기 4조각도 싸서 보냈다.

....

기르는 것을 삼(糝)이라고 했고, 두시(杜詩)의 주에는 '양양(襄陽)의 풍속에 어삼(魚糝)을 차두(槎頭)라고 했으니, 쌓아 놓은 섶나무가 뒤엉킨 것을 말한 것이다.'라고 했다. 그렇다면 이러한 방법은 그 전래가 오래된 것이다."라고 했다.

* 염초(焰硝): 박초(朴硝)를 개어서 만든 화약을 만드는 재료이다.

◎ —8월 28일

관아의 사내종 갯지가 와서 평강(오윤겸)의 편지를 전해 주어 보니, 만경리(萬經理)의 차관(差官)이 현에 와서 인삼 백 근을 배정했는데 마련할 길이 없으니 틀림없이 후환이 있을 것이라고 한다. 몹시 걱정스럽다. 이 현뿐만 아니라 여러 고을이 모두 이와 같아서 독촉이 몹시 급하니, 이는 아마 만경리가 사사로운 마음으로 명나라 조정에 보내기 위함이리라. 천자께서는 동쪽 백성을 걱정하고 돌봐 주시는 마음이 지극한데, 경리는 천자의 근심을 나누는 책임을 맡고서 겨우 살아남은 백성을 이렇게도 불쌍히 여기지 않는다. 몹시 애통하지만 어찌하겠는가. 어제가 후임의 생일이어서 평강(오윤겸)이 기름떡 1바구니를 만들어 보냈다.

◎ —8월 29일

갯지가 현으로 돌아가기에 답장을 써서 보냈다. 간밤에 매 그물에 토끼가 걸려 그물을 물어뜯고 거의 도망가려던 것을 마침 잡아 왔기에 구워 먹었다. 그 맛이 마치 꿩고기와 같았다. 물고기 그물을 설치하니 기러기가 걸렸다*는 격이다. 저녁에 춘금이가 그물 친 곳에 가 보았더니 매어 놓은 닭이 줄을 끊고 간 곳이 없더라고 한다. 만일 달아나지 않았으면 반드시 누가 훔쳐 간 것이다. 괘씸하다.

인아가 돌아왔다. 이상(李橡)이 병작한 중금의 밭에서 메밀이 전섬으로 2섬 5말, 조 10말, 콩이 평섬으로 1섬 8말이 나왔다.

....
* 물고기……걸렸다:《시경(詩經)》〈패풍(邶風)·신대(新臺)〉에 나오는 구절이다.

◎ ─ 8월 30일

오후에 조를 베어 널어놓은 밭에 걸어서 가 보았다. 다만 올조는 오래도록 베지 않아서 절반이나 알이 떨어졌다. 깨도 다 떨어져서 빈 깍지가 많으니, 모두 인력이 부족한 까닭이다. 한탄한들 어찌하겠는가.

9월 큰달 -4일 상강(霜降), 19일 입동(立冬) -

◎ — 9월 1일

전날에 매어 두었다가 잃어버린 닭을 오늘 산 속에서 찾았다. 사람이 훔쳐 간 것이 아니라 줄을 끊고 달아난 것이다. 이틀 밤 동안 여우나 살쾡이에게 물려 가지 않고 이제 도로 찾았으니 다행스럽다.

◎ — 9월 2일

온 집안사람들에게 세 곳의 조를 거두어 묶게 한 뒤에 이동하여 조인손 밭의 콩을 뽑게 했다. 느지막이 소를 타고 가 보았다. 인삼을 미처 캐 바치지 못한 일로 해서 민간이 시끄러웠다. 심지어 처자들을 잡아가서 갇힌 사람들이 옥(獄)에 가득한데도 아직 수량이 차지 않았으니, 반드시 저 명나라 장수가 노하여 평강(오윤겸)이 욕을 보게 될 것이다. 몹시 걱정스럽다.

평강(오윤겸)이 김언보가 돌아오는 편에 편지를 써서 보내고 꿩

2마리, 백미 1말을 보내왔다. 저녁에 부석사의 중 법희가 짚신 2켤레를 가져왔기에, 저녁을 대접하고 재웠다. 전날에 마련한 생삼[生麻]을 받아 가기 위해서이다.

◎ — 9월 3일

조인손 밭의 콩을 거둔 뒤에 이동하여 언수 밭의 콩을 뽑았으나 미처 거두어 쌓지 못했다. 간밤에 비가 내린 뒤에 날이 몹시 차고 바람까지 불어 저녁때가 되자 일꾼들이 추위를 견디지 못해 힘을 다 쓰지 못했다.

◎ — 9월 4일

덕노가 휴가를 받아 한양으로 올라갔다. 자기의 물건을 바꾸기 위한 것이다. 어머니께 편지를 써서 보내고 꿩 1마리, 메밀 1말도 보냈다. 남매에게는 포도정과 1항아리를 담가서 보내어 어머니께 나누어 보내게 했다. 꿀 2되가 들어갔다.

며느리가 데리고 갔던 사내종 세만이 현으로 왔다. 위아래 일행이 모두 무사히 집에 도착했다고 한다. 세만이 올 때 어머니가 계신 토당에 들러 편지를 받아 와서 전해 주었다. 편지를 보니, 모두 무탈하다고 한다. 몹시 기쁜 마음을 어찌 다 말할 수 있겠는가. 다만 집 짓는 일을 아직 정하지 못해서 자근복의 집에서 겨울을 지낸 뒤에 내년 봄에 해가 길 때 지으려 한다고 한다. 이는 모두 양식이 떨어져서 인부들을 먹일 수 없기 때문이다. 어머니의 양식과 반찬도 떨어졌다고 한다. 걱정이 그치지 않는다.

평산정이 사람과 말을 보내왔다. 지난봄에 명주와 꿀을 사는 일로 무명 4필을 여기에 맡겨 두고서 나에게 바꾸어 달라고 했기 때문에 가져가기 위해 온 것이다. 그러나 두 물건은 금년에 와서 사 간 한양 상인이 많아서 그 값이 매우 비싸 아직 바꾸지 못했으니, 빈손으로 돌아가야 할 듯하다. 매우 안타깝다. 온 집안의 노비들에게 전풍 밭의 콩을 거두게 했는데, 마침 센 바람이 불고 추워서 사람들이 모두 이를 떨어 가며 간신히 다 거두었다.

◎ ─ 9월 5일

평산정의 사내종은 맡겨 두었던 무명으로 꿀 2말을 구했다. 무명 2필로 바꾼 것이다. 1필은 남겨 두었다가 후일에 사서 보내려고 한다. 담을 그릇이 없어서 관인의 그릇을 빌려다가 담아 보내고 나중에 올 때 가져오게 했다. 생원(오윤해)이 학질로 고통스러워한다는 말을 들었다. 매우 걱정스럽다.

저녁에 철원 마산촌에 사는 백성 김거을후미(金巨乙後未)가 와서 보고 날꿩 2마리를 바쳤다. 전날에 어머니를 모시고 한양에 갈 때 자던 집의 주인으로, 평강에 역속(役屬)되었던 자이다. 그의 아들 유정(有貞)이 지금 신안역(新安驛)의 예초군(刈草軍)으로 뽑혔기 때문에 면제해 주기를 부탁하려는 것이다. 저녁밥을 대접하고 재워 보냈다. 매 그물에 묶어 둔 닭을 또 잃어버렸다.

◎ ─ 9월 6일

평산정의 사내종이 오늘에야 돌아갔다. 집에 줄 물건이 없어서 석이 5되, 꿩 1마리와 양식 4되, 말먹이 콩 5되를 주어 보냈다. 인아는 중금의 밭에 심은 곡식을 수확하는 일로 소근전의 마을에 갔다.

저녁에 현에서 문안하는 사람이 왔다. 편지를 전하기에 보니, 도사는 어제 이미 지나갔고 명나라 관원은 아직도 머물러 있는데 인삼 70근을 마련해 주었는데도 채우지 못한 그 나머지 수량을 채우라고 한창 독촉하여 몹시 걱정스럽다고 한다. 이 때문에 오는 9일에 시사(時祀)를 지내려고 했으나 제수를 미처 준비하지 못하게 되었으므로 시사를 물리자고 전했다. 백미 5말을 먼저 보내왔다.

◎ ─ 9월 7일

온 집안사람들을 직접 데리고 가서 김언보 밭의 팥을 타작했더니, 평섬으로 4섬 2말이 나왔다. 이틀갈이이다. 농사가 만일 잘 되었으면 7, 8섬은 나왔을 텐데, 올해는 매우 잘 안 되어서 이것뿐이다. 아쉽다.

◎ ─ 9월 8일

저녁에 문안하는 사람이 왔다. 편지를 보니, 명나라 관원은 어제 이미 떠나갔지만 충당하지 못한 인삼은 추후에 그가 가 있는 곳으로 보내기로 했는데 아직 구하지 못했으므로 예물을 보내 감면을 부탁하려 한다고 한다. 백미 5말, 전미(田米) 7말, 꿀 5되, 홍시 40여 개를 보내왔다. 결성(結城)에서 온 물건이다. 꿩과 닭 각각 2마리, 토란과 밤 1말, 청주 5선을 보내왔다. 들으니, 갯지가 가까운 날에 한양에 간다고 하기에 편지를 써서 주어 토당에 전하게 했다. 시사는 15일로 변경하기로 통지했다.

인아는 중금 밭의 태두(太豆)를 수확하는 것을 가서 보았다. 태(太)
는 13말, 두(豆)는 평섬으로 1섬이 나왔다고 한다. 아직 실어 오지 않고
병작한 사람인 장풍년의 집에 맡겨 두었다.

◎ ― 9월 9일

중양절(重陽節)이다. 술, 떡, 포, 과일, 탕, 적을 갖추어 차례를 지냈
다. 마침 별감 김린이 술 1장본(將本), 닭 1마리, 국수 1바구니를 가지고
왔기에 술과 떡을 대접했다. 한참 이야기를 나누다가 돌아갔다. 김린이
병작한 중금의 밭에서 나온 두(豆) 10말도 가지고 왔다. 생원(오윤해)은
학질을 세 번 앓고 오늘 비로소 떼어 버렸다. 기쁘다. 절일이기 때문에
노비들이 밭일을 하지 않았다.

◎ ― 9월 10일

이인방 밭의 두(豆)를 타작했더니, 평섬으로 1섬 9말이 나왔다. 하
루갈이다. 내가 직접 가 보았는데, 마당이 박문재의 집 앞에 있기 때
문에 문재가 나를 위하여 닭을 잡고 점심을 지어 주었다. 저녁에 관아
의 사내종 세만과 함열의 사내종 춘억이 왔다. 평강(오윤겸)의 편지를
보니, 오는 13일 즈음에 근친하겠다고 한다. 영동에서 어물을 사서 방
어 2마리, 절인 은어 30마리, 생전복 1백 개, 말린 망어 1마리, 대구 4마
리를 보내왔다. 시사 때 쓰기 위한 것이다.

세만은 이 길로 공물을 거두기 위해 연안(延安) 농장에 갔다. 춘억
은 지난봄에 나누어 준 곡식을 수납한 뒤에 이제 비로소 봉산으로 돌
아갔다.

평강(오윤겸)이 메밀 2말, 꿀 5되, 포도정과 5되, 개암과 잣 각각 1말, 황랍(黃蠟)* 1덩어리, 석이 1말을 구해 보냈다. 상례[신벌(申橃)] 앞으로도 꿀 2되, 방어 반 짝을 보냈다고 한다. 수학매(壽鶴妹)도 딸에게 말린 꿩 1마리, 대구 1마리를 보냈다고 한다.

◎ ─ 9월 11일

춘억과 세만이 새벽에 떠나갔다. 이곳에서 함열의 집에 구해 보낸 물건은 팥 2말, 포도정과 2되, 토란과 밤, 무 각각 1말, 느타리버섯과 말린 밤 각각 조금씩인데, 자루에 넣었다. 또 찰색(察色) 장옷[長衣]을 만들어 딸에게 보내고, 닭 1마리도 진아에게 보냈다. 모두 춘억에게 주어 보냈다.

안협에 사는 노인 연수가 와서 보고 수박 1개, 배 10개를 갖다 바쳤다. 시사에 쓸 수 있으니, 기쁨을 이루 말할 수 없다. 술 석 잔을 대접하고 또 방어 1조를 주어 보냈다.

채억복 밭의 팥을 타작했더니, 평섬으로 12섬 7말이 나왔다. 이틀 갈이로, 6말을 심었는데 일찍 갈아서 결실이 많았기 때문에 이 정도면 많이 나온 것이다. 이것으로 겨울을 지내고 내년 봄까지도 먹을 수 있겠다. 매우 기쁘다. 그러나 날은 차고 사람은 적어서 간신히 다 타작하여 가마니에 넣고 나니 밤이 이미 깊었다.

◎ ─ 9월 12일

안손이 현에서 돌아왔다. 편지를 보니, 황장목 경차관(黃腸木敬差

....

* 황랍(黃蠟): 벌집을 만들기 위하여 꿀벌이 분비하는 물질이다.

官)[*]이 모레쯤 현에 오기 때문에 근친하지 못한다고 한다.

저녁에 전귀실을 불러 꿀을 땄다. 7통의 벌을 모두 손으로 따서 어떤 통은 차고 어떤 통은 차지 않았다. 꿀이 5말 6되이고, 밀랍은 1근 13량이다. 다 끝내고 나니 이미 한밤중이었다. 비로소 잠자리에 들려는데 잠이 막 들기 전에 계집종들이 추워서 아궁이에 나무를 때다가 아궁이 뒤에 난 구멍으로 불이 새어 나가서 위아래 방에 불이 났다. 만일 일찍 알아채지 않았으면 두(豆)를 넣어 둔 가마니를 거의 태워 버릴 뻔했다. 내가 달려 들어가서 옷소매로 두드려 껐다. 잠시 동안이나마 온 집안 식구들이 놀랐던 마음을 어찌 말로 표현하겠는가. 참으로 괘씸하다.

또 들으니, 갯지가 내일 한양에 가므로 평강(오윤겸)이 백미 2말, 방어 반 마리, 날꿩 1마리를 어머니께 구해 보냈다고 한다. 덕노는 올 때가 되었는데 오지 않는다. 그 까닭을 모르겠다.

철원에 사는 노인 김거을후미가 또 와서 보고 쌀[稻米] 2말, 생닭 1마리를 바쳤다. 받기가 미안해서 재삼 물리쳤더니, 끝내 놓아두고 가버렸다. 예초군으로 뽑힌 아들을 면제해 주기를 바라는 것이다. 그런데 전날에 평강(오윤겸)에게 기별했더니 이미 면제해 주었다고 한다.

간밤에 여우와 살쾡이가 매 그물에 매어 놓은 닭을 다 먹어 버렸다. 안타깝다. 최판관은 큰 매를 잡았다고 하는데, 나는 계속해서 매어 놓은 닭만 잃고 겨우 토끼 1마리를 잡은 것 외에는 거의 20여 일이나

....

* 황장목 경차관(黃腸木敬差官): 장례에 쓸 관곽(棺槨)을 만들 소나무를 조달하는 임시 벼슬이다. 황장목은 관곽을 만드는 소나무를 말한다. 관곽을 송백(松柏)의 중심부에 있는 황색 부분으로 만들기 때문에 나온 말이다. 황장목을 함부로 벌채하지 못하도록 금령(禁令)이 내린 산을 황장봉산(黃腸封山)이라고 한다.

지났는데도 매를 잡지 못했다. 비록 일하는 사람이 부지런하지 않은 탓이라고는 하지만, 나의 생각이 주도면밀하지 못한 까닭이다. 사람들이 모두 하는 말이 술과 떡을 정갈하게 갖추어서 산신에게 제사를 지내면 잡는다고 하기에, 내일 춘금이 등에게 제사를 지내게 해야겠다. 전업이 수박 1개를 갖다 바쳤다.

◎ — 9월 13일

이른 아침에 춘금이 등에게 산신에게 제사를 지내게 했다. 술 1병, 떡 1바구니, 삶은 닭 1마리를 마련해 주었다.

현의 사람이 제수를 가지고 왔다. 백미 5말, 전미(田米) 3말, 기장쌀 2말, 잣 1말, 개암 5되, 찹쌀 4되, 감장 1말, 간장 2되, 참기름 1되, 날꿩 2마리, 말린 열목어 3마리, 생열목어 6마리, 닭 3마리, 수박 2개, 토란 1말을 보내왔다. 평강(오윤겸)은 황장목 경차관이 내일 사이에 현에 온다고 해서 오지 못했다.

◎ — 9월 14일

아침에 인아가 춘금이 등을 데리고 가서 어소에서 물고기 1백여 마리를 잡았다. 제사에 쓸 수 있겠다. 기쁘다. 딸이 계집종들을 데리고 제수를 만들었는데, 네 가지 어육탕, 세 가지 어육적, 네 가지 과일, 면, 떡, 자반, 반상(盤床)의 제구(諸具)이다. 다만 식해는 구할 길이 없어서 갖추지 못했다. 탄식한들 어찌하겠는가. 매 그물을 친 곳에 매어 둔 닭을 또 호랑이가 잡아먹고 그물대도 부수어 놓았다. 안타깝다.

◎ ─ 9월 15일

새벽에 두 아이를 데리고 제사를 지냈다. 또 죽전 숙부에게도 지낸 다음, 죽은 딸에게 지냈다. 다만 아우는 어머니를 모시고 먼저 가서 같이 지내지 못했으니, 제사 음식을 차려 놓았어도 어머니께 드릴 수가 없고 술잔을 들어도 아우와 같이 마시지 못한다. 그리운 나머지 차마 목으로 넘기지 못했다. 서글플 따름이다. 이웃 사람들을 불러서 술과 떡을 대접해 보냈다. 둔전의 조를 타작했더니, 전섬으로 2섬이 나왔다.

◎ ─ 9월 16일

어제 전언희(全彦希)가 매를 잡았고, 오늘은 억수도 잡았다. 비록 큰 매는 아니지만 마을 사람들은 모두 잡았는데 나는 그물을 친 지 거의 달포가 되도록 닭만 잃었을 뿐이다. 탄식한들 어찌하겠는가. 언신도 며칠 전에 그물로 큰 매를 잡아서 팔았다.

◎ ─ 9월 17일

박언수 밭의 황태(皇太)를 타작했더니, 평섬으로 6섬 12말이 나왔다. 내가 직접 가 보았다. 덕노가 한양에서 돌아왔다. 어머니의 편지와 아우의 편지를 보니, 온 집안이 모두 무사하다고 한다. 기쁘다. 임참봉 댁의 종이 말을 가지고 왔다. 양식을 구하기 위해서이다.

◎ ─ 9월 18일

임참봉의 종은 그대로 머물렀다. 어제 끝내지 못한 콩을 타작했으나 오늘도 끝내지 못했다.

◎ ― 9월 19일

현의 아전 무손(茂孫)이 목화 두어 동을 가져왔다. 전날에 무명 3필을 주었더니 이제 비로소 바꾸어 온 것이다. 달아 보니 64근인데, 현에 있을 때 10근을 먼저 내어 썼다고 한다. 그렇다면 도합 74근이다. 꿩 2마리를 보내왔기에 즉시 답장을 써서 주어 보냈다.

임참봉의 사내종 함석(咸石)이 현에 들어왔다. 그길로 한양에 간다고 한다. 황태(皇太) 3말, 소태(小太) 2말, 두(豆) 2말, 꿩 1마리, 꿀 1되를 구해 보냈다.

날마다 박언수의 밭을 타작했더니, 소태(小太) 15섬 1말이 나왔다. 전날에 타작한 황태(皇太)까지 합치면 모두 21섬 13말이다. 사흘갈이로, 황태(皇太) 4말, 소태(小太) 8말을 뿌린 곳이다. 올 농사의 소출이 이 밭보다 나은 곳은 없다.

저녁에 현에서 문안하는 사람이 왔다. 편지를 보니, 북촌에서 곰을 잡아 곰 발바닥 3개를 푹 삶아서 청주 5선과 함께 보냈다. 그러나 나는 콩을 타작할 때 가 보다가 발을 잘못 디뎌 오른쪽 발등을 크게 다쳐 몹시 부었으므로 걸을 수가 없었다. 간신히 집에 돌아왔는데, 금방 나을 것 같지가 않다. 몹시 걱정스럽다.

◎ ― 9월 20일

다친 발이 몹시 부어 때로는 쑤시고 아프다. 결국 침으로 터뜨린 뒤에야 차도가 있을 듯하여 현에서 온 사람이 돌아가는 편에 편지를 보내 이은신을 불러다가 침을 맞으려고 했다. 아침 식사 전에 곰 발바닥을 구워서 두 아이와 같이 먹었는데, 아주 맛이 좋았다. 과연 명성은 그냥 얻어지지 않는다. 밑바닥 1개는 감춰 두고 자정이 오기를 기다렸다.

관둔전에서 나온 콩은 평섬으로 1섬 5말로 생원(오윤해)의 집에 주어서 말을 먹이게 했다. 남매의 사내종 덕룡이 말을 가지고 한양에서 내려와 현에 들렀다가 여기로 왔다. 누이의 편지를 보니, 태두(太豆)와 바꾸기 위해 정목 4필을 보내서 여기에 맡겨 두었다가 내년 봄에 쓸 계획이라고 한다. 또 1필은 꿀로 바꾸려고 한다는데 절기가 지나 버려서 아마 바꾸지 못할 것이다. 그러나 벌이 있는 곳에서 구해 보도록 했다.

◎ ─ 9월 21일

다듬잇돌을 만드는 집에서 돌절구를 고치게 했다. 날마다 이웃집에 가서 조를 찧기 때문에 할 수 없이 고친 것이다.

생원 심원(沈統)이 찾아왔다. 그는 삭녕 땅에 피난 와서 있는데, 여기에서 거리가 멀지 않다. 심원은 작고한 예산 현감(禮山縣監) 심인식(沈仁禔)의 큰아들이자 풍덕 현감(豊德縣監) 심순(沈筍)의 손자로, 나의 육촌 손자뻘이다. 선대로부터 몹시 친하게 지내던 터여서, 만나 보니 매우 기쁘고 위로가 되었다. 두 아이와 함께 대청에 둘러앉아 선대의 일을 이야기하다 보니 밤이 깊어졌다. 꿩고기를 구워 대접하고 여기에서 자게 했다.

◎ ─ 9월 22일

심원이 이른 식사 뒤에 돌아갔다. 이은신이 왔다. 다친 내 발에 침을 놓는 일 때문이다. 평강(오윤겸)은 내일 근친하러 온다고 한다. 꿩 2마리를 보내왔다. 이은신에게 다친 발의 두 혈(穴)과 발가락 사이의 네 혈에 침을 놓아 터뜨리게 했다. 바로 돌아갔다. 점심과 술 세 사발을 대접해 보냈다. 부석사에 가서 자고 돌아가려 한다고 한다.

무 25말을 두 곳에 나누어 묻고, 또 참무 7말도 묻었다. 내년 봄에 쓸 계획이다. 나는 일찍 대청에 나가서 손님이 오기를 기다리다가 감기에 걸려 몸이 자못 편치 않았다. 땀을 내면 차도가 있을 듯하다. 갯지가 한양에서 현으로 돌아올 때 어머니의 편지를 가지고 왔기에 보니, 평안하시다고 한다. 몹시 기쁘다. 아우는 죽산(竹山)에 가서 아직 돌아오지 않았다고 한다.

◎ ― 9월 23일

간밤에 땀을 냈더니 몸에 좀 차도가 있는 듯하나 아직 쾌차하지는 않았다. 다친 발도 점차 나아 간다. 인아가 김언보의 밭을 빌려서 팥을 심었는데, 거두어 타작해 보니 16말이 나왔다. 오후에 비가 내렸으니, 아마 이 비로 인해 얼고 춥게 될 것이다. 위아래 식솔들의 옷이 얇으니 매우 걱정스럽다.

저녁에 평강(오윤겸)이 첩을 데리고 빗속을 뚫고 왔다. 도중에 비를 만났는데 우비가 없어서 옷이 모두 젖었다. 방 안에 둘러앉아서 함께 이야기를 나누다 보니 이미 한밤중이 지났다. 백미 5말, 중미 10말, 전미(田米) 10말, 방어 1마리 반, 삼치 1마리, 감장, 간장 등의 물건을 가지고 왔고, 평강(오윤겸)의 첩은 중배끼와 엿을 만들어 와서 바쳤다. 곰고기 포 3첩도 가져왔다.

◎ ― 9월 24일

관청의 매가 잡은 꿩 3마리를 가져왔다.

◎ ― 9월 25일

토담집을 묻었다. 이훤이 와서 보고 술병을 가져와 마시기에, 내당 (內堂)으로 불러들여 같이 먹었다. 그에게 저녁밥을 대접했다. 이 현의 품관들이 여기에 모였다가 술과 과일을 가지고 와서 술잔을 바쳤다. 내가 생원(오윤해)과 함께 나가 접대했다. 밤이 깊어서야 헤어졌다. 채인원(蔡仁元), 김린, 권유년(權有年), 권수, 김충서(金忠恕) 등과 교생 6, 7명이 모두 모였고, 이훤도 참석했다. 앉을 자리가 비좁아서 교생들은 들어와 참석하지 못했다.

평강(오윤겸)이 장무에게 가는 국수 1바구니를 만들어 오게 했다. 꿀 5되, 석이 1말도 보내왔다. 관청의 매가 오늘 잡은 꿩 3마리를 가져왔는데, 북촌 사람 추련(秋連)이 와서 바쳤으며, 크기는 8.5치이다.

◎ ― 9월 26일

녹두를 타작하니 19말이 나왔고, 관둔전에서 메밀 18말이 나왔다. 콩 3말을 부석사에 보내어 두부를 만들어 오게 했다. 저녁때 연포(軟泡)를 만들어서 온 집안사람들이 같이 먹었다. 저녁에 판관 이잠(李岑)이 찾아왔다. 그는 안변 땅에 피난 와서 살고 있는데, 집사람의 동성 얼친(孽親)으로 관상감 판관(觀象監判官)이다. 위아래 일행의 식사를 대접하고 머물러 자게 했다. 관청의 매가 잡은 꿩 1마리를 가져왔다. 이잠은 배 30개를 가지고 왔다.

◎ ─ 9월 27일

남매의 사내종 덕룡이 돌아가기에, 황태(皇太) 2말, 꿩 1마리, 곰 발바닥 1개를 구해 보냈다. 어머니께도 메밀 1말, 배 15개, 꿩 1마리, 방어 반 짝, 팥 1말을 보내 드렸다. 덕룡이 바꾸어 온 두(豆) 44말, 태(太) 18말, 꿀 9되는 여기에 맡겨 두고 두(豆) 6말, 태(太) 5말을 가지고 갔다. 무명 5필을 팔아서 산 물건이다. 1필에 17말 혹은 18말씩 받았고, 태(太)는 26말을 받았다고 한다. 편지를 써서 보냈다.

관청의 매가 잡은 꿩 2마리를 가져왔고, 억수의 매도 1마리를 잡아서 가져왔다. 억수가 떡 1바구니를 만들어 바쳤다. 우리 집에서도 산삼 기름떡을 지져서 함께 먹었는데, 이잠도 머물러 있어서 참석했다.

저녁에 이시윤(李時尹)*이 와서 만나 보니, 기쁘고 위로되는 마음을 이길 수 없다. 함께 방 안에 둘러 앉아 이야기를 나누다가 밤이 깊어서 파하고 잤다. 두 수씨도 모두 잘 있다고 한다. 위로가 된다. 전풍 밭의 메밀을 타작했더니, 전섬으로 4섬 1말이 나왔다.

◎ ─ 9월 28일

인아가 중금의 밭을 타작할 때 가 보았는데, 반직(半稷)이 전섬으로 1섬 9말 나왔다. 염광필이 병작한 곳이다.

저녁에 평강에서 사람과 말이 왔다. 평강(오윤겸)이 내일 돌아가기 위해서이다. 백미 5말, 중미 5말, 전미(田米) 5말을 가져왔다. 관청의 명

....

* 　이시윤(李時尹): 1561~?. 오희문의 처조카이다. 오희문의 처남인 이빈의 아들이다. 동몽교관을 지냈다.

령으로 가져온 것이다. 관청의 매가 잡은 꿩 4마리도 가져왔다. 이잠이 토산을 향해 떠났다. 도망간 노비들을 찾은 뒤에 안변으로 돌아간다고 한다.

◎ ─ 9월 29일

평강(오윤겸)이 첩을 데리고 현으로 돌아갔다. 여기에서 5일 동안 머물렀다. 인아가 또 중금의 밭을 타작할 때 가 보았는데, 차조 16말이 나왔다. 김현복이 병작한 곳이다. 매 그물에 묶어 둔 닭을 또 여우와 살쾡이가 물어 갔다. 애석하지만 어찌하겠는가. 관청의 매가 잡은 꿩 2마리를 가져왔기에, 모두 3마리를 말렸다.

◎ ─ 9월 30일

이른 아침에 그물을 치고 어소 두 곳에서 물고기 130여 마리를 잡았다. 날이 따뜻해서 들어가지 않았기 때문에 잡은 것이 매우 적다. 아쉽다.

이천에 사는 고봉명(高鳳鳴)이 기성군의 편지를 가지고 와서 매를 구하는 일을 말하기에, 저녁밥을 대접하고 편지를 들려 평강(오윤겸)에게 보냈다. 지난달에 내가 한양에 갔을 때 만나서 약속한 일이다. 봉명은 기성군의 첩의 동생 남편이라고 한다. 동대 앞의 박언방 밭의 조를 타작했더니, 전섬으로 1섬 4말이 나왔다. 하루반갈이이다.

10월 작은달-4일 소설(小雪), 20일 대설(大雪) -

◎ ― 10월 1일

어떤 양반이 와서 이곳의 매를 사겠다며 목화 55근을 갖다 주었다. 충청도 공주(公州)에 산다고 한다. 즉시 인아의 처에게 21근을 주었다. 인아가 중금의 밭을 타작할 때 가 보았는데, 메밀 전섬 1섬 1말, 녹두 2 말을 싣고 왔다. 김현복이 병작한 것이다.

박언방이 한양에서 돌아왔다. 남매의 편지를 보니, 잘 지내고 있고 보낸 꿀과 꿩은 받은 그대로 어머니께 전했다고 한다.

◎ ― 10월 2일

김억수가 현에서 돌아왔다. 평강(오윤겸)의 편지를 보니, 매를 구하는 기성군의 편지는 어제 현에 도착했으나 마침 매가 없어서 들어주지 못했다고 한다. 편지를 통해 들으니, 도사 김자정이 제수(弟嫂)의 상을 당해서 약속한 날에 참석하지 못하고 마전(麻田)과 삭녕군을 지나간 일로 편지를 보냈다고 한다. 날노루 1마리를 다리 하나만 떼고 보내왔기에 즉시 내장을 구워서 먹었다. 오래도록 못 먹은 뒤여서 그 맛이 매우 좋았다. 그러나 어머니께서 멀리 계셔서 드릴 수 없으니, 밥상을 마주하여 탄식하지 않을 수 없었다.

◎ ― 10월 3일

채억복이 현에서 돌아왔다. 전미(田米) 6말을 보내왔다. 저녁에 제수도 보내왔는데, 백미 3말, 전미(田米) 5말, 참기름 7홉, 들기름 2되, 석이 2말, 느타리버섯 2되, 잣 3되, 개암 3되, 감장 1말, 간장 2되, 청주 6선, 토란 6되이다. 편지를 써서 돌려보냈다. 모레가 조부의 기일인데 여기에서 제사를 지내야 하기 때문이다.

◎ ― 10월 4일

딸이 제사 음식을 준비했다. 네 가지 과일, 네 가지 채소탕과 채소적, 꿩고기 적과 노루고기 적, 곰고기 포, 말린 꿩, 면, 떡, 밥상에 올리는 물건 등이다. 절구를 찧는 곳간의 지붕을 얹었다.

◎ ― 10월 5일

나는 다친 발에 차도가 없을 뿐만 아니라 감기에 걸려서 몸이 편치 않아 제사에 참석하지 못했고, 생원(오윤해)과 인아에게 지내게 했다. 제사를 마치고 가까운 이웃 사람들을 불러서 술과 떡을 대접했다.

현의 목공(木工) 박원(朴元)이 어제 왔기에, 꿀을 담는 목각(木閣)을 만들게 했다. 관아의 명령을 받고 온 것이다. 버드나무를 베어 목각

2개를 만들었는데, 모두 3말 반 남짓을 담을 수 있다.

◎ ─ 10월 6일

목공 박원이 일을 마치고 돌아가기에, 황태(黃太) 2말을 주어 보냈다. 주부 김명세가 와서 보기에, 큰 잔으로 술 한 잔을 대접해 보냈다. 전날에 상번(上番)*으로 갔다가 이제야 비로소 돌아온 것이다.

◎ ─ 10월 7일

시윤의 사내종 석수(石守)가 현에 들어가기에 편지를 써서 보냈다. 메주콩 10말을 삶게 했다. 늘 먹는 장이 떨어지려고 해서 이것을 삶아서 쓰려는 것이다.

어제 안협에 사는 백성 이방(李方)의 암말을 우리 늙은 말과 바꾸고 검푸른 새 철릭을 더 주었다. 이는 죽은 종 막정의 평양 전답을 팔고 얻은 물건이다. 이 말은 암말이라고는 해도 짐을 가득 싣고 멀리 갈 수 있고 노쇠하지도 않았기에 값을 더 주고 바꾸었다. 12, 13일 사이에 덕노와 김언신 등에게 꿀을 싣고 함흥부(咸興府)로 가게 할 계획이다.

◎ ─ 10월 8일

최판관이 모레 처를 데리고 평양에 간다는 소식을 듣고 아침 식사 뒤에 가 보고서 작별했다. 평양 서윤(平壤庶尹)은 최판관의 처조카 원욱(元彧)이다. 최판관의 집에서 내게 점심을 대접했다. 해가 기울어서야

....

* 상번(上番): 번(番)이 갈리어 근무 교대를 하러 들어가는 사람을 말한다.

돌아왔다.

요즘 날이 봄처럼 따뜻하다. 추워지기 전에 지금 콩과 조를 타작해 들여야 하는데 김담과 춘금이 등이 모두 휴가를 받아 떠나서 집에 없으니, 부릴 사람이 없어서 하지 못하고 있다. 눈이 내리고 얼음이 얼어서 겨울 전에 타작하지 못할까 몹시 걱정이다. 김억수의 아우 경이가 메밀 1말을 갖다 바쳤다.

◎ — 10월 9일

새벽에 비가 내리더니 아침에 그치기는 했으나 날이 흐리다. 먼 산이 모두 희니, 아마 높은 산에는 눈이 내렸나 보다. 날이 몹시 춥지는 않지만 아마 머지않아 다시 눈이 오고 바람이 불 것이다. 김담이 휴가를 받아 갔다가 이제야 돌아왔다.

◎ — 10월 10일

생원(오윤해)의 사내종이 현에서 돌아왔다. 편지를 보니, 내일 사이에 달려오겠다고 한다. 백미 1말 5되, 꿩 1마리, 은어 6마리와 결성에서 준 홍시 13개, 배 5개, 가는 국수 1바구니를 보내왔다. 또 들으니, 갯지가 한양에 갈 때 어머니께 백미 1말, 메밀 1말, 꿩 1마리를 구해 보냈다고 한다. 기쁘다.

생원(오윤해)의 사내종 춘이가 목화를 바꾸어 가지고 지금 돌아왔다. 그편에 들으니, 언명의 죽산 논에서 난 13섬을 찾아왔다고 한다. 바로 김도사(金都事, 김지남) 덕분이다. 또 최참봉의 편지를 보았다. 춘이가 가지고 왔다.

◎ ─ 10월 11일

김칫독을 묻고 또 콩 3동을 실어 오게 했다. 저녁에 평강(오윤겸)이 전미(田米) 10말, 떡 만들 백미 1말, 찹쌀 5되, 참기름 1되 반, 들기름 2되, 꿀 1병, 수박 1개, 배 8개, 세 가지 과일, 날꿩 3마리, 닭 2마리, 감장, 간장, 채소를 먼저 보내왔다. 관인이 여기에 온 김에 떡을 만들어 올리게 했다. 내일이 평강(오윤겸)의 생일이기 때문이다. 저는 관아의 일 때문에 내일 새벽에 출발한다고 한다.

◎ ─ 10월 12일

평강(오윤겸)이 아침 식사 전에 왔다. 닭이 울 때 횃불을 밝히고 출발했다고 한다. 백미 15말, 삶은 집돼지 1마리, 꿩 2마리를 가지고 왔다. 즉시 온 집안이 고기를 썰어 먹으니 그 맛이 매우 좋았다. 따로 길렀기 때문이다. 가는 국수도 가져왔고, 떡은 밖에서 만들어서 가져왔다. 신주 앞에 차례를 지낸 뒤에 온 집안의 위아래 식솔들과 함께 먹었다. 가까운 이웃에서 찾아온 사람들에게도 모두 술과 떡을 대접했다.

주부 김명세도 술과 과일을 가지고 와서 보기에 역시 술과 밥을 대접해 보냈다. 전귀실이 가는 국수 1바구니를 가져와 바쳤다. 술과 떡을 대접해 보냈다. 소 3마리를 빌려다가 전풍의 밭에서 난 콩 6동을 실어왔다. 김억수가 꿩 1마리를 가져왔다. 평산정이 사내종과 말을 보내왔다. 전에 맡겨 둔 무명을 꿀로 바꾸기 위해 다시 온 것이다.

◎ ─ 10월 13일

새벽부터 비가 내리더니 종일 그치지 않았다. 이 때문에 평강(오윤겸)이 관아로 돌아가지 못했다.

◎ — 10월 14일

날이 흐리고 바람이 불면서 때로 비도 뿌렸다. 평강(오윤겸)은 관아
의 일 때문에 비를 맞고 갔고, 시윤은 비로 인해 함께 가지 못했다. 생원
홍범이 사내종을 보내 편지를 전하고 종자 벌을 구했다. 즉시 답장을 써
서 보냈고, 또 벌 1통을 주어 지고 가게 했다. 일찍이 주기로 약속했기
때문이다. 홍범은 본래 몽동(蒙洞)에 살아서 서로 잘 아는 사이였다. 지
난여름에 한양에 갈 때 그의 집에서 잤으니, 바로 양주 익담촌이다.

◎ — 10월 15일

밤새 센 바람이 불고 날이 몹시 차다. 시윤이 돌아가고자 하는 것
을 억지로 머물게 했다. 내일은 증조부의 기일이어서 딸이 계집종들을
데리고 제수를 준비했다.

안협에 사는 노인 연수가 아주 큰 빙어 2마리와 꿩 1마리를 갖다
바쳤다. 집에 술이 없어서 떡만 대접해 보냈다. 그는 청할 일이 있어서
온 것이다. 춘이가 현에서 돌아왔기에, 함흥 통판(咸興通判)*에게 편지를
써서 보냈다. 말편자[馬鐵, 말편자] 2개도 가져왔다.

◎ — 10월 16일

생원(오윤해)과 인아가 제사를 지냈다. 나는 감기 때문에 참석하지

....

* 　함흥 통판(咸興通判): 정효성(鄭孝誠, 1560~1637). 회덕 현감, 강화 유수 등을 지냈다.

못했다. 이시윤이 일찍 식사를 한 뒤에 현으로 들어가서 그길로 한양으로 돌아간다고 한다. 궁색한 그 신세가 애처롭지만 줄 물건이 없어서 내가 항상 입고 있는 명주 두루마기를 벗어서 입혔고, 그 모친에게는 황태(皇太) 3말, 팥 2말, 메밀 2말, 날꿩 1마리, 집돼지 앞다리 1짝을 보냈다. 경여(敬興)*의 처에게도 꿩 1마리, 메밀 1말을 보냈다. 생원(오윤해)도 목화 6근, 버선 1켤레를 주었고, 둘째 딸은 겹저고리를 벗어서 시윤의 둘째 딸에게 보냈다. 나머지는 평강(오윤겸)이 준비해 줄 것이다.

토당의 어머니께 안부 편지를 써서 시윤이 갈 때 부쳐서 전해 드리게 했다. 꿩 1마리, 제사 지내고 남은 과일 조금, 말린 꿩 3마리도 보냈다.

◎ ─ 10월 17일

덕노가 꿀을 싣고 언신과 함께 함흥에 갔다. 함흥 통판 정효성(鄭孝誠)에게 평강(오윤겸)이 편지를 보내서 사 주게 하고, 관례대로 포목을 골라서 주어 보냈다. 전에 들으니, 함흥부에 바친 꿀 1되에 정포(正布, 품질이 좋은 베) 1필을 주었다기에 집에서 기른 꿀 6말을 실어 보내고 황랍 1근도 보내서 직령(直領)*을 만들 세포(細布)를 사 오게 했다. 그러나 우리 집의 모든 일은 매번 계획과 어긋나니, 뜻대로 되지는 않을 것이다. 만일 계산대로 가지고 오면, 그것을 내년 봄에 살아갈 밑천으로 삼을 것이다.

....

* 경여(敬興): 이지(李贄, ?~1594). 자는 경여이다. 오희문의 처남으로, 이빈의 동생이다.
* 직령(直領): 깃이 곧고 빳빳하며 소매가 넓은 포(袍)이다. 선비의 일상복으로 사용되었다.

◎ ― 10월 18일

날이 흐리고 눈이 내린다. 춘금이가 현에서 돌아왔다. 평강(오윤겸)의 편지를 보니, 시윤이 그대로 머물러 있다고 한다. 시윤도 편지를 보내 안부를 물었다. 내일 한양으로 돌아간다고 한다. 청주 6선, 생열목어 15마리, 말린 열목어 20마리, 날꿩 2마리, 밤 2백 개를 등에 지워 보냈다.

삭녕에 사는 백성 정광신(鄭光臣)이 근처로 피난해 와서 산 지 여러 해가 되었는데, 오늘 아침에 탁주 1대접, 가는 국수 1바구니를 갖다 바쳤다. 내외가 함께 가져왔기에 술을 대접하고 말린 열목어 1마리를 주었다.

◎ ― 10월 19일

간밤에 눈이 내리더니 아침에는 산천이 모두 하얗고 한기가 몹시 심하다. 현에서 문안하는 사람이 편지를 가지고 왔기에 보니, 시윤은 오늘 돌아간다고 한다. 이처럼 몹시 추운 날씨에 어찌 간단 말인가. 걱정을 놓을 수가 없다. 노루 앞다리와 뒷다리, 갈비 1짝을 보내왔다.

◎ ― 10월 20일

추위가 몹시 심해서 사람이 괴로움을 견딜 수 없다. 김언보가 내일 상번이어서 찾아와 떠난다고 하기에 편지를 써서 주고 광노의 집에 전해서 토당의 어머니께 보내 드리게 했다. 메밀 1말, 말린 열목어 2마리도 보냈다. 김억수가 꿩 2마리를 갖다 바쳤다.

◎ ― 10월 21일

날이 흐리고 눈이 내렸다. 집사람은 요새 감기가 들었는데 오늘은 더 심해져서 신음소리가 끊이지 않고 식음도 전폐했다. 몹시 걱정스럽다.

김담이 휴가를 받아 한양에 갔다. 사기그릇을 산 뒤 도로 팔고 오기 위해서이다. 편지를 써서 주어 토당에 전하게 하고 노루고기 1조각, 절인 민물고기 30마리도 보냈다. 답장을 받아 오게 했다.

◎ ― 10월 22일

눈이 배로 오고 추위도 배나 심하다. 춘금이는 가슴에 통증이 있어서 일어나지 못하는데 집에는 땔나무가 없다. 아침저녁 밥을 짓는데 옷이 얇은 종들이 추위를 견디지 못했다. 괴로운 상황을 이루 말할 수가 없다. 생원(오윤해)의 사내종과 말을 빌려서 현에 들여보냈다. 양식을 구해 오기 위해서이다. 일찍이 생원(오윤해)이 보내온 사람과 말이 있었기 때문이다.

◎ ― 10월 23일

안손이 돌아왔다. 백미 10말, 전미(田米) 10말, 날꿩 2마리, 생열목어 4마리, 참새 6마리, 노루 다리 1짝, 절편 1바구니를 보내왔다. 절편은 제 어미가 병중에 먹고 싶어 했기 때문에 만들어 보낸 것이다. 평강(오윤겸)의 편지를 보니, 근래에 매를 구하는 편지를 보내온 자가 구름같이 모여들어 응답하기가 몹시 고민스럽다고 한다. 또 이미 사직 단자를 드렸다고 한다. 관아에서 문안하는 사람도 왔다.

◎ ─ 10월 24일

새벽부터 눈이 내렸다. 답장을 써서 관인이 돌아가는 편에 보냈다. 집사람은 어제부터 차도가 있어 음식을 조금 더 먹는다. 그러나 증세가 일정치 않으니, 아주 나을 것이라고 장담할 수 없다. 덕노 등이 떠난 지 이미 8일째이다. 거리를 따져 보면 오늘내일 중에 함흥에 도착하겠지만, 간 뒤에 날마다 눈이 내렸으니 가는 길이 어떠한지 모르겠다. 걱정스럽다.

간밤 꿈에 이자미(이빈), 홍응권(洪應權), 최경선(崔景善)을 보았는데 완연히 생시 같았다. 깨고 나니 슬픔을 견딜 수 없었다. 장인도 꿈에 보였다. 무슨 징조인가. 간밤에 언명이 닭 2마리를 잃었다. 아마 살쾡이나 족제비가 물어 갔을 것이다. 아깝다.

◎ ─ 10월 25일, 26일

집사람은 아직도 완전히 낫지 않아 때로 누워서 앓고 식사량도 평소 때만 못하다. 오른쪽 팔도 아프다고 한다. 걱정스럽다. 요즘에 날이 찬데 춘금이가 병으로 누워서 땔나무를 해 올 사람이 없다. 답답하다.

◎ ─ 10월 27일

나도 어제부터 감기가 들어 몸이 편치 않다. 걱정스럽다. 춘금이는 20일 이후로 매번 가슴 통증을 핑계 대고 누워서 일어나지 않는다. 예사로운 감기라고 생각했는데, 오늘은 머리가 배로 더 아프다고 한다. 병세가 가볍지 않다. 몹시 걱정스럽다.

◎ — 10월 28일

춘금이는 여전히 통증이 심하다고 한다. 치료하지 못할 듯하다. 새벽부터 비가 내리고 날이 봄처럼 따뜻했다. 지붕의 눈이 모두 녹아서 추녀의 물이 종일 끊이지 않고, 길이 질어서 사람이 다닐 수가 없다. 한양 소식을 이제까지 듣지 못했을 뿐만 아니라 현의 소식도 오래 듣지 못했다. 걱정스럽다.

지난 새벽에 언명의 닭이 또 놀라 흩어지기에 인아가 즉시 일어나 등불을 밝히고 보니 1마리가 홰 밑에 죽어 있더라고 한다. 아마 살쾡이가 물어 죽이고서 미처 물어 가지 못한 듯하다. 즉시 구멍 난 곳을 막고 홰 앞에 그물을 치게 했다. 또 죽은 닭은 말려서 언명에게 보내려고 한다. 편지를 써서 이 면의 색장에게 보내어 현의 관아에 전하게 했다.

◎ — 10월 29일

집사람은 요 며칠 회복되어 가지만 아직 완쾌하지는 못했다. 저녁에 현에서 문안하는 사람이 왔다. 편지를 보니, 향비 모자가 토당에서 세만 등과 함께 현에 왔는데 비와 눈으로 인해 길이 질어서 즉시 오지 못한다고 한다. 아우의 편지와 어머니의 편지를 보니, 요새 양식이 떨어졌다고 한다. 걱정을 이루 말할 수가 없다. 봉산 딸의 편지도 한양에서 왔는데, 온 집안사람들이 잘 있고 아직도 봉산에 머물고 있단다. 제 어미에게 겹저고리 옷감과 목화 4근을 보내왔다.

또 들으니, 최참봉이 철원에 도착했다고 한다. 26일에 성씨(成氏) 집에서 초례(醮禮, 혼례)를 행하고 오늘내일 중에 이곳으로 그 딸을 보러 온다고 한다. 이 때문에 평강(오윤겸)이 그를 맞을 아전들을 뽑아 보

낸다고 한다. 날꿩 3마리, 절인 은어 10마리, 생은어 30마리, 알젓 1항
아리를 구해 보내왔다.

11월 큰달 -6일 동지(冬至), 21일 소한(小寒) -

◎ ─ 11월 1일

김언보가 한양에서 돌아왔다. 전날에 갈 때 편지를 써서 주어 토당에 전하게 했더니, 오늘 올 때 2통의 답장을 가지고 와서 전했다. 아우의 편지를 보니, 요새 양식이 떨어져서 어머니께 늘 죽을 드리고 있는데 고성 남매가 그 소식을 듣고 쌀과 반찬을 조금 보내서 간신히 그것으로 하루하루를 보낸다고 한다. 매우 놀랍고 한탄스럽다.

또 들으니, 어머니께서 화가 나셔서 나에게 답장도 하지 않았으며 오른쪽 옆구리가 쑤시고 아파서 다니시지 못한다고 한다. 더욱 걱정스럽다. 즉시 암소에 태두(太豆)를 실어 보내게 하고 싶지만, 춘금이는 병으로 누워 있고 김담은 한양에 가서 돌아오지 않아서 집에 부릴 사람이 없다. 덕노가 돌아오기를 기다리려면 시일이 더뎌져서 이달 보름이 지나야 할 것이다. 몹시 걱정스럽다. 두어 달 치 양식을 전날에 이미 준비했는데, 아마 아우의 집과 함께 먹었기 때문에 오래지 않아 떨어

진 듯하다. 남매의 편지와 임참봉댁의 편지도 가지고 왔다. 현의 아전
이 답장을 받아 현으로 돌아갔다. 춘금이가 오늘은 조금 차도가 있다.
기쁘다.

◎ ― 11월 2일
춘금이가 도로 아파서 밤새 앓았다. 걱정스럽다.

◎ ― 11월 3일
새벽부터 눈이 내려 거의 반 자나 쌓였다. 김담이 한양에서 비로소
돌아왔다. 현의 방자 춘세(春世)가 왔다. 편지를 보니, 가까운 날에 토
당에 곡식을 실어 보낼 계획인데 그편에 나더러 편지를 써서 부치라고
한다. 그러나 내가 오는 10일 즈음에 근친하러 갈 계획이어서 편지를
보내지 않았다. 꿩 2마리, 상지 2뭇도 가져왔다.

◎ ― 11월 4일
눈이 내린 뒤에 한기가 배로 심하다. 땔나무도 떨어져서 옷이 얇은
노비들은 괴로움을 말로 다 할 수 없다. 볏짚[穀草]도 떨어졌는데, 중 법
희가 타작하고 나서 밭에다 쌓아 두었다기에 김담을 보내 1바리를 실
어 왔다.

◎ ― 11월 5일
춘세가 현으로 돌아가기에 답장을 써서 보냈고, 내일 안에 도로 한
양으로 보내게 했다.

◎ ─ 11월 6일

동지이다. 신주 앞에 차례를 지내고 또 팥죽을 쑤어서 위아래가 함께 먹었다. 토당에는 아마 팥이 없어서 어머니께 죽을 쑤어 드리지 못할 것이다. 매우 안타깝다.

덕노 등이 간 뒤로 큰 눈이 계속 내려 고갯길이 완전히 막혀서 사람들이 통행하지 못한다고 하니, 이달 안으로는 돌아오지 못할 것이다. 나도 10일 즈음에 어머니를 뵈러 갈 계획이지만 집에 부릴 사람이 없다. 걱정스러운 일이 많아서 먹고 자기를 편히 하지 못하겠다. 더욱 한스럽다.

저녁에 최참봉 부자가 철원에서 와서 현에 들렀다가 여기로 왔다. 만나 보니 매우 기쁘고 위로가 되었다. 그의 막내아들 충운(沖雲)을 장가들인 뒤에 그길로 그 딸을 보러 온 것이다.

◎ ─ 11월 7일

최참봉 부자가 그대로 머물러서 그 일행의 아침저녁밥을 우리 집에서 대접했다. 참봉은 어제 과음해서 몸이 편치 않아 방에 누워서 일어나지 않고 조리했다. 말먹이 콩 3말을 주었다.

향비 모자가 현에서 돌아왔다. 평강(오윤겸)의 편지를 보니, 이렇게 추운 날씨에 한양에 가서는 안 된다고 억지로 말리면서 현의 아전을 보내 안부를 물었다. 그러나 중지할 수 없다고 답장을 써서 돌려보냈다. 꿩 2마리, 방어 반 마리를 보내왔다. 어제 절편 1바구니도 보내왔다. 제 어미가 먹고 싶어 했기 때문이다. 명나라 관리가 준 진건(晉巾)*도 보냈다. 한창 갖고 싶어 하던 것이다. 기쁘다.

◎ ─ 11월 8일

최참봉 부자가 철원으로 떠났다. 그길로 한양에 간다고 한다. 집에 줄 물건이 없어서 다만 꿩 1마리로 작은 성의를 표했다. 안타깝다.

◎ ─ 11월 9일

전에 살쾡이에게 물려 죽어서 말리던 언명의 닭을 시렁에 걸어 둔 채 잊어버리고 걷어 오지 않았다. 두 밤을 지내고 보니 살쾡이와 쥐가 다 먹어 버리고 남은 것이 없다. 아쉽다.

◎ ─ 11월 10일

인아가 경작한 콩을 타작했더니, 전섬으로 1섬 1말이다. 눈비에 젖어 버렸으니, 마른 것만 취하면 1섬도 되지 않는다.

최판관이 지난달에 처를 데리고 기성(箕城, 평양)으로 가다가 수안(遂安)에 이르러 서윤[원욱(元彧)]이 파면되었다는 말을 듣고는 그냥 돌아왔다고 한다. 한편으로는 우스운 일이다. 평양 서윤 원욱은 그의 처조카인데, 그곳에 가서 얻어먹고 지내려다가 끝내 뜻대로 되지 않고 돌아온 것이니 한편으로는 가련하다. 그가 아침에 편지를 보내 꿩을 구했으나, 집에 비축해 둔 것이 없어서 주지 못했다. 한탄한들 어찌하겠는가.

....

* 진건(晉巾): 한(漢)나라의 무관(武冠)에서 유래한 것으로, 조롱 모양이어서 농관(籠冠)이라고도 한다. 위진(魏晉) 시대에 유행하여 진건이라고 한다. 겨울철에 머리와 귀를 가리기에 좋다.

◎ — 11월 11일

아침에 현에서 사람과 말이 왔다. 편지를 보니, 관아의 사내종 갯지를 그곳에서 바로 연천으로 보내서 내가 오기를 기다리게 했다고 한다. 내가 내일 김담을 데리고 소를 가지고 가다가 갯지의 말에 옮겨 실은 뒤에 소는 돌려보내기로 약속했기 때문이다.

어머니께 보낼 물건은 갯지가 싣고 갔다. 여기에 보낸 백미 10말, 전미(田米) 10말, 꿩 5마리, 말린 물고기 5마리, 감장 1말, 간장 2되, 꿀 2되는 내가 길을 가면서 쓸 물건이다. 춘이와 안손 등에게 행장을 꾸리게 했다. 저녁에 평강(오윤겸)이 관아의 사내종 풍금이를 시켜 청주 8선을 보내고 털요도 만들어 보냈다. 길을 가면서 쓰라는 것이다.

◎ — 11월 12일

날이 밝기 전에 식사를 하고 날이 밝은 뒤에 출발했다. 말지 고개를 넘었는데, 고개 밑은 바로 철원 땅이다. 백성 고막근(高莫斤)의 집에서 말을 먹이고 점심을 먹고서 떠났다. 마산촌 백성 거을후미의 집에 도착하여 그 집에서 잤다. 거을후미는 평강의 군사로, 이사 와서 산다. 종일 눈보라가 몰아쳐서 추운 날씨인데도, 들어갔더니 집주인이 바로 맞이하여 따뜻한 방에 재워 주고 닭을 잡아 반찬을 만들어 내게 아침저녁 식사를 대접했고 점심까지 싸 주었다. 전날에 예초군을 면제해 주어서 그 은덕에 고마워한 것이다.

◎ — 11월 13일

날이 밝자 출발하여 절반쯤 와서 말에게 꼴을 먹이는데 갯지가 뒤

쫓아왔다. 함께 떠나서 도사 이태수(李台壽)의 집에 들어가서 자려고 했으나, 집에 없다고 하기에 연천현으로 가서 관아의 사내종 걸이(傑伊)의 집에서 잤다. 현감에게 이름을 전했더니, 현감이 즉시 나를 관아로 불러다가 이야기를 나누었다. 비록 전에 서로 알지 못했지만 나의 팔촌 친척이어서 만나 보니 옛날부터 친분이 있던 사이 같았다. 또 평강(오윤겸)과 같은 해에 과거에 급제했고, 생원(오윤해)과도 교분이 두터웠다. 김씨(金氏)의 족보를 가져다가 파(派)를 가르쳐 주는데, 날이 저물고 바빠서 미처 자세히 보지 못했다. 매우 아쉽다. 나의 아침저녁 식사를 대접해 주었다.

◎ ─ 11월 14일

해가 떴을 때 출발했다. 김담에게 소를 끌고 돌아가게 하고 소에 실었던 짐을 말 2마리에 나누어 실었는데, 짐이 너무 무거워서 사람도 무겁게 지고 갔다. 붕아(鵬兒)가 기르던 목덜미가 흰 개를 끌고 왔는데, 5리 밖에서 김담을 따라 돌아가기에 그에게 쫓으라고 했다. 그랬더니 그 개가 놀라서 숲속으로 들어가 불러도 오지 않았다. 끝내 어디 있는지 몰라서 한참 동안 찾아도 발견하지 못했다. 만일 김담을 따라 돌아가지 않았으면 끝내 호랑이에게 잡아먹힐 것이다. 아깝지만 어찌하겠는가.

가다가 큰 내 건너편에 이르러 말을 먹이고 점심을 먹었다. 그러나 종일 센 바람이 불고 때로 눈이 날려서 사람이 괴로움을 견딜 수가 없다. 양주 땅 익담촌에 도착하여 생원 홍언규의 집에 들어가 잤다. 언규가 나에게 아침저녁 식사를 대접해 주었다.

◎ ─ 11월 15일

일찍 출발했다. 그러나 종일 센 바람이 불고 큰 눈이 내리면서 때로는 비도 내렸다. 바람과 눈이 옷 속으로 들어와 그 괴로움을 견딜 수가 없었다. 의정부(議政府) 장석교(場石橋) 가에 이르러 말을 먹였다. 다만 눈이 내리는데 앉을 곳이 없어서 다리 밑에 들어가 잠시 쉬면서 쭈그리고 앉아 점심을 두어 숟가락 들었다. 물이 없어 마실 수가 없고 목이 막혀 넘어가지 않았다.

눈을 맞으며 또 떠나서 날이 어두울 무렵에 동대문에 들어갔다. 나는 먼저 남매에게 가 보았다. 뜻밖에 만나니 기쁘고 위로되는 마음을 어찌 말로 다 하겠는가. 남매가 내게 저녁밥을 주었다. 한참 동안 이야기를 나누다가 밤이 깊어 광노의 집으로 돌아와 잤다.

누원 앞길에 이르렀을 때 평강으로 가는 아우의 사내종 춘희와 내 사내종 한세(漢世)를 만났다. 이들을 도로 데리고 와서 먼저 곧장 토당으로 가서 내가 온 뜻을 고하게 했다. 그편에 들으니, 어머니께서 평안하시다고 한다. 기쁘다. 누이에게 꿩 2마리, 메밀 1말을 주었더니, 고성이 꿩을 보고 매우 기뻐했다.

◎ ─ 11월 16일

아침 식사 전에 남이상이 와서 보았다. 고성의 첩의 아들이다. 아침 식사 뒤에 출발하여 얼어 있는 한강을 건너 토당에 도착했다. 아우의 자식들이 내가 온다는 소식을 듣고 문 앞에 나와서 반갑게 맞았다. 들어가 어머니를 뵈었다. 온 집안의 위아래 식구들이 모두 기뻐하는 것을 어찌 말로 다 하겠는가. 각각 그간의 회포를 풀고 내가 가지고 간 물건을 모두 되어서 드렸다. 백미 8말 5되, 전미(田米) 8말, 두(豆) 9말 4되, 황태(黃太) 3말 7되, 말먹이 콩 2말 5되, 날꿩 6마리, 말린 열목어 4마리, 말린 꿩 4마리, 노루고기 포 3조, 절인 은어 5마리, 차조떡, 산삼 등의 물건이다. 목화 6근과 생원(오윤해)의 양모가 보낸 목화 5근도 바쳤다.

갯지는 도로 한양으로 가서 내일 평강으로 갈 것이다. 밤이 깊은 뒤에 남매의 사내종 정손(鄭孫)의 집에 가서 잤다. 사방 이웃에 명나라 군사 3인이 각각 한 집씩 차지하고 머물고 있다고 한다. 그러나 이 명나라 군사들이 와서 산 뒤로 해코지를 당할 걱정은 별로 없었다고 한다. 다른 명나라 군사가 오더라도 난폭하게 굴지 못하게 하기 때문에 비록 조그만 폐해는 있어도 약탈당할 걱정은 없는 것이다. 이 때문에 어머니께서 거처하기도 편안하니, 이는 다행이다.

◎ — 11월 17일

안손은 율전으로 가고, 내가 데리고 온 관청의 사람과 말은 그대로 머물렀다. 내가 돌아갈 때 데리고 가기 위해서이다. 종일 어머니를 모시고 방 안에 둘러앉아 이야기를 나누었다. 날이 몹시 춥다. 저녁에 정손의 집에서 잤다.

◎ — 11월 18일

그대로 토당에 머물렀다. 무료해서 아우와 함께 걸어서 정귀원의 집에 가서 이야기를 나누고, 귀원에게 명나라 군사와 바둑을 두게 했다. 한참 구경하다가 파하고 돌아왔다. 저녁에는 정손의 집에서 잤다.

◎ ― 11월 19일

그대로 토당에 머물렀다. 간밤에 센 바람이 불고 눈이 내리더니, 아침에는 바람이 잦아들고 눈도 그쳤다. 아우의 집에서 만두를 만들어 먹었다.

요새 어머니의 건강을 살펴보니, 아픈 다리는 아주 나았고 허리와 등 사이가 때로 쑤시지만 그다지 심하지는 않다고 한다. 다만 얼굴빛이 파리하여 매우 옛날만 못하시고, 식사량도 평강에 계실 때만 못하시다. 몹시 걱정스럽다. 나는 세밑까지만이라도 머물러 모시고 싶지만, 잠잘 곳이 없을 뿐만 아니라 아침저녁 식사도 계속하기가 몹시 어렵다. 이 때문에 내일 한양으로 들어갔다가 그길로 돌아가려고 한다.

사내종 한세가 그저께 제 어미를 데리고 와서 보았는데, 차조떡 1 바구니를 만들어 가지고 와서 바치기에 밥을 대접해 보냈다. 만난 김에 오는 21일에 한양으로 오라고 했다. 내가 데리고 가려 해서이다. 임천 (林川)에 있을 때 먼저 올라간 뒤로 오래도록 간 곳을 몰랐는데 이제 비로소 와서 보는 것이다. 이제 예전에 살던 곳으로 돌아가겠다고 한다.

◎ ― 11월 20일

아침 식사 뒤에 어머니와 작별하고 아우의 집 식구와 헤어져서 출발했다. 마침 남풍이 밤새 불고 그치지 않더니 날이 봄처럼 따뜻하여 길의 얼음이 다 녹았다. 얼어 있는 한강을 건너 성안으로 들어가 남매에게 들러 보았다. 마침 생원 한효중이 고성에게 인사하러 와 있었다. 우연히 만났으니, 기쁘고 위로되는 마음을 어찌 말로 다 하겠는가. 한참 동안 이야기를 나누다가 한효중은 먼저 돌아갔다. 나는 저녁밥을 먹은 뒤에 기성군을 보러 가서 잠시 이야기를 나누었다. 또 도사 김지남이 머무는 집에 들러 보았다. 김지남의 딸 성원(聖媛)이 나와 인사하는데, 요새 감기에 걸려 몹시 파리했다. 그 모습을 보니 매우 서글펐다. 김지남은 지난달 초에 충청도에서 일가를 데리고 올라왔다.

어두울 무렵에 광노의 집으로 와서 잤다. 여기에 와서 들으니, 갯지는 그저께 평강으로 돌아갔다고 한다. 내가 가지고 온 닭은 팔아서 은 3돈을 받았다고 한다. 큰 닭 5마리면 3돈 반은 받을 만한데 이것뿐이니, 아마 속이는 것이리라. 괘씸하지만 어찌하겠는가.

명나라 군사가 광노의 사위 효남(孝男)을 잡아갔다가 풀어 주었다고 한다. 고성이 나에게 명나라 털모자를 주었다.

◎ ─ 11월 21일

광노가 물건을 팔러 강화(江華)에 갔기 때문에 그 형 응이(應伊)에게 갓을 사 오게 했더니 값이 비싸서 사 오지 못했다. 인아의 망건은 은 2돈에 쌀 2되를 더 주었고, 장식하는 공단은 쌀 2되, 베갯모에 달 홍단(紅緞)은 두(豆) 1말 5되, 딸의 장옷 옷감으로 쓸 자주색 비단 2차(次)는 은 1돈을 주고 바꾸었다고 한다.

도사 김자정이 영고(營庫)의 업무가 끝난 뒤에 지나다가 들러 이야기를 나누고 돌아갔다. 술 한 잔을 대접했다. 평강의 경주인(京主人)*이 와서 보았다. 관아의 사내종 갯지가 돌아갈 때 누원 앞에서 명나라 군

....

* 　경주인(京主人): 중앙과 지방 관청의 연락 사무를 담당하기 위해 지방 수령이 한양에 파견해 둔 아전 또는 향리이다. 경저리(京邸吏), 저인(邸人), 경저인(京邸人)이라고도 한다.

사를 만나 소지한 물건을 빼앗겼다고 한다.

허찬이 마침 일이 있어서 한양에 왔다가 내가 와 있다는 말을 듣고는 즉시 와 보았다. 함께 잤다. 안손이 오늘 올 텐데 오지 않는다. 그 까닭을 모르겠다. 이 때문에 내일 떠나지 못한다. 저녁에 임참봉댁과 임배천 부자를 찾아가 만났다.

◎ ― 11월 22일

갓을 사려고 해도 값이 비쌀 뿐만 아니라 마음에 드는 것이 없어서 사지 못했다. 백미 1말 2되, 좁쌀 2되를 체 1개로 바꾸고, 또 백미 3되, 좁쌀 5되를 사발 3개, 접시 4개, 보시기 2개로 바꾸었다.

새벽에 언명이 토당에서 왔다. 내가 오늘 떠나기 때문에 맞추어 와서 본 것이다. 사내종 한세도 왔다. 내가 데리고 가려고 하기 때문이다. 아침 식사 뒤에 아우와 함께 가서 참봉 김업남(金業男)*을 조문했다. 그는 전에 상처(喪妻)하고 홀로 살고 있었다.

그길로 도사 김지남의 집에 찾아갔다. 또 성원을 보니, 이제 덜하기는 하지만 아직도 다 낫지는 않았다. 관동(館洞)으로 첨지 이언우(李彦祐)를 찾아갔다. 그는 이자미(이빈)의 장인이며 경천(慶千)의 아버지이다. 평시에 이웃에 살면서 친분이 두터웠는데, 난리가 난 초기에 평안도로 피난 갔다가 이제 비로소 한양으로 돌아왔다. 나이가 80이 넘었기 때문에 노직(老職)을 받아 당상(堂上)이 되었고, 그 큰아들 경천은 지금 왕자의 사부(師傅)가 되었다. 마침 집에 없어서 만나 보지 못했다.

....

* 　김업남(金業男): 오희문의 매부인 김지남의 형이다.

돌아올 때 또 참의 홍인헌 영공을 찾아가 보고 한참 이야기를 나누었다. 홍매가 마침 와서 또 함께 이야기를 나누다가 해가 기울어서 파하고 돌아왔다. 또 남매의 집에 들어갔더니 언명이 먼저 와 있었다. 중소 씨와 바둑 두어 판을 두고 거기에서 저녁 식사를 한 뒤에 광노의 집으로 돌아와 언명, 허찬 등과 같이 잤다.

저녁에 안손이 왔다. 그의 말이 발을 절어 끌고 올 수가 없어서 율전에 남겨 두었다고 하기에, 즉시 내일 도로 가서 침을 놓아 차도가 있은 뒤에 끌고 오라고 일렀다. 들으니, 그곳에는 말먹이 콩이 너무 귀해서 먹일 수가 없다고 하므로 가지고 간 콩 5되를 주어 보냈다.

◎ ─ 11월 23일

날이 밝아 식사를 하고 아우와 작별한 뒤 말에 짐을 싣고 춘희, 한세, 관인을 데리고 동소문(東小門)을 나와서 양주 녹양역 앞에 이르러 말을 먹이고 점심을 먹었다. 달려가서 한양에 가는 길에 잤던 익담촌 홍언규의 집에 이르렀으나, 잘 곳이 없어서 토담집에 들어가 잤다. 마침 저녁에 큰 눈이 내렸는데, 온돌이 있어 매우 따뜻했다. 주인집에서 나에게 저녁밥을 대접했다. 토담집 안에서 언규와 이야기하다가 밤이 깊어 파하고 잤다.

◎ ─ 11월 24일

아침에 일어나 보니 눈이 거의 반 자나 내렸다. 이 때문에 일찍 떠나지 못하고 늦게 식사를 한 뒤에 출발했다. 길을 반 정도 가다가 말을 먹였다. 비록 점심을 싸 주기는 했으나 눈길에 그릇이 없어 따뜻한 물을 마련할 수 없어서 먹지 않고 출발했다. 전날에 잤던 연천현의 집에 이르렀는데, 현감의 자제들이 피해 와서 머문다고 했기 때문에 할 수 없이 다른 집으로 가서 잤다. 사람을 현감에게 보냈더니 우리 일행이 먹을 음식을 내려 주었다. 또 쌀 2되를 요청했다. 가지고 온 양식이 여기에 이르러 떨어졌기 때문이다. 보냈던 사람에게 들으니, 현감의 조카가 며칠 전에 관아에 있다가 갑자기 죽었기 때문에 현감은 나와서 대접하지 못한다고 했다.

또 전날에 한양에 갈 때 목덜미가 흰 개가 이곳에서 달아나 버렸기에 아주 잃었다고 생각했는데, 이제 와서 들으니 그 개가 오히려 묵었던 주인집에 있다고 한다. 집주인이 끌고 가라고 하므로 춘희에게 잡아오게 했으나 붙잡지 못하여 그대로 놓아두고 왔다. 모르는 사람이기 때문에 놀라서 달아난 것이다. 집주인이 명나라 바늘을 주었다.

◎ ─ 11월 25일

해가 떠서 출발하여 철원 땅에 와서 말을 먹이고 전에 묵었던 마산촌 거을후미의 집에 도착했다. 집주인이 몹시 후하게 대접했다. 보답할 물건이 없어서 명나라 바늘 4개를 주었다. 어제 길에서 한양에 가는 박언방을 만나서 집의 편지를 받아 보았다.

◎ ─ 11월 26일

주인집에서 자기 쌀로 아침밥을 지어 주었다. 밝기 전에 떠나서 말지 고개 아래에 사는 백성 고마근(高馬斤)의 집에 이르러 말을 먹였다. 고마근이 점심을 지어 주었다. 전날 한양에 갈 때 말에게 꼴을 먹였던 곳인데, 고개 너머가 평강이었다.

또 떠나서 고개를 넘는데 눈이 수북하게 쌓여 있었다. 그래서 언 길 때문에 미끄러워 자빠질 걱정은 별로 없었다. 무사히 집에 도착하니 아직 저녁때가 되지 않았다. 온 집안의 위아래 식솔들이 반갑게 맞았다. 이번 길에 심한 추위를 만나기는 했으나 일행이 모두 무사히 돌아왔다. 다행이다. 왕래하고 한양에 머문 날을 계산해 보니 모두 15일이었다.

집에 와서 들으니, 덕노가 지난 보름날에 돌아왔는데 가지고 간 꿀을 함흥 관아에 바쳤더니 함흥 통판이 감관(監官)을 시켜 되어서 받아들였다고 한다. 6말의 꿀이 겨우 5말 3되였다고 한다. 값으로 주는 포는 종들을 앞으로 나오게 하여 각자 골라서 가져가게 했는데, 이 포도 난리 이후에 3필을 줄여서 1말에 겨우 7필씩으로 줄여 정했다고 한다. 이 때문에 받은 포가 37필인데, 모두 3새 포*인데다가 몹시 거칠고 불량해서 쓸 수가 없고 1필마다 서너 군데씩 끊어진 곳을 이었으며 척수(尺數)가 짧아서 모두 30척도 되지 않았다. 이 포를 가지고 정목으로 바꾸려면 3필을 더 주어도 포목 1필을 살 수 없다고 한다.

이처럼 심한 추위에 사람과 말이 갔다 오느라 고생했을 뿐만 아니라 심지어 1년 동안 살아갈 계획이 다 허사가 되었으니, 도리어 여기에서 한양 상인들에게 바꾸는 것만도 못했다. 한탄한들 어찌하겠는가. 이것을 가지고 내년에 한양에 가서 생활할 계획이었으나 본전까지 다 잃어버리고 달리 어찌할 계책이 없으니, 이 또한 운명이다. 그저 크게 탄

....
* 　3새 포: 예순 올의 날실로 짜서 올이 굵고 질이 낮은 삼베이다.

식할 뿐이다.

통판이 다시마 2동, 절인 은어 10두름, 생전복 50개를 보냈다. 이
또한 통판의 허물이 아니라, 꿀을 비싸게 산다는 소문을 내가 잘못 들
은 까닭이다. 전날에 들으니, 꿀 1되에 좋은 포 1필씩을 준다고 했기 때
문이다. 값을 줄여서 정한 뒤로 상인들이 전혀 들어와 팔지 않는다고
한다.

◎ ─ 11월 27일

데리고 온 관청 사람에게 편지를 써서 현으로 돌려보냈다. 이웃 사
람들이 내가 왔다는 말을 듣고 모두 와서 보았다. 간혹 술을 대접해 보
냈다. 저녁에 현에서 문안하는 사람이 왔다. 평강(오윤겸)이 내가 아마
오늘내일 사이에 올 거라고 생각했기 때문이다. 소주 5선, 날꿩 4마리,
노루고기를 보내왔다.

집에 와서 들으니, 전날에 평강(오윤겸)이 백미 1곡(斛), 전미(田米)
1곡, 꿀 3되를 실어 보냈다고 한다. 머지않아 사직하고 돌아가려고 하
기 때문에 이것으로 한 해를 마칠 때까지 쓰라는 것이다.

평강(오윤겸)이 사직 단자를 올린 것이 지금까지 네 번인데, 체직
되지가 않아서 이제 또 사직 단자를 보냈다. 관가의 모든 일과 중기(重
記)*를 다 정리해 놓았으므로 회보(回報)가 오기를 기다려서 즉시 떠날
생각이라고 한다. 들으니, 최참봉은 차도가 있은 뒤에 일찍이 한양으로

....

* 　중기(重記): 전임 관리가 신임 관리에게 인수인계할 때 전해 주던 관아의 재산목록 등의 장
　　부이다.

돌아갔다고 한다. 공교롭게도 길이 어긋나서 만나지 못했다. 아쉽다.

◎ ─ 11월 28일

덕노에게 말을 가지고 현에 가게 했다. 사람과 말을 보낸다고 했기 때문이다.

◎ ─ 11월 29일

덕노가 돌아왔다. 백미 10말, 전미(田米) 10말, 들기름 2되, 꿩 3마리를 실어 왔다. 체직될 때가 되었으므로 벼슬에서 떠난 뒤에 쓸 양식을 준비한 것이다. 이 뒤로는 이 현에서 보내는 물건은 아주 끊어질 것이다. 감장 3말도 보내왔다.

◎ ─ 11월 30일

최판관이 찾아와서 그간의 회포를 풀었다. 수제비를 만들어 대접했다. 날이 저문 뒤에 돌아갔다.

12월 큰달 -6일 대한(大寒), 8일 납일(臘日), 22일 입춘(立春) -

◎ — 12월 1일

덕노가 내일 어물을 사러 고원(高原)* 땅에 가므로 정목 1필, 차목(次木) 1필 반, 말먹이 콩 3말, 양미(糧米) 1말 5되를 주어 보내고, 말 1마리의 짐을 반으로 나누어 그 물건을 팔아서 사라고 일렀다. 그러나 이 사내종의 일은 매번 계획과 어긋나니, 필경 뜻대로 되지 않을 것이다. 그러나 집에 있어도 별로 할 일이 없기 때문에 성공하든 실패하든 간에 우선 시켜 보는 것이다.

저녁에 관아의 사내종 풍금이가 왔다. 편지를 보니, 사직 단자를 가지고 간 사람은 아직 돌아오지 않았다고 한다. 절편 1바구니, 꿀 4되, 꿩 6마리를 가져왔다. 꿩으로는 언명의 포목 값을 준비하려고 하는데,

....
* 　고원(高原): 함경북도에 있는 고을이다. 서쪽은 낭림산맥에 의하여 평안남도 양덕군과 경계를 이루고, 남쪽은 문천군, 북쪽은 영흥군과 접하고 있다.

보내온 꿩의 양이 넉넉하다.

◎ ― 12월 2일

덕노와 생원(오윤해)의 사내종 춘이가 떠나갔다. 철령(鐵嶺) 이북에서 어물을 사기 위해서이다.

◎ ― 12월 3일

언명의 종 춘희가 아프다고 하며 돌아가지 않았다. 그대로 머물면서 차도가 있기를 기다려 떠날 것이라고 한다.

◎ ― 12월 4일

춘금이와 김담 등이 돌아왔다. 편지를 보니, 사직 단자의 회보에 헤아려서 아뢰려고 우선 남겨 두었다고 써 보냈기 때문에 오늘 근친하겠다고 한다. 김담도 일수(日守)*의 명단에서 제하고 도로 보인(保人)*으로 정했다고 한다. 기쁘다. 꿩 2마리, 노루 1마리를 구해 보냈다. 저녁에 평강(오윤겸)이 와서 온 식구가 방 안에 둘러앉아 이야기를 나누다가 밤이 깊어서 잤다.

◎ ― 12월 5일

평강(오윤겸)은 그대로 머물렀다. 어제 백미 2말, 참깨 2말을 가지

....
* 　일수(日守): 칠반천역(七般賤役)의 하나로, 지방 관아에서 잡무를 맡아 보던 하인이다.
* 　보인(保人): 평민 남자가 부담하던 국역(國役)의 일종이다.

고 왔다. 매 2마리가 잡은 꿩 6마리를 가져왔기에 4마리를 구워서 온 식구가 함께 먹었다. 평강(오윤겸)이 체직된 뒤에는 얻어먹을 수 없기 때문에 모두 한집에 모여서 각각 다리 2개씩 먹었다. 춘희는 돌아갔다.

◎ ─ 12월 6일

평강(오윤겸)은 그대로 머물렀다. 최판관이 찾아왔기에 수제비를 대접했다. 평강(오윤겸)을 보러 온 것이다. 근처 사람들이 모두 와서 소지(所志)를 바치며 무언가를 바라는 자가 많았지만, 평강(오윤겸)은 체직될 것이라 관인(官印)을 열어 공무를 처리할 수 없다고 말하여 보냈다.

매 2마리가 잡은 꿩 4마리를 가져왔다. 모두 말렸다가 제사 때 쓰려고 한다. 박문재가 전병 1바구니를 가져왔다.

들으니, 춘희가 말지 고개를 넘어 고개 밑에 사는 백성 고막근의 집에 들어가서 병으로 더 가지 못하고 그대로 머물러 있다고 한다. 내일 언신에게 찾아가 병 상태를 물어보고 와서 고하도록 했다. 그러나 바꿀 포목과 꿩 11마리, 어머니께 드릴 꿩 2마리, 노루 다리 1짝, 남매의 집에 보낼 꿩 1마리, 언명이 기르던 닭 9마리를 지고 갔는데, 어떻게 처리했는지 모르겠다. 만일 여러 날 머문다면 닭이 오래 살아 있지 못할 것이다. 걱정스럽다. 사동 밭의 차조를 타작했더니, 전섬으로 1섬 10말이다.

◎ ─ 12월 7일

이른 아침에 평강(오윤겸)이 떠나서 현으로 돌아갔다. 모레 철원으

로 가서 첩은 거기에 머물게 하고 저는 결성으로 간다고 한다. 작별할
때 심사가 망연하여 밤새 잠을 이루지 못했다. 이 뒤로는 현의 물건을
받아 쓰는 일이 아주 끊어진다. 몹시 슬프고 한탄스럽다. 윤함과 진아
어미는 모두 먼 곳에 있어서 소식이 통하지 않은 지 오래이고, 늙으신
어머니와 아우 하나도 한양으로 돌아갔다. 그런데 또 윤겸을 멀리 떠나
보내고 다만 두 아이와 처자들과 함께 깊은 산골 속에 그대로 있을 뿐
이다. 이 뒤로는 아마 소식도 전해 듣기 어려울 것이다. 이러한 심정을
어찌 말로 다 하겠는가. 몹시 시름겹고 애가 탄다.

매(수지니)는 여기에 남겨 두고 김업산에게 길들여 날리게 해서 꿩
을 나누어 쓸 생각이다. 산지니는 평강(오윤겸)이 가져갔다. 언춘 밭의
흰 조를 타작했더니, 전섬으로 2섬 6말이 나왔다. 2말은 생원(오윤해)
의 집에 보냈다.

◎ ─ 12월 8일
춘금이를 현에 보내서 평강(오윤겸)이 떠나는 것을 본 뒤에 와서
알리게 했다.

◎ ─ 12월 9일
업산의 매가 어제 잡은 꿩 2마리를 가져왔다. 박언방이 현에서 와
서 윤겸이 오늘 철원으로 떠날 것이라고 했다. 그러나 아직 자세히 알
수 없으니, 아마 춘금이가 오기를 기다린 뒤에야 알 수 있을 것이다. 간
밤에 눈이 내렸다. 오후부터 집사람의 몸이 불편하고 또 오른쪽 팔이
아파 밤새도록 앓았다. 걱정스럽다.

◎ — 12월 10일

집사람은 조금 차도가 있다. 춘금이가 오늘 오지 않으니 까닭을 모르겠다. 들으니, 평강(오윤겸)은 어제 이미 떠났고 그 첩은 오늘 떠났다고 한다.

쥐들이 메밀 1섬을 다 먹어서 남은 것을 다시 되어 보니 8말뿐이고 12말이 없어졌다. 몹시 밉지만 어찌하겠는가. 이는 고양이가 없기 때문이다. 즉시 앉아 있는 마루 오른쪽에 옮겨 두었다. 매우 간절히 고양이를 구해 보지만 이곳에는 고양이를 기르는 집이 드물어 비록 새끼 고양이가 있어도 반드시 포목을 받으려고 하고 그렇지 않으면 주지 않는다고 한다.

◎ — 12월 11일

김업산의 매가 잡은 꿩 2마리를 가져와 바쳤는데, 1마리는 동쪽 집에 주었다. 춘금이가 현에서 돌아왔다. 편지를 보니, 평강(오윤겸)은 아직 머물러 있고 그 첩은 얼굴에 작은 종기가 났는데 붓고 통증이 있기 때문에 큰 병인가 싶어 그대로 놓아두고 갈 수 없어서 다시 오늘내일 살펴보다가 떠나겠다고 한다. 몹시 걱정스럽다. 노루고기, 절인 대구, 생전복 조금을 보내왔다. 그저께 떠났다는 말은 헛말이었다.

◎ — 12월 12일

평강(오윤겸)이 떠났다는 소식은 아직 듣지 못했다. 떠났다면 반드시 편지를 보내고 갔을 것이다. 다만 그 첩의 얼굴에 종기가 났다고 하는데, 지금은 어떠한지 모르겠다. 걱정스럽다.

요새 날이 흐리고 흙비가 내려 오래도록 해를 보지 못했다. 봄처럼 따뜻해서 지붕의 눈이 다 녹아 추녀의 물이 비 내리듯 하고 길이 몹시 질다. 평강(오윤겸)이 이와 같은 진흙길에 어떻게 갈지 모르겠다. 걱정을 그칠 수 없다.

생원(오윤해)의 사내종 안손이 어제 비로소 돌아왔다. 전날에 말이 절어서 같이 오지 못했던 것이다. 토당의 편지와 봉산 딸의 편지를 보니 모두 무사하다고 한다. 몹시 기쁘다. 딸의 편지는 지난달 18일에 써서 광노의 집에 보냈던 것인데, 이제 비로소 와서 전했다.

◎ ─ 12월 13일

이훤이 그 형 이명(李明), 그 서삼촌(庶三寸) 능림령(綾林令)*과 함께 찾아왔다. 이명은 원성군(原城君)*의 적선이며, 능림령은 비첩(婢妾)의 아들이다. 마침 일이 있어서 그 아우 훤의 집에 왔다가 그 길에 와 본 것이다. 난리 뒤에 처음으로 만났다. 위아래 일행에게 아침과 저녁 식사를 대접했다. 그대로 여기에서 잤다.

◎ ─ 12월 14일

이른 아침에 이명 등이 떠나갔다. 현의 아전 전언홍(全彦弘)이 와서 보고 말하기를, 평강(오윤겸)은 지난 11일에 철원으로 갔는데 장계(狀 啓)는 5일에 이미 올렸다고 한다. 12일에 철원 부사가 현에 와서 봉고

....
* 능림령(綾林令): 이탁(李偉)의 아들 이능윤(李能胤)이다.
* 원성군(原城君): 성종의 왕자인 익양군 이회의 손자이며 용천군(龍川君) 이수한(李壽鶾)의 둘째 아들인 이탁이다.

(封庫)*했고, 평강(오윤겸)의 첩은 어제 떠나갔다고 한다. 장계의 내용은 어떠한 것이었는지 자세히 모르겠다. 오늘내일 중에 아마 결성으로 향할 것이다.

저녁에 현의 사람이 와서 철원 부사가 보낸 백미 10말, 전미(田米) 10말, 콩 1섬, 감장 5말, 꿀 3되를 실어다 주었다. 장무도 소주 3선을 보냈다. 즉시 답장을 써서 보냈다. 생원(오윤해)이 업산의 매를 빌려 날려서 꿩 2마리를 잡았다.

◎ ─ 12월 15일

풍금이가 철원에서 왔다. 어제 이천 현감이 평강(오윤겸)의 행차를 가서 보고 사람과 말을 이천으로 보내 양식을 구해 가서 평강(오윤겸) 의 첩이 먹게 하라고 했단다. 이 때문에 평강(오윤겸)이 즉시 자신을 이천으로 가도록 했으므로 그 길에 여기를 지나다가 들렀다고 한다.

그편에 들으니, 평강(오윤겸)은 오늘 아침에 파산(坡山, 파주)으로 갔다고 한다. 철원 부사는 평강(오윤겸)의 첩이 머무는 곳에 백미 3말, 전미(田米) 3말, 김치, 장 등을 보냈다고 한다. 만일 다달이 이렇게 보내 준다면 먹는 데 도움이 될 것이다. 또 들으니, 평강의 새 현감은 좌상 이덕형(李德馨)*의 부친이라고 한다. 그러나 아직 정확히 알 수는 없다.

....
* 봉고(封庫): 수령이 파면된 후 물품의 출납을 못하도록 창고를 봉하여 잠그는 일이다.
* 이덕형(李德馨): 1561~1613. 임진왜란 때 정주까지 선조를 호종했고, 청원사로 명나라에 파견되어 파병을 성사시켰다. 한성부 판윤으로 명나라 장수 이여송(李如松)의 접반관이 되어 전란 중 줄곧 같이 행동했다. 형조판서, 영의정 등을 지냈다.

◎ — 12월 16일, 17일

김억수의 작은 매가 개에게 해를 당했다고 한다. 아깝다. 어떤 사람이 포목 5단을 가지고 다니면서 파는데, 아까워서 팔지 못하다가 끝내 여기까지 왔다고 한다. 우습다.

◎ — 12월 18일

풍금이가 이천에서 돌아왔다. 이천 현감이 겉조 10말, 태(太) 5말, 전미(田米) 5말, 두(豆) 2말, 감장 2말, 날꿩 2마리를 평강(오윤겸) 첩의 집에 보내 주었다. 이것으로 보태 쓸 수 있게 되었다. 기쁘다. 이곳에도 꿩 2마리와 닭 2마리를 보내왔다.

◎ — 12월 19일, 20일

덕노가 지금까지 돌아오지 않는다. 김억수가 내일 한양에 가기 때문에 한세에게 제수를 지워 함께 보내려고 한다. 제수를 마련하기 위해 업산에게 매를 날려 꿩을 잡게 했다. 인아가 직접 가 보았는데, 겨우 2마리를 잡았다.

민시중이 현에서 돌아와 방백이 올린 장계의 내용을 베껴서 보여 주었다. 그 대략적인 내용은 다음과 같다.

"평강 현감은 담증(痰證)을 심하게 앓아 오래 직무를 버려두어 적체된 일이 많기에 속히 파면시키도록 재삼 장계를 올렸거늘, 우연한 병이니 조리해서 공무를 행하라고 써 보내셨습니다. 현감이 또 올린 소장에 '병세가 날로 심해져서 담(痰)덩이가 뭉쳐 이것이 종기가 되어 쑤시고 아파서 몹시 괴롭고 몸이 추웠다 더웠다 자주 변하니 역시 종기 증세 같습니다. 증세가 몹시 위급하여 요 며칠은 전혀 일을 보지 못하고 밤새 아파서 등불을 밝히고 밤을 새우고 있으니, 공무(公務)가 긴급하고 민역(民役)이 번다한 이런 시기에 오래도록 하리에게 맡겨 두면 폐단을 야기하는 것이 적지 않습니다. 공사(公私)를 참작하시어 속히 파직시키기를 바랍니다.'라고 했습니다. 그 전후의 실상을 보고 들은 바를 참고하면 과연 실제 병인 것 같습니다. 오늘같이 일이 많은 때에 오래도록 관청의 일을 비워 두는 것은 몹시 허술하오니, 현감을 속히 파면시키고 자상하고 부지런한 사람을 특별히 골라서 임명하시옵소서. 2, 3일 사이에 급히 보내 주시도록 장계를 올립니다."

현감으로 이성민(李聖民),[*] 이결(李潔), 신순일이 망(望)에 올랐는데, 이성민이 낙점되었다고 한다. 그는 이덕형의 부친으로, 지금 통진(通津)의 농장에 있다고 한다.

◎ ― 12월 21일

한노를 내일 올려 보내려고 같이 입회하여 제수를 꾸렸다. 날꿩 2마리, 닭 1마리, 식해 3사발, 대구 1마리, 말린 열목어 2마리, 말린 꿩 1마리, 말린 가자미 4마리, 메밀 1말, 차좁쌀 5되, 기름 짤 참깨 3되를 보냈다. 조부모와 선친 제사의 제수이다. 밥쌀과 떡쌀은 일찍이 토당에 두었다. 죽전 숙부 내외분과 죽은 딸의 제수는 이 속에 들지 않았다. 어머니께는 차좁쌀 1말, 메밀 1말, 날꿩 2마리, 말린 꿩 1마리를 보내 드

....
* 　이성민(李聖民):《쇄미록》원본에는 이민성(李民聖)으로 표기되어 있으나, 실록 등을 근거로 이성민(李聖民)으로 정정했다.

리고, 남매의 집에도 꿩 1마리를 보냈다. 이현(泥峴)의 죽은 아우의 묘와 동쪽 집에도 갖추어 보냈다.

다만 김억수가 언 길에 소를 끌고 갈 수 없다고 해서 한노가 가는데, 같이 갈 사람이 없다. 걱정스럽다. 많이 보내고 싶어도 달리 구할 물건이 없는데다 짐까지 무거우니 어찌하겠는가. 모두 평강(오윤겸)이 체직되었기 때문이다. 덕노도 오지 않으니, 아마 곧장 한양으로 갔나 보다.

◎ — 12월 22일

새벽부터 눈이 내리더니 아침에는 많이 내리고 종일 그치지 않아 거의 한 자 넘게 쌓였다. 올해 눈은 10월 이후로 연일 내리는데, 오늘 눈은 또 근래 없던 폭설이다. 평강(오윤겸)이 떠나간 지 이미 8일이 되었으니, 여정을 따져 보면 오늘내일 중으로 결성에 도착하겠다.

◎ — 12월 23일

덕노가 어두울 때 돌아왔다. 어물이 몹시 귀해서 사지 못하고 다만 쌀로 바꾸어서 실어 왔다고 한다. 그가 한 일을 보니, 이문을 남기기는 커녕 본전을 잃지 않은 것만도 다행이다. 또 발이 얼었다고 핑계를 대면서 설 전에는 한양에 가지 못하겠다고 한다.

◎ — 12월 24일

언신이 오늘 한양에 간다고 하기에 날이 밝기 전에 한노에게 제수를 가지고 가게 했는데, 앞고개가 눈으로 막혀서 사람이 통행하지 못하므로 언신이 가지 못했다. 한노도 혼자 갈 수 없어서 도로 왔다. 새해가 이미 임박했건만 이곳에는 다시 한양에 가는 자가 없고, 한노 혼자 보낼 수도 없는 형편이다. 몹시 걱정스럽다.

◎ — 12월 25일

김업산이 꿩 1마리를 잡아 보냈다. 연일 눈이 내려서 날리지 못했다고 핑계를 댄다.

◎ — 12월 26일

한세가 오늘 비로소 한양에 갔다. 저가 혼자 가지 않으려고 해서 할 수 없이 덕노에게 말에 짐을 실어 가지고 연천 큰길까지 갖다 주도록 하여 거기에서 지고 가게 한 뒤에 돌아오게 했다. 짐이 무거워서 차좁쌀 1말은 놓아두고 갔다. 후일에 덕노가 갈 때 보낼 계획이다. 업산이 꿩 1마리를 갖다 바쳤다.

◎ — 12월 27일

덕노가 한세를 데리고 도랑촌(道郞村)까지 가서 큰길을 알려 주고 돌아왔다.

◎ — 12월 28일

수이에게 황촌의 반직(半稷)을 소에다 실어 오게 했다. 온 집안의 계집종들의 급료로 나누어 주었는데, 1말이 줄어 있었다.

◎ — 12월 29일

김업산이 꿩 2마리를 갖다 바쳤다. 매의 날개가 젖어서 많이 날릴 수가 없다고 한다.

◎ — 12월 30일

인아가 매를 날리는 곳에 가 보았다. 꿩 3마리를 잡아서 1마리는 매에게 먹이고 2마리를 가져왔다. 그중 1마리는 생원(오윤해)의 집에 보내서 제사에 쓰도록 했다. 풍금이가 철원에서 왔다. 평강(오윤겸)의 편지를 보니, 한양에 도착해서 돌아오는 사람 편에 보낸 것이다.

편지의 내용을 보니, 지난 18일에 한양에 도착하여 19일에 토당으로 가서 어머니를 뵌 뒤에 떠나갔다고 한다. 새 현감은 이유선(李惟善)인데, 제배(除拜, 제수)할 때 도승지(都承旨)가 상피(相避)*인데도 망에 올려서 낙점을 받았기 때문에 여론에서 비난했으나 임금의 특명으로 부임한다고 한다.

내일은 설날이다. 한노가 제수를 지고 무사히 한양에 도착했는지 모르겠다. 이곳에는 반찬이 없어서 다만 사소한 물건으로 차례를 지낼 작정이다.

올해 우리 집에서 경작한 밭에서 나온 수량은, 크고 작은 흑태(黑太)와 적태(赤太)를 합해서 모두 평섬으로 30섬 11말, 두(豆)는 평섬으로 18섬 3말, 녹두는 평섬으로 1섬 4말, 메밀은 전섬 5섬, 기장, 피, 조

....

* 상피(相避): 일정 범위 내의 친족 간에는 같은 관사(官司)나 통속관계(統屬關係)에 해당하는 관사에 나아가지 못하게 하거나 청송관(聽訟官), 시관(試官) 등이 될 수 없게 하는 제도이다. 어느 지역에 특별한 연고가 있는 관리를 그 지역에 파견되지 못하게 하는 것도 포함된다.

가 도합 14섬 5말 5되, 참깨 9말, 들깨 13말이다. 이상 태(太), 두(豆), 녹두, 메밀, 기장, 피, 조의 합계가 69섬 3말 5되이고, 참깨, 들깨가 전섬으로 1섬 2말이다. 역의 계집종 중금의 밭에서 난 수량은, 태(太)가 평섬으로 2섬 6말 8되, 두(豆)가 평섬으로 1섬 10말, 녹두 2말, 메밀이 전섬 3섬 6말, 기장, 피, 조가 도합 전섬으로 11섬 6말 5되로, 이상의 태(太), 두(豆), 녹두, 메밀, 기장, 피, 조를 모두 합하면 18섬 11말이다. 두 곳에서 난 것을 모두 합치면 87섬 14말 5되이다. 현에서 보낸 양식은 이 수량에 포함하지 않았다. 온 집안의 위아래 식구들이 매우 많기 때문에, 경작해서 난 것이 거의 90섬이나 되고 또 생각지 않게 얻은 물건이 있었는데도 오히려 넉넉지 못함을 걱정했다. 윤겸이 체직된 뒤로는 앞으로 농사가 필시 여의치 못할 터이고 얻는 양식도 없을 터이니, 필경 버티기 어려울 것이다. 우리 집의 상황이 이루 말할 수 없는 지경이다.

경자일록 庚子日錄

1600년 1월 1일 ~ 12월 30일

1월 작은달 -7일 우수(雨水), 22일 경칩-

◎ — 1월 1일

새벽에 신주에 알현하고 차례를 지냈다. 찾아온 이웃 사람들에게 모두 술을 대접해 보냈다. 아침에 향비가 춘이의 처를 질투하기에 잡아다가 매질을 했다. 향비는 일찍이 춘이에게 시집갔다가 서로 떨어져 산 지 오래이다. 춘이의 처와 향비가 매번 서로 다툴 때마다 춘노(春奴)는 제 처를 몹시 감싸 주었다. 우스운 일이어서 매번 예사롭게 내버려두었는데, 오늘은 향비가 먼저 질투를 하기 시작했고 너무 지나치게 굴었으므로 엄히 다스려 경계했다.

◎ — 1월 2일

윤겸의 처자가 보낸 편지를 현에서 전해 왔다. 현의 사람이 일찍이 결성에 갔다가 이제 비로소 돌아온 것이다. 지난달 8일에 써 보낸 편지이다. 윤겸은 아직 집에 들어오지 않았다고 한다. 굴 1항아리도 보내왔다. 현의 아전들도 꿩 2마리를 구해 보냈다. 세찬(歲饌)으로 쓰라는 것이다.

◎ ― 1월 3일

주부 김명세와 김린이 보러 왔기에 떡국과 술을 대접했다. 조용히 이야기를 나누고 돌아갔다. 부석사의 수승(首僧) 법희 등이 와서 보기에, 큰 잔으로 술 두 잔을 대접했다.

◎ ― 1월 4일

윤겸이 데려갔던 하인이 지난 그믐날에 돌아왔다고 한다. 편지를 반드시 보냈을 터인데 지금까지 전하지 않는다. 현의 아전 전응경(全應慶) 형제가 김억수의 집에 와서 여러 날 머물렀으니 간혹 내 집 문 앞을 지나갔을 것이다. 그런데 한 번도 와서 보지 않으니, 이 현의 하리가 매우 못된 인간인 줄 알겠다. 내일은 집사람의 생일이어서 인아의 처가 기름떡을 지졌다.

◎ ― 1월 5일

채억복과 박귀필(朴貴弼)이 와서 보고 각각 꿩 1마리씩을 바치기에, 큰 잔으로 술 두 잔을 주어 보냈다. 김업산이 오늘 비로소 와서 보고 매가 잡은 꿩 2마리를 갖다 바치기에, 먼저 큰 잔으로 술 두 잔을 준 뒤에 또 떡국 한 사발을 대접했다.

오전에 최판관을 찾아가 조용히 이야기를 나누었다. 최판관의 집에서 내게 떡과 탕을 대접했다. 날이 저물어서 돌아왔다.

◎ — 1월 6일

윤해와 윤함이 최판관을 찾아가 뵙고 돌아왔다. 저녁에 남매의 사내종 덕룡이 왔다. 지난가을에 사 놓은 태두(太豆)와 꿀을 실어 가기 위해서이다. 그러나 토당의 편지를 가지고 오지 않았으니, 이것이 아쉽다. 그러나 모두 무사하고 한노도 잘 있다고 한다.

◎ — 1월 7일

남매의 사내종 덕룡이 한양으로 돌아가기에, 차조 1말, 꿩 1마리를 구해 보내고 말먹이 콩 5되도 주었다. 모레 생원(오윤해)이 올라가기 때문에 토당에는 편지를 써 보내지 않았다. 덕룡은 제 댁(宅)의 콩 18말, 꿀 9되, 소반 3개, 나무바가지 1개를 실어 갔다. 지난가을에 무명으로 바꾸어 맡겨 두었던 물건이다.

◎ — 1월 8일

들으니, 새 현감이 어제 부임했다고 한다.

◎ — 1월 9일

생원(오윤해)이 덕노를 데리고 오늘 한양에 가려고 했는데, 간밤에 찬바람이 몹시 불어서 길이 딱딱하게 어는 바람에 고개를 넘어가기 어려운 형편이라고 한다. 이 때문에 출발을 멈추었다가 다시 2, 3일 뒤에 얼음이 녹기를 기다려서 떠날 계획이다.

아침에 북쪽 마을에 사는 조광년(趙光年)이 현에서 와서 결성의 편지를 전했다. 평강(오윤겸)을 모시고 갔던 관인으로, 돌아온 지 이미 오래되었건만 이제야 전해 준 것이다. 매우 괘씸하지만 어찌하겠는가. 이제 윤겸의 편지를 보니, 철원에서 떠난 지 9일 만에 결성에 도착했는데 가는 길에 일행들이 모두 무사했고 처와 아이도 잘 있다고 한다. 매우 기쁘고 위로가 된다. 지난 섣달 25일에 쓴 편지이다. 업아는 제 아비의 얼굴을 알아보고 바로 와서 안겼다고 한다. 매우 사랑스럽다. 말린 민어 1마리, 굴젓 1항아리, 소금 조금을 보내왔다.

김업산의 매가 잡은 꿩 5마리를 갖다 바쳤다. 이틀 동안 잡은 것이라고 한다. 한양에 3마리를 보내고 동쪽 집에 1마리를 보내서 윤해의 노자로 쓰게 하고, 또 1마리는 말렸다가 보름의 차례에 쓰려고 한다.

수학매의 사내종 풍금이가 말을 가지고 왔다. 전날에 맡겨 둔 쌀과 두(豆)를 실어 가기 위해서이다.

◎ ― 1월 10일

풍금이가 돌아갔다. 요즘 길에 얼음이 녹지 않아서 우마(牛馬)가 다니기 어렵지만, 한양에 갈 일이 급하기에 할 수 없이 내일 생원(오윤해)이 출발하기로 확정하고 행장을 꾸렸다.

◎ ― 1월 11일

생원(오윤해)이 덕노를 데리고 한양으로 떠났다. 덕노의 말에는 바꿀 쌀을 싣고 암소에는 팥 15말과 닭 11마리를 실어 보내서 3새 베로 바꾸게 했다. 모든 일을 생원(오윤해)에게 지시해 주고 광노를 시켜 매매하게 했다.

어머니께는 꿩 3마리, 녹두 1말, 차좁쌀 1말, 차조떡 1바구니를 보냈다. 암소는 토당의 사내종 광진에게서 황소로 바꾸기 위하여 끌고 가게 한 것이다.

◎ — 1월 12일

업산의 매가 잡은 꿩 1마리를 그 아비 오십동(五十同)이 갖다 바치기에, 큰 잔으로 술 두 잔을 먹여 보냈다.

저녁에 민시중이 현에서 돌아와 새 현감의 첫 정사를 말해 주었다. 매사를 모두 예전대로 해서 아직은 아전이나 백성의 근심거리가 별로 없고, 관아에서 지공(支供)*할 곳은 다만 두 군데로 하며, 상처한 뒤에 비첩만을 데리고 있고, 노비는 각각 5명이라고 한다. 충아는 제 아비가 한양에 간 뒤에 비로소 와서 《사략》 둘째 권을 배운다.

◎ — 1월 13일, 14일

업산의 매가 잡은 꿩 2마리를 갖다 바쳤다. 고한근(高漢斤)이 숯 1섬을 갖다 바쳤다. 지난겨울에 2섬만 갖다 바쳐서 1섬은 받지 못했는데, 새 현감이 독촉할까 두려워서 갖다 바친 것이다.

◎ — 1월 15일

대보름이어서 약밥을 만들어 차례를 지냈다. 꿩 2마리로 탕과 적을 만들어 지냈다. 집에 찹쌀과 과일이 없어서 겨우 조금 구해서 다만

....
* 　지공(支供): 사신이나 감사가 지나가는 고을에서 이들을 맞이하는 데에 필요한 전곡(錢穀)
　　이나 역마(驛馬) 등을 공급하는 일을 말한다.

신주에 올렸을 뿐이다. 또 차조밥을 지어 온 집안의 계집종들에게 나누어 먹였다. 생원(오윤해)의 여정을 따져 보니, 어제 한양에 도착했을 것 같다.

◎ ─ 1월 16일

현의 아전 전응경이 돌아갈 때 답장을 써서 이은신에게 주고, 또 녹두 1말을 주어 보냈다. 얻고자 했기 때문이다.

저녁에 전업이 현에서 돌아와서 이은신의 답장을 보았다. 현의 예방(禮房)도 편지를 전했는데, 금년의 과거 날짜를 보내왔다. 그것을 보니, 생원·진사 초시는 2월 9일이고, 문·무과 초시는 3월 6일이며, 생원·진사 복시(覆試)는 8월 8일이고, 방방(放榜)*은 같은 달 24일이다. 문·무과 복시는 9월 10일이고, 전시는 같은 달 25일이며, 방방은 10월 3일이다. 이 도의 공도회(公都會)*의 경우, 문과는 양구(楊口), 무과는 춘천, 감시는 양양(襄陽)에서 한다고 한다. 감시 날짜가 이미 임박했는데, 윤함이 좋은 종이를 구했는지 모르겠다. 어떻게 구할까. 이 때문에 매우 걱정스럽다.

◎ ─ 1월 17일

홍범이 지나가는 사람 편에 편지를 보내 안부를 묻고 농기(農器)와

....

* 방방(放榜): 대과에 급제하거나 소과에 입격한 사람에게 홍패(紅牌) 또는 백패(白牌)를 주는 일을 말한다. 창방(唱榜)이라고도 한다. 문·무과는 붉은 종이에 이름을 쓰고, 생원과 진사는 흰 종이에 이름을 썼다.
* 공도회(公都會): 관찰사나 유수들이 해마다 관내의 유생들을 대상으로 치르는 소과 초시를 말한다.

나무바가지를 구하기에 답장을 써서 보냈다.

◎ ─ 1월 18일

업산의 매가 잡은 꿩 1마리를 갖다 바쳤다. 그러나 매가 상처를 입었다고 한다. 걱정스럽다. 홰에 앉혀 놓고 낫기를 기다려서 날리라고 일러 보냈다.

◎ ─ 1월 19일, 20일

언신이 와서 내일 번을 설 때 먹을 양식을 실어 가지고 한양에 간다고 했다. 이 때문에 안부편지를 써서 토당에 보내고 꿩 1마리를 주어 전하게 했다. 덕노가 어제오늘 올 때가 되었는데 오지 않는다. 그 까닭을 모르겠다. 김언보도 와서 보기에, 큰 잔으로 술 한 잔을 대접해 보냈다.

연일 날이 음산하고 때로 눈비도 날렸다. 홀로 산골짜기 속에 있어 한양 소식을 전혀 알지 못하니 꼭 소경이나 귀머거리 같다. 아침저녁의 반찬이 이미 떨어져서 소금과 간장으로만 먹는데, 소금과 간장도 떨어질 지경이다. 어찌할 수가 없다. 매도 다쳐 홰에 앉아 있어서 날리지 못한다. 안타깝다.

◎ ─ 1월 21일

덕노가 돌아와서 생원(오윤해)의 편지를 보니, 무사히 한양에 도착했다고 한다. 토당에 계신 어머니의 편지와 아우의 편지도 왔다. 위아래 식솔들이 모두 평안하다고 한다. 몹시 기쁘다. 어머니께서 세시

(歲時)에 쓰라고 강정 1바구니를 보내셨기에, 온 집안사람들이 같이 먹었다.

덕노가 가지고 간 닭 10마리를 청포(靑布) 2필로 바꾸어 왔다. 그러나 닭 1마리가 없어졌다고 한다. 만일 도중에 도둑맞지 않았다면, 덕노가 제 맘대로 쓴 것이다. 괘씸하다. 식기(食器)는 값이 비싸서 못 샀다고 한다.

또 끌고 간 암소는 토당에 사는 사내종 광진의 황소와 바꾸었는데, 팥 4말을 더 주었다고 한다. 이 소는 여섯 살이나 되었는데도 체구가 적어서 짝지어 밭을 갈지 못할 듯하다. 또 사람을 뿔로 받아서 아이들은 끌고 다니지 못한다고 하니, 이 점이 아쉽다. 두(豆) 5말을 소금 6말 5되로 받아 왔는데, 다시 되어 보니 겨우 5말 4되였다.

또 왜국의 소식을 들으니, 오는 봄이나 여름 사이에 기필코 침략한다고 하기 때문에 사람들이 모두 미리 피난 갈 차비를 한다고 한다. 늙은 어머니 때문에 몹시 걱정스럽다. 이뿐만이 아니라, 전라도와 충청도 사이에 토적(土賊)*도 기승하여 심지어 대낮에 저자에서 버젓이 남의 재물을 약탈하는데도 관에서 금하거나 체포하지 못한다고 한다. 방자하고 거리낌이 없는 것을 알 만하다. 더욱 걱정스럽다.

◎ ― 1월 22일, 23일

덕노가 바꾸어 온 무명 4필을 갖다 바치기에 2필은 도로 주어서 다시 바꾸어 오게 했다. 다만 두 번 왕래하는 동안 식량과 콩이 많이 들

....

* 　토적(土賊): 특정 지방을 중심으로 일어나는 도둑 떼를 말한다. 토구(土寇)라고도 한다.

어서 바친 거친 무명 4필에서 말 값을 제하니 내어 준 무명 2필 반을 빼고 남은 것이 1필에 불과하다. 여기에서 말을 세놓아 쓴 것만도 못하다. 그러나 덕노의 처가 식량을 마련할 길이 없기 때문에 우선 그렇게 하게 했다.

◎ ― 1월 24일

현의 통인 만세가 마침 일이 있어 여기에 왔다가 찾아왔고, 새로 온 현감의 정치 실적과 한 일에 대해서 들려주었다. 그편에 편지를 써서 이직장(李直長, 이은신)에게 보냈다.

김억수가 현에 들어가다가 길에서 매가 연달아 꿩을 잡는 것을 보고는 그물을 쳐서 잡아 가지고 왔다. 매를 보니 산지니로, 발목에 가죽이 매여 있고 방울이 그대로 있었다. 아마 남이 잃어버린 매인 듯하다. 발목에 매인 가죽을 잘라 주게 했다.

◎ ― 1월 25일, 26일

현의 아전 전응경이 일이 있어 여기에 왔다가 찾아 주었다. 요새 한양 소식을 전혀 듣지 못하니, 어머니의 안부가 어떠한지 몹시 걱정스럽다.

◎ ― 1월 27일

김업산의 아들이 꿩 1마리를 갖다 바쳤다. 가만히 들으니, 업산이 한양에 간 뒤로 매가 병이 나서 홰에 앉혀 두었다고 핑계를 대고는 날마다 몰래 날린다고 한다. 이 때문에 어제 인아에게 가 보게 했더니 그 아들이 매를 가지고 나가 버리고 집에 없었는데, 그 할아비가 둘러대기를 먹을 것이 없어서 이제 처음으로 나가서 날리는 것이라고 했단다. 괘씸하고 얄밉다. 오늘 매를 가져오게 한 뒤 전풍에게 날리게 하여 꿩 1마리를 잡았다. 인아도 가 보았다.

◎ — 1월 28일

또 전풍에게 매를 날리게 하여 꿩 2마리를 잡았는데, 1마리는 전풍에게 주어 며칠 동안의 노고에 보답했다. 저녁에 윤겸의 첩이 와서 보았다. 철원에 있는 우거지에서 온 것인데, 오래 머물게 했다가 보낼 생각이다. 갯지가 모레 결성에 간다고 하기에 편지를 써 보냈다.

◎ — 1월 29일

내일은 죽은 딸의 기일이다. 둘째 딸이 계집종들을 데리고 제사 음식을 준비했다. 집사람이 어제부터 몸이 편치 않아 누워서 일어나지 않는다.

또 전풍에게 매를 날리게 하여 꿩 2마리를 잡았는데, 1마리는 따라다니는 사람에게 주었다. 김업산이 한양에서 돌아왔기에 즉시 매를 도로 주어 보내서 앉혀 두고 먹이다가 며칠 뒤에 날리게 했다.

2월 작은달 -8일 춘분, 22일 한식, 23일 청명-

◎ — 2월 1일

죽은 딸의 기일이다. 새벽에 인아에게 제사를 지내게 했다. 모습을 떠올려 보니 얼굴이 눈에 선하여 우리 내외가 서로 마주보고 하염없이 슬피 울었다. 이는 3년이 지난 뒤의 첫 번째 제사이다. 슬프다.

김언신이 전날 한양에 갈 때 토당에 편지를 써서 보냈는데, 중도에 잊어버리고 도로 가지고 왔다. 몹시 밉살스럽다. 꿩은 광노에게 주고 전해 보내라고 했단다.

은개의 남편 수이가 경기 남쪽에서 왔다. 올 때 율전과 토당에 들러서 자고 편지를 받아왔다. 어머니의 편지와 아우의 편지를 보니, 모두 평안하다고 한다. 매우 위안이 된다. 그러나 생원(오윤해)의 편지를 보니, 말의 발에 아직도 차도가 없어서 출입을 하지 못하는데 며칠 안으로는 완전히 낫지 않을 듯하여 몹시 걱정스럽다고 한다. 전라도에는 토적이 몹시 기승한다고 하니, 이루 형용할 수 없는 지경이다. 최중운이 찾아와서 조용히 이야기를 나누었다. 술과 국수를 대접해 보냈다.

언세(彦世)가 어제부터 왼쪽 무릎이 쑤시고 아파서 걷지를 못하니 나무를 할 사람이 없다. 걱정이다.

◎ ― 2월 2일

풍금이가 대구 1마리와 알 1쪽을 갖다 바쳤다. 영동에서 사 온 것이다.

◎ ― 2월 3일

덕노가 한양에 가는데, 자기가 바꿀 무명을 가지고 꿩과 닭을 사 갔다. 팥 4말, 말먹이 콩 3말을 보냈다. 내가 보름 뒤에 한양에 가려고 하기 때문에 먼저 어미 닭 6마리와 황랍 1근을 보냈다. 이것은 집사람의 식기를 사기 위한 것이다.

토당 어머니께도 두(豆) 1말, 꿩 1마리, 산삼떡 1바구니를 보냈다. 한식 제사에 쓸 메밀 1말 2되, 두부콩 1말, 누룩 반 덩어리도 먼저 보냈다. 생원(오윤해)의 사내종 춘이도 말을 끌고 가기에 편지를 써서 율전에 보냈다.

◎ ― 2월 4일, 5일

하목(夏木)을 베려고 했으나 언신과 김담이 오지 않았다. 몹시 괘씸하지만 어찌하겠는가. 이 때문에 일을 할 수가 없었다. 종일 센 바람이 불고 저녁에 비가 내렸다. 올 겨울에 종자 벌 3통이 얼고 굶어서 죽었다. 아깝다.

◎ — 2월 6일

네 사람에게 하목(夏木)을 베게 했다. 다만 가까운 곳에는 벨 곳이 없어서 5리 밖에서 베어 쌓았다. 실어 들일 때는 하루에 두세 번을 넘지 못하고, 아이 좋은 날마다 실어 올 수도 없는 형편이다. 안타깝다.

◎ — 2월 7일, 8일

업산이 날리는 매가 콧병에 걸렸다고 한다. 이는 아끼지 않고 함부로 날린 까닭이다. 결국에는 버리게 될 것이다. 아깝다. 내일은 감시(監試) 초장이다. 윤함이 어떻게 하고 있는지 모르겠다. 매우 걱정스럽다.

◎ — 2월 9일

인아가 김현복이 병작한 중금의 밭을 타작하는 모습을 가서 보았다. 흰 조 19말이 나왔고, 단은 아직 타작하지 않았다.

◎ — 2월 10일

전풍 밭의 콩을 타작했더니, 평섬으로 7섬이 나왔다. 수이에게 1말 5되, 언신에게 1말을 주었다.

◎ — 2월 11일

오늘이 감시이니, 생원(오윤해)이 시험을 보는 날이다. 매(수지니)의 코 울음소리가 그치지 않아 쑥뜸을 했다고 한다.

◎ ─ 2월 12일

평강(오윤겸) 첩의 어미의 기일이다. 마침 여기 와 있으므로 제수를 차려 지내게 했다. 주부 김명세가 찾아왔다.

눈이 날리고 바람도 불어서 마치 한겨울처럼 날이 몹시 차다. 덕노는 올 때가 지났는데 오지 않는다. 무슨 일인지 모르겠다. 내가 한식에 맞추어 올라가려고 하는데, 사내종과 말이 지금까지 오지 않는다. 걱정스럽다. 들으니 이제독(李提督)*이 남쪽으로 내려갔다고 하는데, 가져간 말이 쇄마로 차출되지 않을까 몹시 걱정스럽다.

◎ ─ 2월 13일

안협에 사는 부자 김지학(金之鶴)이 먹을 구하여 수륙재(水陸齋)* 때 쓴다고 하기에, 보통 때 쓰는 먹 조금을 주었다. 술을 주었더니 재계하기 때문에 사양하고 마시지 않았다. 우습다.

◎ ─ 2월 14일

수이에게 조인손 밭의 청태(靑太)를 타작하게 했더니, 평섬으로 1섬 13말이 나왔다. 5말을 덜어 내어 노비들에게 나누어 주고 또 1말을 생원(오윤해)의 집에 보내 삶아서 아이들에게 먹이게 했다.

....

* 이제독(李提督): 이승훈(李承勛, ?~?). 명나라의 장수이다. 흠차 제독 남북 수륙관병 조선 방해 어왜 총병관(欽差提督南北水陸官兵朝鮮防海禦倭摠兵官) 좌군도독부 도독동지(左軍都督府都督同知)로 기해년(1599) 7월에 나왔다가 경자년(1600) 10월에 돌아갔다. 경성(한양)에 머물렀는데, 몸가짐이 매우 공손하여 소란을 피우는 폐단이 없었다.
* 수륙재(水陸齋): 불교 법회의 하나이다. 승려들이 단(壇)을 설치하고 불경을 외우면서 예불하고 음식을 두루 보시하여 물과 육지 사이의 일체 망령들을 제도한다.

저녁에 덕노가 돌아왔다. 옻칠한 갓이 마르지 않아서 며칠 동안 머무느라 때맞추어 돌아오지 못했다고 한다. 어머니의 편지를 보니, 아무일 없이 편안히 계시다고 한다. 언명은 양지(陽智) 농막에 가서 아직 돌아오지 않았다고 한다. 가지고 가서 바꾼 무명은 당초에 2필이 본전이었는데, 이제 가져온 것도 2필이어서 한 자도 남은 것이 없다. 그냥 오가며 양식과 콩만 소비했을 뿐이다. 이 뒤로는 더 이상 이롭지도 못할 일을 저놈에게 시키지 않을 작정이다. 매우 괘씸하다.

또 들으니, 지난해에 장 15말과 비지 1동이를 담을 수 있는 독 1개가 있었는데 광노가 내 말을 더 이상 듣지 않고 먼저 제 맘대로 팔아서 겨우 은자 1냥 4돈을 받았다고 한다. 무명으로 따져 보면 4, 5필에 불과하다. 몹시 밉다. 갓 값은 은자 4돈, 중목 2필이고 쓰고 있는 갓은 은 3돈으로 계산해 주었으니 모두 계산하면 은자 1냥 1돈인데, 지금 가져온 갓은 좋지 않다. 광노가 하는 짓이 매번 이 모양이다. 분통이 터진다.

덕노에게 주어 보낸 어미 닭 6마리는 겨우 은자 3돈을 받았다고 한다. 처음 듣기에는 닭이 몹시 귀해서 4돈 반은 넘게 받을 것이라고 했는데 또 그 수가 줄었다. 몹시 괘씸하다.

◎ ─ 2월 15일
김지학이 조직(早稷) 종자 1말을 구해 보냈다. 전에 왔을 때 내가 구했기 때문이다.

◎ ─ 2월 16일
네 사람을 얻어서 조련 밭의 직(稷)을 타작했는데, 단을 미처 타작

하기 전에 비가 내려서 겨우 거두어 저장해 놓고 돌아왔다. 전섬으로 3
섬 7말이 먼저 나왔다. 단은 다 타작하지 않았는데, 전섬 1섬이 나왔다.

◎ — 2월 17일

내일 한양에 가려고 하기 때문에 행장을 꾸렸다. 그러나 집에 한
가지 물건이 없고 매가 병이 나서 날리지 못한 지 이미 오래되어서 꿩
도 구해 가지 못하니, 한양에 가서 형편에 따라 사서 쓸 예정이다. 짐을
싣고 타고 가기에 가는 동안 먹을 양식만 겨우 준비해 가고, 태두(太豆)
가 있는데도 실어 가지 못한다. 달리 팔 물건도 없다. 걱정스럽다.

◎ — 2월 18일

새벽에 식사를 하고 날이 밝기 전에 출발하여 삭녕 땅에 이르러 말
을 먹였다. 동풍이 세차게 불더니 이 때문에 오후에는 비가 내렸다. 비
를 맞으며 양태항촌의 철원 교생 이인준의 집에 이르러 잤다. 만일 비
가 오지 않았으면 지나갈 수 있었을 텐데 그렇게 하지 못했다.

◎ — 2월 19일

밤새도록 센 바람이 불고 비가 내리다가 간혹 눈도 뿌렸다. 할 수 없
이 유숙한 집에서 아침 식사를 하고 출발하니 이미 오전이다. 가사야(袈
裟野)*에 이르러 길이 질어서 여러 번 자빠지고 빠진 끝에 간신히 지나왔

....

* 　가사야(袈裟野): 평강에서 연천을 지나 한양으로 가는 길목에 가사평(加沙坪)이라는 곳이 있
　　는데, 이곳을 가리키는 것으로 추정된다.《동여도(東輿圖)》.

다. 대탄을 건너 말을 먹이고 가정자촌(柯亭子村)에서 유숙했는데, 마침 내금위 김순걸을 만나서 마초(馬草)를 빌리고 한참 동안 이야기를 나누었다. 그편에 도사 김자정의 옥사(獄事)가 밝혀졌다는 소식을 들었다.

◎ ─ 2월 20일

날이 밝자 출발하여 천천촌 세동의 집에 이르러 아침 식사를 하고 떠났는데, 오래지 않아 비가 내리더니 종일 비바람이 그치지 않았다. 누원 앞에 이르러 말에게 꼴을 먹이고 겨우 성안으로 들어가니 날이 어두웠다.

사내종들에게 도롱이가 없어서 옷이 모두 젖었고 나도 옷이 젖었다. 또 날이 저물어서 남매의 집에 들어가 보지 못하고 바로 광노의 집에 도착했다. 마침 윤해가 정시를 보러 그저께 한양에 왔다고 한다. 그편에 들으니, 자정은 오늘 무사히 석방되었다고 한다. 어제 정시의 제목은 "촌음을 아끼라는 잠(箴)"인데, 합격한 사람은 19명이라고 한다. 신요(申橈)가 장원해서 바로 전시를 보러 가고, 그 나머지 18인은 모두 급분(給分)*했다고 한다. 광노는 강화에서 아직 돌아오지 않았다.

◎ ─ 2월 21일

간밤에 바람이 불고 눈이 내려 새벽까지 그치지 않더니, 아침이 되자 비와 눈이 섞여 내려서 거의 반 자나 쌓였다. 길이 질어서 사람들이

....

* 급분(給分): 문과 초시에서 합격 점수에는 미달했으나 성적이 양호한 자에게 분수(分數)를 주었다가 다음 시험 성적과 합산하여 합격 점수에 달하면 초시 합격자와 같은 자격으로 복시에 응하게 하던 제도이다.

다닐 수가 없었다. 걱정스럽다.

쌀 5되로 대구 2마리, 은 1돈으로 소고기 1덩어리를 사 왔다. 내일 묘제에 쓸 계획이다. 오후에 윤해와 함께 출발하여 토당에 도착하니 날이 저물려고 했다. 들어가 어머니를 뵈니 온 집안의 위아래 식솔들이 모두 여전히 잘 있었다. 매우 기쁘고 위로가 된다. 내일 제사에 쓸 음식은 다른 어육이 없어서 다만 세 가지 탕과 세 가지 적 및 포뿐이다. 아우의 처자들이 제사 음식을 마련했다.

어제 오는 길에 마침 누원 앞에서 김양봉(金陽鳳)을 만나 말을 세워 놓고 한참 동안 이야기를 나누었다. 그는 이번에 산음 현감(山陰縣監)에 제수되어서 양주 땅에 성묘하러 간다고 했다.

◎ ― 2월 22일

한식이다. 아침부터 눈이 내려 산천이 모두 희니 산소에 올라갈 일이 몹시 걱정스럽다. 오전에 비로소 날이 개서 산소에 올라가 아우 및 생원(오윤해)과 함께 제사를 지냈다. 허찬도 와서 참석했다. 음복한 뒤에 파하고 내려왔다. 수이가 용산강(龍山江)에서 왔다. 그편에 들으니, 신함열이 한양에 왔다가 그길로 산소에 가서 제사를 지내고 돌아갔다고 한다. 그는 연안 땅으로 옮겨 가서 산다고 들었지만 정확하지는 않다. 토당에 머물렀다.

◎ ― 2월 23일

덕노를 부평에 있는 인아의 처갓집 종에게 보냈다. 받은 소를 끌어오는 일 때문이다. 신자방(신응구)을 찾아가 보려고 했으나 말이 마침 발을 절어서 가지 못하고 다만 편지를 써서 사람을 보내 안부를 물었다. 운산령(雲山令)이 보러 왔다. 물만밥을 대접해 보냈다.

어제 제사를 지낼 때 묘지기 사내종들이 모두 명나라 장수가 남쪽으로 내려갈 때 따라가고 없어서 부릴 사람이 부족했다. 안타깝지만 어찌하겠는가. 토당에 머물렀다.

◎ ― 2월 24일

한양에 도착해서 들으니, 이번 감시에 참가한 유생이 과장에 들어온 것이 고르지 않아 일소에는 1천 3백여 명이었고 이소에는 겨우 3백 명이었기 때문에, 진사시(進士試)는 이튿날 파방(罷榜)*했다고 한다.

이번에 온 참에 둔전답(屯田畓)을 갈려고 했으나 날이 몹시 춥고 얼음도 녹지 않아서 묘지기 사내종들에게 날이 따뜻해지기를 기다려서 일을 하도록 일렀다. 토당에 머물러 허찬과 같이 잤다.

◎ ― 2월 25일

종일 비가 내리고 그치지 않았다. 덕노가 오늘 올 텐데 오지 않으니, 아마 비 때문일 것이다. 어머니께서 무명 반 필을 한양 시장에 보내서 삶은 고기 1덩어리를 사다가 먹으라고 주셨다. 고기 값이 너무 비싸서 딱 한 주먹만 했다. 아깝다.

마침 청계사(青溪寺)*의 중 현정(玄淨)이 일이 있어서 이웃에 왔기에

....
* 　파방(罷榜): 급제된 사람의 발표를 취소하는 것을 말한다.
* 　청계사(青溪寺): 경기도 의왕시 청계산 남쪽에 있는 절이다.

불러다 이야기를 나누니 자못 무료함이 달래졌다. 그 김에 같이 잤다. 토당에 머물렀다. 내일 한양에 갔다가 그길로 돌아가려고 하는데, 이처럼 비가 내리니 답답하다.

◎ ─ 2월 26일

아침에 비가 내리고 그치지 않더니 느지막이 날이 갰다. 어머니께 인사드리고 아우와 조카와도 작별하고 한양으로 들어와 남매의 집을 찾아 중소 씨와 저녁 내내 이야기하다가 바둑 두어 판을 두었다. 저녁 식사 뒤 돌아오는 길에 김자정을 찾아가 보았는데, 마침 감사 류영길(柳永吉)* 영공이 와 있었다. 역시 젊었을 때 서로 알던 사이여서 한참 동안 옛이야기를 나누었다. 파하고 영공이 돌아간 뒤에 또 자정의 백씨(伯氏) 참봉 김업남과 이야기를 나누었다. 자정이 좋은 술을 대접했다. 밤이 깊어서 파하고 광노의 집으로 돌아오니, 이미 인정(人定)*의 종을 쳤다. 광노도 강화에서 돌아왔다.

신자방(신응구)이 돌아갈 때 편지를 써서 광노의 집에 보내 둔 것을 보니, 이달에 봉산에서 연안의 판관 박동열(朴東說)*이 머무는 집으로 옮겼는데 온 집안의 위아래 식솔들이 모두 무사하다고 한다.

....

* 류영길(柳永吉): 1538~1601. 강원도 관찰사, 경기도 관찰사, 예조참판을 지냈다.
* 인정(人定): 통행 금지 시간을 알리기 위하여 종을 치던 제도이다. 밤 10시경 종을 28번 쳐서 알렸다
* 박동열(朴東說): 1564~1622. 신응구의 막내 매부이다. 황주 목사, 성균관 대사성 등을 지냈다.

◎ — 2월 27일

들으니, 별시는 다음달 27일로 정해졌고 6백 명을 선발하는데 초장은 논과 부, 종장(終場)은 책문으로 삼소(三所)로 나누어 각각 2백 명씩 뽑는다고 한다. 강경(講經)의 경우, 삼경(三經)은 자원해서 하고 사서(四書)는 추첨해서 한다고 한다.

아침에 어머니께서 사람을 보내 안부를 묻고 그편에 버선을 만들 베를 방어 2조로 바꾸어 우리 집에 보내 주셨다. 반찬이 없다는 말을 들으시고 사 보낸 것이다. 덕노가 이제 비로소 돌아왔다. 받은 암소가 송아지 2마리를 낳았는데, 작년에 낳은 송아지는 소를 기른 자가 빼앗아 두고 주지 않아서 다만 어미 소와 송아지 1마리만 끌고 왔다.

어머니께서 내달 초에 한양으로 들어와서 남매의 집에 계시고자 하므로, 양식으로 쌀 4말 5되, 팥 8말, 전미(田米) 2말을 준비해서 미리 남매의 집으로 보내셨다. 저녁에 언명이 토당에서 찾아와서 같이 잤다. 남이상도 와서 보았다. 집사람의 식기를 사 왔는데, 본철(本鐵) 1근, 은자 4돈을 더 주었다.

◎ — 2월 28일

이른 아침에 참판 박홍로(朴弘老)* 영공에게 가 보고 조용히 이야기를 나누다가 돌아왔다. 그에게 들으니, 강원 감사(江原監司)에 이정형(李廷馨),* 강원 도사(江原都事)에 조유한(趙維韓)*이 제수되었고, 전 감사와

....

* 　박홍로(朴弘老): 박홍구(朴弘耉, 1552~1624). 원래 이름은 박홍로였는데 박홍구로 바꾸었다. 암행어사, 전라 조도어사 등을 지냈다.
* 　이정형(李廷馨): 1549~1607. 임진왜란 때 임금을 호종해서 개성부 유수로 특진되었다. 이때

도사는 가솔들을 지나치게 거느리고 살아 공박(攻駁)을 받았다고 한다. 또 조보를 보니, 왕자사부(王子師傅) 이경천이 중한 공박을 받았다고 한다. 안타까우나 어찌하겠는가. 경천은 이자미(이빈)의 처남으로 일찍이 왕자사부가 되었다.

장 항아리 2개를 팔았는데, 각각 은 1냥 4돈씩을 받았으니 도합 2냥 8돈이다. 광노를 시켜 또 포목 12필을 바꾸었는데, 1필마다 은 2돈 2푼 남짓, 혹 2돈 남짓을 주었다. 은 1돈 5푼을 백미 2말 2되로 바꾸고 또 1돈 3푼을 전미(田米) 2말 8되로 바꾸어 모두 남매의 집으로 보내서 보관해 두다가 어머니께서 오시기를 기다려서 양식으로 쓰게 했다.

인아가 암송아지를 끌고 가기가 어렵고 또 집에 사내종이 없어서 4, 5필의 소와 말에게 꼴을 먹이기가 몹시 어렵기 때문에 이를 팔게 했다. 은 2냥 6돈 5푼을 받아서 단단히 봉하고 서명을 하여 광노에게 도로 주고는 후일에 지시를 받은 뒤에 처리하라고 일렀다. 광노가 방어 1마리를 사다 바쳤다. 전날에 수이가 소금을 사려고 강서(江西)로 갔는데, 나도 쌀 1말을 주어 소금으로 바꾸어 오게 했더니 3말 5되를 받아 왔다. 다시 되어 보니 겨우 2말 5되였다.

오전에 대정동(大井洞)*에 가서 참판 이정귀 영공을 방문했고, 또 의성군(義城君)을 초청하여 함께 조용히 옛이야기를 나누었다. 또 지나

....

임진강의 방어선이 무너지고 개성이 함락되자 형 정암(廷黯)과 함께 의병을 모아 왜적을 격파했다. 이듬해 장례원 판결사로 이여송을 따라 평양 탈환전에 참가했다. 사도 도체찰부사, 예조참판 등을 지냈다.

* 조유한(趙維韓): 1558~1613. 평안도 도사, 호조좌랑, 남평 현감 등을 지냈다.
* 대정동(大井洞): 서울시 종로구 창신동에 있던 마을이다. 우물의 규모가 크고 수량도 많아서 한우물이라고 부른 것에서 이름이 유래되었다.

가다가 기성군을 찾아본 뒤에 남중소 씨의 집으로 돌아오니, 자정 형제와 언명이 모여서 내가 오기를 기다리고 있었다. 중소가 술을 사다 주었다. 각각 두어 잔씩 마시고 종일 이야기를 나누다가 저녁 무렵에 헤어졌다. 누이가 우리 형제에게 물만밥을 대접했다. 어둑할 때 작별하고 아우와 함께 광노의 집으로 와서 잤다.

◎ ─ 2월 29일

그길로 아우와 작별하고 동대문을 나와서 관왕의 주상(鑄像)*에 들어가 보니, 아직 역사(役事)가 끝나지 않아 장인이 한창 깎고 있었고 전묘(殿廟)에는 겨우 기둥을 세웠을 뿐이다. 토목공사를 크게 일으켜 상처투성이 백성이 그 괴로움을 견디지 못하니 한탄스럽다.

달려서 양주 녹양역 앞에 이르러 말을 먹이고, 또 익담촌에 이르러 사노 자근동(者斤同)의 집에서 잤다. 다만 오는 길에 말이 오른쪽 발을 절어서 걷지 못했다. 걱정스럽다. 처음에는 가정자까지는 갈 것이라고 생각했는데, 이 때문에 멀리 가지 못했다.

....

* 관왕의 주상(鑄像): 동묘(東廟)에 세워진 관우의 소상(塑像)이다.

3월 큰달 -10일 곡우(穀雨), 25일 입하-

◎ ― 3월 1일

일찍 출발했으나 말의 저는 발에 차도가 없어서 겨우겨우 가다가 혹 질고 험한 곳을 만나면 말에서 내려 걸어갔다. 간신히 대탄에 이르러 배로 물을 건너서 아침밥을 지어 먹으니 한낮이 다 되었다. 동풍이 계속 불고 때로 비가 내려서 겨우 가사야를 지났다. 걷다가 타다가 하니 전혀 앞으로 가지 못해서 겨우 연천현을 지났다. 적량촌으로 들어가려고 했으나 큰비가 내려서 할 수 없이 올 때 묵었던 양태항의 이인준 집으로 달려가 갔다. 비가 그치지 않으니 내일 갈 일이 걱정이다. 주인 집에 미역 1주지를 주었다.

◎ ― 3월 2일

바람은 세게 불지 않으나 비가 내리면서 사방이 흐리고 어둡다. 먼 산을 바라보면 마치 옥봉(玉峯)이 솟아난 듯하니, 아마 간밤의 비가 높은 산에는 눈으로 내렸나 보다. 비가 아침에도 그치지 않으니, 오늘 비가 그치기를 기다린다면 집에 들어갈 수 없을 듯하다. 노자는 단지 날짜를 계산해서 싸 왔기 때문에 여기에 와서 모두 떨어졌고, 말은 여전히 발을 심하게 전다. 몹시 걱정스럽다.

오전에 구름과 안개가 걷히면서 해가 비로소 났다. 유숙한 집에서 아침을 먹고 출발하여 산정수(山井水)를 건너 말에게 꼴을 먹이고 가사을(加土乙) 고개 밑에 이르니 해가 이미 떨어졌다. 도저히 고개를 넘을 수 없었으므로 정로위(定虜衛)* 백귀희(白貴希)의 집에서 잤다. 마침 길에서 박안세(朴安世)를 만났다. 그는 이 마을에서 멀지 않은 곳에 피난 와서 산다면서 매사냥을 해서 집으로 돌아갔다. 우연히 서로 만나 말을 세워 놓고 옛이야기를 나누었다.

박공(朴公)은 이상(二相) 박충원(朴忠元)*의 손자이자 판서 계현(啓賢)의 아들이며 판서 황림(黃霖)의 사위이다. 그의 큰아들 승종(承宗)은 전에 승지(承旨)를 지냈고, 둘째 아들 승황(承黃)은 지금 은산 현감(殷山縣監)이다. 주자동(鑄字洞)*의 옛집에서 멀지 않은 곳에 살았기 때문에 서로 알고 지낸 지 오래이다.

백귀희는 이 고을 좌수 권수의 사촌 처남이고, 권수의 장인은 갑사(甲士) 백번좌(白番佐)라고 한다. 이것으로 보아 권수가 미천하다는 것을 알 수 있는데, 이훤은 원성군의 친손자로 권수의 집에 사위로 들어

....

* 정로위(定虜衛): 여진족의 침입에 대비하고 북쪽 국경을 방비하고자 황해도, 함경도, 평안도 출신의 한량을 대상으로 시험을 보아 편성한 예비 군대이다. 1512년 6월에 처음 설치되어 광해군 무렵까지 존속했다. 용양위에 소속되었다.
* 박충원(朴忠元): 1507~1581. 대제학, 병조판서, 좌의정 등을 지냈다.
* 주자동(鑄字洞): 활자를 만들던 주자소(鑄字所)가 있던 데서 이름이 유래되었다.

갔다. 한탄스럽기 그지없다. 이훤은 비록 언행이 거칠어서 아까울 것이 없으나 문벌 출신으로서 자신이 먼저 몸을 천하게 만들었으니, 그 무지함을 또한 짐작할 만하다.

◎ ─ 3월 3일

새벽에 출발하여 달려서 집에 이르니 해가 이미 높았다. 말이 발을 저는 것은 어제 오후부터 좀 덜하고, 오늘은 또 어제보다도 덜해서 무사히 집에 돌아왔다. 기쁘다. 온 집안의 위아래 사람들이 모두 전과 같이 잘 있었다.

오늘은 삼짇날이어서 떡을 만들어 신주 앞에 차례를 지냈다. 생원(오윤해)의 식구들도 와서 모였다. 인아의 동서 조거(趙鐻)가 지난 정월에 황해도 풍천(豊川) 땅에서 병으로 죽어서 부평에서 덕노가 올 때 이근성(李謹誠)이 부음을 전했다. 후임 어미가 이 소식을 듣고 몹시 비통해 했다. 슬프다.

온 집안이 생선과 고기를 먹지 못한 지 오래여서 내가 가져온 방어의 포를 떠서 구워 저녁에 함께 먹었다. 아이들이 더 먹으려고 다투었다. 가련하다.

여기 와서 들으니, 업산에게 준 매가 지금은 완전히 나아서 날릴 수 있으나 병이 도로 생길까 두려워서 다시 10여 일 동안 홰에 앉혀 두고 기르다가 날릴 계획이라고 한다. 다만 매의 먹이가 떨어졌다고 하기에, 이곳에 버려두고 간 붕질이 먹이던 개가 있어서 이것을 잡아 주어 먹이게 했다.

◎ ─ 3월 4일

저녁에 윤겸이 결성에서 한양에 왔다가 하루 머물고 오늘 저녁에 비로소 여기에 왔다. 뜻밖에 만났으니 몹시 기쁘고 위로가 된다. 둘째 딸의 혼사를 이미 정했다고 한다. 죽은 이산 현감(尼山縣監) 김가기(金可幾)*의 아들 덕민(德民)이다. 김공(金公)은 충청도 보은(報恩) 땅에 살았는데, 지난 정유년 난리에 산속으로 피난했다가 온 가족이 왜적에게 죽고 덕민 홀로 목숨을 보전했다. 일찍이 김이산(金尼山)과는 교분이 두터웠고 덕민은 또 우리 아이들과 가장 친하게 사귀는 터여서 피차의 인품을 물을 것도 없이 이미 그 실상을 알기 때문에 가부(可否)만을 묻고 이달 22일로 날짜를 정했다고 한다. 다만 날짜가 임박했는데 혼례에 필요한 물품을 준비할 길이 없으니 몹시 걱정스럽다.

◎ ─ 3월 5일

전귀실이 무 두어 말을 가져왔기에 술을 대접해 보냈다. 밭을 갈고 삼씨를 뿌렸는데, 두 곳에 7되이다. 울타리 안에 여러 가지 채소를 심었다.

◎ ─ 3월 6일

비가 내려 종일 그치지 않았다. 부석사의 중 설운(雪雲)이 와서 보고 짚신 6켤레를 갖다 바쳤다. 그 절의 수승이 합쳐 보낸 것이다. 점심

....

* 　김가기(金可幾): 1537~1597. 오희문의 벗이며 사돈이다. 이산 현감을 지냈다. 김가기의 아들인 김덕민(金德民)은 1600년 3월에 오희문의 둘째 딸을 재취로 맞아 오희문의 사위가 되었다.

밥을 대접해 보냈다.

◎ — 3월 7일

직장 이은신이 현에서 와서 보고 머물러 잤다. 윤겸이 온 것을 들었기 때문이다. 콩 3말을 귀리 5말로 바꾸었다. 파종하기 위해서이다.

◎ — 3월 8일

덕노가 윤겸의 말을 가지고 통천군(通川郡)으로 갔다. 혼례 때 쓸 어물을 사고, 겸해서 군수에게 어물을 얻기 위해서이다. 내 말은 발을 절기 때문에 빌려서 보냈다. 이은신이 돌아갔는데, 때에 맞추어 와서 혼사를 보도록 말해 보냈다.

전풍에게 귀리밭을 갈고 5말을 파종하게 했다. 이곳은 관전(官田)이다. 판관 최중운이 보러 와서 조용히 이야기를 나누었다. 물만밥을 대접해 보냈다. 김명세, 김린, 김애일도 와서 보고 갔다. 모두 윤겸이 왔다는 말을 들었기 때문이다. 혼삿날은 임박했는데 필요한 물건을 널리 구해도 얻지 못하여 모양새를 갖출 수가 없다. 탄식한들 어찌하겠는가.

◎ — 3월 9일

자방(신응구)의 사내종 춘억 등이 연안에서 와서 자방(신응구)과 딸의 편지를 보았다. 지난달 10일 뒤에 봉산에서 옮겨 왔는데, 온 집안의 위아래 식솔들이 모두 무사하나 다만 곤궁한 것이 날로 심해져서 장차 버티지 못할 것이라고 한다. 탄식한들 어찌하겠는가. 이곳에 맡겨 둔 곡식으로 포목을 사러 간다고 한다. 우리 집에도 벼 2섬, 직(稷) 1섬을 주었고, 생원(오윤해)의 집에도 벼 1섬, 직(稷) 1섬을 주었다. 백지 1뭇과 먹 1자루도 보내왔다.

김언보, 박언방 등이 남쪽으로 내려가는 군사에 뽑혀 오늘 작별하고 갔다. 줄 물건이 없어서 긴 화살 5개를 주고 또 술을 대접해 보냈다.

◎ ─ 3월 10일

갯지를 한양에 보내면서 토당과 남매에게 보낼 편지를 써서 부쳤다. 혼례 때 쓸 물건을 사 오기 위해서이고, 또 신부의 장식물을 구해 오는 일 때문이다. 그러나 날짜가 임박해서 그날까지 오지 못할까 걱정스럽다.

김랑(金郎, 김덕민)의 심부름꾼이 저녁에 왔다. 택일(擇日)을 알기 위해 먼저 사람을 보낸 것이다. 편지를 보니, 6일에 그 집을 떠나서 10일 쯤에 한양에 도착한다고 한다.

◎ ─ 3월 11일

김랑의 심부름꾼이 오늘 일찍 돌아가기에, 평강(오윤겸)에게 답장을 써서 보내게 했다. 북면에 사는 교생 권호덕(權好德) 형제가 술을 가지고 윤겸을 찾아와서 말먹이 콩 4말을 주었다. 후하다고 할 만하다.

언신과 김담 등이 현에서 함열 집의 곡식 4섬을 싣고 왔는데, 벼가 평섬으로 3섬, 직(稷) 1섬이었다. 현의 아전 등이 꿩 1마리, 열목어 4마리를 바쳤다.

저녁에 세만이 이천에서 돌아왔는데, 이천 현감이 말린 꿩과 날꿩을 각각 1마리씩 보내 주었고 또 사람과 말을 보내서 윤겸을 불러 갔다.

◎ ─ 3월 12일

윤겸이 이천에 갔다. 고조부의 기일이어서 새벽에 인아와 함께 제
사를 지냈다.

◎ ─ 3월 13일

전날에 미처 타작하지 못했던 직(稷) 단을 타작하니 7말이 나왔다.
생원(오윤해)의 사내종 춘이와 안손이 왔다.

◎ ─ 3월 14일

현의 교생 강백령(姜伯齡)이 윤겸이 왔다는 말을 듣고 백미 1말, 꿩
1마리, 방어 반 짝을 가지고 와서 보았다. 술과 밥을 대접해 보냈다.

윤겸이 이천에서 돌아왔다. 이천 현감이 준 밀가루 4말, 꿀 2되, 참
기름 3되, 잣 2말, 개암 1말, 날꿩 2마리, 말린 꿩 3마리, 집돼지 1마리,
환자 전미(田米) 1섬을 가져왔다. 환자는 이찰방의 사내종 부귀(富貴)의
이름으로 받아 왔는데, 올가을에 도로 갚을 것이다. 이것으로 혼례 때
보태 쓸 수 있게 되었다. 기쁘다. 이천 현의 아전도 꿀 2되와 꿩 1마리
를 바쳤다.

어제 생원(오윤해)의 편지를 보니, 율전에서 한양으로 왔으나 말
이 발을 절어서 오지 못하고 별시를 본 뒤에 오겠다고 한다. 또 어머니
와 아우의 편지를 보니, 모두 무사하고 어머니께서 보름 때쯤 한양으로
오신다고 한다. 김담이 횟불 1자루를 묶어서 가져왔다. 혼례 때 쓰려고
전에 시켰기 때문이다.

◎ ─ 3월 15일

새벽에 암말이 암망아지를 낳았다. 전 좌상 이덕형 공이 어제 근친을 위해 휴가를 얻어 현에 왔다고 한다. 이 때문에 혼례 때 쓸 기구를 얻어 오지 못했다. 걱정스럽다.

◎ ─ 3월 16일

비로소 박번의 밭을 갈고 올반직[旱半稷] 2되를 뿌렸다. 반의반일 갈이이다. 동대에 진달래가 만발해서 집사람이 딸들을 데리고 걸어가서 보았다. 그길로 뒷고개에 올라갔는데, 쉬지도 않고 올라가서 구경하고 돌아왔다. 지난해 이맘때에는 일어나지도 못하고 심지어 뒷간에 가는 것조차 맘대로 못했는데, 지금은 걸어서 올라가는 것도 어렵지가 않다. 자녀들이 모두 기뻐해 마지않는다.

저녁에 현의 아전들이 집사슴 뒷다리 1짝, 갈비 1짝, 벌집 1개, 전미(田米) 3말, 날꿩 3마리를 걷어서 해유색(解由色)* 민득곤(閔得昆)을 시켜 실어 보냈다. 득곤도 따로 대미(大米)* 1말, 말린 꿩 2마리를 갖다 바쳤다. 이것을 혼례 때 쓸 수 있겠다. 매우 기쁘다. 여기에 온 아전들에게 술과 밥을 대접해 보냈다. 언신이 산삼과 도라지 등을 캐서 갖다 바쳤다. 전원희도 도라지를 캐서 가져왔다.

....

* 해유색(解由色): 해유 문서의 전달을 담당하는 아전이다. 해유는 관원들이 전직(轉職)할 때 재직 중의 회계나 물품 출납에 대한 책임을 해제받던 일을 말한다. 즉, 전임관이 전곡과 물품의 수납, 지출에 관한 장부를 써서 부임하는 관원에게 인계할 경우에 이 사실을 호조에 보고하면 호조는 이를 조사하고 모자라는 것이 없으면 이조에 통지하여 해유의 증명서를 주게 했다.
* 대미(大米): 벼에서 껍질을 벗겨 낸 알맹이인 쌀을 달리 이르는 말이다.

◎ ― 3월 17일

사람과 말을 철원과 이천에 보냈다. 혼례에 쓸 물자를 구해 오기 위해서이다. 철원 부사는 일찍이 물건을 내주고 가져가게 했다.

이 현의 현감이 사람을 보내서 안부를 묻고, 또 백미 5말, 밀가루 2말, 콩 5말, 꿀 4되, 개암과 잣 각 5되, 호두 4되, 석이 3말, 메밀 2말을 보냈다. 우리 집에 혼사가 있다는 소식을 들었기 때문에 보낸 것이다. 현감이 부임한 지 지금 석 달이 되었는데도 한 번도 안부를 묻지 않고 윤겸이 여기에 온 지 반달이 지났는데도 안부를 묻지 않다가 오늘 비로소 물건을 보내고 사람을 보내 안부를 물었다. 이는 아마 그의 맏아들 이상(李橺, 이덕형)이 안부를 묻도록 권한 것이리라.

저녁에 덕노가 영동에서 시기에 맞추어 무사히 돌아왔다. 통천에서 보낸 송어 2마리, 생문어와 말린 문어 각 1마리, 대구 7마리, 가자미 10뭇, 은어 20두름, 생전복 1백 개, 해삼 4되, 미역 3동, 소금 5말, 알젓 5되, 복쟁이젓 15개와 흡곡(歙谷)에서 보낸 생전복 50개, 가자미 20뭇, 대구 2마리, 알젓 5되를 가져왔다.

무명 1필을 대구 17마리, 생문어 1마리로 바꾸어 왔다. 통천군의 아전 박세업도 송어 1마리, 대구 5마리, 방어 2마리를 보냈다. 이 물건으로 혼례 때 넉넉히 쓸 수 있겠다. 기쁘다. 한양에 사는 정난(丁鸞)이 와서 조기 2뭇, 문어 1마리를 바쳤다.

◎ ― 3월 18일

안손이 한양에 가기에 편지를 써서 어머니께 부치고 송어 1마리, 알젓 조금을 보내 드렸다. 현의 수리(首吏) 전운룡(全雲龍), 민충손(閔忠

孫), 전거양(全巨陽) 등이 와서 윤겸을 뵙고 백미 1말, 날꿩 3마리, 알젓 3되를 바쳤다. 술 1병을 내다가 먹여 보냈다. 이들은 지금은 모두 영리 (營吏)이다.

갯지가 한양에서 돌아왔는데, 신부의 머리장식을 얻어 오지 못했다. 안타깝다. 광노가 의복을 구해 오는 일로 강화에 갔다가 바로 이곳으로 온다고 한다.

생원(오윤해)의 편지를 보니, 어머니께서는 아직 한양에 오시지 않았다고 한다. 혼례에 쓸 물건을 사 왔는데, 자색 비단 머리 덮개는 은 5돈, 홋이불감 포 1필은 은 4돈, 놋그릇은 은 4돈 반, 씨 뺀 목화 2근은 은 2돈, 수저는 은 1돈, 사기그릇 6개는 은 4푼이어서 도합 은 1냥 6돈 9푼이 들었다. 인아의 송아지를 팔고 받은 은을 썼다. 큰 전복 5마리, 중간 크기 전복 5마리는 광노가 사서 보냈다.

갯지가 철원에 들러 철원 부사가 보낸 물건을 실어 왔다. 백미 3말, 메밀 2말, 밀가루 2말, 참기름 2되, 작은 전복 10개, 생밤 5되, 포 5조, 호두 4되이다.

세만도 이천에서 왔는데, 전날에 받은 환자 8말과 집돼지 1마리를 잡아 털을 제거하고 실어 왔다.

윤함의 편지가 해주에서 광노의 집으로 전해졌는데, 생원(오윤해)이 가져왔다. 편지를 보니, 그 집은 비록 무탈하지만 하나밖에 없는 사내종 논금이가 병으로 죽고 그 아내의 집에서 기르던 소 2마리와 말 1마리는 뜻밖에 도둑을 맞았으며 부역이 너무 번거롭고 집안 살림은 거덜이 나서 수습할 길이 없어 떠돌아다니게 될 근심이 있을 것이란다. 지금 별시가 임박했건만 집에 사람과 말이 없어 올라오지 못했다고 한다. 어찌 이 지경이 되었는가. 참으로 개탄스럽다. 우리 집이 곤궁하여 타향에 떠돌아 일정한 거처가 없어서 이 자식을 아직도 처가에 머물게 했으니, 장차 보존할 길이 없을 것이다. 근심한들 어찌하겠는가. 감시에는 부(賦)로 차중(次中)을 받아 합격했으나 끝내 파방되었다고 한다. 또한 개탄스럽다. 잃어버린 소 1마리는 윤함의 것이라고 한다.

◎ — 3월 19일

새벽부터 비가 세차게 퍼붓다가 한낮에 이르러서야 비로소 그쳤다. 앞 냇물이 불어나 사람들이 건너지 못하니, 만일 다시 더 온다면 내달 2일의 혼례에 쓸 모든 도구를 거두어 모으기가 어려울 것이다. 광노도 신부의 장식을 가지고 기한에 맞추어 오지 못할 것이며, 신랑의 행차에도 필경 어려움이 있을 것이다. 몹시 걱정스럽다. 이은신도 오지 않으니, 아마 물에 막힌 것이다.

◎ — 3월 20일

이은신이 유과를 잘 만드는 사람을 데리고 아침 식사 전에 왔다. 어제 간신히 물을 건너 박문재의 집에 이르렀는데, 밤이 깊었기 때문에 거기서 자고 왔다고 한다. 비로소 유과를 만들게 했다.

현 안에 사는 백성 황응성(黃應星)이 와서 보고 메밀 1말을 바쳤다. 차일(遮日), 사기그릇, 깔개 등을 아직 구하지 못했다. 이천 현감이 오늘 보내 주기로 약속했지만 지금까지 보내지 않으니, 혹시 잊어버린 것인가. 걱정스럽다. 이에 춘이를 안협에 보내 빌려 오게 했다.

◎ ─ 3월 21일

안협 사람 이진선(李進善)이 와서 메밀 2말, 꿩 3마리를 바쳤다. 술 석 잔을 대접해 보냈다. 춘이가 차일을 얻어 실어 왔는데, 면석(面席)*과 방석은 없다고 한다. 부석사의 중이 두부를 만들어 왔다. 전날에 콩을 보냈기 때문이다. 이천의 관인이 까는 자리 등을 가지고 왔다. 아침에 사람을 보냈는데, 중도에 만나서 함께 왔다.

광노가 한양에서 왔는데, 초록 저고리 2벌을 가지고 왔다. 이는 참판 황신(黃愼)* 집안의 물건이다. 붉은 치마는 얻어 오지 못했다. 아쉽다. 그러나 이것을 저고리로 하고 치마는 남색 단을 쓰도록 했다. 외방(外方, 외지)의 일은 매번 이와 같다. 탄식한들 어찌하겠는가.

지금 생원(오윤해)의 편지를 보니, 어머니께서는 아직도 한양에 오시지 않았는데 오늘내일 중에 오실 것이라고 한다. 다만 들으니, 마전 군수(麻田郡守) 신홍점이 병으로 봉산에서 죽었다고 한다. 놀라고 애통한 마음을 이길 수 없다. 위로 편모(偏母)가 계신데 두 아우가 모두 먼저 죽었으며, 자기도 자손이 없고 명도 길지 못하여 기재(企齋)*의 제사가 끊어졌다. 더욱 몹시 비통하다. 신홍점은 나에게 오촌 친척이고 평소 교분이 몹시 두터웠다.

전날에 평강(오윤겸)이 이천에 갔을 때 사람을 빌려서 수안에 보내어 혼례 물자를 구했는데, 그 사람이 이제 비로소 돌아왔다. 밀가루 3말, 말린 꿩 1마리, 돼지고기 포 10조를 얻어다가 전해 주었다.

....

* 　면석(面席): 두 장을 잇대어 붙인 큰 돗자리이다.
* 　황신(黃愼): 1560~1617. 한성부 우윤, 대사간, 대사헌 등을 지냈다.
* 　기재(企齋): 신광한(申光漢, 1484~1555). 호는 기재이다. 대사성, 우참찬, 대제학 등을 지냈다.

광노를 통해 들으니, 김랑이 어제 철원에 당도했다고 한다. 저녁에 갯지와 풍금이가 철원에서 신부의 장식과 깔개 등의 물건을 가지고 왔다. 시기에 맞추지 못할까 걱정스러워 아침에 덕노를 보냈는데 중도에 공교롭게 어긋나서 만나지 못했기 때문에 덕노는 곧장 철원으로 갔다고 한다. 김랑은 오늘 먼저 와서 말지 고개 아래의 인가에서 자고, 철원 부사는 내일 일찍 김랑이 묵는 곳으로 가서 위요(圍繞)*하여 오겠다고 했다.

◎ ― 3월 22일

모든 도구들을 겨우 거두어 모아 혼례장에 펼쳐 놓았다. 납채(納采)*를 진 사람이 먼저 왔으므로 삼과상(三果床)에 술을 대접해 보냈다. 철원 부사와 신랑은 저녁 무렵에 박문재의 집에 이르러 옷을 갈아입었다. 또 이 마을 사람 등 7명이 말을 타고서 횃불을 들고 앞에서 인도했는데, 철원 부사의 일이기 때문에 봉영(逢迎)하는 사람들이 각(角)을 불면서 와서 모두 무사히 예를 행했다. 나와 윤겸은 나가서 철원 부사를 기다렸다. 어제 최판관을 불렀더니 마침 기일이어서 오지 못했다. 다만 주인과 객 세 사람이 술자리를 마련했으나 철원 부사는 술을 마시지 못하기 때문에 각자 예를 행하고 파했다. 오후에 자못 비가 내릴 기미가 있어서 매우 걱정했는데, 혼례를 행하기 전에는 다행히 비가 내리지

....

* 위요(圍繞): 혼례 때에 가족 중에서 신랑이나 신부를 데리고 가는 사람 또는 행위를 말한다.
* 납채(納采): 신랑 집에서 신부 집에 혼례을 구하는 일 또는 혼례할 때 사주단자의 교환이 끝난 뒤에 정혼이 이루어진 증거로 신랑 집에서 신부 집으로 예물을 보내는 일을 말한다. 납폐(納幣)라고도 한다.

않았다. 다행이다. 어두워진 뒤에 비가 내리더니 밤새 그치지 않았다.

지금 철원 부사를 보니, 얼굴이 모나고 이마가 넓으며 진실로 훌륭한 사람이어서 훗날 반드시 나라의 그릇이 될 것이다. 탄복해 마지않았다. 당초 혼례를 정했을 때에는 모든 일이 아득하여 준비할 계책이 없었다. 그러나 여러 곳에서 빌리고 사람들도 도와준 덕분에 비록 성대하게 거행하지는 못했으나 끝내 문제없이 치렀다. 다행이라고 할 만하다.

이웃 마을의 어른과 아이 30여 명이 모두 옷을 갈아입는 곳에 모여서 맞이하여 에워싸고 왔다. 이들에게 모두 술과 국수, 두 가지 탕, 썬 고기, 과일을 대접했다. 다만 술이 적어서 겨우 3동이를 내어다가 먹였다. 아쉽다.

철원 부사의 아랫사람 10여 명에게는 모두 삼과상에다 술과 국수를 대접했다. 신랑이 데리고 온 7명에게도 예닐곱 가지의 과일과 술, 국수, 세 가지 탕을 대접했다. 몹시 취한 뒤에 파했다.

김랑은 일찍부터 자세히 아는 사람이어서 더 말할 필요가 없지만, 그 말하는 투를 보니 제 처를 보고 몹시 기뻐하는 뜻이 있었다. 그러나 들으니, 처를 데리고 바로 남쪽으로 가려 한다고 하기에 우리 내외가 밤새 슬피 울었다. 비록 우리가 강하게 막고 허락하지 않더라도 그가 고집한다면 막을 수 없는 일이다. 슬프고 안타깝다.

◎ ― 3월 23일

최판관이 보러 왔다. 조촐한 행과(行果)*를 대접했더니 잠시 술 한

---

* 행과(行果): 명절이나 잔치 때 별도로 과일만 진설해 놓은 상이다. 별행과(別行果)라고도 한다.

잔을 마신 뒤에 돌아갔다. 약과를 조금 싸 주었다.

느지막이 또 잔치를 한 자리 열어서 온 집안 내외 사람들이 모두 중당(中堂)에 모여서 김랑을 불러다가 만나 보았다. 모두 술을 마시지 못하기 때문에 겨우 한 순배를 돌리고 파했다. 저녁에 두 아이가 김랑과 함께 동대에 올라가 구경하고 돌아왔다. 나도 함께 갔다.

빌려 온 물건들을 점검해 보니 한 가지 물건도 잃어버리거나 파손되고 더러워진 일이 없고, 심지어 사기그릇 1개도 잃어버리지 않았다. 다행이다.

이은신이 현으로 돌아가고 숙수(熟手) 해복(海福)도 돌아갔다. 줄 물건이 없어서 겨우 버선감 1벌을 주어 보냈다.

◎ ― 3월 24일

광노가 한양으로 돌아가기에 가져온 신부의 옷을 보냈다. 이는 황참판 집의 물건이다. 우리 집에 있던 포 16필을 주어 보내서 포목으로 바꾸게 했다. 또 강정태(强正太) 1말을 주어서 자유롭게 쓰도록 했다.

토당에 안부 편지를 쓰고 생원(오윤해)에게도 편지를 써서 보냈다. 어머니께는 약과 50개와 말린 꿩 4쪽을 보내 드렸고, 남고성 댁에는 《삼국지》12권을 주어 보내서 전하게 했다.

평강(오윤겸)은 첩을 데리고 철원으로 돌아가서 그길로 결성으로 갈 것이라 하고, 김랑이 가는 날도 오는 7일로 정했다. 윤겸은 그를 바로 철원으로 오게 하여 함께 가서 행차가 용인(龍仁)과 진위(振威) 땅 경계에 이르면 그 첩은 바로 결성으로 보내고 저는 그 누이를 데리고 보은으로 들어갔다가 돌아오기로 이미 약속이 되어 있었다. 짐이 무거워서 할 수 없이 암소에 실어 갔다. 여기에 머문 지 20여 일 만에 돌아갔다. 각자 먹을 것을 도모하기 위하여 여러 자식이 흩어져 있고 한곳에 합치지 못한 채 늘 이별 속에 있으니, 마음이 어떠하겠는가. 슬퍼하고 탄식한들 어찌하겠는가.

부석사의 수승 법희가 평강(오윤겸)을 보러 왔으나 한발 늦었다. 짚신 3켤레를 가지고 왔다. 과일과 술을 대접해 보냈다.

좌수 심사임(沈士任)이 평강(오윤겸)을 보러 오다가 한발 늦어 중도에 만나 말 위에서 잠시 이야기를 나누고 그길로 나에게 와서 보았다. 또 찹쌀 1말, 꿩 1마리를 가져왔다. 그는 남촌에 산다.

북면에 사는 전 별감 최수영, 교생 한익신(韓益信)도 평강(오윤겸)을 만나러 왔으나 한발 늦어 나만 보았다. 또 노자로 쓸 물건을 가져왔다. 최수영은 메밀 1말, 한익신은 전미(田米) 1말, 강정태(强正太) 2말을 가져왔다. 각각 물만밥을 대접해 보냈다. 마침 술이 없어서 그냥 돌아갔다. 안타깝다.

◎ ― 3월 25일
언방의 밭을 갈고 참깨를 심었다. 모레 김랑이 떠날 것이다. 딸이 행장을 꾸리는 것을 보니 슬퍼서 눈물이 그치지 않는다. 딸이 데리고 갈 노비가 신을 짚신을 사 오도록 콩 2말을 부석사에 보냈다. 4켤레로 바꾸어 왔다.

◎ ― 3월 26일
들으니 김랑이 오늘 생일이라고 하므로, 집사람이 절편과 감주를 만들어 대접했다. 술을 마시지 못하기 때문이다. 데리고 온 종들에게도 메밀떡을 만들고 막걸리를 차려 먹였다. 내일 떠나기로 이미 정했기 때문에 짐 싣는 암말이 새끼를 낳은 지 오래되지 않았으나 할 수 없이 주어 보낼 생각이다.

저녁에 풍금이가 철원에서 전날 끌고 갔던 소를 끌고 왔다. 평강(오윤겸)의 편지를 보니, 철원 부사에게 환자로 전미(田米) 1섬을 받아냈는데 한양에 가는 양식으로 써야 하므로 이곳에는 보내지 못한다고 한다. 다만 저가 데리고 가는 말이 모두 파리하여 짐을 실을 수 없고 달리 말을 구할 곳이 없어서 할 수 없이 지금 세마(稅馬)를 구해 보지만 만일 구하지 못하면 제 누이를 데리고 보은에 갈 수 없을 것이라고 한다. 탄식한들 어찌하겠는가. 김업산이 꿩 1마리를 갖다 바쳤다. 가는 동안 먹을 찬거리로 쓰라는 것이다.

◎ ― 3월 27일

김랑이 제 처를 데리고 떠나는데, 온 집안의 위아래 식솔들이 모두 모여서 비통해 하고 집사람은 소리를 내어 통곡했다. 사람 마음이 어찌 그렇지 않겠는가. 늘 슬하에 있어서 특별히 몹시 사랑하고 귀여워했는데 하루아침에 빼앗겨 멀리 천 리 밖으로 작별하여 피차가 소식조차 듣기 어렵게 되었으니, 이 심정을 어찌 말로 다 하겠는가. 이뿐만이 아니라 집사람이 늘 병중에 있었기에 온 집안일을 모두 맡겨서 눈과 귀가 되고 손과 발이 되었는데 이제 멀리 이별하니, 이 때문에 더욱 몹시 고민스럽다.

덕노가 말을 끌고 모시고 가고, 계집종 향춘(香春)과 눌개(訥介)도 데리고 갔다. 눌비(訥婢)는 아주 데리고 사환으로 쓰고, 향비는 올가을에 돌려보내게 했다. 가는 동안 먹을 양식은 백미 2말 5되, 말먹이 콩 8말, 간 두(豆) 4말이고, 노비들의 양식은 철원에서 받은 환자에서 여정을 따져 가지고 가게 했다. 나도 말을 빌려 타고 길의 절반 거리인 점심먹는 곳까지 따라갔다가 돌아왔다. 작별할 때 마주보며 슬피 울어 눈물이 두 소매를 적셨다.

딸이 먼저 말을 타고 떠났고, 나는 한참 동안 우두커니 서서 바라보다가 행차가 언덕 너머로 사라져 보이지 않은 뒤에야 말머리를 돌려 돌아왔다.

올 때 업산의 집에 들어가서 매를 보았다. 또 보리밭을 보니 몹시 좋지 않다. 안타깝다. 여름을 날 양식이 오로지 이것뿐인데 이 지경에 이르렀다. 한탄한들 어찌하겠는가.

◎ ─ 3월 28일

새벽에 잠에서 깨자 딸이 아직 여기에 있는 듯하고 음성이 들리는 것 같아 집사람과 마주 보고 눈물을 흘렸다. 상황이 이와 같으니, 비록 안 되는 줄을 알면서도 사랑에 빠져 나도 모르게 감정이 과해졌다. 계집종 옥춘이 그저께 잘못하여 마루 아래로 떨어져서 정강이를 다쳐 몹시 심하게 붓고 통증이 있다. 걱정스럽다.

◎ ─ 3월 29일

김담에게 채억복의 밭을 갈고 반직(半稷)을 심게 했으나 끝내지 못했다. 세 계집종이 심었다. 혼례 때 쓰고 남은 소고기 1덩어리를 얼음에 담가 두었더니 오래도록 상하지 않아서 포 5조를 만들어 시렁에 걸어서 말렸는데, 소리개가 채 갔다. 밉살스럽고 아깝다. 남풍이 종일 불고 자못 비가 내릴 기미가 있으니, 내일 밭 가는 일이 순조로울 수 없겠다.

◎ ─ 3월 30일

새벽부터 비가 내리더니 종일 그리고 밤새도록 그치지 않는다. 딸의 행차는 오늘 어디까지 가서 머무는 것일까. 매우 걱정스럽다. 딸이 떠난 뒤로 집사람은 딸의 물건만 보면 딸 생각이 나는지 종일 눈물을 흘리면서 울고 밤에도 잠만 깨면 반드시 운다. 이 때문에 먹는 것이 전보다 크게 줄었다. 병이 날까 몹시 걱정스럽다.

둘째 딸은 성질이 유순해서 비록 슬하에 오래 있었어도 조금도 노여워하거나 거역하는 낯빛이 없었다. 막내딸이 죽은 뒤로는 특별히 매우 사랑하여 집안일을 오로지 저에게 맡겼는데 하루아침에 갑자기 빼앗겨 버렸으니, 그사이의 심정은 말하지 않아도 짐작할 만하리라. 다만 감정이 너무 지나치니, 걱정을 이루 말할 수 없다.

4월 작은달 -10일 소만, 25일 망종-

◎ ─ 4월 1일

집사람이 간밤 꿈에 둘째 딸을 보고서 일어나 슬피 울어 새벽부터 몸이 몹시 편치 않고 때때로 두통도 있다. 감기인가 싶어 인동차(忍冬茶)를 마시고 땀을 내게 했으나 차도를 보지 못했다. 걱정스럽다.

◎ ─ 4월 2일

집사람이 어제저녁부터 두통이 좀 덜하더니 아침에는 많이 나았다. 다만 원기가 없어서 아직 완쾌되지 않아 음식 먹는 것이 예전만 못한데다가 집에는 입에 맞는 좋은 음식이 없다. 걱정스럽다.

딸이 철원에 이르러 편지를 써서 보냈다. 평강(오윤겸)과 김랑의 편지를 보니, 평강(오윤겸)이 행장을 미처 못 꾸려서 하루를 머물고 29일에야 출발하여 한양으로 향해 가다가 연천에서 자고 이튿날 또 익담촌에서 잔 뒤에 한양으로 들어갈 것이라고 한다. 그러나 그저께 비가 내렸으니, 아마 떠나지 못했을 것이다. 일정을 따져 보니 오늘쯤 한양에 도착했을 듯하다.

만일 철원부에 머물 것을 일찍 알았다면, 어찌 이곳에 며칠 동안 붙잡아 두지 않고 곧장 한양으로 보냈겠는가. 몹시 후회스럽다. 가는 동안 먹을 양식은 환자로 받은 전미(田米) 1섬 가운데 머물러 있을 때 먹을 양식을 계산하여 제하고 7말을 가지고 갔고, 그 나머지 5말은 덕노에게 주어서 송옥진(宋玉珍)의 집에 맡겨 두게 했다고 한다.

김랑의 아이 종은 병으로 누워서 데리고 가지 못하여 할 수 없이 주인집에 놔두고 갔고 짐 싣는 말도 병이 나서 움직이지 못한다고 하니, 이것이 걱정스럽다. 이 편지는 철원 부사가 말지 고개 아래에 사는 장인(匠人) 고막근에게 보내서 이리로 전해 주고 답장을 받아 오게 한 것이라고 한다. 이 때문에 즉시 답장을 써서 온 사람에게 주고 또 점심밥을 대접해 보냈다.

이웃에 사는 대장장이 춘복(春卜)이 꿩 1마리를 가져와서 바쳤다. 집사람이 병을 앓고 난 뒤에 입이 쓴데 맛있는 음식을 구하지 못해서 한창 고민 중이었다. 그런데 뜻밖에 갖다 바치니 몹시 기쁘다. 즉시 흑태(黑太) 1말을 주어 보답했다. 그가 받지 않으려고 하다가 억지로 준 뒤에 받아 가지고 갔다. 집사람이 즉시 다리 하나를 구워서 먹었다.

또 들으니, 철원 부사가 힘을 다해 평강(오윤겸)을 후대해서 쇄마 1필, 아마(衙馬) 1필을 내주고 한양에 도착한 뒤에 돌려보내라고 했단다. 철원 부사의 후의가 매우 고맙다.

◎ — 4월 3일

품팔이꾼에게 어제 끝내지 못한 밭을 갈게 하고 파종을 마친 뒤에 관둔전으로 옮겨 가서 갈게 했다.

무림수(茂林守)*의 사내종이 편지를 가지고 왔다. 근처 사람이 연전에 나무를 팔았는데 이제 비로소 실어 가기 위해서이다. 이 사람에게 들으니, 딸의 행차가 그저께 비로소 대탄을 건너갔으므로 천천촌에서 잤을 것이라고 한다. 어제 비로소 한양에 들어갔을 것이다. 그러나 들으니, 그저께 내린 비로 냇물이 불어나 건너기 어려웠을 것이라고 한다. 이것이 걱정스럽다. 즉시 답장을 써서 돌려보내고 칼제비를 대접했다. 종자 벌이 새끼 벌을 낳았는데, 벌이 배나무에 붙어 있어서 인아가 잡다가 앉혔다.

◎ — 4월 4일

품팔이꾼에게 관둔전을 갈게 하여 끝낸 뒤에 문재의 밭으로 옮겨 가서 갈게 했으나 끝내지 못했다. 모두 반직(半稷)을 심었다.

부석사의 중 설운이 와서 보고 짚신 1켤레를 주었다. 또 중 태현(太玄)이 자리 1장을 가져왔다. 전에 자리 짜는 값으로 두(豆) 2말을 보냈기 때문이다. 자리는 아우의 물건이다. 들으니, 그 풀이 썩어서 끊어져 쓰지 못하므로 자기가 가지고 있던 풀로 짜서 보냈다고 한다. 어제 인시(寅時, 3~5시)에 발 없는 솥이 저절로 울다가 한참 만에 그쳤다.

....

* 　무림수(茂林守): 이선윤(李善胤). 원성군 이탁의 둘째 아들이다.

◎─4월 5일

문재의 밭을 다 갈고 씨를 뿌렸다. 효립이 어제부터 두통을 앓아 지금까지도 차도가 없다. 걱정스럽다.

◎─4월 6일

언신에게 울방연 가에 있는, 전에 일구었던 묵은 밭을 갈고 차조를 심게 했으나 끝내지 못했다.

◎─4월 7일

어제 끝내지 못한 밭을 다 갈고 차조 2되를 뿌렸다. 어제저녁에 김담을 불러와서 갈도록 할 계획이었으나 약속을 어기고 오지 않았으므로 할 수 없이 느지막이 조광년을 불러다가 갈게 했다. 이 때문에 갈 만한 곳을 미처 다 갈지 못했다. 몹시 괘씸하다. 일찍이 소를 빌려 간 품삯이 있는데도 끝내 속임을 당했다. 더욱 몹시 밉고 분하다. 전에 새끼 벌이 태어났던 벌통에서 벌이 또 태어나 전에 붙었던 나무에 붙어 있었으므로 잡아다가 앉혔다.

◎─4월 8일

속절(초파일)이어서 차례를 지냈다. 생원(오윤해)의 사내종 안손이 한양에서 왔다. 생원(오윤해)의 편지를 보니, 이번 별시에 논으로 차하, 책으로 차상(次上)을 받아 합격했다고 한다. 기쁘다. 오는 11일에 강경을 하고 17일에 전시가 있다고 한다. 이시윤도 합격했다고 한다. 더욱 기쁘다. 그러나 윤함이 오지 않았다고 하니, 아마 사내종과 말이 없었기 때문이리라. 한탄한들 어찌하겠는가.

또 평강(오윤겸)과 김랑의 편지를 보니, 위아래 일행이 2일에 무사히 한양에 도착하여 이틀을 머물고 5일에 비로소 떠나서 남쪽으로 향했는데 평강(오윤겸)은 그 누이를 데리고 가지 못했다고 한다. 안타깝다.

또 어머니의 편지를 보니, 지난달 20일에 한양으로 와서 남매의 집에 계시는데 편안하시다고 한다. 말할 수 없이 기쁘다. 딸과 김랑이 모두 찾아가 뵙고 돌아갔다고 한다. 동지 윤경(尹澗)의 처는 김랑의 사촌 누이인데, 억지로 딸을 초청했으므로 할 수 없이 가 보았다고 한다. 소를 쉬게 하고 밭을 갈지 않았다.

◎ ─ 4월 9일

둘째 딸의 생일이다. 가는 길을 따져 보면 5일에 한양을 떠났으니 오늘은 시댁에 도착했을 것이다. 그러나 종일 비가 오니 도착했는지 모르겠다. 매우 걱정스럽다. 비가 내려서 밭을 갈지 못했다.

◎ ─ 4월 10일

생원(오윤해)의 사내종 안손이 한양에 가기에 단오에 쓸 제수를 보냈다. 때맞추어 올라가는 사람이 없을까 싶어 지금 이 사내종이 가는 편에 마련해 보낸 것이다. 메밀 1말, 대구 4마리, 해삼 60개, 가자미 1뭇, 말린 꿩 2쪽, 차좁쌀 4되, 잣 2되 5홉, 개암 2되 5홉, 문어 2조이다. 정목 반 필은 제사 때 탕과 적에 쓸 고기나 생선을 사기 위한 것이고, 삼승국(三升麴) 1덩이는 술을 빚는 데 쓰게 하기 위해서이다.

어머니께 팥 2말, 녹두 1말, 메밀 5되, 밀가루 7되, 대구 1마리를 보내 드렸다. 아우에게 안부 편지를 쓰고 각처에 편지를 보냈다.

◎ — 4월 11일

소 2마리로 말지촌(末之村) 역전(驛田)을 갈고 반직(半稷)을 파종하게 했으나 끝내지 못했다. 사흘갈이이다. 다섯 사람이 파종했다. 절기가 이미 늦어서 처음에는 갈지 않으려다가 조를 심은 곳이 너무 적어서 인아가 강권하기에 경작했다.

◎ — 4월 12일

어제 끝내지 못한 밭을 다 갈고 씨를 뿌렸다. 세 사람이 조 9되 5홉을 파종했다. 벌통에서 또 새끼 벌이 태어났다. 연달아 세 번 태어난 것이다. 마침 내가 밭 가는 곳에 갔다가 돌아오지 않아서 억수에게 잡아 앉히게 했다. 모두 어미 벌 좌우에 앉혔다.

◎ — 4월 13일

업산이 와서 매의 먹이를 요구하기에, 할 수 없이 흑태(黑太) 1말을 주어 보내 꿩을 사 먹이게 했다. 지난달에는 집에서 기르던 큰 개를 잡아 주었는데, 이제 또 받아 갔다. 만일 이처럼 계속된다면 감당하지 못하겠다. 꿩을 잡았을 때는 잡은 것의 백에 하나만을 주었고, 심지어 과도하게 날려서 이 때문에 콧병이 나서 홰에 앉혀 놓은 뒤에도 매번 와서 먹이를 요구했다. 괘씸하다. 가만히 들으니, 철원 땅에 가서 몰래 날려서 첫날 9마리를 잡고 이튿날 12마리를 잡아 이틀 동안에 21마리를 잡았으며 매일 잡은 것이 적어도 5, 6마리 이상인데도 이곳에 갖다 바치는 것은 혹 이틀에 1마리, 3, 4일에 1, 2마리이다. 이 매는 재주가 매우 뛰어나기 때문에 길들이게 했지만, 그 먹이를 감당할 수가 없다. 그러나 콧병이 아직도 완전히 낫지 않았다고 하니, 그 생사를 기필할 수가 없다. 생원(오윤해)의 집에서 세 번째 태어난 벌이 오늘 낮에 도망가 버렸다. 아깝다.

◎ ― 4월 14일

사동의 밭을 갈았으나 끝내지 못하고 늦기장을 심었다. 식사한 뒤에 내가 직접 가 보고 그길로 최중운의 집을 방문하여 한참 동안 이야기를 나누었다. 그가 나에게 물만밥을 대접했다. 해가 기울어서야 돌아왔다. 저녁에 자방(신응구)의 사내종 춘억이 현에서 돌아왔다. 이제 연안으로 가려 한다고 한다.

최중운에게 들으니, 철원 부사는 당상관으로 올라갔고 회양(淮陽), 삼척(三陟), 평해(平海), 양구, 고성, 인제(麟蹄) 등 여섯 관원은 모두 파면되었는데 어사의 장계 때문이라고 한다.

◎ ― 4월 15일

어제 끝내지 못한 밭을 다 갈고 늦기장과 찰기장을 심었다. 하루반 갈이이다. 인아가 그물을 쳐서 물고기 30여 마리를 잡았다. 저녁 식사에 탕을 끓여 먹었다. 오래 먹어 보지 못한 뒤여서 그 맛이 매우 좋았다. 또 중간 크기의 거북을 잡아 왔는데, 이는 언세가 잡은 것이다.

◎ — 4월 16일

어제 잡은 거북으로 탕을 만들어 인아와 함께 먹었다. 충립은 먹지 않는다. 우습다. 전풍이 소 2마리를 빌려서 우리 집의 기장밭과 조밭을 갈아 파종을 마치고 품을 갚은 뒤에 태두전(太豆田)을 갈려고 했다.

◎ — 4월 17일

김언보의 처가 소 2마리를 빌려다가 갈았다. 언보가 남쪽으로 내려갈 때 간청하기에 허락했다. 이 때문에 할 수 없이 빌려 준 것이다. 인아가 낚시도 하고 그물도 쳐서 물고기 40여 마리를 잡았다. 식해를 담그게 했다. 큰 기제사에 쓰려고 한다. 자방(신응구)의 사내종 춘억이 어제 연안으로 가기에 편지를 써서 보냈다.

◎ — 4월 18일

오늘 전시를 행한다고 한다. 생원(오윤해)이 만일 강경에 들어갔으면 전시를 본 뒤에 내려올 것이고 만일 강경을 하지 않았다면 지난 5, 6일 사이에 왔을 터인데 오지 않았으니, 아마 무사히 강경을 한 것이리라. 그러나 안손이 간 뒤에는 소식을 듣지 못했다. 몹시 걱정스럽다. 전귀실이 소를 빌려다가 밭을 갈았다.

◎ — 4월 19일

어제 박근(朴根)이 꿩 1마리를 갖다 바치면서 소를 빌려 주어 밭을 갈게 해 달라고 간청하므로 할 수 없이 허락했다.

◎ ─ 4월 20일

종일 비가 내려서 밭을 갈지 못했다. 저녁에 생원(오윤해)이 한양에서 비를 맞고 왔다. 들으니, 강경에는 무사히 합격했고 지난 17일에 전시에 들어가 본 뒤에 방이 나오는 것을 기다리지 않고 돌아왔다고 한다. 전시에는 책문이 출제되었는데, 겨우 지었다고 한다. 다만 천운을 기다릴 뿐이다. 그러나 온 집안에 좋은 꿈을 꾼 사람이 하나도 없었다. 걱정스럽다.

덕노도 보은에서 한양에 갔다가 생원(오윤해)과 함께 왔다. 딸과 김랑의 편지를 보니, 위아래 일행이 모두 무사히 집에 도착했다고 한다. 몹시 기쁘다. 그러나 이후로는 피차간에 소식을 듣기가 어려울 것이다. 슬프고 한탄스럽지만 어찌하겠는가.

또 평강(오윤겸)의 편지를 결성에서 갯지가 가지고 한양으로 가서 생원(오윤해)이 올 때 보내왔다. 편지를 보니, 역시 무사히 집에 들어갔고 그 처는 지난 3월 7일 묘시(卯時, 5~7시)에 아들을 낳았는데 몸집이 크고 단정하다고 한다. 몹시 기쁘다. 계속해서 두 아들을 얻었으니, 한 집의 경사가 어찌 이보다 더할 수 있겠는가. 기쁨을 가눌 수가 없다. 그 아이의 이름을 홍업(弘業)이라고 지었다고 한다. 매우 합당하다. 다만 쌓아 놓은 곡식이 없어서 장차 굶주릴 일이 있겠다고 하니, 이것이 걱정스럽다.

오늘 생원(오윤해)이 와서 결성과 보은 소식도 듣게 되었다. 위안과 기쁨을 어찌 말로 다 하겠는가. 또 어머니와 남매의 편지를 보니, 모두 평안하다고 한다. 더욱 기쁘다. 그러나 안손이 가지고 간 제수는 말이 물속에 자빠지는 바람에 모두 젖어 버려서 메밀과 밀가루 등의 물건은 쓸 수 없게 되었다고 한다. 걱정스럽다.

또 들으니, 삼사(三司, 사헌부, 사간원, 홍문관)가 지금 한창 병조 판서 홍여순(洪汝諄)의 무리를 논척(論斥)했으나[*] 아직 윤허를 받지 못했다고 한다. 조정에 풍랑이 또 일어나니 어느 때나 조용해질지 모르겠다. 안타깝다.

◎ ─ 4월 21일

서쪽 울타리 밑에 앉힌 벌이 비로소 새끼 벌을 낳았다. 즉시 잡아서 앉혔다. 오후에 관둔전을 갈고 콩을 심었으나 끝내지 못했다. 아침에 날이 흐리고 비가 내렸으므로, 날이 개기를 기다려 비로소 일을 했다.

생원(오윤해)이 이전 별시의 강경에서 만난 것은《시경(詩經)》〈정풍(鄭風)·탁혜(蘀兮)〉편과《중용(中庸)》12장 "군자의 도는 부부에게서 시작된다."인데,《중용》은 전혀 읽지 않아서 간신히 입격했다고 한다. 만일 급제했으면 지금쯤 반드시 기별이 들릴 텐데, 종일 서서 기다려도 끝내 허사였다. 안타깝다.

홍업의 사주에서 연(年)은 경자 토(庚子土)이고 월(月)은 경진 금(庚辰金)이며 일(日)은 경술 금(庚戌金)이고 시(時)는 기묘(己卯)이다.

....

[*] 삼사(三司)가……논척(論斥)했으나: 홍여순(洪汝諄, 1547~1609)은 임진왜란이 일어나자 병조판서로 선조를 호종했다. 난이 끝난 뒤 남이공(南以恭), 김신국(金藎國) 등과 함께 류성룡(柳成龍) 등을 몰아내고 정권을 잡았다.《국역 선조실록》33년 4월 16일 기사에, 사간원 정언 박사제(朴思齊), 사헌부 장령 안극효(安克孝), 홍문관 부제학 황우한(黃祐漢) 등이 홍여순이 이유중(李惟中), 이준(李準), 류희서(柳熙緒), 윤흥(尹宖) 등의 무도한 무리들과 결탁하여 사로(仕路)를 어지럽혔다는 이유 등으로 삭탈관직할 것을 청한 일이 보인다.

◎ ― 4월 22일

전잣쇠[全龘金]에게 어제 끝내지 못한 밭을 다 갈게 하고 씨를 뿌렸다. 콩 4말 4되를 파종했다. 하루반갈이이다.

◎ ― 4월 23일

잣쇠에게 말지촌 김언보의 밭을 갈게 하고 콩 2말 8되를 파종했다. 하루갈이이다. 저녁에 남매의 집 사내종 덕룡이 한양에서 왔다. 작년 가을에 사 둔 태두(太豆)를 실어 가기 위해서이다. 어머니와 누이의 편지를 보니, 평안하다고 한다. 몹시 기쁘다.

이번 별시에 장원한 사람은 이시정(李時禎)이라고 하는데, 어떤 사람인지 모르겠다. 윤해는 해마다 낙방하니 때가 오지 않은 것인가. 가운(家運)이 불행한 것인가. 크게 탄식한들 어찌하겠는가.

또 아우의 편지를 보니, 비록 다른 병은 없으나 양식이 떨어져서 한창 굶주리고 있다고 한다. 매우 걱정스럽다. 각각 남과 북에 있으므로 멀어서 도와주지도 못하고 한갓 밤마다 잊지 않을 뿐이다. 기전(畿甸)에는 비가 알맞게 와서 파종이 이미 끝났고, 간혹 한창 재벌매기를 하기도 한단다. 만일 농사에 풍년이 들어 사람들이 넉넉해지면 가을에 우리 집이 그곳으로 간다고 해도 먹고 살기에 아마 넉넉할 것이다. 매우 기쁘다.

◎ ― 4월 24일

덕룡이 한양으로 돌아가면서 그 댁의 두(豆) 21말을 싣고 갔다. 답장을 써서 보냈다. 아우에게는 메주 2말, 두(豆) 1말을 보냈고, 누이에게는 메주 2말을 보냈다. 어머니께는 3사발 용량의 민물고기로 만든 식해 1항아리를 보내 드렸다. 절반은 단오 제사에 쓰고 그 나머지는 아침저녁 반찬으로 쓰시도록 말씀드리게 했다. 남이상에게도 흑태(黑太) 1말을 보냈다.

또 잣쇠에게 집 앞 김언보의 밭을 갈고 백두(白豆)를 심게 했으나 끝내지 못했다. 사흘갈이이다.

◎ — 4월 25일

잣쇠에게 어제 끝내지 못한 밭을 갈게 했으나 역시 갈고 파종하는 것을 끝내지 못했다.

◎ — 4월 26일

잣쇠에게 어제 끝내지 못한 밭을 갈게 했으나 역시 갈고 파종하는 것을 끝내지 못했다. 잣쇠는 연속으로 6일 동안 밭을 갈았는데, 품을 갚기 위해 하는 것이다. 별시에 급제한 자는 16명이라고 한다.

◎ — 4월 27일

잣쇠가 품을 팔았으므로 소 2마리를 빌려 갔다. 이틀 연속으로 밭을 갈게 했다. 아침 식사를 막 끝낼 무렵에 서쪽 울타리 아래에 앉힌 벌통에서 새끼 벌이 태어나 배나무에 붙었다. 잡아서 앉혔는데 얼마 뒤에 또 태어났다. 하루에 연속으로 두 번 태어나 모두 배나무에 붙었으므로 잡아다 앉혔다. 다만 벌통이 작고 좁아서 벌을 담기에는 아마도 적절하지 않은 듯하다. 그러나 통을 구하지 못해서 이처럼 앉히지 못할 통에 앉혔으니, 오래가지 못할까 걱정스럽다. 벌통 2개의 벌이 각각 4, 5되쯤 될 것이다.

계집종 은개의 남편 수이가 지난달 그믐에 생원(오윤해)의 사내종 춘이와 같이 삼척에 갔다. 인아 처가의 계집종을 잡아 오고 신공(身貢)을 거두는 일 때문에 보냈는데 오늘 저녁에 돌아왔다. 올 때 강릉 심열 덕의 집에 들러 심질(沈姪)의 답장을 받아다 전해 주었다. 편지를 보니, 일가의 처자식이 모두 잘 있다고 한다. 매우 기쁘다. 미역 2동, 대구 4마리, 말린 조어(潮魚) 4마리를 보내왔다. 인아의 계집종에게는 젖먹이가 있고 또 걷지 못하는 어린애가 있기 때문에 같이 오지 못했고, 공물로 포 3필만 받아 왔다. 충아 어미에게 약과 5되를 만들게 했다. 모레 제사에 쓰기 위해서이다.

◎ ─ 4월 28일

내일은 선친의 생신이다. 두 아이의 처에게 반찬을 마련하게 하고 또 언신에게 어망을 가지고 물고기를 잡게 했더니 두어 사발을 잡아 왔다. 이것으로 탕과 적을 만들 생각이다. 생선과 고기를 달리 얻을 곳이 없어서 이것만을 제수로 쓰고, 제철 채소로 탕과 적을 만들어 채소탕과 네 가지 고기탕, 두 가지 고기적, 두 가지 채소적을 만들고, 여섯 가지 고기반찬, 포와 식해, 반상(盤床)의 제구(諸具)를 구하는 대로 갖추었다. 다만 어머니께서 멀리 한양에 계시고 아우도 집에 없으니, 이 때문에 안타깝다.

전잣쇠에게 이틀 연속 밭을 갈게 했는데, 품을 팔기 위한 것이다.

◎ ― 4월 29일

날이 밝을 무렵에 두 아이를 데리고 제사를 지냈고, 아침 식사 뒤에 가까운 이웃 사람들을 불러서 술과 떡을 대접해 보냈다.

아침 식사 전에 그저께 태어난 벌통에서 또 벌이 태어나서 잡아다가 서쪽 방 창밖 울타리 밑에 앉혔다. 겨우 3되쯤 되는데, 1통에서 네 번 태어난 것이다. 앉힌 지 오래지 않아 세 번째 태어난 벌이 도망가서 뒷고개를 넘어 달아났다. 벌통이 좋지 않았기 때문이다. 아깝다. 하나는 얻고 하나는 잃었으니, 역시 운수인가 보다. 어찌하겠는가.

김업산이 매를 가지고 와서 보기에, 술과 떡을 먹여 보냈다. 매를 가지고 가서 잘 기르게 하고, 동쪽 집의 개를 잡아 주어 매의 먹이로 쓰게 했다. 만일 잘 먹이면 후하게 상을 줄 것이라고 말해 보냈다. 오늘 제사를 지내고 남은 떡과 과일, 고기 등의 물건을 2바구니에 담아서 최 판관에게 보냈더니 고맙다고 답장을 보내왔다.

5월 작은달 -12일 하지, 27일 소서 -

◎ — 5월 1일

오늘 전날에 갈다가 끝내지 못한 밭을 갈려고 해서 어제 언신과 약속하여 와서 갈기로 했는데, 어기고 오지 않았다. 밉살스럽다. 할 수 없이 느지막이 전풍을 빌려 갈았다. 최판관이 편지를 보내 안부를 묻고, 또 햇고등어와 조기 각 1마리를 보냈기에 답장을 써서 사례했다.

◎ — 5월 2일

후임 어미가 어제 아침부터 배가 조금 아프다고 하더니 밤이 되자 몹시 통증을 느끼며 새벽까지 앓았다. 찬바람을 맞아서 아픈 것이라고 생각하고 모든 일을 미리 준비하지 않았는데, 날이 밝아 올 무렵에 아들을 낳았다. 자리를 깔기도 전에 무사히 해산했고 또 잘생긴 아들을 얻었으니 기쁨을 가눌 수 없다. 해가 뜨는 시간이 인정(寅正, 인시의 한가운데) 삼각(三刻, 45분)인데, 날이 밝을 무렵에 낳았으니 아마 인시 초일 것이다. 연은 경자 토(庚子土), 월은 임오 목(壬午木), 일은 갑진 화(甲辰火), 시는 병인(丙寅)이다. 우리 네 며느리가 모두 임신을 하여 윤함의 처가 지난해에 먼저 아들을 낳았고, 금년 3월에는 윤겸의 처가 또 아들을 낳았으며, 금년 5월에는 윤성(允誠)이 또 아들을 낳았다. 윤해의 처만 아직 해산하지 않았는데, 역시 이달 안에 낳을 것이다.

조광년에게 전날에 끝내지 못한 언보의 밭을 갈게 하여 다 갈고 씨를 뿌렸다. 그동안 뿌린 것이 희고 가는 두(豆) 4말 3되, 팥 4말 7되로, 도합 9말이다. 사흘갈이가 넘는다.

그저께 태어난 새끼 벌을 서쪽 방 창밖에 앉혀 놓았는데, 어제 막 도망가려고 하는 것을 일찍 발각하여 즉시 그 구멍을 막았다가 오늘 아침에 열어 보니 모두 나와서 서쪽 울타리 복숭아나무에 붙어 있었다. 이것을 또 잡아다가 전날 도망가 버린 벌통에 앉혔다. 집에 마침 벌통이 없어서 하는 수 없이 그대로 앉혔는데, 벌의 수가 적어서 겨우 2되 남짓이기 때문에 달아나든 말든 간에 앉혔다. 통이 좋지 않아서 아마 머지않아 도로 달아날 것이다.

언세가 어제 냇가에서 풀을 베다가 중간 크기의 자라를 잡아서 갖다 바쳤다. 저녁 식사에 탕을 끓여 두 아이와 같이 먹었다. 그 맛이 매우 좋았다.

◎ ― 5월 3일

생원(오윤해)의 집에서 소 2마리를 빌려서 밭을 갈았다. 생원(오윤해)이 사내종과 말을 관아에 보내서 환자 전미(田米) 1섬, 콩 5말을 받아 왔다. 양식이 떨어졌기 때문이다.

◎ ─ 5월 4일

벌통 2개에서 전날 태어난 새 벌이 들락거리는 것이 보이지 않아 뚜껑을 열어 보니 어제 이미 도망가 버렸다. 내가 어제저녁에 동대에 갔을 때 달아난 듯하다.

벌통 1개에서 4통의 벌을 낳았는데, 겨우 1통의 벌만 앉혔고 나머지 3통의 벌은 모두 도망갔다. 아깝지만 어찌하겠는가.

인아가 언신에게 김언보의 묵은 밭을 갈게 했는데, 오래 묵은 뒤라 소도 피곤하여 힘이 빠졌기 때문에 많이 갈지 못했다. 인아가 그물을 가지고 물고기 90여 마리를 잡았다. 내일 차례 때 탕과 적을 만들 생각이다.

계집종에게 겨를이 없었기 때문에 내가 직접 물고기 배를 따고 씻었다. 올해는 우리 집에 뽕잎을 딸 사람이 없기 때문에 누에를 치지 않았고 후임 어미만 두어 자리 쳤는데, 이제 다 섶에 올랐다. 계집종 은개와 덕노의 처는 많이 쳤는데, 역시 거의 섶에 오르게 되었다. 덕노가 보은에서 돌아와서 그 이튿날부터 뽕잎 따는 일을 시작하여 하루도 쉬지 않고 새벽에 나갔다가 저녁에 돌아오면서도 피곤한 줄을 모른다. 만일 상전의 일이었다면 반드시 꺼리고 원망도 많았을 것이다.

요즘 오래도록 한양 집의 소식을 듣지 못했다. 어머니의 안부가 어떠한지 모르겠다. 매우 걱정스럽다. 오늘은 아이가 태어난 지 사흘째이다. 몸을 씻기고 비로소 새 옷을 입혔다. 이름을 창업(昌業)이라고 지었다. 윤겸의 두 아들의 이름을 이어서 지었는데, 그 선업(先業)을 창성하게 만들기를 바란다는 뜻이다. 우리 문중이 쇠약해져서 선세(先世)로부터 동성(同姓)의 피붙이가 많지 않았다. 우리 형제 중에 내가 네 아들을 두어 모두 각각 아들을 낳아서 그 수가 여덟 남매에 이르렀는데, 또 그들 내외가 모두 젊으니 반드시 여기에 그치지 않을 것이다. 수가 많은 중에 어찌 한 자식이라도 쇠약해진 가문을 창대하게 만들 자가 없겠는가. 길이 축원한다. 아우 희철(希哲)에게는 두 아들이 있으나, 모두 어리다.

◎ ─ 5월 5일

단오이다. 집에 반찬이 없어서 다만 절육과 민물고기로 탕과 적을 만들어 차례를 지냈다. 산소에 잔을 올리는 일은 전에 제수를 보내 아우에게 행하게 했다. 그러나 아우의 집이 몹시 곤궁하니 어떻게 제사를 지내는지 모르겠다. 매우 걱정스럽다.

해주 오씨 직파(海州吳氏直派)

검교 군기감(檢校軍器監) 성휘(姓諱) 오인유(吳仁裕)
자(子) 내고부사(內庫府使) 휘 주예(周裔)
자 비서감(秘書監) 휘 민정(民政)
배(配) 채씨(蔡氏) 원외랑(員外郞) 휘 춘(椿)의 딸이다.
자 검교상서 좌복야 행 태자첨사(檢校尙書左僕射行太子詹事) 휘 찰(札)
배 최씨(崔氏) 원외랑 휘 집규(執圭)의 딸이다.
자 추봉 중정대부 전객령 행 동대비원녹사(追封 中正大夫典客令行東大悲院錄事) 휘 승(昇)
배 경주 김씨(慶州金氏) 시랑(侍郞) 휘 신우(信祐)의 딸이다.
자 내시 풍저창 승(內侍豐儲倉丞) 휘 효충(孝沖)
배 이씨(李氏) 도제구 판관(都濟廏判官) 휘 밀(密)의 딸이다.

자 중직대부 사복경(中直大夫 司僕卿) 휘 사렴(士廉)

배 김씨(金氏) 낭장(郞將) 휘 윤부(允富)의 딸이다.

자 선략장군 용양시위사 좌령호군(宣略將軍龍驤侍衛司左領護軍) 휘 희보(希保) - 묘 앞에 사대석(莎臺石)이 있고 비갈(碑碣)은 없다 -

배 원평 서씨(原平徐氏) - 묘가 죽산현(竹山縣) 서북 쌍령산(雙嶺山) 동쪽 능선에 있다. 지명은 오리현(於里峴)이다. 관문(官門)과의 거리가 1식 정도 된다. 호군의 묘와 위아래로 되어 있다. 경인년 3월에 대신 쓰고 신주를 묻었다 -

자 성균진사(成均進士) 휘 중로(重老)

- 묘가 죽산현 서북 구봉산(九峯山) 기슭에 있다. 지명은 대외(大外)이다. 관문과의 거리가 1식 정도 된다. 호군의 묘와 동서로 5리쯤 떨어져 있다. 묘 앞에 단갈(短碣)이 있고 비석 뒤에 세계(世系)가 기록되어 있다 -

배 밀양 박씨(密陽朴氏) 휘를 잘 알 수 없는 사람의 딸이다. 묘가 진사의 묘와 같은 산 다른 땅에 있다. 단갈이 있다.

자 북평관제검 어모장군 행 용양위 부사과(北平館提檢禦侮將軍行龍驤衛副司果) 휘 계선(繼善) - 자(字) 장경(長卿), 묘가 죽산현 서북 구봉산 기슭에 있다. 지명은 대외이다. 진사의 묘와 수십 보 떨어져 있다. 묘 앞에 비갈이 있고, 비갈 뒷면에 세계가 기록되어 있다. 좌찬성(左贊成) 신광한(申光漢)이 지었다. 석인(石人)과 망주석(望柱石)이 있다 -

배 전주 이씨(全州李氏) - 첫째 부인 종실(宗室) 고정정[古丁正, 이겸(李謙)]의 딸이다. 아들 없이 일찍 죽었다 -

배 안동 권씨(安東權氏) - 둘째 부인 참판 휘 맹희(孟禧)의 딸이다. 아들 없이 일찍 죽었다. 묘가 모두 광주 토당에 있다 -

배 전주 이씨 셋째 부인 - 종실 양진정(楊津正) 휘 신(信)의 딸이다. 익안대군(益安大君)의 5대손이다. 묘가 죽산에 있다. 제검(提檢)의 묘와 같은 지역이다 -

자 중직대부 행 사첨시 주부(中直大夫行司詹寺主簿) 휘 옥정(玉貞) - 자 정지(貞之), 묘 앞에 비갈이 있다. 석물이 갖추어져 있다. 묘가 한강 남쪽 5리쯤 되는 큰길가에 있다. 양재역(良才驛)까지 4, 5리가 못 된다. 광주 경계이다. 지명은 토당이다. 선릉(宣陵)* 서쪽 가 화소(火巢)* 밖으로 과천(果川) 경계와 이어진다. 5남의 묘가 모두 묘 아래에 있다 -

배 연안 김씨(延安金氏) - 참의 휘 흔(訢)의 딸이다. 주부공(主簿公)의 묘와 같은 곳에 있다 -

처음에 내가 어리고 아무것도 모를 때 아버지께서 일찍 돌아가시고 여러 숙부들도 역시 모두 일찍 돌아가셔서 조종(祖宗)의 세계를 아득히 들어 알 수가 없었고, 또한 물어볼 곳도 없어서 항상 한스러워 했다. 그러나 중년에 들으니, 선세(先世)의 족도(族圖)가 동성인 오안국(吳安國) 공의 집에 있다고 했다. 그래서 몸소 찾아갔더니 과연 있기는 했으나 안국 씨는 노병 때문에 나와 보지 않고 그 아들 빈(鬢)이 나와 응접했다. 도본(圖本)을 내보이기를 청했더니, 한 장지[障子]가 있는데 크기가 한 칸 벽만 했다.

맨 위에 시조 검교군기감(檢校軍器監)의 성과 휘를 쓰고 그 밑으로 줄을 따라 파를 나누어 내외 자손의 세계, 직함, 휘가 자세히 실려 있지 않은 것이 없으니, 이는 곧 동종(同宗) 공조 전서(工曹典書) 휘 광정(光廷)이 직접 만들다가 미처 정리하지 못하고 세상을 떠났고 그 아들 성균 직학(成均直學) 휘 선경(先敬)이 그 원본에 의거하여 그림으로 그려서 이

....

* 선릉(宣陵): 성종과 정현왕후(貞顯王后)의 능으로, 현재 서울시 강남구 삼성동에 있다.
* 화소(火巢): 원(園), 묘(墓)의 산불을 막기 위해 해자(垓子) 밖의 초목을 불사른 곳을 말한다. 화소는 해당 능원의 영역 표시가 되므로, 그 안에 투장(偸葬)하는 것을 금했다.

루지 못한 그 아버지의 뜻을 끝낸 것이다. 그 끝에 발문도 있어서 내가 세 번 거듭 받들어 읽어 보니, 길이 사모하는 지극한 마음을 이길 수가 없었다. 비로소 선세의 내려온 파를 알게 되었기에 빌려다가 베끼기를 간절히 원했으나 안국 씨는 잃을까 걱정하여 허락하지 않았다. 일찍이 남에게 빌려 주었다가 여러 번 잃고 간신히 찾았기 때문이다.

이에 부득이 직파(直派)만 베끼고 그 나머지 내외 지손(支孫)은 미처 기록하지 못했다. 그래서 아우와 함께 책 하나를 가지고 다시 가서 베끼려고 생각했는데, 얼마 뒤에 안국 씨가 세상을 떠나고 인사(人事)에 일이 많아서 미루어 두고 행하지 못했다. 드디어 임진의 변을 당하여 온 나라가 시끄럽고 도성이 불타서 잿더미가 된 뒤에 남은 것이 없어졌으니, 이 그림이 필경 보존되지 못했을 것이라고 생각하여 그때에 베끼지 못한 것을 평생의 큰 한스러운 일로 여겼다.

지난가을에 아우 희철이 토당 선영 밑에 와 있다가 다행히 안국 씨의 아우 헌국(憲國) 씨의 아들로 수원(水原)에 사는 박(璞)을 만나서 그 족도의 유무를 물어보니, 당초에 땅에 묻어서 온전하게 보존하여 꺼내서 집에 간직하고 있다고 했다. 나는 그 말을 듣고 얻어 볼 길이 있어서 기쁨을 스스로 이기지 못했다.

올봄 이른 때에 둘째 아들 윤해가 마침 일이 있어서 광주 농촌에 갔는데 수원과의 거리가 멀지 않기 때문에 가서 보고 베껴 오라고 했더니, 과연 사람을 시켜 족도를 가져다가 일일이 원본대로 베껴 기록했다. 그러나 오랫동안 땅에 묻었기 때문에 자못 썩고 망가져서 알아보기 어려운 곳이 있어서 간신히 판별해서 썼다고 한다. 이에 다시 윤해로 하여금 널리 고조(高祖) 진사 이하 자손의 지파(支派)와 내외 세계를 구하여 빠뜨리지 않고 일일이 기재하게 하여 하나의 책을 만들었다.

또 널리 전파하지 못할 것을 두려워하여 나의 네 아들로 하여금 각각 한 책씩을 쓰게 하여 자손 된 자들이 영구히 전해 보도록 했다. 또 현조(玄祖) 호군(護軍) 이하 분묘(墳墓)가 있는 주군(州郡)과 길의 멀고 가까움, 석물(石物)의 유무, 산 이름과 마을 이름을 모두 그 밑에 기록하여 후세 자손으로 하여금 묘소가 있는 곳을 알아 찾아볼 길이 있도록 했다. 그러나 사복경(司僕卿) 이상의 분묘(墳墓)는 끝내 어디에 있는지 알 수가 없으니, 애석함을 어찌 견딜 수 있겠는가.

아, 우리 오씨(吳氏)는 대(代)가 멀어서 어느 대부터 나왔는지 알 수가 없다. 직학(直學)의 발문에도 역시 원세(遠世)의 내파(來派)에 대해서 말하지 않고 바로 군기감(軍器監)으로부터 시작했는데, 군기감은 나말 여초(羅末麗初)의 사람으로 나에게는 13대조가 되는 듯하다. 그 후에 내외 자손이 대마다 큰 벌열(閥閱)을 이루고 대가(大家) 세족(世族)과 혼례를 맺어 혹 왕후비(王后妃)의 따님이 나오기도 했다. 다만 동성이 널리 퍼지지 못하여 여기에 기록된 것이 많지 않다. 우리나라에 들어와서는 더욱 번창하지 못하여, 현조 호군 이후로 고조, 증조 및 조고(祖考)에 와서는 대마다 문벌이 되었으나 자손이 드물고 혹 후사가 없기도 하여 겨우 종성(宗姓)을 이을 뿐이었으며, 오직 음사(蔭仕)*로 작은 고을 수령으로 나가기도 했을 뿐 문무과(文武科)로 출신(出身)하여 대관(大官)이 되어 가업을 떨쳐 일으킨 사람이 없었다.

....

* 음사(蔭仕): 과거를 거치지 아니하고 조상의 공덕에 의하여 맡은 벼슬이다. 음직(蔭職)이라고도 한다.

그런데 오직 우리 증조 제검[提檢, 오계선(吳繼善)]이 문아(文雅)로서 세상의 칭송을 받았고, 계속하여 생원, 진사에 장원으로 급제하여 여러 번 조정에 나갔으며, 저술한 사부(詞賦)가 사람들의 입으로 전파되었다. 그러나 끝내 벼슬에 나가지 못했으니, 어찌 이리도 운수가 기구했던가. 그 밖의 종족들은 또한 들어서 알지 못했고, 비록 혹 들은 바가 있어도 또한 어느 조상에게서 나왔는지 알지 못하겠다.

우리 조부 주부[오옥정(吳玉貞)]께서 다섯 아들을 낳으셨는데, 세 분은 모두 후사가 없고 둘째 아드님 현감 휘 경순(景醇)이 네 아들을 낳았으나 역시 많이 번성하지 못했다. 우리 종가의 제사는 그 손자 극일(克一)에게 전해졌는데, 난리로 인해 떠돌아 해주 땅에 와 있다가 지난 정유년 알성 무과(謁聖武科)로 출신했다.

우리 아버지께서 역시 세 아들을 낳으시어, 내가 맏이이고 다음 아우는 일찍 죽어 후사가 없고 끝의 아우 희철은 두 아들을 낳았는데 모두 어리다. 나는 네 아들을 낳았는데, 맏아들 윤겸은 일찍이 비변사의 천거로 평강 현감으로 나갔다가 지난 정유년 봄에 늦게 문과에 급제했으며, 그 아래 세 아들은 모두 학문에 뜻을 두었으나 아직 벼슬에 나가지는 못했다. 그러나 각각 아들을 낳아 그 수가 이미 8명에 이르며 또 나이가 젊어서 아마 이보다 더 낳을 듯하니, 쇠한 가문을 창성하게 떨치기를 내 손자에게 깊이 바라는 바이다. 그 나머지 지파는 모두 족보에 실려 있으므로 다시 기록하지 않는다.

또 세상에서는 시중(侍中) 연총(延寵)을 오씨의 시조(始祖)라고 하며, 증조인 제검(오계선)의 무덤 앞 비석 뒷면에 또한 연총(延寵)의 후손이라고 써 있다. 이제 도본을 보니 시중은 곧 대비원녹사 휘 승의 자손이고, 지백주사(知白州事) 효순(孝純)의 아들로 후사가 없고 딸 하나만 판서 성기(成紀)에게 시집갔을 뿐이다. 또《고려사(高麗史)》의 열전을 보니, 연총은 본관이 해주로 후사가 없다고 했다. 그렇다면 후사가 없다는 말이 반드시 허위는 아닐 텐데, 제검의 묘갈에 연총의 자손이라고 한 말은 과연 어찌해서 나온 것인가. 묘갈을 지은 사람은 신기재(申企齋)인데, 기재는 한 시대 문장의 종장(宗匠)으로서 오랫동안 문한(文翰)의 책임을 맡았으니,* 아마《고려사》를 자세히 보았을 것이다. 그런데 그 자손이라고 쓴 것은 몹시 괴이한 일이고, 또 우리 제백부(諸伯父)들도 역시 살피지 못한 것이다. 이제 일록(日錄)에다 우연히 도본에 의거하여 직파를 베껴 쓰고 이어서 들은 바를 기록해 둠으로써 후손이 살펴볼 자료로 삼는 바이다. 만력(萬曆) 경자년(1600, 선조 33) 중하(仲夏) 단양일(端陽日)에 평강 서촌의 머무는 집에서 쓴다.

◎ ― 5월 6일

박문재가 탁주 1대접을 가지고 와서 바쳤다. 매번 마음 쓰는 것이 이와 같으니, 후하다고 하겠다. 술 두 잔을 대접했다.

◎ ― 5월 7일

덕노에게 동과와 가지를 심을 곳에 구덩이를 파고 인분을 넣게 했다. 비가 오기를 기다려서 모종을 옮겨 심을 생각이다.

....

* 묘갈을……맡았으니: 신기재(申企齋)는 신광한이다. 인종 때 대제학을 지냈기 때문에 문한(文翰)을 맡았다고 한 것이다. 다만 신광한의 문집인《기재집(企齋集)》에는 오계선의 묘갈이 보이지 않으니, 문집을 간행할 때 누락된 것으로 보인다.

◎ ─ 5월 8일

어제저녁에 내린 비로 인해서 박 모종을 17곳에 옮겨 심었다. 또 오이씨를 심은 곳에 흙을 북돋아 주었다.

◎ ─ 5월 9일

김담이 중간 크기의 자라를 잡아다 바쳤다. 저녁때 탕을 끓여서 아이들과 함께 먹었다.

◎ ─ 5월 10일

덕노에게 콩 3말을 가지고 철원에 가서 소금을 사 오게 했다. 내일이 장날이기 때문이다. 또 황태(黃太) 1말을 보내 고등어를 사 오게 했다. 반찬이 없기 때문이다.

온 집안의 계집종과 품팔이꾼 도합 7명에게 채억복의 밭을 매게 했다. 초벌매기이다. 매는 것을 끝냈다. 저녁때 채억복의 벌통에서 새끼 벌이 태어났는데, 겨우 두어 되 남짓이다. 잡아다가 어미 벌의 오른쪽에 앉혔다.

◎ ─ 5월 11일

아침에 최판관이 편지를 보내고 제사 지낸 떡과 과일을 보내왔다. 즉시 답장을 써서 사례하고 처자들과 함께 먹었다.

수철장(水鐵匠)*이 농기를 이제야 만들어 보냈다. 그야말로 이른바

....

* 수철장(水鐵匠): 공조(工曹)에 예속되어 있던 경공장(京工匠)의 하나이다. 가마솥, 제기 등

잔치 끝난 뒤에 장구 치는 격이다. 밭 가는 일이 막 끝났으니, 비록 농기를 얻었으나 이제 쓸 곳이 없다. 내년 봄에나 써야겠다.

◎ — 5월 12일

온 집안의 계집종과 품팔이꾼 도합 5명이 비로소 관둔전을 다 맸다. 덕노가 소금을 사서 돌아왔는데, 콩 3말로 겨우 소금 3말을 사 왔고 또 콩 1말로 고등어 3마리를 사 왔다. 전에 환자로 받은 전미(田米)는 김랑이 돌아갈 때 양식으로 쓰고 남은 4말 5되를 주인집에 맡겨 두었다. 지금 가져오게 했더니, 그 당시 김랑의 사내종 1명이 병으로 누워 뒤 떨어져 있다가 나은 뒤에 돌아갈 때 가는 동안 먹을 양식으로 2말 5되를 가져갔고 또 머물고 있을 때 먹었기 때문에 겨우 남은 1말 5되를 가지고 왔다.

◎ — 5월 13일

온 집안의 계집종과 품팔이꾼 도합 3명이 박문재의 밭을 맸으나 끝내지 못했다. 인아가 어제 제 형과 함께 그물을 가지고 물고기 70여 마리를 잡았다. 즉시 소금에 절여서 어머니께 보내려고 한다. 생원(오윤해)이 잡은 물고기는 내일 제사에 쓰려고 한다. 내일은 그의 양부(養父)의 기일이다.

....

무쇠 그릇을 만들었다.

◎ — 5월 14일

생원(오윤해)의 집에서 제사를 지낸 뒤에 제사 음식을 소반에 갖추어 보내왔기에, 온 집안사람들이 함께 먹었다.

아침 식사 뒤에 지난달 21일에 태어난 새끼 벌이 통을 나와서 서쪽 배나무 위에 앉았는데 겨우 1되 반 남짓이었다. 이상해서 그 통을 보니 절반은 남아 있었다. 아마 불안해서 두 무리로 갈라진 듯했다. 잡아서 그 왼쪽에 앉혔다. 그러나 아마 오래 머물지 않을 것이다. 후임 어미가 계집종들을 데리고 내일 쓸 제수를 준비했다.

◎ — 5월 15일

날이 밝을 무렵에 두 아이를 데리고 제사를 지냈다. 극일은 기억하여 잔을 올릴지 모르겠다. 전풍의 품을 사서 율동 밭을 갈게 하고 녹두를 파종했다. 두 계집종이 심었다. 녹두 7되가 들었다.

◎ — 5월 16일, 17일

어제저녁부터 비가 내리더니 오늘은 저녁 내내 오다가 그쳤다 한다. 비 오는 형세를 보니 아마 장마인가 보다. 내일 덕노를 한양에 보내 25일인 어머니의 생신에 맞추려고 하는데, 비가 이렇게 내려서 보낼 수가 없다. 몹시 걱정스럽다. 동과와 가지 모종을 옮겨 심었다.

◎ — 5월 18일

비가 오후에야 그쳤다. 김언보와 박언방 등이 지난 3월에 남쪽으로 내려가 울산진(蔚山鎭)에서 수자리를 살다가 한 달을 채우고 교대해 돌아와 오늘 와서 보았다. 술을 주고 노고를 위로했다.

◎ ─ 5월 19일

아침에 비가 내리더니 오전에야 그쳤다. 그러나 날이 흐렸다 개었다 하고 검은 구름이 북쪽으로 달려가니 아마 아주 개지는 않을 듯하다. 두 계집종에게 전날 끝내지 못한 밭을 매게 했다.

내일은 죽전 숙모의 기일이다. 후임 어미가 계집종들을 데리고 제사 음식을 준비했다. 그러나 두부를 만들게 했더니 간수가 좋지 않아서 끝내 삭아서 쓰지 못하게 되었다. 다시 만들 수도 없는 형편이어서 음식을 갖추지 못했다. 탄식한들 어찌하겠는가.

동쪽 울타리 밑에 앉힌 벌이 또 새끼 벌을 낳아서 배나무 위에 붙어 있었다. 잡아다가 어미 벌 곁에 앉혔는데, 겨우 4, 5되쯤 된다. 이는 두 번째 낳은 벌이다. 앞서 낳은 벌은 오래도록 출입하는 것이 보이지 않아 이상해서 뚜껑을 열어 보니 달아난 뒤였다. 아깝다. 세 번째 벌이 낳은 것이 9통인데 달아난 것이 4통이고 1통은 두 무리로 갈라졌으니, 있어도 없는 것이나 같다. 그 나머지 4통은 지금은 아직 남아 있지만 달아나지 않는다고 어찌 보장하겠는가. 내가 창 앞에 앉아서 보니 앉힌 벌이 몹시 많아서 날마다 밖에 나가 놀다가 도로 들어가는데, 통이 작아 수용할 수 없어서 통 입구에 달라붙어 있는 놈이 많다. 그런데도 새끼 벌은 나오지 않으니 이상하다.

◎ ─ 5월 20일

날이 밝을 무렵에 인아를 데리고 제사를 지냈다. 어제저녁부터 새벽까지 비가 내리더니 종일 그쳤다 내렸다 한다.

◎ ─ 5월 21일

밤새 비가 조금도 그치지 않더니 아침에도 이처럼 내렸다. 앞 냇물이 불어나 양쪽 언덕이 모두 잠겨 사람들이 건너지 못했다. 우리 집의 기장밭과 조밭, 깨밭은 아직 한 번도 못 맸는데 이 장맛비를 만났으니, 만일 오래도록 그치지 않으면 김을 매 줄 수가 없어 장차 내버리게 될 것이다. 안타깝다. 이뿐만이 아니라 가을보리는 이미 익어서 머지않아 베어 거두어야 할 터인데 비가 이처럼 내리니, 안 그래도 좋지 않은 보리가 또한 썩고 꺾일 것이다. 우리 집은 오로지 이 보리만 믿고 있으니, 만일 속히 그치지 않는다면 몹시 걱정스러운 일이 생길 것이다. 더구나 밭이 내 건너편에 있어서 비가 그친다 해도 내를 건널 수가 없다. 더욱 걱정스럽다.

간밤 꿈에 임매와 경흠(景欽, 임극신)이 흡사 생시처럼 보였다. 깨고 나서도 모습이 또렷하다. 슬픈 감회를 견딜 수가 없다. 지난 15일에 병아리 11마리를 내렸다.

◎ ─ 5월 22일

비가 어제처럼 내리다가 오후에 잠시 그쳤다. 그러나 먹구름이 사방에서 모여들어 아주 그칠 조짐은 전혀 없다. 답답하다.

어둑할 무렵에 광노의 아들과 그 사내종이 말 2필을 끌고 한양에서 왔다. 작년 가을에 이곳에 사 둔 태두(太豆) 및 메주를 실어 가기 위해서이다. 자방(신응구)과 방량(邦良) 두 집의 편지 및 윤함의 편지가 모두 왔다. 일찍이 오는 사람 편에 광노의 집으로 보냈기 때문에 이제 비로소 와서 전한 것이다. 편지를 보니, 세 집이 모두 잘 있다고 한다. 몹시 위로가 되고 기쁘다. 그러나 어머니의 편지를 받아 오지 않아 안부를 알 수가 없다. 몹시 밉살스럽다. 다만 광노의 편지를 보니, 회현방(會賢坊) 댁* 아기가 고기를 먹고 중독되어 죽었다고 한다. 누구인지 모르겠다. 매우 놀랍고 애통하다. 아마 신아(愼兒)나 귀아(龜兒) 중 ┐ 것이다. 그 부모가 애통해 할 뿐만 아니라 어머니께서도 ┌   심하실 것이다. 이것을 생각하면 더욱 몹시 비통하다. 지난   에 한양을 떠났는데, 중도에 물에 막혀 간신히 산을 넘어왔   한다. 다만 결성의 소식을 듣지 못했으니, 이것이 아쉽다.

5월 23일, 24일

광노의   락들이 오늘 떠나기   어머니께 편지를 써서 보내고 약과 1바구니도 보냈   사 때 쓰고 남은 것을 보관해 두었으나 오랫동안 한양에 가는 사람이 없어서 이제야 보내는 것이다. 결성, 보은, 연안, 해주의 네 자녀들에게도 편지를 써서 부치고, 광노에게 인편이 있는 대로 전하게 했다. 광노의 처에게는 녹두 5되를 보냈다.

....
* 회현방(會賢坊) 댁: 오희문의 아우 오희철의 집을 말한다. 회현방은 조선 초기부터 있던 한성부 남부 11방(坊) 중의 하나인 호현방으로, 고종 때에 회현방으로 명칭이 바뀌었다. 이곳에 어진 선비가 많이 살았다고 한 데서 이름이 유래했다. 현재의 서울시 소공동, 명동, 북창동, 회현동 일대이다.

◎ — 5월 25일

오늘은 어머니의 생신이다. 당초 생신날에 맞춰 근친하려고 했으나 말 1필에 사내종 1명뿐이어서 떠날 수 없는 형편일 뿐만 아니라 오가는 동안 먹을 양식을 마련하기도 몹시 어려웠다. 또 장맛비가 열흘이나 계속 내려 산골짜기의 물이 불어나 길이 막혀서 건너가기도 어려웠다. 이에 뜻을 이루지 못하고 사내종도 보내지 못했다. 종일 한탄한들 어찌하겠는가.

오늘 온 집안사람과 품팔이꾼에게 보리를 수확하게 하려고 했으나 새벽부터 비가 내리고 그치지 않았다. 비가 그치기를 기다렸다가 느지막이 집안 노비만 4명을 보내 베어 가지고 실어 왔다. 오랜 비에 반은 썩고 꺾였으니, 만일 2, 3일만 지체했어도 거둘 수 없었을 것이라고 한다. 아깝다.

◎ — 5월 26일

온 집안의 노비들에게 보리를 베어 실어 오게 했다. 인아가 가서 보다가 소나기를 만나 다 젖어서 돌아왔다. 어제 벤 6바리를 모두 실어 왔다. 마당이 젖어서 타작할 수가 없다.

◎ — 5월 27일

세 노비에게 기장밭을 매게 했으나 끝내지 못했다. 간밤에 새벽까지 비가 내리더니 아침에야 그쳤다. 오후에는 소나기가 잠시 오다가 그쳤다. 이 때문에 보리를 타작할 수가 없다.

◎ ─ 5월 28일

밤새 비가 내리고 조금도 그치지 않더니 아침에도 여전하여 앞 냇물이 전날보다 배로 불었다. 내일은 죽전동 숙부의 기일이다. 후임 어미가 계집종들을 데리고 제사 음식을 차렸다.

◎ ─ 5월 29일

날이 밝을 무렵에 인아와 함께 제사를 지냈다. 비가 여전히 그치지 않아 두 밭은 아직 초벌매기도 못해서 장차 묵게 생겼다. 안타깝다.

늦은 아침에 생원(오윤해)의 처가 무사히 해산하여 또 아들을 낳았다. 몹시 기쁘다. 일출이 인정 삼각이니, 진시(辰時, 7~9시) 초에 태어난 것이다. 그러나 날이 흐려서 해를 볼 수 없었으니, 혹 묘시 말(末)인 것 같기도 한데 정확하지 않다.

사주가 경자년 계미월(癸未月) 신미일(辛未日) 임진시(壬辰時)인데, 27일은 6월의 절기이기 때문에 6월로 본 것이다.* 그 아비가 이름을 근립(勤立)이라고 지었다. 이전에 아이들의 이름을 재미 삼아 지었는데, 이를 따라 지은 것이다.

오후에 날이 갰으므로 지팡이를 짚고 동대에 올라가서 불어난 물을 구경하고 돌아왔다.

....

* 27일은……것이다: 사주의 월을 정할 때 이틀 전 27일이 여름 절기인 소서(小暑)였으므로 5월 29일을 5월로 여기지 않고 6월로 간주했다는 말이다. 5월은 임오월이고 6월은 계미월이다.

6월 큰달 -9일 초복, 13일 대서, 19일 중복, 29일 말복, 18일 입추-

◎ ─ 6월 1일

아침 식사 전에 신수함의 벌통에서 비로소 새끼 벌이 태어나서 서쪽 울타리 밖 배나무 위에 붙었기에 잡아서 앉혔다. 벌의 수가 많아서 6, 7되가 넘었다. 비가 오래 내린 끝에 오늘 비로소 그쳤기 때문에 나온 것이다.

집안의 두 계집종과 품팔이꾼 셋에게 사동의 기장밭을 매게 했다. 오늘 비로소 초벌매기를 하다 보니 풀이 무성하고 기장 싹은 드물었는데, 이삭이 나온 것도 있었다. 올기장이기 때문이다. 간신히 다 맸다고 한다.

오후에 수함의 벌통에서 또 새끼 벌이 나와 서쪽 가 울타리 밖 참나무 위에 붙었다. 인아는 나갔고 집에 사내종이 없어서 한창 고민하던 차에 마침 수이가 집에 있어서 벌을 잡아다 앉혔다. 거의 6되나 되었다. 다만 집에 있는 빈 통이 작은데다 비에 젖어서 모두 적당하지 않았다. 큰 통은 구멍이 많아 쓸 수 없어서 버린 지 오래였는데, 할 수 없이 갖다 썼다. 오래지 않아 달아날까 걱정스럽다.

박언방이 새 오이 3개를 갖다 바쳤다. 비록 절기가 늦었으나 처음 보는 물건이어서 즉시 신주 앞에 올렸다. 우리 집에서 심은 오이는 아직 열리지 않았다.

◎ ─ 6월 2일

보리를 타작했더니 전섬으로 3섬 5말인데, 1바리는 미처 실어 오지 못하고 밭 가운데에 쌓아 두었다. 작년 가을에 27말을 파종했는데, 밭이 척박하기 때문에 소출이 이것뿐이다. 비가 오래 내린 뒤여서 썩고 부러져 거두기 어려우리라고 생각했는데, 중간에 비가 그친 틈을 타서 겨우 거두어 타작할 수 있었다. 다행이다.

◎ ─ 6월 3일

비가 내리다 그쳤다 하며 종일 날이 흐렸다. 이 때문에 밭을 매지 못했다. 다만 개비의 다리에 종기가 나서 걷지 못한다. 이 계집종만 믿고 밭을 매려고 했는데, 쉽게 낫지 않을 듯하다. 답답하다.

◎ ─ 6월 4일

새벽부터 비가 내려 종일 그치지 않았다. 생원(오윤해)의 사내종 춘이가 삼척에서 신공을 거두어 가지고 어제저녁에 돌아왔다. 전 삼척 부사 김공권(金公權)이 익힌 전복 5백 개, 말린 홍합 1말, 송어 6마리, 전복 1첩을 보냈는데, 송어는 썩어서 구더기가 생겼으므로 버렸다고 한다. 이것은 윤겸이 편지로 부탁했기 때문이다. 뜻밖의 물건을 얻었으니, 제사에 쓸 생각이다. 몹시 기쁘다.

◎ ─ 6월 5일

어제 비로 인해 앞내가 불어나 건널 수가 없다. 이 때문에 김을 매지 못했다. 전날에 벌이 태어난 통에서 벌이 드나드는 것이 보이지 않아 이상해서 뚜껑을 열어 보니 달아난 뒤였다. 올해 벌이 태어난 것이 11통이나 되는데, 달아난 것이 6통이고 5통만 남아 있다. 아직 남아 있는 벌통도 오래갈지 알 수 없다. 아깝다.

◎ ─ 6월 6일, 7일

밤새 비가 내리더니 아침에도 그치지 않고 때때로 세차게 내렸다. 지난달 17일부터 비가 시작되어 지금까지 20여 일 동안 하루도 그친 날이 없으니, 올해 밭곡식은 아마 여물지 않을 것이다. 그러나 기전(畿甸, 경기도)의 논은 가망이 있을 듯하다.

전날에 밭에 쌓아 두었던 보리를 비 때문에 실어 오지 못했는데, 이제 들으니 멧돼지가 다 휘저어 버렸고 남아 있는 것은 모두 싹이 나고 썩어서 못쓰게 되었다고 한다. 안타깝다.

오전에 큰비가 퍼붓듯이 내렸다. 앞내가 몹시 불어나 양쪽 언덕이 다 잠기고 냇가의 밭곡식이 모두 물에 잠겼다. 우리 집의 차조밭과 참깨밭도 다 물에 잠겼다. 아깝다.

내가 동대에 가서 불어난 물을 보니 참으로 가관이었다. 이 지역의 노인들이 모두 전에 없던 일이라고 했다. 집사람도 가마를 타고 동쪽 집에 가서 구경하고 저녁 무렵에 돌아왔다. 비가 조금도 그칠 기미가 없다. 남풍은 계속 불고 먹구름은 북으로 달려가니 이달 안에는 아마 해를 보지 못할 것이다. 오랫동안 나무를 베 오지 못해서 아침저녁으로 밥 짓는 것조차 몹시 어렵다. 답답하다.

◎ —6월 8일

어젯밤부터 오늘 날이 저물 때까지 비가 여전히 그치지 않았다. 생원(오윤해)의 집은 요새 비 때문에 포목이 있어도 곡식으로 바꾸어 오지 못해서 몹시 곤궁하다. 날마다 우리 집에서 갖다 먹는데, 우리 집에서 수확한 보리도 장차 떨어질 판이다. 두 집이 머지않아 모두 굶주리게 생겼다. 탄식한들 어찌하겠는가.

◎ —6월 9일

오늘은 비가 그쳤다. 그러나 날이 흐렸다 맑았다 하고 때로 소나기가 세차게 내리다가 잠깐 사이에 그쳤다. 초복이다.

◎ —6월 10일

종일 날이 갰다. 그러나 날이 매우 더우니, 바람과 구름의 징후를 보면 아주 갤 징조는 아니다.

◎ —6월 11일

새벽부터 비가 내려 오전 느지막이 퍼붓듯 쏟아졌고 종일 크게 내려 잠시도 그치지 않았다. 앞 냇물도 불어났지만 전날처럼 심하지는 않왔다. 전날에는 세차게 내렸고 오늘은 완만히 내렸기 때문이다.

우리 집에서 경작하는 밭은 모두 내 건너편에 있는데, 이처럼 비가 내리니 김을 매지 못할 듯하다. 걱정스럽다. 귀리밭도 내 건너편에 있어서 버리게 되었다. 아깝다.

◎ — 6월 12일

날이 갰다. 구름이 북쪽에서 나와 남쪽으로 향하니, 요 며칠은 비가 오지 않을 듯하다. 지난달 16일부터 비가 내리기 시작하여 오늘까지 25일 만에 그쳤다. 그간 비 때문에 모든 밭을 제때에 매 주지 못했다. 덕노도 올려 보내지 못해서 어머니의 안부도 두어 달 동안 듣지 못했다. 몹시 걱정스럽다.

◎ — 6월 13일

이른 아침에 온 집안의 노비들에게 양식을 싸 가지고 가서 내 건너편에 있는 조밭을 매게 했으나 물이 깊어서 건너지 못하고 되돌아왔다. 한탄한들 어찌하겠는가.

◎ — 6월 14일

품팔이꾼과 온 집안의 계집종 등 9명에게 말지촌의 조밭을 매게 했다. 또 덕노에게 보리를 실어 오게 했는데, 모두 썩어서 쓸 수 없게 되었다. 아깝다. 또 귀리를 베어 거두게 했으나 끝내지 못했다. 오늘은 앞내를 겨우 건널 수 있었는데, 여자는 건너지 못했다.

◎ ─ 6월 15일

오늘은 유두절이다. 수단을 만들어 신주 앞에 차례를 지냈다. 집에 찹쌀이 없어서 겨우 3되를 구해 만들었다. 생원(오윤해)의 식구도 다 모여서 함께 먹었다. 전날에 밭에 쌓아 두었던 보리를 오늘 실어 와서 타작했더니 5말이 나왔다. 절반은 썩어서 먹을 수가 없다. 그렇지 않았다면 10여 말은 나왔을 것이다.

◎ ─ 6월 16일

품팔이꾼과 온 집안의 계집종 도합 8명에게 존광들의 조밭을 매게 했다. 두벌매기이다.

◎ ─ 6월 17일, 18일

채억복의 조밭을 매게 했으나 끝내지 못했다. 호미를 쥔 사람은 6명이었다. 날이 몹시 더워서 계속 땀이 흘렀으므로 물에 가서 목욕을 했더니 몹시 상쾌했다. 귀리를 타작했더니 전섬으로 2섬 2말이 나왔다.

◎ ─ 6월 19일

중복이다. 덕노가 짚신을 싣고 한양에 갔다. 정목 5필을 가지고 부석사에 가서 짚신 485개를 사서 싣고 간 것이다. 어머니께 차좁쌀 1말 5되, 메밀 1말, 팥 2말, 전복 3곶, 익힌 전복 1백 개, 소금에 절인 민물고기 60마리를 부쳤다. 덕노에게 무명 2필을 쌀로 바꾸어 양미(糧米)로 갖다 드리게 했다.

아우의 집에도 두(豆) 1말을 보냈다. 보은의 김서방(金書房, 김덕민)

집에도 편지를 써서 윤동지[尹同知, 윤경(尹涧)] 댁에 보내 전해 주도록
했다.

◎ ─ 6월 20일

온 집안의 계집종과 품팔이꾼 도합 6명에게 박문재의 밭을 매게
하고, 끝낸 뒤에 콩밭으로 옮겨서 조금 매게 했다. 생원(오윤해)이 그물
을 가지고 1사발 넘게 물고기를 잡아 와서 탕을 끓여 함께 먹었다. 오
랫동안 먹어 보지 못했던 터라 그 맛이 매우 좋았다.

◎ ─ 6월 21일

요새 날이 몹시 더워서 밤에 잠을 잘 수 없다. 밤낮으로 옷을 벗고
있다가 더운 바람을 쐬어 어제부터 귀밑머리가 좀 아프더니 지금까지
차도가 없다. 걱정스럽다. 오이가 이제 비로소 열려서 먼저 30여 개를
땄다.

◎ ─ 6월 22일

거리를 따져 보니, 덕노는 오늘 한양에 들어갔지 싶다. 저녁에 함
열의 사내종 덕룡이 연안에서 왔다. 딸과 자방(신응구)의 편지를 보니,
온 집안의 위아래가 모두 잘 있다고 한다. 몹시 기쁘다. 패랭이 10개,
조기 2뭇을 보내왔는데, 패랭이는 팔아서 쓰라고 한다. 덕룡은 본래 이
고을 북면에 살던 자로 지난 4월에 사환으로 부리겠다고 잡아갔는데,
이제 휴가를 받아 가지고 온 것이다.

근래에 내가 몸이 편치 않고 오른쪽 이가 조금 아프더니 이 때문에

오른쪽 귀뿌리와 머리가 때로 쑤시고 아프다. 걱정스럽다.

◎ ─ 6월 23일

메밀밭을 갈았다. 반일 남짓 갈이이다. 세 계집종이 3말 7되를 파종했다.

◎ ─ 6월 24일, 25일

말지촌의 콩밭을 다 맸다. 생원(오윤해)이 어제 그물을 가지고 물고기 120여 마리를 잡았다. 바로 식해를 담아서 내달 3일의 제사에 쓸 계획이다. 오늘은 몸에 차도가 있다.

◎ ─ 6월 26일

들으니, 현감이 고과(考課)에서 중(中)을 받았다고 한다. 아마 세력을 믿고 교만히 굴고 거리낌 없이 멋대로 하며 농사철을 상관하지 않고 크게 토목 공사를 일으켜 자기가 쓸 관아의 방을 크게 짓는 데 심지어 큰 들보를 2개나 넣었으며 앞뒤 행랑을 일시에 다 지어서 백성이 그 고통을 받았기 때문일 게다.

또 들으니, 그의 아들이 근친을 하러 왔을 때 방백이 달려와 알현했는데 또한 업신여기는 말을 했다고 한다. 방백은 이정형 공이다. 또 들으니, 현감이 중을 받은 뒤에 불안한 마음이 많아서 벼슬을 버리고 돌아가고자 했으나 지금은 관아의 곡식이 탕진되었기 때문에 환자를 받은 뒤에 가려 한다고 한다. 어찌 반드시 그렇게 되겠는가. 그러나 그 아들 덕형이 지금 대신의 반열에 있는데 그 아비가 욕을 당했으니, 아마 그 자리에 오래 있게 하지는 않을 것이다.

◎ — 6월 27일

덕노 등이 한양에서 돌아왔다. 어머니와 아우, 누이의 편지를 보니, 모두 평안하다고 한다. 몹시 위로가 되고 기쁘다. 다만 아우의 편지를 보니, 그 아들 귀아가 지난 5월 8일에 고기를 먹고 중독되어 죽었다고 한다. 몹시 비통하다. 죽은 딸의 무덤 왼쪽에 묻었다고 한다. 어머니께는 무명 2필을 쌀 4말 1되, 전미(田米) 3말 5되로 바꾸어서 갔다 드렸다고 한다. 신고 간 짚신을 무명 10필로 바꾸어서 2필로 어머니의 양식을 계산하고 그 나머지 8필을 가져왔다. 그러나 그중 3필은 매우 좋지 않다.

전날에 바꾼 포목 2필도 가지고 왔다. 은자 6돈 중에 3돈으로는 명지(名紙, 과거시험에 쓰는 종이) 3장을 사 왔고 그 나머지 3돈은 광노의 집에 있다고 한다. 어머니께서 쌀 1말, 준치 1마리를 구해 보내 주어서 밥을 지어먹게 하셨다. 이곳에 쌀과 반찬이 없는 것을 아셨기 때문이다. 광노도 준치 3마리를 보냈다.

보은에 있는 딸의 편지도 왔다. 김랑과 딸의 편지를 보니, 잘 있다고 한다. 평강(오윤겸)은 누이를 보려고 지난달 보름에 보은에 갔다가 비 때문에 10여 일을 유숙했고 오늘내일 사이에 돌아가려고 하는데 장맛비가 그치지 않아 장담할 수 없다고 한다. 평강(오윤겸)의 편지도 왔다. 뜻밖에 받아서 또 김랑의 집안일을 들어 보니, 편안하고 화목하며 정돈되었다고 한다. 몹시 위로가 되고 기쁘다. 결성으로 돌아가면 세만을 보내 문안하겠다고 했다.

◎ ― 6월 28일

온 집안의 노비와 품팔이꾼 7명에게 두전(豆田)을 매게 했으나 끝내지 못했다. 사흘갈이이다. 언명이 소장 2장을 구해 보냈기에 보니, 유학(幼學) 정승민(鄭承閔)과 이해(李海)의 소장*이었다. 그들은 홍여순의 당인데, 이산해 부자와 조정 신료 10여 명을 두루 비난하면서 간사하여 나라를 그르친 일을 극언했다. 이해는 잡혀 와 갇혀서 형벌을 받고 여러 번 취조를 당한 끝에 자복하여 멀리 유배되었는데, 홍여순의 당 윤홍(尹宖)이 지어 주고 소를 올리게 했기 때문에 그도 유배되었다고 한다.

홍여순의 당과 이산해 부자의 당은 파면당하기도 하고 문밖으로 내쫓기기도 했으며, 지금 집정(執政)한 자는 모두 서인(西人)들이라고 한다. 조정이 조용하지 않고 풍랑이 또 일어났다. 위태한 나라에는 들어가지 말라고 옛사람이 경계했으니,* 이러한 시국에는 시골에 버려져 살기를 진실로 원한다. 마침 윤겸에게 서용(敍用)*하는 명이 내려지지 않았으니, 매우 다행이다.

....

* 유학(幼學)⋯⋯이해(李海)의 소장:《국역 선조실록》33년 5월 16일 기사에 이해가 올린 상소가 실려 있다. 이산해(李山海) 일당을 논죄하는 내용이다. 정승민(鄭承閔)은 이해보다 먼저 상소를 올린 듯하다.《국역 선조실록》33년 4월 28일 기사에 정승민의 상소로 인해 영의정 이산해가 사직을 청하는 내용이 실려 있다.
* 위태한⋯⋯경계했으니:《논어(論語)》〈태백(泰伯)〉에 "위태로운 나라에는 들어가지 말고, 어지러운 나라에는 거주하지 말아야 한다. 천하에 도가 있으면 자기를 드러내고, 천하에 도가 없으면 숨어야 한다. 나라에 도가 있을 때에는 가난하고 천한 것이 부끄러운 일이고, 나라에 도가 없을 때에는 부하고 귀한 것이 부끄러운 일이다[危邦不入 亂邦不居 天下有道則見 天下無道則隱 邦有道 貧且賤焉 恥也 邦無道 富且貴焉 恥也]."라는 공자의 말이 나온다.
* 서용(敍用): 면직된 사람을 다시 임용하는 것을 말한다.

정승민과 이해는 모두 경기도의 시골 사람인데, 조정에서 피차간에 일어나는 시비곡절과 인물의 승출(陞黜, 벼슬을 올리고 내리는 일), 오가는 말들을 어디로부터 들어 자세히 알 수 있었겠는가. 이는 아마 조정에 있는 자가 대신 지어 주어 올리게 한 것이다. 더군다나 잘 지었으니 무식한 유학이 지은 글이 아니다. 그 뒤에 들으니, 이해의 소는 윤홍이 대신 지었고 정승민의 소는 홍여순이 대신 지었다고 한다.*

◎ ─ 6월 29일

말복이다. 어제 끝내지 못한 밭을 맸다.

◎ ─ 6월 30일

온 집안의 노비에게 올기장을 베게 했으나 미처 실어 들이지 못했다. 작황이 매우 좋지 않은데다 멧돼지가 짓밟아 버려서 남은 것이 많지 않다. 안타깝다. 요즘 궁핍해서 오로지 이 기장만 믿고 있었는데 이 지경이니, 앞으로 기대할 양식이 없다. 몹시 답답하다.

....

* 이해의……한다:《국역 선조실록》33년 5월 16일 기사에, "윤홍(尹宖)이 스스로 소초(疏草)를 지은 다음 이해에게 교사하기를 '네가 이 소를 올리면 너는 남행 대간(南行臺諫)이 될 것이다.'라고 하니, 이해가 이 말을 믿고 드디어 이 소를 올린 것이다."라고 하면서 사건의 전말을 밝혀 놓았다.

7월 작은달 −13일 처서, 29일 백로−

◎ ─ 7월 1일

어제 벤 올기장을 실어 와서 타작하니 겨우 8말이 나왔다. 이틀갈이 밭인데, 인력은 배가 들고 소출은 이것뿐이다. 탄식한들 어찌하겠는가. 저녁에 김언신이 한양에서 돌아왔는데, 지난달 27일에 중전이 승하했다고 한다. 전에 병이 위중하다는 말을 듣지 못했는데 갑자기 이렇게 되었으니, 무슨 까닭인지 모르겠다. 매우 놀랍고 애통하다.

◎ ─ 7월 2일

내일은 조모의 기일이다. 후임 어미에게 계집종들을 데리고 음식을 장만하게 했다. 나는 몸이 불편하다. 걱정이다.

◎ ─ 7월 3일

새벽에 생원(오윤해)이 제사를 지냈다. 나는 더위를 먹어서 이질이 생기고 밤새 머리가 아팠으므로 제사에 참여하지 못했다. 인아도 손에 종기가 나서 제사에 참여하지 못했다. 용산에 사는 감사 윤승훈(尹承勳)*의 사내종 문계복(文戒福)이 배에 짐을 실어 가는 일로 안협현 앞에 배를 대고는 이 마을에서 무명을 두(豆)로 바꾸었다. 불러다가 술과 밥을 대접하고 우리 집의 짐을 실어 가라고 말해 보냈다. 우리 집이 한양으로 돌아갈 때 실어 가지 못할 물건을 먼저 배에 실어 보내려고 하는 것이다.

저녁에 평강(오윤겸)의 사내종 세만이 결성에서 왔다. 나를 문안하기 위해서이다. 윤겸의 편지를 보니, 온 집안의 위아래가 모두 무사히 잘 있다고 한다. 매우 위로가 되고 기쁘다. 지난달 5일에 보은에서 집으로 돌아왔다고 한다. 그곳의 농사는 아주 잘되어서 열매만 제대로 맺히면 수확을 기대할 만하다고 한다. 다만 제집에서 심은 것이 많지는 않다고 한다. 아쉽다. 그 첩은 아직 해산하지 않았다고 한다. 역시 걱정스럽다. 조기 2뭇, 두 가지 젓갈 조금을 보내왔다. 인아의 암소가 어제 암송아지를 낳았다.

◎ — 7월 4일

김업산이 와서 매의 먹이를 요구하므로 전귀실의 개를 빌려서 주었다. 밭갈이에 소를 빌려 주어 갚을 것이다.

세만이 현에 들어갔다. 전에 이 현에 있을 때 관아의 계집종에게 장가들어 자식까지 낳았으므로 들어가서 보려는 것이다. 돌아갈 때 답

....
* 　윤승훈(尹承勳): 1549~1611. 함경도 관찰사, 영의정 등을 지냈다.

장을 받아 가지고 가겠다고 했다.

남매의 사내종 덕룡이 한양에서 왔다. 지난가을에 사 둔 두(豆)를 실어 가기 위해서이다. 어머니의 편지를 보니, 평안하시다고 한다. 매우 기쁜 마음을 어찌 말로 다 하겠는가. 다만 들어 보니, 한양의 사대부들은 모두 백립(白笠)을 쓰는데 백립 만드는 값이 몹시 비싸서 쉽게 구할 수가 없다고 한다. 우리 부자가 쓸 백립은 아무리 생각해도 만들 길이 없다. 고민스럽다. 우선 가백(假白)*을 쓰고 천천히 구할 작정이다.

◎ ― 7월 5일, 6일

남매의 사내종 덕룡이 한양으로 돌아가면서 그 집의 두(豆) 22말을 실어 갔다. 민물고기 식해 1항아리를 어머니께 부쳤다. 덕룡이 가면서 먹을 양식과 말먹이 콩도 주어 보냈다.

오늘 배에 실어 보낸 물건을 기록해 보니, 술통 일체, 국수틀 일체, 작은 가마 1개, 발 없는 솥 2개, 제사상 2개, 맷돌 위아래 2짝, 농기 보구(甫口) 2개, 볏* 1개, 철(鐵) 1개, 생원(오윤해) 집의 발 있는 솥 2개, 뚜껑 등이다. 배를 댄 곳에 실어 보냈다. 뱃삯은 황태(黃太) 6말이다. 생원(오윤해)의 집에서는 두(豆) 1말을 주었다. 우리 일가가 오는 9월 내로 올라갈 계획이기 때문에 일용에 가장 필요한 물품 중에 육로로 보내지 못할 물건을 먼저 보낸 것이다.

....

*   가백(假白): 국상에 임시로 만들어 쓰는 백립(白笠)이다. 검은 갓에 흰 천을 감싸서 만든다.
*   볏: 보습 위에 비스듬하게 덧댄 쇳조각이다.

◎ ─ 7월 7일

칠석이다. 집에 준비한 제사 음식이 없어서 다만 절육과 노루고기 탕을 차려 잔을 올렸다. 어제 김담이 노루고기 1덩이를 구해 와서 바쳤기에 그 고기를 썼다.

오늘 덕노에게 메주 40말을 배에 실어 보내게 했는데, 마침 배가 떠나 거의 10여 리를 내려갔기에 간신히 쫓아가서 양을 헤아려 실었다. 뱃삯은 10말당 2말씩 주기로 했기 때문에 40말의 뱃삯으로 8말을 주었다. 또 말먹이 콩 20말을 싣고 가서 함께 배에 실으려고 했으나 뱃사람이 너무 무겁게 싣는 것에 난색을 표하여 끝내 실어 주지 않았으므로 도로 실어 왔다. 이때 밤이 거의 삼경(三更, 23~1시)이었다. 뱃사람이 또 뱃삯이 부족하다고 해서 콩 3말을 더 주었다.

◎ ─ 7월 8일

오늘은 선친의 생신이다. 전병과 절육을 만들고 익힌 전복으로 만든 탕, 식해, 가지 등의 음식을 차려 잔을 올렸을 뿐이다. 박문재가 능금을 갖다 바쳤는데, 새로 난 물건이기 때문에 바로 신주 앞에 올렸다.

어제부터 비로소 백립을 썼다. 쓰고 있는 사립(斜笠)*을 백목면(白木綿)으로 감싸서 쓰다가 백립 값이 싸지기를 기다려서 상경한 뒤에 새로 만들어 쓸 생각이다. 한양의 백립 값이 은자 5돈이라고 한다.

....

* 　사립(斜笠): 명주실로 싸개를 해서 만든 갓이다.

◎ ― 7월 9일

삼을 묻었다. 우리 집의 두 밭에서 겨우 7뭇이 나왔고 생원(오윤해)의 집 삼은 3뭇이어서 도합 10뭇을 묻었다.

저녁에 이 면의 위관과 서원(書員)*이 재해를 입은 곳을 조사하러 여기에 왔다가 김억수의 집에서 자게 되어, 그 참에 와서 보고 탁주 1동이, 소주 1병, 생닭 2마리를 바쳤다.

◎ ― 7월 10일

위관과 서원 등을 불러 소주 두어 잔을 대접하고, 명나라 부채 1자루, 황모필 1자루, 참먹 1개를 주고 우리 집에서 경작한 밭의 결복(結卜)*을 감해 주기를 청했다. 위관은 전거원(全巨源)이고, 서원은 최판관의 사내종 엇쇠[旕金伊]이다.

저녁에 세만이 현에서 돌아왔다. 내 편지를 받아 가지고 현으로 돌아갔다가 그길로 영동에 가서 미역을 사 가지고 바로 결성으로 돌아가려 한다고 했다. 이 때문에 추후에 편지를 써서 이직장의 집으로 보내 놓을 테니 가져가라고 일러 보냈다.

묻었던 삼을 아침에 꺼내 보니 다 익었다. 기쁘다. 껍질을 벗겼더니 겨우 4단인데, 모두 거칠고 나빠서 베를 짜기에 적합하지 않다고 한다.

....

* 　서원(書員): 지방 관아에서 일하던 향리로, 행정 실무를 맡아 보았다. 서리(書吏)보다 격이 낮으며, 서리가 없는 관아에 두었다.
* 　결복(結卜): 토지에 과세하는 단위 면적인 결복 혹은 결부(結負)의 수량이다. 결복은 결과 복의 병칭으로, 복을 부(負)라고도 한다. 보통 양전척(量田尺)으로 1척(尺) 평방을 1파(把), 10파를 1속(束), 10속을 1복, 1백 복을 1결(結)로 한다.

◎ ─ 7월 11일

이웃에 사는 전업이 일이 있어서 한양에 가기에 안부 편지를 써서 어머니께 보냈고, 또 패자를 만들어 광노에게 보내 배로 보낸 물건을 찾아 그 집으로 실어 들이게 했다. 세만이 현으로 들어갔다.

◎ ─ 7월 12일, 13일

덕노가 휴가를 받아 안변으로 들어갔다. 미역 등의 물건을 사기 위해서이다. 나도 무명 1필을 주어서 미역을 사 오도록 했다. 수이와 세만이 길동무가 되어 돌아가기에, 또 결성에 편지를 써서 세만에게 전하게 했다. 세만이 여기에서 바로 결성으로 가기 때문이다.

덕노가 나가고 나면 집에 부릴 사람이 없다. 이 때문에 정목 4필을 주어 부석사에 들러 짚신으로 바꾸어 놓았다가 후일에 가져오도록 약속하고 보냈다.

◎ ─ 7월 14일

새벽부터 비가 내리더니 아침 뒤에는 크게 내려 종일 그치지 않았다. 앞 냇물이 몹시 불어 사람이 건널 수 없다.

◎ ─ 7월 15일

비가 그쳤다. 근래에 아들과 손자들이 기침을 해서 밤낮으로 조금도 그치지 않고, 심지어 갓난아기들인 근립과 창업까지도 이 증상을 앓아 먹으면 다 도로 토해 버린 지가 이제 거의 한 달이 넘는데 아직도 낫지 않는다. 우리 집뿐만 아니라 마을의 아이들도 모두 앓고 있으니,

이는 돌림병이다. 용렬하고 어리석은 백성은 무당을 불러 빌기까지 하니, 한편으로는 우습다.

◎ ─ 7월 16일

생원(오윤해)의 사내종 춘이가 율전의 사람과 말을 거느리고 왔다. 생원(오윤해) 장모의 병세가 몹시 위중하다고 전에 들었는데, 생전에 모녀가 서로 보고자 하므로 온 집안이 오는 19일에 출발한다고 한다. 다만 올 때 한양의 집에서 잤으면서 들어가 어머니의 안부를 물어보지 않고 왔다. 몹시 괘씸하다.

생원(오윤해)의 행차가 이미 임박했는데 가는 동안 먹을 양식을 준비하지 못해서 무명을 가지고 여러 곳에서 쌀로 바꾸게 했으나 미처 마련하지 못했다. 우리 집에도 요새 양식이 떨어져서 늘 죽을 먹거나 메밀가루로 칼제비를 만들어 날을 보내기 때문에 쌀 1되 보태 주지 못한다. 한탄한들 어찌하겠는가. 그편에 들으니, 국상으로 인해 경기도의 백성이 부역으로 몹시 괴로워서 견딜 수 없다고 한다. 안타깝다. 산릉(山陵)* 자리를 아직 정하지 못했다고 한다. 연안에 사는 진아 어미의 편지도 광노의 집에서 전해 왔다. 편지를 보니, 온 집안이 모두 무사하다고 한다. 기쁘다.

....

* 　산릉(山陵): 임금이나 왕비의 무덤으로, 국장을 치르기 전에 아직 이름을 정하지 않은 새 능을 말한다.

◎ ─ 7월 17일, 18일

비가 내렸다. 생원(오윤해)의 온 집안 식솔들이 내일 올라갈 계획이어서 행장을 꾸렸다. 그러나 비가 종일 그치지 않으니 떠나지 못할 듯하다. 겨우 가는 동안에 먹을 양식을 마련했는데, 만일 다시 며칠을 지체하면 마련한 양식도 다 쓰게 될 것이다. 걱정스럽다.

◎ ─ 7월 19일

비가 그치지 않아 앞 냇물이 불어서 사람이 건너지 못한다. 생원(오윤해)의 행차는 이 때문에 떠나지 못했다.

◎ ─ 7월 20일

비록 비는 그쳤으나 앞 냇물이 아직 불어 있어서 사람이 건너지 못하므로 출발하기에 마땅치 않았다. 이 때문에 생원(오윤해)이 떠나는 것을 우선 멈추었다.

◎ ─ 7월 21일

밤에 비가 내리더니 아침에는 그쳤다. 생원(오윤해)의 온 집안 식솔들이 오전에 출발했다. 홀로 산골짜기에 머물러 있고 여러 아이들은 사방으로 흩어졌으니, 마음이 더욱 괴롭다. 홀로 뒤 정자에 올라가 가는 행차를 바라보다가 돌아왔다. 이러한 내 심정을 어찌 말로 다 하겠는가.

충아는 엉덩이에 조그만 종기가 나 말을 탈 수가 없어서 함께 가지 못하고 다음 달 초에 내가 올라갈 때 데리고 갈 계획이다. 우리 소도 주어 보냈다. 충아 어미는 짐 싣는 말을 타고 갔다.

아침에 별감 김린이 찾아왔다. 생원(오윤해)이 간다는 말을 들었기 때문이다. 생원(오윤해)의 행차에 양미(糧米)와 생삼 5뭇, 수박, 참외 등의 물건을 갖다 주었고 우리 집에도 수박 1개를 주었다. 올해 처음 보는 물건이어서 즉시 신주 앞에 올렸다. 인아는 생원(오윤해)의 일행을 모시고 갔다가 말지 고개 위에서 돌아왔다.

◎ ─ 7월 22일
생원(오윤해)의 식솔들이 어제 철원 땅 백악촌(白岳村)에서 잤다고, 데려갔던 김담과 언방이 돌아와 말해 주었다. 생원(오윤해)의 편지를 보니, 일행이 무사하다고 한다. 오늘은 연천에 도착할 수 있을 것이다. 그러나 자못 비가 올 조짐이 있고 때로 조금씩 뿌리기도 한다. 전업이 한양에서 돌아와서 연천 위쪽으로는 큰비가 매일 내려 냇물이 붇고 길이 질어서 간신히 집에 돌아왔다고 하니 이것이 걱정이다.

전업이 하는 말이, 전에 받은 패자를 즉시 광노에게 전하여 그가 배에서 실어 간 물건들을 한꺼번에 실어 들였다고 한다. 다만 광노의 편지를 보지 못했으니, 정확히 알 수 없다. 또 어머니의 편지도 받아 오지 않아 평안하신지 알 수가 없다. 몹시 걱정스럽다. 전업이, 광노가 바로 어머니의 편지를 받아다가 집에 두지 않았고 올 때 동반했던 사람과 함께 출발하여 뒤처질 수가 없었기에 바빠서 받아 오지 못했다고 한다.

◎ ─ 7월 23일
어제저녁부터 비가 내려서 새벽까지 그치지 않더니 아침에는 크게 내려 조금도 그칠 기미가 없다. 생원(오윤해)의 행차는 아마 중도에 지체될 터인데, 가지고 간 양식은 겨우 한양에 갈 만한 정도이다. 비가 이처럼 내리니 여러 날 비에 막힌다면 위아래 식구가 많아 오래지 않아 양식이 떨어져서 반드시 굶주리는 환난을 당할 것이다. 몹시 걱정스럽다.

◎ ─ 7월 24일

오늘은 비록 날이 갰으나 생원(오윤해)의 행차는 물에 막혀서 아마 출발하지 못할 것이다. 어디에서 체류하는지 모르겠지만 가지고 간 양식이 필시 떨어졌을 것이니 어떻게 지낼지 몹시 걱정스럽다. 만일 연천현에 도착했다면 아마 양식을 얻을 길이 있을 것이다. 연천 현감 신종원은 한마을에서 살아서 서로 알던 사이이니, 아마 무관심하지는 않을 것이다.

느즈막이 동대에 가서 물을 보았더니, 이전에 불었던 물보다 한 자 남짓 적을 뿐이다. 우리 집에도 요즘 양식이 떨어졌다. 마침 박번 밭에 먼저 익은 조가 있어서 날마다 꺾어다가 발로 밟아 열매를 거두었더니 겨우 7, 8말이었다. 이것을 가지고 아침저녁으로 죽도 쑤고 밥도 지어 지내고 있다. 그러나 이것도 다 떨어져 가서 이후에는 식량을 구할 방법이 달리 없다. 비록 탄식한들 어찌하겠는가. 소금도 떨어져서 있는 집에 가서 빌려다 쓰는 지경이니, 이 때문에 비록 채소가 있어도 반찬을 만들어 먹을 수 없다. 이곳의 고달픈 상황을 이루 말할 수가 없다.

지난 보름 때 충아 어미가 소주, 찐 닭, 절육 등을 마련해 가져왔다. 내일이 내 생일이기 때문이다. 생일 전에 온 식구가 떠나가기 때문에 미리 갖추어 바친 것이다. 버선도 만들어 바쳤다. 다만 그 집이 몹시 곤궁한 상황에서 떠나가 있는 동안에 먹을 양식도 갖추기 어려웠는데, 이 물건들을 어디에서 마련해 왔단 말인가. 어버이를 위하는 정성은 비록 지극하지만 내 마음이 어찌 불편하지 않겠는가. 사랑스럽다. 그 소주를 지금까지 남겨 두었다가 혹 몸이 불편하고 뱃속이 비었을 때 그것으로 허기를 달랜다. 충아의 엉덩이에 난 종기는 일찍이 터뜨려 고름을 짰더니 다 나아 간다. 후아(後兒)는 기침이 몹시 심하여 종일 밤낮으로 그치지 않아서 음식을 전혀 먹지 못한다. 가엾다.

◎ ― 7월 25일

내 생일이다. 겨우 사탕수수가루 5되로 떡을 만들고 술과 과일로 차례를 지냈을 뿐이다. 집에 차릴 물건이 없었다. 안타깝다.

아침에 박문재가 두부와 참외, 가지를 가지고 와서 바치기에 소주 두 잔을 대접해 보냈다. 내 생일이라고 들었기 때문이다. 김언보도 와서 보기에 술과 떡을 대접해 보냈다. 언보의 어린 아들이 지난 정유년 오늘 그 아비를 따라 내 생일 잔치에 오다가 앞내에 빠져 죽었기 때문에 문재와 언보가 오늘이 내 생일인 줄 안다. 문재는 언보의 장인이다.

◎ ― 7월 26일

김억수가 전날에 현에 들어갔다가 물에 막혀서 오늘에야 돌아와서 이은신의 답장을 전해 주었다. 또 올 때 부석사에 들러서 갔더니, 전에 짚신을 사려고 보낸 무명 4필을 그 절의 중들이 억수에게 도로 주어 보냈다. 그 까닭을 모르겠다. 짚신을 살 상인들이 그 절에 많이 모여 있다고 하니, 아마 싸게 팔려고 해서 그런 것인가 보다. 그러나 덕노가 온 뒤에라야 자세한 내막을 알 수 있을 것이다.

내가 한양에 갈 때 짚신을 사 가서 한양에 머무는 동안의 양식과 모든 비용을 조달하려고 했는데 이제 이 계획이 틀어졌으니, 달리 쓸 수 있는 방법이 없다. 답답하다.

◎ ─ 7월 27일

생원(오윤해)의 온 식구가 올라간 뒤로 마음이 더욱 무료해져서 매일 걸어서 뒤 봉우리에 올라가 사방을 바라보며 근심을 달랜다. 요즘 매우 곤궁해서 아침에는 조밥을 먹고 저녁에는 콩죽에 메밀가루를 섞어 먹으며 간신히 날을 보낸다. 윤성과 충아는 자못 싫어하여 때로는 먹지 않는다. 탄식한들 어찌하겠는가. 그러나 이 물건도 장차 떨어질 것이니, 반드시 먼저 수확한 곳에서 꾸어 먹은 뒤에라야 굶주림을 면할 것이다.

덕노도 북쪽으로 갔는데 지금까지 돌아오지 않으니, 아마 물에 막혔을 것이다. 저녁에 덕노가 왔다. 물에 막혀서 중도에 체류했다고 한다. 가지고 간 무명을 다시마 10동으로 받아 가지고 왔다고 한다. 세만은 바로 올라갔다고 한다.

◎ ─ 7월 28일

전귀실이 반직(半稷) 16말을 납입했다. 지난봄에 밭을 간 소 값이다. 지난봄에 밭을 갈 때 우리 집의 소 2마리로 사흘 연속 갈았다. 그때 약속하기를 가을이 되면 두(豆) 15말, 쌀 10말을 납입하기로 했는데, 우리 집이 근래 몹시 곤궁하다고 들었기 때문에 먼저 마련해 바친 것

이다. 반직(半稷) 1말을 찧으면 쌀 4되에 해당하므로, 이것을 상경할 때
양식으로 쓰려고 한다.

◎ —7월 29일

생원(오윤해)의 행차가 중도에 2, 3일 동안 비에 막혔다고 하더라
도 오늘은 진위의 집에 도착했을 것이다. 현의 아전 전인기(全仁己)가
와서 보기에 찾아온 이유를 물었더니, 관의 명령을 받고 옻나무를 베러
왔다고 한다. 술을 대접해 보냈다. 마침 이웃 사람이 술 1병을 가져와
서 바쳤기 때문이다.

8월 큰달 -15일 추분, 30일 한로-

◎ ― 8월 1일

업산이 와서 매의 먹이를 요구하기에 은개가 먹이는 개를 잡아 주었다. 종전에 준 개까지 도합 6마리이다. 충아는 또 엉덩이에 종기가 나서 밤낮으로 쑤시고 아파하더니, 오늘 비로소 흰 고름을 짜내고서 나아 간다. 전에 영 낫지 않고 계속 크게 번져 이로 인해 다시 생겼다. 후아는 기침이 이제 더욱 심해져서 심지어 대소변도 참지 못하고 음식도 전혀 못 먹는다. 날로 파리해져 가고 얼굴이 누렇게 떠 있다. 몹시 걱정스럽다. 제 어미가 무당을 불러다가 기도를 하고 있는데, 한편으로는 가소롭다. 창아(昌兒)도 이 증상을 앓는다. 더욱 가엾다.

주부 김명세가 소주 1병, 수박과 참외 각 1개씩을 가지고 찾아왔다. 김애일도 왔기에 즉시 같이 먹었다. 조용히 이야기를 나누고 돌아갔다. 그들에게 들으니, 최판관의 계집종이 호랑이에게 물려 간신히 죽음을 면했다고 한다. 전날에 말지 고개 아래에 사는 사람의 집에 호랑이가 개를 쫓아 들어와서 내외가 상처를 입어 거의 죽을 뻔했고, 소근 전에 사는 별감 김린의 집에도 들어가서 송아지를 물어 갔으며, 개를 물어 간 일은 집집마다 있었다. 유독 이 마을만 없었지만, 앞으로 어찌 꼭 없으리라고 보장할 수 있겠는가. 두려운 일이다.

◎ — 8월 2일

최판관의 부인이 몸이 불편한 지 오래되었다고 하기에, 사람을 시 켜 편지를 보내 문병했더니 답장을 보내 사례했다.

◎ — 8월 3일

새벽부터 비가 내려 종일 그치지 않았다. 한양에 갈 날은 머지않은 데 모든 것을 아직 한 가지도 준비하지 못했다. 답답하다. 어제 덕노가 목단(木端, 무명 한 끗)을 가지고 안협에 사는 백정의 집에 유기(柳器)를 사러 갔으나 구하지 못하고 빈손으로 돌아왔다. 짚신과 유기 등을 사 가지고 한양에 올라가 팔아서 본전을 떼어 두고 이익을 남겨 쓸 계획 이었는데, 모두 팔지 못했다. 더욱 걱정스럽다.

◎ — 8월 4일, 5일

비가 내리다가 느지막이 비로소 그쳤다. 요새 나는 가래가 끓어 기 침이 그치지 않는다. 이로 인해 몸이 불편하고 먹는 양도 줄었다. 걱정 스럽다. 후아의 증세에도 차도가 없어서 밤낮으로 기침을 하고 때때로 구토도 한다. 이루 말할 수 없는 지경이다.

◎ ─ 8월 6일

마을 사람들이 술과 안주를 모아서 냇가에 모여 무당을 불러다가 북을 치면서 신에게 제사를 지냈다. 호환을 물리치기 위해서란다. 노래 하고 춤추면서 놀고 종일 유희를 즐겼다. 우리 집의 계집종들도 가서 참 여했다. 술 1동이와 떡 1바구니를 갖다 바치기에, 온 집안 식구가 함께 먹었다. 이는 해마다 초가을이면 한 번씩 통상적으로 하는 일인데, 혹 하는 말이 밭 갈고 김매는 일이 끝났으므로 호미를 씻는 것이라고 한다.

◎ ─ 8월 7일

철원 부사가 편지를 보내 안부를 묻고 또 쌀[白粒] 2말을 보내왔다. 그 후의에 깊이 감사하다. 근래에 양식이 떨어져서 어렵게 지낸다. 쌀 이라고는 전혀 없어서 겨우 3, 4되로 10일 제사와 추석에 쓰려고 했고, 후아에게 기침하는 증세가 있어서 전혀 음식을 먹지 못하므로 조금씩 내다가 죽을 쑤어 먹였다. 달리 구해 쓸 방도가 없어서 한창 걱정했는 데, 마침 이런 때에 받았으니 더욱 몹시 고맙다.

안손 등이 오늘쯤 올 때가 되었는데 오지 않는다. 그 까닭을 모르 겠다. 생원(오윤해)의 장인이 화를 당했는지 걱정스럽다.

◎ ─ 8월 8일

간밤 꿈에 윤함이 보였다. 근친을 하려는데 사내종과 말이 없어서 오지 못하는 것인가. 이미 사내종과 말을 얻어서 오고 있는 것인가. 연 전의 이때 여기를 떠나서 간 지 1년이 되었으니, 서로 생각하는 바가 간 절해서 내 꿈에 보인 것이리라. 슬픔과 탄식이 그치지 않는다. 모레 한양에 갈 계획이지만 필요한 물품들을 아직 수습하지 못했다. 답답하다.

◎ ― 8월 9일

내일은 고조부의 기일이다. 후임 어미에게 계집종들을 데리고 음식을 준비하게 했다. 김언보가 와서 보고 하는 말이, 어제 소근전에 갔더니 주부 김명세가 철원 사람을 통해 생원(오윤해)의 장인과 장모가 일시에 모두 죽었다는 소식을 들었다고 말해 주었단다. 놀라움과 애통함을 이길 수 없다. 최참봉의 부인은 일찍이 병세가 위급했으므로 아마 죽음을 면치 못했을 테지만, 참봉의 경우에는 병을 앓는다는 소식이 별달리 없었는데 갑자기 흉한 소식을 듣게 되었다. 사람이 살고 죽는 것은 병의 유무로 기약할 수 없는 것이다. 참봉은 술 마시는 것이 과도해서 2, 3일 안에 먼저 죽었고, 그 부인도 따라서 세상을 버렸다고 한다. 그러나 전해 들은 말이어서 확실하지 않으니, 춘이가 오기를 기다려야겠다. 춘이가 올 때가 지났는데 오지 않으니, 아마 큰일이 있는가 보다.

◎ ― 8월 10일

새벽에 인아를 데리고 제사를 지냈다. 달리 준비한 물건이 없어서 세 가지 산과일, 세 가지 탕과 적, 면, 떡, 반상(盤床)의 제구(諸具)만으로 겨우 정성을 올렸다. 먼 조상이기 때문에 종손 극일은 아마 제삿날도 알지 못할 것이다. 하물며 제사 지내기를 바라겠는가. 이 때문에 난리 이후로는 우리 집에서 홀로 담당해서 지냈다. 그러나 가난이 날로 심해지니, 계속 지내지 못할 듯하다.

춘이와 안손이 말을 끌고 돌아왔다. 생원(오윤해)의 편지를 보니,

갈 때 철원에 이르러 2일 동안 비에 막혔는데 도중에 겪은 어려움은 입에 담을 수 없을 정도라고 했다. 그 장인 내외가 모두 죽었다는 말은 헛말이 아니었다. 애통함을 이기지 못하겠다. 그 장인은 우연히 복통을 앓다가 이로 인해 혈변을 보더니 14일 만에 죽었는데, 지난 7월 24일이었다고 한다. 그 장모는 이전의 증세가 더욱 심해져서 역시 26일에 세상을 버렸다고 한다. 며칠 사이에 연달아 큰 변을 당했으니, 그 자녀의 애통한 심정은 말하지 않아도 짐작할 수 있다.

생원(오윤해)의 처는 양주의 누원 앞에 이르러 그 아버지의 부음을 들었고, 진위의 장호원(長好院) 앞에 이르러 또 그 어머니의 초상을 들었다. 모두 미처 보지 못했으니, 그 참혹하고 애통한 심정이 어떠했겠는가. 나도 소식을 듣고 절로 눈물이 흘렀다. 최참봉은 연이어 혼인관계를 맺어 친한 사이일 뿐만 아니라 젊어서부터 서로 알고 지냈으니, 더욱 매우 비통하다. 오는 9월 9일에 장사를 지낸다고 한다.

어머니의 편지를 보니 평안하시고, 남매와 아우도 모두 잘 있다고 한다. 기쁘고 위로되는 마음을 어찌 다 말하겠는가. 산릉의 일을 들으니, 처음에 선릉 화소(火巢) 밖에 묏자리를 잡으려고 했다는데 그곳은 토당과 거리가 멀지 않다. 만일 그곳에 쓰면 우리 선영도 화소 안으로 들어가므로 몹시 걱정스러웠다. 그런데 지금 포천(抱川) 땅에 정해서 한창 역사를 하고 있다고 한다.

또 들으니, 윤겸이 홍문록(弘文錄)*에 뽑혀 들어갔고 김자정도 들어

....

* 홍문록(弘文錄): 홍문관의 교리, 수찬을 선임한 기록을 말한다. 7품 이하의 홍문관 관원이 방목(榜目)을 조사하여 선발될 만한 사람을 추려 내면 홍문관 부제학 이하 응교 등이 이에 권점(圈點)을 찍고 이 권점 하나를 1점으로 하여 득점자 순으로 후보자를 선출한다. 이렇게 홍

갔다고 한다. 위로가 된다. 그러나 윤겸은 서용되지 못했으니, 올해는 복직되지 못할 것이다. 신자방(신응구)이 이제 형조정랑(刑曹正郎)에 제수되어 지금 연안에서 이미 한양에 왔다고 한다. 진아 어미의 편지도 왔는데, 진아의 등에 났던 종기에 이제 차도가 있다고 한다.

생원(오윤해)의 집에서 햅쌀 1말, 수박 2덩이를 구해 보내왔고, 생원(오윤해)의 양모도 햅쌀 1말을 보내왔다. 추석 제사에 쓸 생각이다. 기쁘다. 또 들으니, 국상으로 인해 온갖 제사를 모두 중단했기 때문에 사대부의 집안에서도 제사를 지내지 못하여 이 때문에 추석의 묘제도 모두 중지한다고 한다. 그러므로 나도 여기에서 차례를 지낼 계획이다.

◎ ― 8월 11일, 12일

식사한 뒤 무료한 중에 말을 타고 경작한 밭을 돌아보니, 기장과 피가 가장 좋지 못했고 태두(太豆)는 조금 낫지만 열매가 작아 거의 작년만 못했다. 그길로 김업산의 집에 가서 매를 보니, 깃털이 다 빠져 좋은 매가 되었다. 기쁘다. 돌아올 때 전귀실의 집 앞을 지났는데, 전귀실이 나와서 맞이하여 그 집으로 모시기에 잠시 앉아 이야기를 나누고 왔다. 올 때 차가운 냇물에 발을 씻었더니, 이로 인해 밤새 기침을 하고 가슴이 그렁그렁했다. 걱정스럽다. 덕노가 무명 1필로 염초 40두름을 사 가지고 왔다.

....

문관의 관원들이 함께 의논하여 작성한 것이 본관록(本館錄)인데, 이를 홍문록이라고도 한다. 이를 이조에 이송해 다시 심사하여 작성한 것이 이조록(吏曹錄)이다. 또 이 이조록과 본관록을 의정부에 이송하여 의정부의 대신들에게 다시 심사하여 작성하게 하는 것이 도당록(都堂錄)이다.

◎ ― 8월 13일

아침에 큰비가 퍼붓듯이 내리고 천둥과 번개가 함께 쳤다. 천둥소리 세 번에 집이 흔들렸으니, 근처에 아마 벼락 친 곳이 있을 것이다. 모레 한양에 올라가려고 하는데 비가 이렇게 내리니 물이 불어서 가지 못할까 몹시 걱정스럽다. 충아의 엉덩이에 난 조그만 종기가 또 두세 곳으로 번졌고 먼저 종기도 아직 다 낫지 않았으므로 이번 길에 데리고 갈 수가 없다. 걱정스럽다.

◎ ― 8월 14일

내일 제사가 있어서 후임 어미가 계집종들을 데리고 음식을 준비했다. 달리 갖출 물건이 없어서 다만 닭을 잡아서 반찬을 만들었고 나물을 준비했을 뿐이다. 한탄한들 어찌하겠는가.

◎ ― 8월 15일

새벽에 인아를 데리고 제사를 지냈다. 먼저 조부모께 지내고, 다음으로 아버지께 지냈으며, 다음으로 죽전 숙부께 지내고, 그 뒤에 죽은 딸에게 지냈다. 그러고 나니 이미 늦은 오전이었다. 국상으로 인하여 온갖 제사를 모두 중지해서 사대부의 집에서도 조상의 제사를 지내지 못하기 때문에, 묘소에서 드러나게 제사를 지낼 수 없어 신주 앞에 잠시 차례를 지냈을 뿐이다.

이어서 행장을 꾸려 가지고 느즈막이 출발하여 가사을 고개를 넘어 삭녕 북면에 사는 백성 김수적(金守赤)의 집에 도착해서 묵었다. 수적이 나에게 저녁밥을 대접하고 또 술과 과일을 바쳤으며 따뜻한 방에 재워 주었다. 그 이웃에 사는 엄옥강(嚴玉江)이 와서 보고 또 술과 과일을 바쳤다. 오늘이 추석이기 때문이다. 엄옥강은 이 면에서 여러 해 동안 재상서원(災傷書員)*으로 있는데, 생원 심원의 계집종의 남편이다. 앞서 내가 여기에 와 있다는 것을 들었기 때문에 후의를 베푼 것이다.

아침에 김억수가 지난봄에 태어난 암망아지를 간절하게 사고 싶다고 하여, 정목 6필 외에 명주 1필을 받고 팔았다.

◎ ─ 8월 16일

날이 밝자 떠나서 산정수 가에 이르렀는데, 물이 깊어서 건널 수가 없었다. 상류 쪽으로 돌아서 파화정(波華亭)의 여울을 건너 험한 길을 꼬불꼬불 돌고 위태로운 고개를 여러 번 넘어 삭녕 승량촌(昇良村)에 사는 백성 신수담(申守聃)의 집 앞에 이르러 아침밥을 먹으니 이미 한낮이었다. 수담 형제가 와서 보고 술과 과일을 바쳤다.

또 떠나서 경령(鯨嶺)을 넘어 고개 밑에 사는 백성의 집에 들어가 잤다. 마침 그 집을 다 헐고 다시 만드느라 기둥만 세워 놓고 지붕을 덮지 않았기 때문에 잘 만한 곳이 없어서 벽이 없는 방에 자리를 둘러 세우고 잤다. 소와 말을 한데서 재웠으므로 호랑이가 올까 몹시 두려워 밤새 자지 못했다. 괴로웠다고 할 만하다. 이곳은 철원 땅인데, 길은 험하고 소는 더뎌서 하룻길을 이틀에도 가지 못한다. 여기에서 적량촌(狄良村)은 10여 리이다.

....

* 재상서원(災傷書員): 재해 지역을 답사하여 농작의 풍흉을 살피고 세금을 정하는 일을 맡은 아전이다.

날이 밝기 전에 서북쪽 하늘에 구름이 걷히면서 천둥이 쳐서 큰비가 내릴 조짐이 있었다. 한창 걱정하던 차에 잠깐 비가 내리다가 그쳤다. 만일 오래 내렸다면 이 집은 비가 새서 머물 수 없었을 게다. 해가 떠서 출발하여 연천현 앞 냇가에 이르러 아침밥을 먹고 양주 땅 우음대리(亏音代里)에 이르러 잤다.

◎ — 8월 18일

일찍 출발하여 대탄에 도착하니, 배가 물속에 가라앉아 있었다. 사내종들에게 건져내게 하여 물이 새는 곳을 틀어막은 뒤 먼저 짐을 실어 건너고 다음으로 소와 말을 실어 건너서 두 번 왕래하니 해가 이미 높았다.

들으니, 이달 초에 이곳을 건너다가 배 주인이 실족하여 물에 빠져 죽었기 때문에 그 뒤로 배로 건너지 않고 배를 가라앉혔다고 한다. 오늘 내가 비로소 배로 건넜고 전에 왕래한 사람은 모두 얕은 여울로 건넜다고 한다.

가정자 앞내에 이르러 말을 먹이고 아침밥을 먹는데, 마침 평강으로 돌아가는 갯지를 만났다. 그편에 들으니, 그저께 풍금이가 결성에서 한양에 왔다가 바로 돌아갔는데 결성의 일가는 잘 있다고 했단다.

이번 길에 덕노가 부시철을 가져오지 않았기 때문에 반드시 인가에 들어가 불을 빌린 뒤에야 밥을 지어 먹을 수 있었고, 날이 저물더라도 냇가에서는 밥을 지어 먹지 못했다. 매일 아침마다 오후에 이르러서야 밥을 지어 먹었기 때문에 위아래 일행들이 모두 주리고 피곤했다.

오늘은 다행히 길가에서 아침밥을 지어 먹은 사람이 남긴 불이 꺼지지 않은 것을 발견하여 그 불로 밥을 지었기 때문에 그다지 늦지 않았다. 저녁에 천천촌에 이르러 잤다.

◎ —8월 19일

일찍 출발하여 누원 앞 냇가에 이르러 아침을 먹었다. 어제 가정자 앞에서 마침 죽은 방판관(方判官)의 서자를 만났다. 우연히 말하던 중에 사는 곳을 물었더니, 결성 돌항촌(埃項村)이라고 했다. 또 들으니, 방판관의 질녀는 충의위(忠義衛)* 이대수(李大受)의 자부(子婦)여서 그 집에 자주 왕래한다고 한다. 이 때문에 평강(오윤겸)에게 편지를 써서 이대수의 자부에게 전하게 하고, 또 평강(오윤겸)에게 전하도록 했다. 아침밥을 먹는 곳에서 편지를 써 주었다.

방판관의 첩은 연천 현감 신종원의 서매(庶妹)인데, 지금 가서 보고 오는 길이라고 한다. 방판관도 관동에 살아서 서로 안다. 그의 서자는 나이가 겨우 열대여섯 살이며 총각이다. 오늘 밤에 한방에서 같이 잤다.

저녁에 달려서 동대문으로 들어가 먼저 남매의 집으로 가서 어머니를 뵈었다. 비록 별다른 병환은 없지만 안색이 파리하여 예전과 전혀 다르니 몹시 걱정되는 마음을 이길 수가 없다. 아우도 마침 와서 서로 만났다. 매우 기쁘고 위로가 된다. 고성은 눈이 어둡고 귀가 먹어 건강

....

* 충의위(忠義衛): 조선시대의 중앙군인 오위(五衛)의 충좌위(忠佐衛)에 소속되었던 병종(兵種). 개국(開國), 정사(定社), 좌명(佐命)의 3공신 자손들이 주로 소속되도록 만들어진, 특수층에 대한 일종의 우대 제도였다.

했던 지난날의 모습이 아니었다. 누이의 집에서 내게 저녁밥을 주었다. 밤이 깊은 뒤에 광노의 집에 와서 잤다.

해주 윤함의 편지, 결성 윤겸의 편지, 보은 김녀(金女, 김덕민에게 시집간 딸)의 편지가 모두 왔다. 편지를 보니, 모두 잘 있다고 한다. 위로가 된다. 다만 윤함의 편지를 보니, 그 처가가 몹시 곤궁하여 사내종과 말이 없어서 근친하지 못한다고 한다. 슬프고 안타깝지만 어찌하겠는가.

◎ ─ 8월 20일

춘이 등이 율전으로 떠나가기에 편지를 써서 생원(오윤해)에게 부쳤다. 신자방(신응구)에게 사람을 보냈더니 그가 즉시 달려와 보았고, 아우도 와서 함께 한참 동안 이야기를 나누었다. 자방(신응구)은 그저께 도목정사(都目政事)*에서 형조정랑에서 한성 서윤(漢城庶尹)으로 옮겨 제수되었다고 한다.

광노의 바깥방을 빌려 들어와 사는 전라도 사람 나대용(羅大用)*이 와서 보았다. 그는 무인이다. 이번에 고성 현령(固城縣令)에 제수되었는데, 본래 나주(羅州)에 산다고 한다.

어둑할 무렵에 신자방을 찾아가 보았다. 마침 주부 민우경이 와서 같이 이야기를 나누다가 밤이 깊어서야 돌아왔다. 오늘은 장을 보는 일로 사내종들에게 틈이 없어서 어머니께 가서 뵙지 못했다. 언명은 오전

....

* 　도목정사(都目政事): 정기적인 인사행정을 말한다. 1년에 6월과 12월에 두 차례 실시하는 경우는 양도목(兩都目), 3월, 6월, 9월, 12월에 네 차례 실시하는 경우는 사도목(四都目)이라고 했다.
* 　나대용(羅大用): 1556~1612. 거북선 건조의 책임자로, 이순신(李舜臣)을 도와 임진왜란 때 큰 공을 세웠다.

에 먼저 돌아갔다. 마초를 미처 베어 오지 못해서 소와 말이 모두 굶주리므로 겨우 쌀 1되를 풀로 바꾸어 먹였다.

◎ ─ 8월 21일

날이 밝기 전에 어머니께 가서 뵈었더니 언명도 거기에서 자고 가지 않았다. 그리하여 조용히 어머니를 모시고 이야기를 나누는데, 남매도 와서 앉았다. 내게 아침밥을 주었다. 장을 보기 위해 식사 뒤에 광노의 집으로 돌아왔는데, 광노가 집에 없는데다 장을 보는 일을 믿고 맡길 사람이 없었다. 덕노는 어리석어서 동서를 분간하지 못하고, 광노의 아들 덕이(德已)만을 믿어야 하는데 아이라 잘하지 못할 듯하다. 안타깝지만 어찌하겠는가.

어머니께 바칠 물건이 없어서 다만 황태(皇太) 1말, 차좁쌀 1말, 꿀 2되를 드렸다. 다래 두어 말을 따왔으나 중도에 문드러져서 절반은 먹지 못하게 되었다. 아깝다.

인아의 늙은 황소를 팔고 은 7냥 3돈을 받았다. 이것으로 말을 사려고 하는데, 만일 사지 못하면 무명으로 바꾸어 쌓아 두었다가 말 값이 떨어질 때를 기다려서 살 작정이다.

싣고 온 염초, 나무바가지, 나무소반 등의 물건은 모두 엉성해서 쓸 수가 없다. 이 때문에 저자에서 은으로 바꾸었는데, 다만 품질에 흠을 잡혀서 1개당 겨우 은 2푼을 받았다. 염초는 썩고 검어진 것이 많았기 때문에 40두름에 거친 무명 1필과 은 1돈 5푼을 받았다. 이는 모두 덕노가 당초에 좋은 것을 골라서 사지 못했기 때문에 잘 팔지 못하게 된 것이다. 겨우 본전을 잃지 않았을 뿐이다. 안타깝다. 염초는 1필에 샀고 나무바가지와 나무소반은 2필에 샀는데, 작은 소반 1죽과 이가 있는 바가지 25개이다.

◎ ─ 8월 22일

아침에 임진사의 사내종 양이(良伊)가 와서 보았다. 영암에서 지난 봄에 올라왔는데, 그 아비 수이가 지난달에 죽었다고 한다. 가련하다. 양노(良奴)에게 오늘 말을 사도록 일러 보냈다. 계집종 복이[福只]가 와서 보고 생낙지 1곶을 바쳤다.

느즈막이 걸어가서 어머니를 뵙고 중소 씨와 바둑 두어 판을 두다가 돌아왔다. 신자방(신응구)이 와서 보고 용산의 사내종의 집으로 간다고 했다. 고성 현령 나대용이 오늘 떠난다고 하면서 와서 보았다.

언명도 와서 같이 잤다. 평강(오윤겸) 첩의 사내종 풍금이가 발의 종기 때문에 돌아가지 못하고 있다가 내가 왔다는 말을 듣고 와서 보기에 답장을 써서 부쳤다.

◎ ─ 8월 23일

날이 밝기 전에 덕노를 용산으로 보내 소금을 사 오게 했다. 오늘 장 2독을 담갔는데, 각각 18말씩 넣고 소금은 각각 6말 3되를 넣었다. 계집종 복이와 잉읍개(仍邑介)가 와서 도왔다. 처음에는 장을 담그고 남는 것을 언명과 남매에게 주려고 했으나, 메주를 뱃사람에게 도둑맞은 것이 4말이 넘어서 겨우 독만 채우고 1되도 남지 않아서 뜻대로 하지 못했다. 안타깝다.

사내종 한세가 와서 보고 백미 1말, 생밤 1되를 바쳤다. 다음 달 보

름 전에 오도록 일러 보냈다. 언명은 토당으로 돌아갔다. 나도 내일 새
벽에 토당으로 나가 볼 계획이다.

◎ ─ 8월 24일

날이 밝기 전에 토당으로 가서 아우의 처자들을 보고, 또 아우와
함께 밤나무 밑에 앉아서 종일 이야기를 나누었다. 또 선영에 가서 빈
손으로 절을 올린 뒤 그길로 씨를 뿌린 우리 집의 논에 가 보았다. 차츰
열매가 맺히고는 있지만 아직 익지는 않았다. 도로 넘어 오니 마침 허
찬이 나왔고 정귀원도 보러 왔기에 또 같이 이야기를 나누었다. 저녁
식사 뒤에 돌아오다가 한강 가에 이르렀다. 마침 명나라 장수들이 뱃
놀이를 하느라 강을 거슬러 저도(楮島)로 올라가 봉은사(奉恩寺)*로 들어
가느라고 강을 건너는 배들을 모두 거느리고 가 버려서 남아 있는 배
가 겨우 두어 척밖에 되지 않았다. 이 때문에 간신히 강을 건너서 성문
으로 달려 들어오니 날이 이미 저물었다. 나아가 어머니를 뵙고 광노의
집에 도착하니 밤이 이미 깊었다.

당초 남매의 집을 빌려서 들어가려고 했는데, 중소 씨가 나가서 거
처해야 한다는 핑계를 들어 자못 난색을 보였다. 걱정스럽다. 그러나
누이가 정녕 허락하면서 남편은 본래 나갈 리가 없으니 그 말을 듣지
말고 수리해서 들어와 머물라고 했다.

춘이가 율전에서 왔다. 생원(오윤해)의 편지를 보니, 잘 있기는 하

---

* 봉은사(奉恩寺): 연회국사(緣會國師)가 794년에 창건하여 견성사(見性寺)라고 부르다가
　1498년에 정현왕후가 성종의 능인 선릉을 위하여 능의 동편에 있던 이 절을 크게 중창하고
　봉은사라고 개칭했다. 현재 서울시 강남구 삼성동 수도산에 있다.

지만 율전 집에 명나라 군사가 여러 번 들어와서 소란을 피웠기 때문에 그 양모를 모시고 양지로 가려 한다고 했다. 그 장인 장모의 장례는 모든 일이 여의치 못해서 물려서 지낸다고 했다.

◎ — 8월 25일

이른 아침에 대간(大諫) 박홍로에게 가서 보았다. 그 형인 남양 부사(南陽府使) 박홍수(朴弘壽)가 이달 초에 세상을 떠났다고 한다. 슬프다. 한참 동안 이야기를 나누다가 돌아왔다.

느즈막이 임참봉댁에게 가서 보고 그길로 어머니께 가서 뵌 다음에 돌아왔다. 저녁 식사 뒤에 호조 판서(戶曹判書) 이정귀에게 가서 보고 이야기를 나누다가 밤이 깊어서 돌아왔다.

은자로 소나 말을 사려고 했지만, 사는 일을 맡길 사람이 없어서 사지 못했다. 은자를 봉하고 서명을 한 뒤에 광노의 처에게 맡겨 놓고 광노가 오기를 기다려서 사려고 한다. 은자 7냥 3돈을 세 겹으로 봉했다.

◎ — 8월 26일

날이 밝기 전에 용산에 가서 서윤 신자방(신응구)을 만나 이야기를 나누다가 거기에서 아침을 먹었다. 오전 느지막이 돌아올 때 김랑의 계집종의 집에 들러 보았더니, 결코 들어가 살 수가 없었다. 광노의 집으로 돌아와 덕노를 시켜 보은 김랑의 집에 쓴 편지를 윤동지 댁에, 또 해주 윤함에게 쓴 편지를 좌랑 박여룡(朴汝龍)*이 머무는 곳에 보내어 인

....
* 　박여룡(朴汝龍): 1541~1611. 사옹원 직장, 청양 현감 등을 지냈다.

편이 있는 대로 전달하게 했다.

오후에 임참봉댁에게 가서 보고, 또 어머니께 가서 뵙고 종일 모시고 이야기를 나누다가 저녁 식사 뒤에 자는 집으로 돌아왔다. 어머니의 양식으로 쓸 백미 4말을 은을 팔아서 사 보내고, 계집종 잉읍개의 양식을 마련하도록 무명 반 필도 주어 보냈다.

무명 반 필로 절인 준치[眞魚] 11마리를 사서 가져왔다. 이것으로 반찬을 할 계획이다. 언명도 나에게 게젓 10여 개와 햇밤 두어 말을 주었다.

◎ ─ 8월 27일

일찍 식사를 한 뒤에 출발하여 어머니께 들러 뵙고 그길로 달려서 장수원 앞에 이르러 말을 먹이고 점심을 먹었다. 또 출발하여 익담촌에 이르러 사노 자근동의 집에 들어가 잤다.

◎ ─ 8월 28일

새벽에 출발하여 대탄 가에 도착했다. 마침 이천 현감 윤환(尹睆)이 도로를 수리하는 임시 파견 관원이 되어 한양에 가다가 말에서 내려 물가에 앉아 있었다. 나도 말에서 내려 만나 보고 한참 동안 이야기를 나누었다. 일찍이 참봉 임면부의 집에서 한 번 만난 적이 있어서 예전부터 서로 아는 사이이기 때문에 나를 맞아들여 만났다. 내가 다음 달 안으로 골짜기를 나간다는 말을 듣고는 가는 동안 먹을 양식을 주고자 하여 배리(陪吏)*에게 바로 보고하여 잊지 말게 하라고 지시했다.

작별하고 출발하여 걸어서 대탄을 건너 우음대 마을에 이르러 아침을 먹었고, 또 철원 적량촌에 이르러 박순복(朴順卜)의 집에 들어가 잤다. 그는 평강 사람이다.

◎ — 8월 29일

날이 밝기 전에 출발하여 산정수 가에 이르러 아침밥을 먹었다. 그 뒤에 떠나서 험한 고개를 여러 번 넘어 집에 도착하니 날이 이미 저물 었다. 온 집안사람들이 내일 올 줄 알고 있다가 뜻밖에 보고는 반갑게 맞아 주었다.

오늘 오는 길에 들으니, 지난 23, 24일 사이에 우박이 왔는데 토산 과 안협에서 철원 땅을 향하여 센 바람을 따라 지나갔다고 한다. 큰 것 은 주먹만 하고 작은 것은 계란이나 탄환만 하여, 지붕의 기와가 모두 깨지고 기러기, 오리, 까마귀, 까치 같은 새들이 맞아 죽었으며 우박이 지나간 곳에는 곡식도 다 떨어지고 남은 것이 없다고 한다. 이와 같은 천재지변은 근래에 없던 일이다.

길에서 삭녕 마을 사람을 만났는데, 그가 하는 말이 자기도 들에 나갔다가 마침 그 우박을 만나 간신히 집에 들어왔으나 발에 타박상 을 입었다고 한다. 또 그 마을 사람은 이튿날 산에 올라갔다가 죽은 꿩 6마리를 얻었는데, 이는 우박에 맞아 죽은 것이었다고 한다. 그 밖에 숲에서 죽은 작은 새들이 매우 많았다고 한다. 나도 지나는 길에 우박 맞은 곳을 보니, 태두전(太豆田)은 마치 군마(軍馬)가 지나간 듯하고 밭 가운데에 크고 작은 구멍이 벌집처럼 나 있었다. 우박이 떨어졌기 때문

....
*   배리(陪吏): 상관을 모시고 다니는 관리이다.

이다. 안타깝지만 어찌하겠는가.

◎ — 8월 30일

이웃 사람들이 모두 와서 보았다. 여기에 와서 보니, 늦곡식은 아직 다 익지 않아서 우리 집에서는 수확할 곳이 없기에 간신히 꾸어다 먹으면서 날을 보내고 있었다. 걱정스럽다. 오늘 아침에 내가 가지고 온 쌀로 밥을 짓게 하여 아이들에게 먹이고 또 게젓과 준치 등의 음식을 먹였더니 아이들이 달게 다 먹었다. 가련하다.

9월 큰달-15일 상강-

◎ ― 9월 1일

요새 양식이 떨어져서 할 수 없이 우리 집에서 일군 밭의 조 가운데 먼저 익은 것을 골라 베어다가 널었고, 또 녹두를 뽑아다가 밭 가운데에 쌓아 놓았다.

◎ ― 9월 2일

오후에 우박이 내리다가 잠시 뒤에 그쳐서 곡식이 상하지는 않았다.

◎ ― 9월 3일

내일 덕노가 목화를 바꾸는 일로 올라가므로 편지를 썼다. 또 덕노에게 전날 베어 놓은 차조를 타작하게 했다. 또 계집종 개비 등에게 생원(오윤해)의 집에서 경작한 녹두를 뽑아다가 밭에 쌓아 두게 했다.

◎ ― 9월 4일

덕노가 휴가를 받아 한양에 갔다. 목화를 바꾸는 일 때문이다. 나도 다시마 7동을 주어 보내서 목화로 바꾸게 했다. 어머니께 편지를 써서 부쳐 드리고 아우에게도 편지를 보냈다. 또 감장 1항아리, 장 담글 콩 1말을 보냈다. 전날 한양에 갔을 때 장이 없는 것을 보았기 때문에 구해 보낸 것이다. 보은과 연안의 두 딸에게도 각각 편지를 써서 광노의 집에 보내어 전해 주도록 했다. 진위에 있는 생원(오윤해)의 집에도 편지를 보내 안부를 물었다. 덕노가 그곳을 지나갈 것이기 때문이다. 어제 타작한 차조는 10말이다. 단은 아직 타작하지 않았다.

◎ ― 9월 5일

이은신이 김언보가 돌아오는 편에 편지를 보내 안부를 묻고, 또 미역 두어 뭇을 보냈다. 즉시 답장을 써서 돌아가는 춘금이 편에 보내고, 또 차조 1말로 갚았다.

들으니, 새 산릉은 길이 멀 뿐만 아니라 불길한 조짐이 많기 때문에 그때 묏자리를 잡은 지관(地官)들을 모두 잡아 가두어서 다른 곳을 다시 잡아야 한다고 한다. 역사가 이미 절반이나 진행되어 오는 20일에 발인해서 27일에 하관(下棺)하려고 했는데, 만일 그렇다면 앞서 들였던 공력은 모두 버리게 된다. 안타깝지만 어찌하겠는가. 광주 토당촌에 있는 우리 선영의 바깥 지산(支山) 기슭을 당초에 묏자리로 잡았다가 포천 땅에 다시 잡았는데, 만일 포천 땅을 쓰지 않는다면 아마도 다시 토당에서 찾을 것이다. 걱정이 그치지 않는다.

내가 이번에 한양에 갔을 때 토당의 묏자리 잡았던 곳에 가 보니 하삼도(下三道)로 왕래하는 큰길가 산기슭의 평평한 지역이었다. 비록 지금 시대에는 길이 막혀 다니지 못하지만 후대에야 누가 오가는 것을 막을 수 있겠는가. 더구나 강물이 불어 넘치면 해마다 그 밑까지 침식하는데, 이는 아마 묏자리를 잡는 사람이 알지 못했을 것이다. 제왕의 묘를 어찌 이렇게 천하게 드러낸단 말인가. 경상도 사람 이몽신(李蒙臣)이 풍수를 잘 안다고 해서 불러 왔는데, 그 사람이 홀로 무리의 의논을 배척하고 좋다고 하여 잡은 것을 총호사(摠護使)가 제조(提調) 등을 데리고 와서 보고는 못쓴다고 해서 중지시켰다고 한다. 그러나 전해 들은 말이라 믿을 수가 없다.

◎ ─ 9월 6일

최판관이 찾아와서 조용히 이야기를 나누고 해가 기울어서 돌아갔다. 물만밥을 대접해 보냈다. 언세에게 사동 밭의 대신 심은 두(豆)를 타작하게 했더니, 8말이 나왔다. 또 두 계집종에게 메밀을 베어서 널어놓게 했다.

◎ ─ 9월 7일

내일은 장모의 기일이다. 우리 집에서 제사를 지내야 하기에 후임 어미에게 계집종들을 데리고 음식을 준비하게 했다. 약과를 만들려고 먼저 꿀 1통을 꺼냈더니, 1말 5되이다. 이는 다 꺼낸 것이다. 벌통이 차지 않았기 때문에 소출이 이것뿐이라고 한다. 다만 1년 내내 고생해가며 집을 짓고 먹이를 마련해 둔 것을 하루아침에 다 빼앗았으니, 벌은 오래지 않아 다 죽을 것이다. 이는 어진 사람이 차마 할 짓이 아니지만 그래도 감히 하는 것은 부득이한 형편 때문이다. 슬퍼하고 탄식한들 어찌하겠는가.

◎ ─ 9월 8일

날이 밝을 무렵에 인아와 함께 제사를 지낸 뒤에 이웃 사람들을 불러서 술과 떡을 대접해 보냈다. 온 집안사람과 품팔이꾼 도합 5명에게 두 밭의 조를 베어서 널어놓게 했으나 끝내지 못했다.

◎ ─ 9월 9일

중양절이다. 술과 떡, 절육, 과일을 준비해서 차례를 지냈다. 탕과 적은 갖출 길이 없어서 다만 이것으로 잔을 올렸다. 한탄한들 어찌하겠는가. 온 집안의 계집종들에게 채억복 밭의 조를 베어서 널어놓게 했으나 끝내지 못했다. 양식도 없고 사람도 없어서 한 번에 베어 널어놓지 못했다. 아쉽다.

그저께 김업산이 와서 보고 매 기르는 값을 얻으려고 하기에, 정목 1필을 주었으나 오히려 부족하게 생각했다. 상것들의 욕심이란 끝이 없는 것인가. 밉살스럽다. 지난겨울과 올 초봄에 매를 놓아 잡은 것이 날마다 5, 6마리 이상이고 많을 때는 8, 9마리 혹은 10여 마리에 이르렀다. 그런데 우리 집에 보낸 것이라곤 혹 며칠 동안에 1마리뿐이니, 두어 달 동안 바친 것을 따져 보면 25, 26마리에 지나지 않는다. 스스로 차지한 것이 몇 마리나 되는지 알 수가 없다. 심지어 너무 많이 날려서 결국 병이 나고 상해서 거의 살리지 못할 뻔하다가 요행히 죽음을 면했다. 그의 상번(上番) 값까지도 이 매가 잡은 것으로 치렀으니, 비록 매 값을 주지 않더라도 오히려 감사해야 할 것이다.

하물며 또 초여름부터는 달마다 개를 잡아 먹이로 주어 7마리에 이르렀고 그사이에 개가 없을 때는 꿩을 사서 주고 또 닭을 계속 잡아 주었으니, 꿩과 닭을 계산하면 이미 10여 마리가 넘는다. 그런데 그는 단지 스스로 먹이를 만들어 주고 앉아서 기른 공뿐이니, 무명 1필이 어찌 부족하단 말인가. 이 사람의 마음을 보면, 미욱할 뿐만 아니라 사납기 이를 데 없다. 그 아들도 매일 먹이를 요구할 때마다 불공스런 말을 많이 하니 더욱 몹시 밉살스럽다. 당초에 내 스스로 잘못 생각하여 이 사람에게 매를 주어서 끝내 수모를 당하는 것이 적지 않으니, 누구를 탓하겠는가.

어두울 무렵에 이웃 사람들이 동쪽 집에 모여서 술을 마시면서 술 1병, 떡 1바구니, 삶은 닭 1마리를 바쳤다. 오늘이 중양절이기 때문이다.

◎ — 9월 10일, 11일

관둔전의 조를 타작했더니, 전후로 나온 것이 17말이다. 아직 단은 타작하지 않았다. 채억복 밭의 조를 베어서 널어놓았다. 별감 김린이 와서 보았는데, 술이 없어 대접하지 못하고 보냈다. 안타깝다.

◎ — 9월 12일

온 집안의 계집종들과 품팔이꾼 도합 7명에게 역전(驛田)의 조를 베어 널어놓게 했다. 벌 1통에서 반이 나가서 김억수의 벌통으로 옮겨 들어갔다. 그 까닭을 모르겠다. 이 마을에서 벌을 기르는 사람들도 가을 들어서 다른 벌통으로 옮겨 들어가는 것을 본 적이 없다고 했다. 이상한 일이다.

산릉의 부역에 갔던 이 고을 사람들이 모두 돌아와서 하는 말이, 새 능이 좋지 않기 때문에 다른 곳에 터를 다시 잡아야 하므로 역사를 정지하고 돌려보냈다고 한다. 역사가 거의 끝나 가는데 다른 산으로 옮겨 터를 잡는다면 먼저 들인 공력을 모두 버리게 된다. 백성의 고초가 더욱 걱정스럽다.

◎ ─ 9월 13일

어제 옮겨 간 벌통을 오늘 아침에 열어 보니 그 꿀을 다 먹고 도망가서 남은 것은 겨우 1되 남짓이다. 밉살스럽다. 온 집안의 계집종과 품팔이꾼 도합 5명에게 집 앞 김언보 밭의 두(豆)를 뽑게 했으나 끝내지 못했다.

◎ ─ 9월 14일

4명에게 어제 끝내지 못한 두(豆)를 뽑게 했으나 역시 끝내지 못했다. 또 박문재의 밭에 널어놓았던 조를 거두어 묶었다.

◎ ─ 9월 15일

어제저녁부터 비가 내려 밤새 그치지 않더니 아침에도 날이 개지 않았다. 두 밭에 널어놓은 조를 미처 거두어 묶지도 못했는데 비가 이처럼 내렸다. 태두(太豆)도 다 뽑지 못했다. 집에 어른 사내종이 없어서 때맞추어 타작하여 거두지 못했다. 떠날 날은 닥쳐 오는데 모든 일이 모두 맘대로 되지 않으니, 걱정스런 마음에 밤새 잠을 자지 못했다. 그저 탄식할 뿐이다.

저녁에 꿀 2통을 꺼냈더니 모두 차지 않았기 때문에 겨우 1말 9되 뿐이고, 밀랍은 2근이다. 이것으로 곡식을 사서 겨울을 날 계획을 세웠는데, 채취한 것이 이것뿐이다. 탄식한들 어찌하겠는가. 다만 벌을 내쫓고 그 먹이를 가져왔으니 머지않아 모두 죽을 것이다. 이는 어진 사람이 차마 할 짓이 아닌데, 감히 이런 짓을 하고 있다. 비록 양봉하는 사람들의 당연한 일이라고는 하지만 나도 상것들이 하는 일을 따라서 차마 이런 짓을 하고 있으니, 사람의 욕심을 막기 어려운 것이 이와 같다. 그저 탄식할 뿐이다.

◎ ─ 9월 16일, 17일, 18일

아침에 노루 1마리가 올무에 걸렸다가 나무를 꺾어 버리고 앞들로 달아나는 것을 우리 집에서 먹이는 목덜미가 흰 개가 물어서 잡았다. 올무를 놓은 자는 이웃 사람이므로 잡아서 반을 갈라 그에게 주었다. 즉시 밥을 지어 구워 먹었더니 오래 먹어 보지 못하던 터여서 그 맛이 매우 좋았다. 가죽은 내가 가졌다.

김언보 밭의 두(豆)를 타작했더니, 평섬으로 1섬 13말이 나왔다. 집에 쓸 것이 없어서 먼저 타작하고 그 나머지는 모두 밭에 쌓아 두었다. 또 온 집안의 계집종들에게 인아가 경작한 밭의 두(豆)를 뽑아서 역시 밭 가운데에 쌓아 두게 했다.

◎ ─ 9월 19일

채억복이 병작한 조를 타작했더니, 전섬으로 1섬 2말이 나왔다. 단은 아직 타작하지 않았다. 이틀갈이 밭이다.

◎ ─ 9월 20일

말지촌 역전의 조를 거두어 묶어 밭 가운데에 쌓았는데, 327뭇이라고 한다. 인아가 가 보았다.

저녁에 한세가 한양에서 왔다. 어머니의 편지를 보니, 한노가 떠나오던 날 토당으로 가셨다고 한다. 또 연안에 사는 진아 어미의 편지와 보은에 사는 딸의 안부 편지도 와서 전했는데, 모두들 잘 있다고 한다. 몹시 위로가 된다. 그러나 들으니, 평강(오윤겸)의 결성 집에 불이 나서 다 탔다고 한다. 놀라고 걱정되는 마음을 견딜 수가 없다. 남매가 전해 듣고 한 말이니, 아직 확실히는 알 수 없다.

신자방(신응구)은 이천 부사(利川府使)에 제수되었다고 한다. 몹시 기쁘다. 한노가 백미 1말, 밤 1말을 갖다 바쳤다. 이제 김랑의 편지를 보니, 그곳에 흉년이 들어 목화와 대추를 전혀 수확하지 못하여 생활이 몹시 곤궁하다고 한다. 또 딸의 편지를 보니, 슬프고 고생스러운 일이 많아서 나도 모르게 눈물이 흘렀다. 그 어미는 밤새 잠을 자지 못하고 말만 하면 슬피 울었다.

김업산이 매[수지니, 사람이 손으로 길들인 매인 진응(陳鷹)]를 가지고 이제 비로소 왔기에 쌀밥을 지어 먹여 보내고 닭을 잡아 매에게 먹였다. 앞으로 길들여 억수에게 날리게 할 생각이다. 매의 먹이를 공급하는 일이 몹시 어렵기 때문이다. 억수도 아침에 훈련시켜 날리기를 원했다.

◎ ― 9월 21일

관둔전의 콩을 꺾어서 밭 가운데에 쌓아 두었다. 전업이 번으로 올라가기에 편지를 써서 광노에게 보내서 어머니와 생원(오윤해)의 집에 전달하게 했다. 또 약과 30여 개와 노루고기 포 5조를 조그만 바구니에 넣고 보자기로 싸서 단단히 봉하고 어머니께 전하게 했다.

◎ ― 9월 22일

집 앞의 김언보 밭의 두(豆)를 타작했더니, 전후로 도합 평섬으로 12섬 3말이고 팥은 4섬 3말이다. 김업산이 준 매(수지니)가 돌아온 날부터 먹이를 좋아하지 않더니 저녁에 이르러서는 먹이를 전혀 거들떠보지도 않았다. 산 닭을 잡아서 주었으나 역시 먹으려고 하지 않는다. 그 까닭을 모르겠다. 매를 잘 아는 사람에게 물어봐도 모두 모른다고 한다.

다만 업산이란 자는 본성이 미련하고 사나우며 불순해서 전에도 불공스런 말이 많았고, 그 아들도 아비를 닮아 표독스럽다. 제 딴에는 금년에도 매를 길들여 날려서 이익을 보려고 했을 텐데 하루아침에 빼앗아 왔으니, 고의로 매에게 해코지를 했을까 걱정스럽다. 그러나 사람의 성품이 어찌 이 지경에야 이르렀겠는가. 이 매는 본래 먹이를 탐했는데, 이번에 와서는 탐하지 않을 뿐만 아니라 닭 다리를 시렁에다 매어 놓아도 끝내 거들떠보지 않는다. 병이 들지 않았으면 어찌 이러하겠는가. 그 형색을 살펴보면 전혀 병든 매의 모습은 없으니 더욱 이상한 일이다. 우선 며칠 동안 지켜보다가 진짜로 병이 들었으면 즉시 업산에게 돌려보낼 작정이다. 또 들으니, 업산이 마을 사람들에게 떠들기를 누구든지 이 매를 훈련시켜 날릴 수 있다면 저가 중죄인이 되어서 모욕을 받겠다고 했다고 한다. 이것으로 인해 그가 매에게 해코지를 했다고 의심하는 것이다.

저녁에 벌 1통을 또 채취했더니, 꿀이 겨우 5되이고 밀랍은 12냥이다. 금년에 6통을 다 채취했는데 꿀은 겨우 5말이니, 이는 차지 않았기 때문이다. 만약 차 있었다면 10여 말 이상이었을 것이라고 한다. 아깝다. 이것으로 상경한 뒤 겨울을 지낼 양식을 마련하려고 했는데 이제 이 계획이 틀어졌다. 한탄한들 어찌하겠는가. 덕노가 돌아오기를 기다려 북면으로 보내서 또 꿀 3, 4말을 사려고 하지만 절기가 늦어서 어려울 듯하다.

◎ ― 9월 23일
인아가 직접 산에 올라가 매 그물을 설치해 놓고 만에 하나 요행을 바랐다.

◎ ― 9월 24일, 25일
저녁에도 매가 여전히 먹지 않아서 억수를 불러다가 등불을 밝히고 먹여 보게 했으나 먹이를 탐내지 않았다. 8월 이후로는 날마다 두세 번씩 걸어서 뒤 봉우리에 올라가 가을걷이하는 광경을 바라보며 무료함을 달랜다.

◎ ― 9월 26일
온 집안의 노비들에게 생원(오윤해)이 경작한 밭의 두(豆)를 뽑아서 밭 가운데에 쌓아 두게 했다. 안손이 오기를 기다려서 타작할 작정이다. 생원(오윤해)이 비록 직접 오지 않더라도 반드시 안손을 보낼 터인데 지금까지 오지 않으니, 아마 무슨 일이 있는가 보다. 그 장인 장모의 장례를 물려서 지내기 때문인가. 살 집을 아직도 정하지 못해서 그러는 것인가. 날마다 기다려도 오지 않는다. 괴이한 일이다.

가을에 접어들어 돌아갈 마음은 날로 재촉하건만 일이 아직 수습되지 않아 지금껏 체류하고 있다. 날은 점점 추워지는데 위아래 사람들의 옷이 얇고 행장을 꾸리는 것이 여의치 않으니, 만일 심한 추위를 당하면 올라갈 수 없을 것이다. 밤중에 잠을 못 이룬 채 만 가지 생각이 가슴을 메우고 백발이 날로 더해 간다. 인생이 얼마나 된다고 늘 근심 속에 있으면서 고생스러운 생애를 보낸단 말인가. 다만 스스로 한탄할 뿐이다. 늙으신 어머니는 한양에 계시고 자녀도 각각 먼 곳에 있어 소식을 들을 수가 없는데, 홀로 산골짜기 속에 있으면서 늘 조밥과 명아주국만 먹고 있다. 어찌 근심스러운 마음이 없겠는가.

◎ ─ 9월 27일

한노에게 메밀을 타작하게 했더니, 전섬으로 1섬 5말이 나왔다. 느즈막이 인아와 함께 걸어서 가 보았다.

현의 통인 만세가 일이 있어 여기에 왔다가 그길로 와서 보았다. 그편에 들으니, 해유색 민득곤이 한양에 갔다가 돌아왔다고 하는데 해유(解由)가 났는지 나지 않았는지 알 수가 없다. 덕노가 지금까지 오지 않으니 걱정스럽다.

그저께 꿀을 다 채취한 우리 집의 벌통에서 나온 벌이 아직 채취하지 않은 동쪽 집 생원(오윤해)의 벌통으로 옮겨 들어가 양쪽 벌이 서로 싸우고 죽이다가 한참 만에 안정되었다. 아마 먹을 것이 없어서 먹을 것이 있는 곳으로 가서 살길을 찾은 것이리라. 가련하다. 이곳에 있는 또 하나의 벌통에서는 벌이 어제 나갔다가 오늘 돌아와서 빈 통 속으로 들어가더니 저녁에 모두 도로 나갔다. 그 나머지 벌통의 벌은 서로 빈 통에 모여서 날로 점점 다 죽어 간다. 더욱 측은하다. 황태(黃太)를 타작했더니, 5말이 나왔다. 대신 심은 것이다.

◎ ─ 9월 28일

아침에 비가 내려서 곡식을 타작하지 못했다. 한노에게 꿀 담을 각(閣)을 만들 나무를 베어 실어 오게 했는데, 나무가 작아서 쓰기에 부적합했다. 아쉽다. 이곳에 각을 만드는 자가 있기에 값을 주고 만들게 하려고 했더니 틈이 없다고 핑계를 대며 끝내 허락하지 않았다. 이는 높은 값을 달라는 것이다. 밉살스럽지만 어찌하겠는가.

지금 들으니, 이 매는 전부터 닭고기를 좋아하지 않았다고 한다. 참말로 그러한가. 닭을 잡아 먹여 보려 한 것이 지금까지 4마리이다. 개는 사려고 해도 살 수가 없다. 걱정스럽다.

◎ ─ 9월 29일

매는 어제부터 인아가 직접 훈련시켰다. 근래에 날려 볼 계획이다.

◎ ─ 9월 30일

아침에 억수를 불러서 매에게 방울을 달게 하고 이틀 밤을 계속해서 훈련시켰더니 자못 훈련된 분위기가 있었다. 그러나 집에 매를 날려

본 사람이 없다. 안타깝다. 한노와 언세 등에게 박문재 밭의 조를 타작하게 했다. 이는 인아가 경작한 것이다. 전섬으로 1섬 6말이 나왔다.

10월 큰달 -1일 입동, 16일 소설-

◎ — 10월 1일

한노와 품팔이꾼 2명에게 관둔전의 콩을 타작하게 했더니, 평섬으로 8섬 4말이 나왔다. 하루반갈이이다. 작황이 조금 좋았기 때문에 소출이 이와 같다. 기쁘다. 전업이 오늘 돌아와서 안손은 내일 올 것이라고 했다.

◎ — 10월 2일

생원(오윤해)의 사내종 안손이 진위에서 와서 생원(오윤해)과 어머니의 편지, 아우와 누이의 편지를 전해 주어 비로소 안부를 알게 되었다. 몹시 기쁜 마음을 어찌 말로 다 하겠는가. 생원(오윤해)의 장인 장모의 장례는 지난달 16일에 지냈는데, 장례 날을 지나고 오느라 이렇게 늦었다고 한다. 환자를 사서 납부하기 위해 소금 10말을 실어 왔다.

언명이 쌀 1말을 보냈다. 진위의 상제(喪制) 최진운도 답장을 써서 사례하고, 또 쌀 1말, 조 5되를 보냈다. 전날에 내가 편지를 써서 위문했을 때는 상중이었기 때문에 바로 답장을 하지 못했고 지금은 장례가 끝났기 때문에 답장을 써서 사례한 것이다.

신자방(신응구)의 편지도 가져와서 전해 주었다. 지금 이천(利川) 부사가 되었으나 부임하기 전에 명나라 장수를 지공하는 일로 서로(西路, 황해도와 평안도)에 가 있다고 한다. 이천은 비록 쇠잔한 고을이지만 한양에서 멀지 않으니, 딸이 그곳으로 오면 거의 만날 길이 있고 또 서로 도울 힘도 있을 것이다. 몹시 기쁜 마음을 어찌 말로 다 하겠는가.

또 들으니, 생원(오윤해)의 양모는 지난 그믐 사이에 먼저 양지로 들어가서 겨울을 날 계획이고 생원(오윤해)의 처자는 집을 지은 뒤에 따라 들어갈 것이라고 한다. 들으니, 평강(오윤겸)은 화재를 당한 뒤에 아직 한양에 오지 않았고 아우도 추수하는 일로 죽산 땅으로 내려갔다고 한다. 얼기 전에 우리 일가가 머물 곳을 반드시 수리한 뒤에 들어가야 하는데, 일을 감독할 사람이 없다. 또 사람과 말이 없어서 즉시 가지 못하니, 피차의 상황이 틀어지는 일이 많을 것이다. 몹시 걱정스럽다.

또 보은의 딸이 광노의 집을 통해 편지를 전해 왔기에 보니, 몸은 비록 잘 있으나 올 농사가 잘되지 않아 수확이 많지 않아서 살림이 크게 무너져 끝내 수습되지 않는다고 한다. 또 김랑은 참변을 겪은 뒤로 심기가 크게 상하여 감정이 들쭉날쭉한데, 더구나 내 딸은 성격이 지나치게 화순하고 느긋해서 남편과는 성격이 상반되니 자못 서로 맞지 않는 뜻이 있을 것이다. 지금 딸의 편지를 보니, 비록 드러내 말하지는 않았지만 슬프고 상심하는 뜻이 말의 이면에 넘쳐난다. 나도 모르게 눈물이 흘렀다. 우리 내외는 밤새 잠을 못 이루고 계속 서글퍼 탄식했다. 이 또한 운명이니 어찌하겠는가. -원문 빠짐- 충아 어미가 젓갈을 사서 보냈다. 오래 먹지 못하던 차에 이것으로 식사를 할 수 있겠다. 몽아(蒙兒)도 말린 밤 60개를 구해 실에 꿰어 보냈는데, 그 맛이 매우 달았다.

◎ — 10월 3일

김억수가 꿀을 담을 각 2개를 만들어서 가져왔다. 환자를 현에 실어다 납부하기 위해 소를 빌리려고 했기 때문이다. 그러나 며칠 동안 노력했기 때문에 즉시 버선감 백목(白木) 1단을 주어 그 성의에 보답했다.

김언보가 와서 보기에 내가 쓰는 명주 행전(行纏)*을 주었다. 그의 밭 세 곳을 경작하여 수확을 많이 했는데 보답할 길이 없어서, 이 보잘것없는 물건으로 우선 그 후의를 갚는 것이다. 녹두를 타작했더니, 7말 5되가 나왔다.

◎ — 10월 4일

내일은 조부의 제삿날이다. 제사를 지내야 하므로 후임 어미에게 계집종들을 데리고 음식을 장만하게 했다. 김언보 밭의 두(豆)를 타작했더니, 평섬으로 1섬 9말이 나왔다. 이는 인아가 경작한 것이다.

◎ — 10월 5일

날이 밝을 무렵에 인아와 함께 제사를 지냈다. 그러나 집에 찬거리

* 행전(行纏): 바짓가랑이를 좁혀 보행과 행동을 간편하게 하기 위해 정강이에 감아 무릎 아래 매는 물건이다. 행등(行縢)이라고도 한다.

가 없고 또 구할 길도 없어서 면, 떡, 네 가지 채소탕, 여섯 가지 채소적, 생밤과 말린 밤, 두 가지 과일, 반상(盤床)의 제구(諸具)로 정성을 표했을 뿐이다.

생원(오윤해)의 사내종 안손이 소금과 무명으로 쌀을 사서 겨우 환자 16말을 갖추어 실어다 납입했다. 그러나 모곡(耗穀)*은 수량을 채우지 못해 녹두 2말을 대신 보냈다. 그 김에 이직장에게 편지를 보내 현감에게 고하여 물리치지 말고 받아들이게 했다. 또 환자 콩 5말은 본래 우리 집에 있던 콩인데, 대두(大斗) 6말 7되를 주어 보냈다. 이 마을 사람들이 모두 환자를 싣고 현으로 가기에 안손도 따라갔다.

연일 밤낮으로 매(수지니)를 길들였기 때문에 오늘내일 중에도 날릴 수 있지만, 날릴 사람이 없다. 안타깝다. 아침에 제사를 지낸 뒤에 이웃 사람들을 불러 술을 대접해 보냈다.

◎ ─ 10월 6일

안손이 현에 들어가서 환자를 아무 문제 없이 납부했다. 모곡은 현감이 녹두로는 받지 않아서 고지기에게 말해 녹두를 쌀로 바꾸어서 납부했다고 한다. 매는 오늘 비로소 긴 노끈에 먹이를 매어 유인했다. 며칠 내에 날릴 수 있을 것이다.

....

* 　모곡(耗穀): 환자를 상환할 때 더 받는 곡식이다. 곡식을 창고에 쌓아 두는 동안 쥐가 먹거나 하여 줄어들 것을 예상하여 1섬에 1말 5되를 더 받는다.《대전회통(大典會通)》〈호전(戶典)〉.

◎ — 10월 7일

매가 길들여져서 오늘 날리려고 했으나, 날릴 사람이 없어서 우선 김억수가 돌아오기를 기다렸다. 억수는 어제 나가서 아직 돌아오지 않았다. 안협에 사는 진수(進守)가 이 매를 사려고 값이 얼마인지 묻고 갔다.

◎ — 10월 8일

안손을 철원 부사에게 보내 편지를 전하게 하고 환자를 대납해도 되는지의 여부를 묻게 했다. 두 고을의 환자를 마련할 방법이 없어서 우선 대납하겠다는 뜻을 철원 부사에게 먼저 전해야겠는데, 덕노를 기다려도 지금까지 오지 않았기 때문에 안손을 보낸 것이다. 어둑할 무렵에 덕노가 돌아왔다.

◎ — 10월 9일

한노에게 품팔이꾼 4명을 불러 역전의 반직(半稷)을 타작하게 했더니, 전섬으로 3섬 10말이 나왔다. 내가 직접 가 보았다. 김언신이 점심을 지어 올렸고, 김언보도 햇국수를 만들고 꿩의 다리를 구워서 올렸다. 날이 저문 뒤에 집으로 돌아왔다.

매(수지니)가 이제 숙련되어 오늘 날리려고 했는데, 안협에 사는 진수가 매 값을 가지고 찾아와서 간절히 팔라고 했다. 처음에는 허락하지 않으려고 했으나, 다시 생각해 보니 비록 길들여서 날릴 만하다고 한들 집에 매를 아는 사람이 없다. 매번 다른 사람의 힘을 빌려 날려서 잡은 꿩을 나눈다면 얻는 것이 많지 않을 게다. 더구나 이 매는 일찍이 콧병을 앓았으니, 만일 날렸다가 지난번의 병이 재발하는 날에는 더 이상 고칠 수 없을 것이고 만일 잃기라도 한다면 도리어 그 본전도 찾지 못할 것이다. 사람들도 다들 팔기를 권했기 때문에, 그가 원하는 대로 팔았다. 값으로 무명 6필과 안팎 새것으로 된 백목 바지와 두루마기 1벌을 받고 정목 2필 값을 쳐서 주어 보냈다. 또 후일에 꿩 10마리를 잡아다 바치기로 약속했다.

이 매는 지금 이미 두 번째로 기른 것인데, 올해는 몹시 잘 길러서 앞뒤로 옛 털이 하나도 없고 그 빛깔이 은과 같아서 사람들이 누구나 사고 싶어 했으나 값이 비싼 것을 꺼려했다. 진수는 그 재주가 좋은 것을 알기 때문에 사 간 것이다. 인아가 10여 일 동안 밤낮으로 잠도 자지 않고 직접 길들여서 오늘 억수에게 날리도록 약속했다. 그런데 꿩 하나도 잡아 보지 못하고 주어 보냈으니, 마치 보물을 잃은 것과 같았다. 한탄한들 어찌하겠는가.

안손이 어제 철원에 갔다가 오늘 낮에 돌아왔다. 철원 부사의 편지를 보니, 그 환자는 일찍이 모곡으로 충당하고 이미 감면해서 문서를 삭제했으므로 걱정하지 말라고 했다. 매우 기쁘고 감사한 마음을 이길 수 없다. 쇠잔한 고을에서 쌀 1섬을 완전히 감면해 주었으니, 후의가 있지 않으면 이렇게 할 수 있겠는가. 더욱 감사하다. 또 백미 1말을 보내 주었다. 이천의 쌀을 대납할 수 있다면, 오늘 타작한 조로 한양에 갈 때 쓸 양식을 마련할 수 있을 것이다. 사람을 시켜서 이천 현감에게 물어보고 싶으나 보낼 만한 사람이 없다. 고민스럽다.

덕노가 어제저녁에 왔는데, 바꾸어 오라고 주어 보냈던 물건을 도로 가지고 와서 팔지 못했다고 한다. 몹시 괘씸하다. 자기 물건은 전부 목화로 바꾸고 상전이 준 물건은 도로 가져왔으니, 더욱 분통이 터진다. 더구나 올 날짜가 지난 뒤에 와서 우리 집의 일에 모두 낭패를 보고 이루지 못했으므로 즉시 엄중하게 매를 때려 경계하려고 했다. 만일 내가 노한 김에 때리면 반드시 중상을 입힌 뒤라야 그 태만한 짓을 조금이나마 징계하게 될 것이다. 그러나 앞으로 부릴 곳이 많기 때문에 우선 참고 용서했다.

올 때 진위에 들어가 충아 어미의 편지를 받아 왔기에 보니, 생원(오윤해)은 그 양모를 모시고 이미 양지의 농촌으로 갔다고 한다. 다만 들으니, 간 뒤로 양식을 구할 길이 없어서 생활이 몹시 어렵다고 한다. 탄식한들 어찌하겠는가. 이제는 명나라 군사가 모두 돌아가서 길가에서 난폭한 일을 당할 걱정이 별로 없어서 우선 율전에 머물며 겨울을 날 만했다. 그런데 생원(오윤해)의 양모가 굳이 가서 살고자 한 것이다. 이제 낭패를 만났으니, 누구를 원망하겠는가. 생원(오윤해)의 처자는 추후에 간다고 한다.

토당에 계신 어머니의 편지를 보니, 아무 일도 없다고 한다. 언명은 이미 양지에 타작하러 가서 아직 돌아오지 않았다고 한다. 다만 우리 일가가 머물 집은 감독해 수리할 사람이 없고 날이 점점 추워지니, 만일 몹시 얼어붙는 계절이 된다면 깨진 벽을 바를 수도 없고 울타리를 만들거나 토옥(土屋)을 묻지도 못할 것이다.

또 들으니, 광노의 집에 큰 역병이 들어서 그 계집종이 한창 누워 앓는다고 한다. 우리 일가가 올라간다고 해도 의지할 곳이 없다. 걱정스럽고 안타깝다. 여기에 그대로 머물러 있다가 겨울을 넘긴 뒤에 올라가려고 해도 이곳에는 두어 달 먹을 양식도 없고 식량을 구할 방법도 없다. 저기나 여기나 형편이 이와 같아서 진퇴유곡이니, 밤새 잠을 못

이룬 채 오만 생각이 가슴을 메워 검은 머리털이 하룻밤 사이에 모두 셀 지경이다. 인생이 얼마나 되는가. 그저 크게 탄식할 뿐이다.

◎ — 10월 10일

목전에 사는 전 별감 김충서가 와서 보고 메밀 1말, 두(豆) 1말을 주었다. 가난한 사람이 먼 길도 아랑곳하지 않고 물건을 가져다주니, 후하다고 할 만하다. 술과 밥을 대접해 보냈다.

◎ — 10월 11일

덕노를 북면에 보냈다. 꿀을 사기 위해서이다. 정목 4필과 전날에 매 값으로 받은 새 옷을 보냈고, 또 중목 2필을 주어 명주로 바꾸게 했다. 또 패랭이 7개를 깨, 느타리버섯, 석이 등의 물건으로 바꾸게 했다. 물건이 있는 대로 상황을 보아 사도록 일러 보냈다. 그러나 들으니, 그곳에는 이미 다 팔아서 가지고 있는 자가 매우 적고 비록 있어도 값이 너무 비싸서 정목 1필이 6, 7되에 불과하다고 한다. 이번에 가서 사 올는지 기필할 수가 없다. 이는 모두 덕노가 더디게 왔기 때문이다. 몹시 괘씸하다.

◎ — 10월 12일

생원(오윤해) 집의 두(豆)를 타작했더니 평섬 2섬이고, 녹두는 평섬 1섬 4말이 나왔다. 1말은 말편자 값으로 주고, 또 전날 환자에 대한 모곡(耗穀)의 액수를 대납했기 때문에 2말을 도로 갚았다. 그 나머지는 모두 여기에 남겨 두었다.

◎ — 10월 13일

김언신이 빙어 6마리를 갖다 주었다. 아침 식사에 탕을 끓여 함께 먹으니 그 맛이 매우 좋았다. 오래 먹어 보지 못한 뒤였기 때문이다.

어떤 사람이 와서, 진수가 사 간 매가 가던 이튿날부터 먹은 것을 토하는 증세를 보여서 날리지 않고 시렁에 앉혀 두었다고 한다. 이는 아마 핑계를 대고 꿩을 바치지 않으려는 것일 게다. 아무 병이 없던 매가 어찌 하루 사이에 날리지도 않았는데 아프단 말인가. 그 말이 거짓임을 알 수가 있다. 뒤에 들리는 말을 기다려 봐야겠다.

◎ — 10월 14일

채억복 밭의 단을 타작했더니 3말이 넘게 나왔다.

◎ — 10월 15일

내일은 증조부의 제삿날이다. 들으니, 해마다 오충일의 집에서 지낸다고 하기에 지금은 우리 집에서 지내지 않는다.

충아가 내일 올라가기 때문에 행장을 꾸렸다. 처음에는 우리 집 식구들이 돌아갈 때 데리고 가려고 했으나, 사내종과 말이 부족할 뿐만 아니라 만약에 우리 집이 불행히 올라가지 못하게 된다면 오래 여기에 남겨 둘 수가 없는 노릇이고 날이 몹시 혹독하게 추우면 더욱 올라갈 수 없을 것이기에, 안손의 말이 갈 때 한노와 함께 데리고 가게 했다. 저녁에 눈이 내려 깊은 밤이 되어서야 그쳤다. 거의 3치가 넘게 내렸다.

◎ — 10월 16일

눈이 그치고 날이 화창하므로 충아가 출발했다. 마음이 몹시 슬프다. 여러 곳에 편지를 써서 보냈다. 안손의 말에 그 댁의 콩 9말 5되, 녹두 1말, 각에 넣은 꿀 1말 1되, 밀랍 1원 6냥 4돈, 가는 동안 먹을 양식과 말먹이 콩을 싣고서 충아가 타고 가고, 한세는 어머니께 보내는 두(豆) 2말, 차조떡 1바구니, 언명의 집에 보내는 두(豆) 5되를 지고 갔다. 창호지 10장도 언명에게 보내서 머물 집의 창문을 바르게 하고, 또 한세에게 그믐께 바로 돌아오도록 일렀다. 우리 집이 갈 때 데리고 가기 위해서이다. 한노에게도 두(豆) 5되, 나무소반 1개를 주었다. 짐이 무거워서 지고 갈 수 없기 때문에 이것만 보냈다.

◎ — 10월 17일

어제 오후에 센 바람이 불었으나 몹시 춥지는 않더니 오늘은 맑고 화창하다. 충아가 돌아가기에 아마 좋을 것이다. 위로가 된다. 다만 늘 내 이불 속에서 잤는데 오늘 밤에는 없으니, 몹시 슬프고 안타깝다. 밤새도록 잊을 수가 없었다.

느즈막이 최판관에게 가 보았다. 그가 내일 철원에 간다고 들었기 때문이다. 내게 저녁밥을 대접해 주었다. 날이 이미 어두워져서 소를 타고 어린 사내종을 거느리고 오는데, 호랑이가 몹시 두려워서 채찍을 치며 달려오니 땀이 흘러 등을 적셨다. 마침 계집종 은개의 남편 수이가 중도에 마중을 나왔기 때문에 비로소 마음이 놓였다.

덕노가 돌아왔다. 가지고 간 포목으로 꿀을 사지 못했다. 절기가 늦어서 있는 곳이 없고 비록 혹 조금 가지고 있어도 값이 너무 비싸서 사지 못했다. 다만 가지고 간 새 옷을 무명 2필로 계산하여 꿀 1말 4되를 받았고 패랭이 1개를 느타리버섯 1곳으로 바꾸어 왔다. 덕노가 올 때 현에 들어갔기에 직장 이은신이 편지를 보내 안부를 묻고, 또 대미(大米) 5되, 고등어 1마리, 노루고기 1조를 보냈다. 그도 객지에 의탁한 신세인데 어디서 구해 보냈는가. 한편으로는 미안하다. 이은신의 아들 득남(得男)이 얼마 전에 예산(禮山)에 있다가 평강(오윤겸)이 화재를 당했다는 소식을 듣고 결성에 가 보았는데, 평강(오윤겸)이 그편에 편지를 써서 보냈다. 득남이 그 아비에게 전했기 때문에 그 아비가 덕노가 오는 편에 보내 주었다. 이제 비로소 받아 보니, 지난달 29일에 쓴 편지이다.

불이 난 원인은 계집종 막종(莫終)이 사사로이 관솔을 마련하여 밤마다 일을 했는데, 마침 잠이 들어 짚자리에 불이 붙어서 타기 시작했다. 그곳이 상전이 자는 방과 매우 가까웠으므로 불이 먼저 번졌다는 것이다. 그날 밤에 마침 바람이 세게 불어서 불길은 드세고 바람은 사나웠으므로, 그 처자들이 각각 어린애를 안고 맨몸으로 불길을 뚫고 나와서 한 가지 물건도 가지고 나오지 못했다고 한다. 그 노비 등 여섯 집이 일시에 초토화되었다고 한다. 불쌍하다. 그러나 위아래 사람들이 모두 화상을 면했으며 가을 곡식은 아직 거두어들이지 않았다고 하니, 이는 다행스러운 일이다. 이 때문에 아직 올라오지 못하고 우선 세만을 보냈다고 한다. 가까운 시일에 반드시 올 것이다. 옷이 다 타 버렸으니 어떻게 해 입으려는가. 우리 집에도 입은 옷 이외에는 여분의 옷이 없어서 보내지 못했다. 더욱 안타깝다. 불이 난 날은 지난 8월 20일인데, 이웃에서 서로 도와주어 간신히 지낸다고 한다.

또 들으니, 이은신이 이제 그 아들이 사람과 말을 보내왔기 때문에 20일 이후에 떠나갈 예정인데, 바빠서 미처 와 보지 못한다고 했다. 아쉽다.

◎ ─ 10월 18일

찰방 김업남이 매를 사러 다니는 사람 편에 편지를 보내 안부를 물었다. 그는 도사 김자정의 형이다. 이번에 경양 찰방(景陽察訪)에 제수되었다고 한다. 관청 사람이 현에 들어가기에 답장을 써서 이직장에게 보내 사례했다.

◎ ─ 10월 19일

충아가 떠난 뒤에 3일 동안은 날이 온화하더니 오늘은 몹시 춥다. 매우 걱정스럽다. 일정을 따져 보니, 오늘은 한양에 도착하고 모레는 진위에 들어가겠다. 전해 들으니, 새 능의 자리를 교하에 잡았으나 아직 정하지는 못했다고 한다.

◎ ─ 10월 20일

연일 몹시 추운데, 충아의 일행이 어떻게 갔는지 모르겠다. 몹시 걱정스럽다. 우리 집이 떠날 시기는 다음 달 초승으로 정했다. 그러나 날이 점점 더 추워지고 예전에 아프던 집사람의 팔이 추위로 인해서 도로 아프다고 하니, 꼭 갈지 아직 기필할 수가 없다. 몹시 걱정스럽다. 모레쯤 덕노에게 먼저 짐을 실려 보내고 그가 돌아온 뒤에 갈 날짜를 정할 것이다.

◎ ― 10월 21일

이은신이 여기에 오는 사람 편에 쌀 5되를 보내 주었다. 내일 온 집안이 올라간다고 했다. 서글픈 마음을 이길 수 없다. 다만 한번 와 보지 않고 가는 것이 아쉽다. 즉시 답장을 써 보냈다. 후임 어미가 만두를 만들어 가져왔다. 내일이 외조부의 제삿날인데, 이를 잊고 잘못 먹었다. 우습다.

◎ ― 10월 22일

종일 세 아이에게 편지를 썼다. 모레 덕노가 한양에 가기 때문에 해주, 보은, 이천 등 모두 세 곳에 부쳐 주려고 한다.

◎ ― 10월 23일

저녁에 광노의 집 사람 덕실(德實)이 말을 가지고 왔다. 우리 집 식구를 모시고 가기 위해서이다. 날이 몹시 추울 뿐만 아니라 사내종 1명과 말 1필이 와서는 데리고 갈 수가 없기 때문에 다만 그 집의 태두(太豆)를 도로 실어 가도록 일렀다. 우리 집 식구들은 우선 머물러 겨울을 지낼 계획이다.

◎ ― 10월 24일

덕노를 오늘 떠나보내려고 했으나 덕실의 짐을 아직 거두어 모으지 못했기 때문에 내일 함께 떠나게 했다. 또 결성에 편지를 써서 갯지에게 보내고 그에게 가지고 가게 했다.

3바리로 물건을 실어 보냈는데, 말에는 목각(木閣) 2개에 담은 꿀

5말 4되와 또 조그만 목각에 담은 7되를 실었다. 이는 한양에 간 뒤에 제사에 쓸 것이고, 그 나머지는 곡식으로 바꾸어 내년에 쓸 것이다. 소 2마리에는 두(豆) 18말, 태(太) 18말, 메주 3말, 그 나머지 봉해서 보내는 물건을 나누어 실어 보냈다. 어머니께는 메밀 1말, 꿀 1되, 녹두 5되를 보내 드렸다.

결성에 불이 나서 다 탔기 때문에 새로 만들어 놓고 입지 않은 내 홑바지를 평강(오윤겸)에게 보냈다. 집사람은 입고 있던 찰색 장저고리를 벗어 후임 어미에게 보냈다. 또 보은의 딸이 입던 저고리를 버려두고 갔는데 이제 비로소 보자기에 싸서 보냈다. 정목 2필을 한양 시장에서 명주로 바꾸어 아울러 보내도록 광노에게 패자를 보냈다. 또 무명 반 필을 소금으로 바꾸어 오도록 덕노에게 주어 보냈다. 버선감으로 쓸 노루가죽도 보은에 보냈다. 메주 1말을 또 아우에게 보냈다. 덕노에게 솥과 부엌을 수리하고 구들에서 재를 긁어내게 했다. 겨울을 넘기기 위해서이다. 춘금이가 현에서 돌아와 들으니, 이은신이 오늘 올라갔다고 한다.

◎ ─ 10월 25일

덕노 등을 오늘 떠나보내려고 했으나 새벽부터 비가 내려서 출발을 지연하다가 시간이 늦어져서 떠나지 못했다.

◎ ─ 10월 26일

덕노 등이 소와 말 3마리에 짐을 싣고 광노의 집 사람 및 김언신과 함께 동시에 떠나갔다. 계집종 옥춘도 그 딸 만춘(晚春)을 데리고 올라갔다. 어머니께서 혼자 계시기 때문에 이 계집종을 보내서 모시고 자게 했다. 이는 우리 집 식구들이 올라가지 못하기 때문이다. 그러나 들으니, 암소가 고개 밑에 이르러 짐이 무거워서 가지 못한다고 한다. 걱정스럽다. 만일 끝내 다 싣고 가지 못할 것 같으면 유숙하는 곳에 짐을 덜어 놓고 가도록 돌아온 사람에게 말해 보냈다. 세찬 바람이 종일 그치지 않는다. 걱정스럽다.

◎ ― 10월 27일, 28일

종일 눈이 내렸다. 만일 녹지 않으면 거의 반 자가 넘을 것이다.

◎ ― 10월 29일

덕노 등이 떠나간 날짜를 계산해 보니, 오늘 한양에 도착했을 것이다. 그러나 어제 눈이 내려서 갈 수 없었을 듯하다. 바람이 불어 몹시 추운데 어린 사내종이 나무를 베지 못해서 밥을 지을 때도 간신히 얻어서 쓰니, 하물며 구들이 따뜻하기를 바라겠는가. 밤에는 춥고 이불이 얇아서 잠을 자지 못한다. 사는 게 한탄스럽다.

◎ ― 10월 30일

근래에 추위가 몹시 심하더니 오늘은 더욱 혹독하다. 또 곡식 자루가 다 바닥나서 매일 아침밥 저녁 죽에 반찬도 없이 늘 장만 지지고 무를 담가서 조밥에 섞어 밥을 넘긴다. 겨우 허기를 달랠 뿐이니, 감히 배부르기를 바라겠는가. 이곳의 고초를 이루 말할 수 없다.

11월 작은달 -1일 대설, 16일 동지-

◎ ─ 11월 1일, 2일, 3일

새 능의 능군(陵軍, 능의 잡일을 맡아 보는 사람)을 뽑아 보내는 일로 관청에서 파견한 관리가 연일 마을에 와서 독촉하므로, 백성이 모두 양식을 준비해 가지고 달려갔다. 이처럼 추운 날씨에 몹시 측은하다. 어느 곳에 묏자리를 정했는지 아직 듣지 못했다.

◎ ─ 11월 4일

아침 식사 전에 김언신이 소 2마리를 끌고 한양에서 돌아왔다. 가는 내내 무사히 한양에 들어갔다고 한다. 마침 평강(오윤겸)이 결성에서 한양에 왔다가 편지를 써서 보냈다. 편지를 보니, 국장(國葬)이 임박했으므로 비록 산관(散官)*이라도 반드시 발인할 때 배곡(拜哭)해야 해

....

* 산관(散官): 일정한 직무가 없는 벼슬 또는 벼슬아치이다.

서 한양에 올라왔기에 그길로 근친하려고 했는데, 이곳 백성이 쇠를 녹여서 비(碑)를 세운다고 하므로 왕래하기가 꺼려져서 즉시 근친하지 못했다고 한다. 또 남매의 편지를 보니, 어머니께서 여전히 평안하시다고 한다. 기쁘다. 또 들으니, 결성에서 이웃 사람들의 도움으로 이미 6칸 초가집을 지었고 그 처자들도 모두 옷을 지어 입었다고 한다. 찹쌀 2말, 게젓, 굴 식해, 전어, 생굴을 보내왔다.

대장장이 춘복의 처가 떡 1바구니와 김치 1그릇, 빙어 4마리를 갖다 바쳤다. 뜻밖에 이것을 얻어서 즉시 위아래 식솔들이 함께 먹었다. 술을 대접하고 또 버선감으로 다듬은 무명 2자와 쌀 1되를 주어 후의에 보답했다.

◎ ― 11월 5일
오늘은 날이 온화하여 자못 눈이 내릴 조짐이 있다. 박언방이 능군으로 한양에 가기에 편지를 써서 평강(오윤겸)에게 부쳤다.

◎ ― 11월 6일
눈이 내려 거의 3, 4치 쌓였다.

◎ ― 11월 7일
박언방 등이 중도에 이르러 새 능 자리를 팠더니 물 기운이 있어 쓸 수가 없기에 바야흐로 다시 다른 곳을 택해야 하므로 역사를 중지했다는 말을 듣고 바로 돌아왔다. 앞서 부쳤던 평강(오윤겸)에게 보낸 편지도 도로 가져왔다. 아쉽다. 덕노는 오늘 올 만한데 오지 않는다. 아마 말을 사지 못한 까닭일 것이다. 눈이 내린 뒤에 바람이 차고 날도 몹시 차다.

◎ ─ 11월 8일, 9일

윤겸이 덕노 등을 데리고 저물녘에 왔다. 뜻밖에 서로 만나니 매우 기쁘고 위로가 된다. 함께 방 안에 둘러앉아서 이야기를 하다가 새벽이 되어 닭이 홰에서 두 번 운 뒤에 잠자리에 들었다. 인아의 말을 사 왔는데, 은자 5냥 8돈을 주었다고 한다. 어머니와 아우의 편지도 왔는데, 모두 평안하다고 한다. 매우 기쁘다.

해주 윤함의 편지 2통도 가져왔다. 10월 13일과 14일에 쓴 것이다. 편지 1통은 자방(신응구)의 처자가 올 때 보내온 것이다. 다만 성언(聖彦), 시언(時彦) 두 손자는 적리(赤痢)*를 앓아 거의 죽어 가다가 겨우 소생했다고 한다. 몹시 걱정스럽다. 진아 어미도 연안에서 한양으로 와서 하루를 머물고 이미 이천으로 갔는데 편지를 보내왔고, 또 버선을 지어서 나와 그 어미에게 보냈다. 다만 전해 들으니, 보은의 딸은 몸이 아프다고 한다. 확실히 알 수는 없지만 걱정스러움을 이길 수가 없다.

평강(오윤겸)을 서용하라는 명령은 이미 내렸으나 해유 문서(解由文書)*가 아직 나오지 않았기 때문에 벼슬에 임명되지 못했다고 한다. 안타깝다. 현의 아전 민득곤이란 자가 이미 해유색 직임을 받았는데도 힘을 다하지 않아서 아직 내보내지 않았다. 괘씸하지만 어찌하겠는가.

....
* 　적리(赤痢): 혈액이 섞인 설사를 하는 병이다.
* 　해유 문서(解由文書): 후임관에게 사무와 물품을 인계하고, 재직중의 회계와 물품 관리에 대한 책임을 면하는 일을 해유라고 하는데, 이때 작성하는 문서를 말한다.

어머니께서 대구 1마리를 구해 보냈다. 이곳에서 고기를 못 먹은 지 이미 오래되었다고 들었기 때문에 보내신 것이다.

◎ — 11월 10일

덕노를 철원에 보내서 내일 장에서 무명 3단을 쌀로 바꾸어 오게 했다. 윤겸은 편지를 써서 철원 부사에게 보내고 또 무명 반 필을 주어 방어로 바꾸어 오게 했다. 또 두(豆) 3말을 주어 체[篩]로 바꾸어 오게 했다.

저녁에 이천(李蕆)*이 신공을 거두는 일로 평강현에 사는 노비에게 왔다가 우리 집이 아직 체류해 있다는 말을 듣고 와서 보았다. 생각지 못한 일이어서 매우 기쁘고 위로가 되었다. 이야기를 나누다가 밤이 깊어 졌다.

◎ — 11월 11일

이천이 일찍 식사를 한 뒤에 이천(伊川)에 갔다가 그길로 집으로 돌아간다고 한다.

◎ — 11월 12일

현의 아전 전거양이 와서 보고 백미 1말, 날꿩 2마리를 바쳤다. 또 민득곤과 황응성이 와서 보았다. 민득곤은 백미 2말, 꿩 1마리를 가져왔 고, 황응성은 생은어 2뭇을 가져왔다. 또 현의 아전들이 백미 2말, 말린

....
* 　이천(李蕆): 1570~1653. 오희문의 처사촌으로, 이빈의 막내 동생이다.

열목어 10마리를 거두어 모아서 가져왔다. 각각 밥을 대접해 보냈다.

윤겸이 여기에 왔다는 말을 듣고 현감이 백미 5말, 태(太) 5말, 두(豆) 5말, 잣 1말, 개암 1말, 꿀 3되, 말린 열목어 10마리를 보냈다.

저녁에 덕노가 철원에서 돌아왔는데, 무명 2필을 각각 쌀 6말씩 받았고 두(豆) 3말을 말린 은어 9뭇으로, 또 무명 반 필을 큰 방어 1마리로 바꾸어 왔다.

철원 부사가 또 백미 3말, 누룩 7덩어리, 꿩 1마리, 은어 6뭇을 보내 주고 사람을 보내 안부를 물었다. 윤겸이 온 것을 들었기 때문이다. 또 윤겸이 돌아갈 때 중도에 만나기로 기약했다. 김담이 닭 1마리를 가져와서 바쳤다.

◎ ─ 11월 13일

관아의 사내종 최막동(崔莫同)이 꿩 1마리를 보내왔고, 현의 아전 만생(萬生)이 와서 보고 꿩 2마리를 바쳤다. 윤겸이 온 것을 들었기 때문이다. 밥을 대접해 보냈다. 최판관이 찾아왔다. 윤겸을 보기 위해서이다. 해가 기울어 돌아갔다. 저녁밥을 대접해서 보냈다.

◎ ─ 11월 14일

별감 김린이 술과 안주를 가지고 보러 왔다. 윤겸을 보기 위해서이다. 약밥과 술을 대접해 보냈다.

◎ ─ 11월 15일

김억수와 김언보가 각각 두부를 만들어 가지고 왔다. 안협에 사는 노인 연수 삼부자가 와서 보고 각각 꿩 1마리와 파를 바쳤다. 술을 대접해 보냈다. 박문재가 메밀 1말, 정광신이 꿩 1마리, 김언신이 태두(太豆) 각각 1말을 가져왔다.

저녁에 안악에 사는 계집종 복시의 막내아들 천귀(千貴)가 와서 보고 하는 말이, 지난가을에 신천 군수(信川郡守) 이창복(李昌復)이 군사를 내어 그 동생과 처자를 모두 잡아다가 칼을 씌워 옥에 단단히 가두어 두고 모두 죽이려고 했는데 그 형제가 간신히 도망쳐 한양에 와서 토당에 계신 어머니께 호소하자 어머니께서 편지를 써서 여기로 보냈다고 한다. 어머니와 아우의 편지를 펴 보니, 모두 평안하다고 한다. 또 나에게 이 사내종의 환난을 구제해 주라고 하셨으나, 내가 힘이 없어 구제할 길이 없다. 그러나 모른 체할 수가 없어서 편지를 써서 해주 윤함에게 보내어 그에게 직접 편지를 가지고 신천 군수에게 가서 말하도록 할 계획이다. 들어줄지는 장담할 수 없다. 무명 1필을 준비해 와서 바쳤다.

이창복은 작고한 신우봉(申牛峯, 신흥점) 형의 사위로, 신형(申兄)의 아내가 지금 신천 관아에 있다. 일찍이 들으니, 작고한 목사(牧使) 박의(朴誼)의 아들이 신가(申家)와 서로 송사를 했는데 신가가 이기지 못했기 때문에 분노해서 이렇게 만들었다고 했다. 일찍이 평강에 있을 적에 복시의 남편 은광(銀光)에게 그 두 아들을 맡겼는데, 신가가 그 아들 하나를 죽였기 때문에 박목사(朴牧使)의 집에서 송사를 일으켜 이긴 뒤에 또 살인 죄목에 대해 송사를 올렸다. 그러나 해가 오래되어 증거가 없어서 이기지 못했다고 한다.

◎ — 11월 16일

평강(오윤겸)이 한양으로 떠났다. 6일 동안 머물고 돌아갔다. 슬프지만 어찌하겠는가. 떠나간 뒤에 뒤 봉우리에 올라서 가는 길을 바라보다가 보이지 않은 뒤에야 돌아왔다. 정목 2필을 외주(外紬)*1필로 바꾸어 보은의 딸에게 보냈고, 또 편지를 써서 이천 관아에 보냈다. 어머니께는 날꿩 2마리, 말린 열목어 3마리를 보냈다.

오늘은 날이 온화하여 마치 2월 날씨 같았다. 평강(오윤겸)이 한양에 도착하기 전의 날씨가 이와 같으면 얼고 추울 걱정은 없을 것이다. 속으로 빌고 또 빌었다. 덕노도 데리고 가다가 중도에 돌려보내게 했다.

오늘은 동지이다. 차례 음식을 마련하여 신주 앞에 제사를 지냈다. 마침 평강(오윤겸)이 와서 사람들이 꿩을 10여 마리 바쳤으므로 그것으로 음식을 만들어 지냈다.

◎ — 11월 17일

집사람이 어제 아침에 평강(오윤겸)이 막 떠나 얼마 못 갔을 때부터 몸이 불편하여 옷과 이불을 겹으로 덮고 땀을 내려고 하더니, 오후에는 몸이 몹시 피곤하여 열을 내면서 심신이 노곤해져 수습할 수가 없었다. 냉수를 조금 마시고 또 눈덩이를 먹어 두세 차례 구토를 한 뒤 조금 안정되었다. 밤새 뒤척이다가 새벽에 이르러서야 조금 덜해졌고 아침에는 증세가 더욱 나아졌다. 그러나 속머리가 조금 아프고

....
* 　외주(外紬): 품질이 좋아 바깥감으로 쓰이는 명주이다. 품질이 나빠 안감으로 쓰이는 명주는 내주(內紬)라고 한다.

몸이 나른하여 음식을 몹시 싫어한다. 매우 걱정스럽다. 이는 아마 며칠 동안 계속해서 문을 열어 놓고 일을 보아서 찬바람을 많이 맞아서일 게다.

◎ ― 11월 18일

집사람 병의 큰 증세는 모두 나았으나 일어나 앉지 못하고 식사량도 줄었다. 걱정스럽다.

어제 아침에 한양의 상인 정란(丁蘭)이 평강(오윤겸)을 알현하러 왔는데 이미 떠났으므로 가지고 온 큰 소고기 1덩어리를 바쳤다. 밥을 대접해 보냈다. 소고기를 먹지 못한 지가 오래였기에 집사람도 이것으로 식사를 계속했다. 기쁘다. 덕노는 오늘 올 때가 되었는데 오지 않는다. 분명 데리고 간 것이다. 오늘 비로소 메주콩 10말을 삶았다.

◎ ― 11월 19일

집사람의 증세가 어제와 같아서 역시 일어나 앉아 음식을 먹지 못했다. 또 메주콩 8말을 삶았다.

저녁에 덕노가 돌아와서 하는 말이, 어제 삭녕 땅 김수적의 집에서 잤고 그저께는 철원 땅 양태항의 교생 이인준의 집에 들어갔더니 철원부사가 이미 와서 몹시 기다리고 있었다고 한다. 한방에서 같이 자면서 밤새 이야기를 나누고 어제 늦게 식사를 한 뒤에 떠났는데, 철원 부사가 백미 4말, 전미(田米) 3말, 콩 5말, 감장 5되, 간장 1되, 꿩 1마리를 말에 실어서 자는 곳까지 보내왔다고 한다.

그러나 평강(오윤겸)이 늦게 떠났기 때문에 가정자까지 미처 못 갔을 듯하다. 만일 미처 가지 못했다면 오늘 분명 한양에 들어가지 못할 것이다. 덕노는 윤겸을 떠나보낸 뒤에 삭녕 땅 승량촌에서 자고 이제 비로소 왔다고 한다. 평강(오윤겸)이 얻은 백미 2말, 감장 5되도 보내왔고, 말편자 1부도 구해 보냈다.

그편에 들으니, 새 능은 건원릉(健元陵)*안에 잡았으나 아직 발인하고 장사 지내는 날짜는 듣지 못했다고 한다.

◎ ─ 11월 20일

요새 날이 매우 따뜻하다. 거리를 계산해 보니, 평강(오윤겸)이 어제는 한양에 도착했을 듯하다. 분명 얼고 추운 괴로움은 면했을 것이다. 위안이 된다. 집사람은 아픈 곳은 별로 없으나 기운이 없고 음식을 먹지 못한다. 걱정스럽다.

◎ ─ 11월 21일

종일 비가 내렸다.

◎ ─ 11월 22일

센 바람이 불었다.

◎ ─ 11월 23일

하루 종일 센 바람이 불어 밤새도록 그치지 않았다. 몹시 춥다.

....

* 건원릉(健元陵): 태조(太祖) 이성계(李成桂)의 능이다. 현재 경기도 구리시 인창동에 있다.

◎ — 11월 24일

바람이 세차기는 어제와 같은데 추위는 갑절이나 더해서 사람이 괴로움을 견딜 수가 없다. 문을 닫고 화로를 끼고서 나가지 않았다.

◎ — 11월 25일, 26일

오전에 무료해서 지팡이를 짚고 걸어서 동대에 올라가 앞내를 바라보니 얼음이 매우 단단히 얼어서 비록 소와 말이 건너도 빠지지 않을 듯했다. 마을의 나무하는 아이들이 얼음 위를 걸어 상류로 올라갔다. 그리하여 바위 언덕으로 올라가 나무를 베어 얼음 위에 쌓아 묶고는 밀고 굴려서 내려오니 매우 쉬워서 한 사람의 힘으로도 수레 하나의 땔나무를 끌었다. 물 흐르듯 가볍고 편리했다. 한참 바라보다가 돌아왔다.

◎ — 11월 27일, 28일

덕노와 수이가 강원도로 떠나갔다. 어물을 사서 곡식으로 바꾸기 위해서이다. 통천 군수에게 평강(오윤겸)이 편지를 부쳐 양식과 말먹이 콩을 달라고 청했다. 덕노에게는 정목 3필을 주어 보냈고, 또 가는 동안 먹을 양식으로 쌀 2말, 말먹이 콩 3말을 주었다. 수이는 인아의 말을 가지고 갔는데, 인아가 정목 2필을 주고 양식과 말먹이 콩도 절반씩 주어 보냈다. 수이와 각각 반 바리씩 나누었기 때문이다.

덕노도 저 스스로 무명 1필을 가지고 갔다고 한다. 수이는 계집종 은개의 남편이다. 만일 날이 좋아 눈에 막히지 않고 어물을 속히 산다면 반드시 다음 달 초순 전에는 돌아올 것이다. 집사람은 요 며칠 이후로 몸이 평상시와 같고 음식도 예전만큼 먹는다. 기쁘다.

◎ ─ 11월 29일

평강(오윤겸)이 올라간 뒤로 잘 갔는지 모르겠다. 매우 걱정된다.
덕노는 눈에 막혀서 그냥 돌아왔다.

12월 큰달 -2일 소한, 14일 납일(臘日), 18일 대한-

◎ ─ 12월 1일, 2일

철원 부사가 심부름꾼을 통해 편지를 보내고 감장 1말을 보내왔
다. 아마 윤겸에게서 우리 집에 감장이 떨어졌다는 말을 들었기 때문
일 것이다. 후의에 깊이 감사하다. 또 윤겸의 편지를 전해 왔는데, 광노
의 집 사람 덕실이 일이 있어서 철원에 올 때 써서 부친 것이다. 편지를
보니, 자방(신응구)의 둘째 딸이 큰 역병을 앓다가 요절했다고 한다. 놀
라움과 슬픔을 이기지 못하겠다. 진아와 작은딸은 한창 잘 치르고 있다
고는 하나 끝내 어떻게 될지 알 수가 없다. 몹시 걱정스럽다. 그의 딸은
열일곱 살로, 한창 혼례 이야기를 하다가 결정되지 않았다고 한다. 일
찍이 용모가 총명하고 단정하다고 들었다. 더욱 애석하다. 즉시 답장을
써서 철원에서 온 사람에게 주었고, 또 한양 편지도 써서 보냈다. 철원
부사가 오는 5일에 한양에 가므로 편지를 써서 보내면 평강(오윤겸)에
게 전해 주겠다고 했기 때문이다. 각대(角帶)도 보내서 평강(오윤겸)에

게 전하도록 했다. 온 심부름꾼에게 밥을 대접해 보냈다. 또 들으니, 어머니께서 평안하시다고 한다. 매우 기쁘다.

◎ — 12월 3일, 4일

덕노와 수이가 소금을 사러 연안에 갔는데, 정목 1필을 주어 보냈다. 저녁에 생원(오윤해)이 한양에서 왔다. 뜻밖에 서로 만나니 몹시 기쁘고 위로가 되었다. 함께 방 안에 둘러앉아서 각자 쌓인 회포를 풀다가 닭이 홰에서 세 번 운 뒤에야 잠자리에 들었다.

들으니, 지난달 초에 그 처자를 데리고 양지 농촌에 들어가 사는데 위아래 식솔들이 모두 무사하다고 한다. 평강(오윤겸)의 편지를 보니, 오늘내일 중으로 해유가 나올 것이라고 한다. 어머니의 편지도 왔는데, 평안하시다고 한다. 몹시 기쁘다. 생원(오윤해)이 찰떡을 만들어 가지고 와서 즉시 구워서 함께 먹었다. 백미 3말도 가지고 왔다.

◎ — 12월 5일

종일 눈이 내리고 그치지 않았다.

◎ — 12월 6일

어제부터 지금까지도 눈이 그치지 않았다.

◎ — 12월 7일

눈이 내려 거의 반 자나 쌓였다. 바람이 불고 날도 차다.

◎ ─ 12월 8일, 9일, 10일

주부 김명세가 술과 안주를 가지고 찾아왔다. 생원(오윤해)이 왔다
는 소식을 들었기 때문이다. 그가 하는 말이, 어젯밤에 호랑이가 김린
의 집에 들어가 암소를 물어 죽였으나 사람들이 쫓아서 물어 가지는
못했고 또 자기 집에 들어와 젖먹이 송아지를 물고 가는 것을 쫓아가
서 빼앗아 왔다고 했다.

◎ ─ 12월 11일

춘이를 김린에게 보내서 소고기 두어 덩이를 사 왔다. 두(豆) 2말
값이다. 다만 크기가 작아서 아쉽다. 그러나 반을 갈라 어머니께 보낼
생각이다. 내일 생원(오윤해)이 돌아가기 때문이다. 김언신이 떡 1바구
니와 소고기 1조각을 갖다 바쳤다.

◎ ─ 12월 12일

일찍 식사를 하고 생원(오윤해)이 떠나갔다. 겨우 7일을 머물다가
갔다. 종이가 없어서 어머니께만 편지를 쓰고 다른 곳엔 하지 못했다.
또 어제 언신이 가져온 떡을 어머니께 보냈다. 23조각이다. 요새 날이
몹시 찬데 생원(오윤해)이 어떻게 갈지 몹시 걱정스럽다. 그러나 오는
19일인 그 양조모의 기일에 맞추어 가고자 하므로 만류하지 못했다.

파주 익양군의 묘제는 장모의 집에서 지내야 하는데 자손들이 모
두 외지에 있고 임참봉댁만이 한양에 남아 있기 때문에, 생원(오윤해)
이 올 때 집사람에게 편지를 보내 거두어 모아서 지내자고 했다. 이 때
문에 지금 생원(오윤해)이 가는 길에 백미 1말, 메밀 5되, 생닭 1마리,

말린 꿩 1마리, 소고기 포 3조, 말린 열목어 3마리, 홍합 1되, 꿀 1되 3홉, 잣 3되를 보냈고, 나머지 물건은 임참봉댁에게 여러 동생에게서 수합하여 마련해 보내게 했다. 또 들으니, 오는 정월 21일에 있을 익양군의 기제사의 차례도 돌아왔다고 한다. 이 또한 홀로 지낼 수가 없으니, 임시로 수합해서 지내는 것도 무방할 것이다.

우리 선조의 기제사와 묘제는 난리가 난 뒤로 우리 집에서 홀로 차려서 지내 왔는데, 이제는 시국이 좀 안정되었기 때문에 지내야 할 자손들이 돌아가면서 지내도록 생원(오윤해)에게 윤차기(輪次記)*를 쓰게 하여 오극일과 오충일 등에게 보내서 설날부터 시작하여 돌아가면서 지내도록 했다. 다만 지내야 할 자손이 모두 외지에 있으므로 분명 한양에 와서 지내려고 하지 않을 것이다. 걱정스럽다.

◎ ― 12월 13일

요즘 날이 몹시 차니 생원(오윤해)의 행차가 몹시 걱정스럽다. 간밤에 웬 짐승이 닭장에 침입하여 닭들이 놀라서 흩어지고 물어 가는 소리가 나기에 즉시 등불을 켜고 보니 닭 4마리가 간 곳이 없었는데 아침이 되자 모두 도로 모였다. 아마 족제비나 살쾡이의 소행일 것이다. 오늘은 안쪽 횃대에 옮겨 앉히고 앞뒤에 그물을 쳤으니 더 이상 침입하는 근심이 없을 것이다. 덕노가 지금까지 오지 않으니 이상하다.

....

* 윤차기(輪次記): 윤회봉사(輪回奉祀)의 순서를 적은 문서이다.

◎ ― 12월 14일

아침에 덕노의 처가 토담집에서 베를 짜면서 앞에 불을 켜 놓았는데, 일 때문에 밖에 나갔다가 잠깐 사이에 불이 나서 그 안을 다 태우고 겨우 불을 껐다. 짜던 베가 반이나 타 버렸다. 평소에 불을 조심하지 않은 까닭이다. 만일 센 바람이 불었다면 반드시 번져 나가는 환난이 있었을 것이다. 괘씸하다.

최판관이 편지를 보내 안부를 묻고, 또 대구 1마리, 알 1조각을 보내왔다. 답장을 써서 사례하고, 온 심부름꾼에게 술을 대접했다. 이 물건들은 북쪽 고을에 사는 그 집의 사내종이 가져왔다고 한다.

◎ ― 12월 15일

사내종 막정이 죽은 날이다. 밥을 차려 제사를 지냈다. 평시에 우리 집에 공로가 있었기 때문이다.

아침 식사 뒤에 인아와 함께 부석사에 올라갔다. 최판관과 김명세, 김린, 허충이 먼저 와서 내가 오기를 기다리고 있었다. 저녁때 두부를 만들어 함께 먹었다. 두 김씨가 각각 술과 안주를 가지고 와서 두부를 먹은 뒤에 함께 마셨다.

어두울 무렵에 절의 중들이 부처 앞에 재를 올리면서 북을 치고 목탁을 두드리며 몸을 흔들고 발을 움직여 법당 가득히 시끄러웠으므로 제공(諸公)들과 함께 나가 구경하다가 동상실(東上室)에 가서 잤다. 서로 발을 맞대고 이야기를 나누다가 한밤중을 넘겼다. 일찍이 두 김씨와 약속하고 최판관을 불러다가 이야기를 나눈 것이다.

◎ — 12월 16일

아침 일찍 중들이 면을 만들어 주었고 또 막걸리를 내왔다. 또 법당으로 나와서 여러 중들이 모여서 먹는 것을 보니 어제저녁의 잿밥이다. 오전에 중이 또 연포를 주고 막걸리까지 내와서 몹시 배부르게 먹고 파했다. 이어서 제공들과 함께 나란히 말을 타고 산을 내려와 집에 도착하니 해가 이미 기울었다.

절에 있을 때 평강(오윤겸)의 편지를 받았는데, 서면(西面)에 사는 백성이 한양에 갔다가 돌아올 때 써 준 것으로 그것을 중에게 보내어 우리 집에 전하게 했다. 펼쳐 보니, 9일에 쓴 편지였다. 무사히 한양에 머물고 있고, 해유는 이미 나왔으나 아직 벼슬에 임명되지는 않았다고 한다.

편지를 보니, 중진(重振)의 큰 역병에는 이미 차도가 있고 보은의 딸도 잘 있으나 다만 김랑의 손에 종기가 나서 위태롭다가 겨우 차도가 있어서 지금은 밖에 나가 친구도 찾는다고 한다. 몹시 걱정스럽다.

덕노가 어둑할 무렵에 돌아와서 하는 말이, 연안에는 소금이 없어서 해주 동면(東面)에 가서 사 왔다고 한다. 주어 보냈던 버선감으로 다듬은 무명을 잔 새우 4사발로 받아 왔다는데 겨우 3사발이다.

◎ — 12월 17일, 18일

그저께 절에 올라갈 때 보니 마을 어귀의 밭 가운데에 어지러이 풀을 쌓아 두었기에 오늘 소와 말 3마리를 보내서 실어 왔다. 이는 절의 중의 물건으로, 30여 뭇이다. 요새 마초가 떨어졌는데 달리 얻을 길이 없어서 몹시 걱정하던 차에 이제 뜻밖의 풀을 얻으니, 10여 일은 먹일 수 있게 되었다. 기쁘다.

◎ ─ 12월 19일

간밤에 꿈자리가 몹시 사나웠다. 깨고 나서 놀라 끝내 마음이 안정
되지 않아 아침까지 잠을 자지 못했다. 토당 어머니의 안부가 어떠한지
몹시 걱정스럽다. 사람을 최판관에게 보내 암꿩 1마리를 얻었다. 전에
한 약속이 있었다.

◎ ─ 12월 20일

덕노가 소금을 팔기 위하여 철원에 갔다. 내일이 장날이기 때문이
다. 또 정목 1필을 주어 쌀로 바꾸어 오게 하고, 두(豆) 3말로는 어물을
사 오게 했다. 설이 임박했는데 모든 제사에 쓸 물건과 해를 마칠 때까
지 쓸 물자를 얻을 길이 없고, 나도 설 전에 어머니를 뵈러 갈 생각인데
어머니께 드릴 물건을 구할 길이 없다. 한탄한들 어찌하겠는가.

집사람이 행전을 만들어 백정(白丁)에게 주고 행담(行擔)*1개와 중
간 크기 바구니 1개로 바꾸었다.

◎ ─ 12월 21일

현의 아전 무손이 와서 보았다. 그편에 들으니, 윤겸이 재차 지평
(持平)의 망에 올랐으나 임명되지 않았고 이제 문학(文學)에 제수되었다
고 한다. 경방자(京房子)*가 그저께 한양에서 내려와 말해 주었다고 한

....

* 행담(行擔): 길 가는 데에 가지고 다니는 작은 상자이다. 흔히 싸리나 버들 따위로 만든다.

다. 분명 헛말은 아닐 것이다.

간밤에 직동에 사는 백성 고한필(高漢弼)의 집에 불이 나서 다 탔다고 한다. 최판관의 매를 어제 잃었다고 한다.

◎ — 12월 22일

간밤 꿈에 이자미(이빈)와 임경흠을 만났는데, 마치 살아 있는 듯했다. 깨고 나서 생전에 서로 아끼던 뜻을 생각하니, 비참한 마음을 견딜 수가 없었다.

◎ — 12월 23일

덕노가 돌아왔다. 목필(木疋)을 중미 4말, 두(豆) 3말로 바꾸었고, 은어 7뭇은 두(豆) 2말을 주었으며, 방어 1조는 두(豆) 1말을 주었고, 대구는 없었다고 한다. 어물이 몹시 귀하다니, 분명 설이 임박했기 때문일 것이다. 그가 산 소금은 황조(荒租) 10말, 점정조(粘正租) 4말, 거친쌀 1말을 먼저 납부해서 얻은 것이다. 김억수가 꿩 1마리를 갖다 바쳤다. 설날 제사에 쓸 생각이다. 몹시 기쁘다.

◎ — 12월 24일

내일 한양에 갈 계획이어서 행장을 꾸렸다. 진수에게 사람을 보내꿩 1마리를 구해 왔다. 약속이 있었기 때문이다.

....

* 경방자(京房子): 계수주인(界首主人)이나 경저리(京邸吏) 밑에서 한양과 지방 관청 사이의 공문 전달 등을 담당하던 하인이다.

◎ ― 12월 25일

새벽에 출발하려는데 덕노가 끙끙 앓으며 일어나지 못했다. 핑계가 아니라 실제로 병에 걸린 것이다. 할 수 없이 도로 중지했다. 몹시 걱정스럽다. 만일 며칠 이내에 차도가 없으면 설 전에 맞추어 가지 못할 뿐만 아니라, 설날 제사의 물품을 모두 여기에서 준비해 가니 만일 맞추어 가지 못한다면 제사를 지낼 수 없다. 더욱 걱정스럽다.

아침에 남촌에 사는 전 만호 김헌보(金憲寶)가 와서 보고 찹쌀 8되를 주었고, 그 사위 강백령(姜伯齡)도 백미 1말을 보냈다. 후의에 매우 감사하다. 아침밥을 대접해 보냈다. 김주부(金主簿, 김명세)도 김만호(金萬戶) 편에 꿩 1마리를 보냈다.

날이 밝기 전에 후임 어미의 사촌 조카 이 ―원문 빠짐― 가 도망한 사내종 수이를 붙잡으려고 왔는데, 수이가 뒤 울타리를 뚫고 달아나 버렸다. 밉살스럽다. 수이는 은개의 남편이다.

또 들으니, 봉사 김경(金璥)이 지난 초순에 세상을 떠났다고 한다. 슬픔을 이길 수 없다. 김경은 후임 어미의 숙부로, 일찍이 서로 알고 가장 가까이 지내던 사람이다. 더욱 몹시 비통하다. 피난해서 연안 땅에 와 있었다.

◎ ― 12월 26일

덕노의 병세에는 조금도 차도가 없어 이 때문에 떠날 수가 없다. 설날이 임박했으니 만일 내일 떠나지 않으면 제수를 보낼 수가 없다. 몹시 걱정스럽다. 할 수 없이 수이의 상전이 가는 편을 따라 나도 언노(彦奴)를 데리고 이불 보따리를 싣고서 말을 타고 양식과 말먹이 콩은 수이의 말에 싣고서 내일 떠날 작정이다. 계집종 은개도 가므로 비록 덕노가 없더라도 이 사람에게 의지해서 갈 수 있을 것이다.

◎ ─ 12월 27일

나는 새벽부터 몸이 매우 편치 않았다. 분명 한기를 쏘였기 때문이리라. 이 때문에 한양에 갈 수 없는 형편이고 인아가 대신 가고자 하기에, 나의 행장을 모두 주어 보냈다. 그러나 날이 어제부터 몹시 춥고 또 센 바람이 종일 그치지 않아 우리 새집 지붕을 덮은 풀이 말려 날아가 사방으로 흩어지고 먼지가 하늘에 가득하다. 인아가 어떻게 갈지 몹시 걱정스럽다. 모든 제수와 가는 동안 먹을 양식 외에 다른 물건은 가지고 가지 못했고, 어머니께 메밀 1말만 겨우 보냈다.

오전에 이웃 사람 조인손이 능군으로 한양에 갔다가 이제 비로소 돌아와서 윤겸의 편지와 이천과 보은의 두 딸의 편지, 해주 윤함의 편지 등 4통의 편지를 모두 전해 주었다. 편지를 보니, 모두 잘 있다고 한다. 몹시 기쁘다. 김랑의 편지도 왔는데, 우리 집이 이미 올라갔으리라고 생각하여 문안하러 사내종을 보냈다고 한다. 이천의 진아는 큰 역질을 잘 치르고 지금은 걸어 다닌다고 한다. 더욱 기쁨을 금치 못하겠다.

또 들으니, 수학매는 지난 19일에 올라갔다고 한다. 들으니, 문학(오윤겸)이 계속 제사의 집사(執事)가 되어 밤새 눈을 붙이지 못한 지 나흘이 되었다고 한다. 이 때문에 몸이 몹시 불편하고 또 안질(眼疾)이 몹시 심해서 눈을 뜨지 못하기 때문에 병을 아뢰고 집으로 물러가 조리한다고 한다.

또 지난 14일의 정목을 보니, 윤겸은 하루 동안 홍문관 수찬의 부망(副望)*과 지평의 수망(首望)에 연이어 올랐으나 낙점을 받지 못하고 끝내 문학의 수의(首擬)*에 참여하여 낙점을 받았다. 우리 집의 자제가 청선(淸選)*에 참여할 줄 어찌 생각이나 했겠는가. 밤새 기뻐서 잠을 이루지 못했다. 다만 들으니, 윤겸은 교제하는 남인(南人)이 많기 때문에 당시의 의론이 전필[銓筆, 이조(吏曹)의 직임]을 주게 해서는 안 된다며 막은 사람도 많았다고 한다. 이 또한 운명이니, 어찌 복이 되지 않을 줄 알겠는가.

이제 문학(오윤겸)의 편지를 보니, 지난 21일에 중전의 재궁(梓宮)을 발인하여 능소(陵所)에 이르렀는데 한밤중에 시녀의 방에 난 불을 즉시 끄지 못하여 마침내 영악전(靈幄殿)이 불에 타 겨우 재궁을 다른 곳으로 옮겨 모셨다고 한다. 이는 전에 없던 큰 변고이다. 이 말을 들으니 놀라움을 이기지 못하겠다. 다만 의물(儀物)은 모두 구해 냈고 이튿날 앞서 정한 시각에 따라 하관하여 모든 일을 끝내서 흠이 없었다고 한다. 이는 불행 중 다행한 일이다. 바야흐로 불이 나서 허둥지둥할 즈음에 동궁(東宮)은 내관 몇 사람만 데리고 영악전 건너편으로 달아나서 불을 바라보면서 지팡이를 짚고 서서 곡하므로 관료들도 모두 따라갔다고 한다. 이 밤의 놀랍고 참혹한 광경을 다 쓸 수가 없다.

또 윤함의 편지를 보니, 성아(聖兒)를 데리고 절에 올라가서 글을 읽는데 성아는 《천자문(千字文)》을 다 읽고 지금은 사판(沙板)*에 글씨

....

* 부망(副望): 관원을 임명할 때 문관은 이조에서, 무관은 병조에서 3명을 정해 올렸다. 제1후보자를 수망(首望), 제2후보자를 부망, 제3후보자를 말망(末望)이라고 했다.
* 수의(首擬): 삼망(三望) 중 맨 첫 망에 쓴 것을 말한다.
* 청선(淸選): 청요직(淸要職)으로 뽑힌 것을 말한다. 삼사(三司), 즉 사간원, 사헌부, 홍문관 등의 관리로 뽑히는 것을 말하니, 품수가 높지 않은 자리임에도 명예롭게 여겼다.

를 쓴다고 한다.

신천 군수 이창복의 답장도 받아 가지고 왔다. 편지를 보니, 안악
의 사내종 은광에 관한 내용이다. 저가 동지에 편지를 가지고 한양에
갔을 때 그의 장모가 핍박하고 위협하여 많은 하인들을 보내 은광과
그 자손을 잡아서 옥에 가득 가두었는데, 저가 도로 내려와서 즉시 놓
아 보냈다고 한다. 원래 그 일에 간여하지 않았는데, 이 때문에 그의 장
모가 크게 노하여 도보로 한양에 가서 형조에 아뢰려 했다고 한다. 부
인의 성품이 어찌 이렇게 사납단 말인가. 안타깝다.

◎ — 12월 28일

아침 식사 전에 김언보가 데리고 간 사람이 한양에서 돌아와 문학
(오윤겸)의 편지와 보은과 이천의 두 딸의 편지를 아울러 가져왔다. 보
은 딸의 편지를 보니, 나도 모르게 눈물이 났다. 안부를 묻기 위해 사람
을 보냈으나, 우리 집이 아직 여기에 머물러 있으므로 빈손으로 돌아
왔다고 한다. 탄식한들 어찌하겠는가. 날꿩 3마리, 말린 대추 2말, 모과
정과 1항아리를 보내왔다. 이천에서는 편지지 2뭇을 보냈고, 문학(오
윤겸)은 말린 민어 1마리, 찹쌀 1말, 생청어 4마리를 보내왔다. 또 하는
말이, 맛있는 음식을 구하면 계속해서 토당으로 보내겠다고 하고 이
천도 일이 있어 한양에 왔다가 또 쌀과 반찬을 토당에 보냈다고 한다.
또 들으니, 문학(오윤겸)의 첩의 딸은 초겨울에 요절했다고 한다. 태어
난 지 겨우 4개월 만에 요절했으니, 이와 같은 인생은 나지 않은 것만

....
* 사판(沙板): 글씨 연습을 위해 널조각에 모래를 갈아 만든 것이다.

도 못하다. 슬프다.

◎ ― 12월 29일

덕노의 병은 더욱더 심해지고 차도가 조금도 없다. 창아도 그저께 저녁부터 아파서 밤새 울고 젖을 먹지 않으니 역질인가 의심된다. 몹시 걱정스럽다. 설이 임박했는데 집에 사내종이 없어서 나무를 베지 못해 아침저녁으로 밥 짓는 것도 계속하지 못한다. 더욱 걱정스럽다. 새벽부터 눈이 내리니, 인아의 행차가 어떠한지 모르겠다. 걱정스럽기 그지없다.

저녁에 신우봉 댁에서 사람을 보냈기에 가지고 온 편지를 보니, 안악 사내종의 일을 말했다. 8장에 달하는 종이 위의 수많은 말이 모두 선세(先世)에 알지 못하던 일이다. 다 알 수가 없으니, 도외시하고 애써 궁구할 것이 없다. 부인의 성품이 어찌 이렇게 포악하단 말인가. 온 사내종에게 밥을 대접했다.

◎ ― 12월 30일

우봉 댁 사내종에게 답장을 써 주어 돌려보내고, 그편에 윤함에게 편지를 써서 신천 군수에게 해주로 전해 보내도록 했다. 면홍환(免紅丸) 50알을 보내어 아직 역질을 앓지 않는 윤함의 자녀에게 먹게 했다. 이 약은 전날에 보은의 딸이 구해 보낸 것이다. 원래 김랑이 전처의 딸을 위해서 조제했던 것을 딸이 찾아 쓰고 남은 것 150알을 보내서 아직 역질을 앓지 않는 이곳 사람들이 나누어 먹게 한 것이다.

간밤에 큰 눈이 내려 거의 반 자 넘게 쌓였다. 땔나무는 떨어지고 날은 이처럼 추운데 덕노는 아직도 일어나지 못한다. 몹시 걱정스럽다. 매번 이웃 사람을 빌려서 마초를 잘랐는데, 아직 자르지 못하고 있다. 더욱 걱정이다.

창아는 어제처럼 아픈데 얼굴 위에 돋은 것이 보이니 아마 역질인 듯하다. 그러나 아직 확실히는 모르겠다. 이 때문에 비록 설날이라고 해도 반찬 만드는 일을 모두 버려두고 하지 않았다. 떡을 만들려고 가루를 빻았으나 하지 않아서, 이 때문에 차례를 지내는 기물도 준비하지 않았다.

창문을 닫고 하루 종일 손을 소매 속에 넣고 묵묵히 앉아 있었다. 비록 술과 꿩이 있어도 먹을 수가 없다. 탄식한들 어찌하겠는가. 인아는 오늘 토당에 도착했을 것이나 날이 이같이 추우니 잘 갔는지 모르겠다. 잠시도 잊지 못하겠다.

올해 지은 농사의 소출은 기장, 피, 조를 합해서 전섬으로 7섬 18말, 두(豆)는 평섬으로 12섬 11말, 태(太)는 평섬으로 8섬 11말, 녹두 7말 7되로, 이상 모두 29섬 12말 7되이다. 농사지은 것이 너무 적어서 소출이 이와 같으니, 금년의 어려운 상황을 이루 말할 수가 없다.

신축일록 辛丑日錄

1601년 1월 1일 ~ 2월 27일

◎

1월 큰달 -3일 입춘, 18일 우수-

◎ ― 1월 1일

창아가 새벽부터 울음을 그치지 않고 아침까지도 계속 울더니 저 물녘 이후에야 비로소 그쳤다. 어제 생겨난 발진이 별로 커지지는 않았 으나 얼굴에서 온몸으로 번지면서 붉은 좁쌀같이 돋아나니, 필시 돌림 병이 아니고 홍역인가 보다. 이 때문에 오늘이 큰 명절날인데도 신주에 차례조차 올리지 못하고 온 집안사람들 역시 찬도 갖추어 먹지 못했으 며 만두를 만들려던 메밀가루로 칼제비만 만들어 먹었다. 이웃 마을 사 람들이 이러한 정황을 알고 각각 술과 떡을 가져와서 떡이 고리 하나 에 가득 차 있고 술도 몇 병이나 되었다. 그러나 방문한 이웃 마을 사 람들에게 모두 술을 대접하지 못하고 역병이 들었다고 말로만 전송하니, 탄식한들 어찌하겠는가.

창아의 증세를 다시 살펴보니, 붉은 좁쌀 같은 것이 온몸에 두루 번졌고 먼저 나왔던 것은 없어졌다. 의심할 나위 없이 홍역이다. 이 때문에 이웃 마을 사람들까지 모두 묘소에 제사를 지내지 못했다. 그들 집안에 역병이 들지 않았더라도 두려워서 감히 향불조차 피우지 못하고 있으니, 한편으로는 우스운 일이다. 그저께 집에서 기르던 암탉이 아무 까닭 없이 죽었다. 이상한 일이다.

◎ ― 1월 3일

요즘에 날이 매우 추운데 땔나무가 벌써 떨어져 방 안이 몹시 차서 집사람이 냉기가 든 탓에 가슴 부위가 조금 아프다니 무척이나 걱정스럽다. 날이 이렇게 추운데 모든 일상품이 다 떨어져서 팔짱만 끼고 홀로 앉아서 백방으로 생각해 보아도 구할 계책이 없다. 혀를 차며 이 생애를 탄식할 뿐이다. 어찌하겠는가.

인아가 한양에 간 뒤에 소식을 듣지 못했다. 생각하건대, 내일쯤이면 출발해서 돌아올 것이다.

◎ ― 1월 4일

어젯밤에 우리 집의 꼬리가 흰 개를 호랑이가 물어갔다. 예전에 임천에 있을 때인 병신년(1596) 봄에 강아지를 얻어다가 이리로 데려온 지 6년이 되었다. 그동안 여러 번 호랑이에게 쫓겨도 간신히 살아남았는데 지금 호랑이에게 물려 가고 말았으니, 무척이나 안타깝다. 이 개는 노루도 잘 쫓아가서 잡았고 또 성질까지 유순해서 훔쳐 먹질 않았다. 아침저녁 밥을 조금 남겨 놓았다가 매번 내가 직접 줄 정도로 몹시 아꼈다. 지금 몹쓸 짐승에게 잡아먹혔으니, 속상하기 그지없다.

◎ ─ 1월 5일

오늘은 집사람의 생일이다. 그러나 집안에 역병이 들어 쓸쓸히 그냥 보내자니 안타깝다. 창아의 몸에 두루 퍼졌던 발진이 이미 없어졌다. 창아는 아픈 기색이 없이 평상시와 같이 놀고 웃는다. 기쁘다. 다만 제 어미가 어제부터 감기에 걸려서 계속 차도가 없다. 걱정스럽다.

호랑이가 우리 집 개를 물어간 뒤 밤마다 문밖을 지나다니고 혹 문 앞에 웅크리고 앉은 흔적이 있으니, 필시 외양간에 있는 소를 엿본 것이다. 문을 굳게 닫았지만 매우 두렵다.

김언보가 한양에서 돌아와서 문학(오윤겸)의 편지를 전하기에 보니, 이달 2일에 쓴 것이다. 인아는 지난 그믐날 성 밖에서 바로 토당으로 갔기 때문에 그때까지 서로 만나지 못하고 은개만 보았다고 한다. 제수가 아직 오지 않아 걱정했는데, 그곳에서 꿩 2마리와 닭, 자반 등 물품을 구해 보냈다. 어머니께서도 현재 평안하시다고 하니, 매우 기쁘다. 김언보가 오는 편에 민어 1마리를 보내왔다.

◎ ─ 1월 6일

후임 어미가 이달 3일부터 기운이 평안치 못해 지금까지 차도가 없으니 걱정스럽다. 김언보가 오늘 다시 방문했는데, 윤겸은 설 전에 계속해서 지평, 헌납(獻納), 수찬의 후보에 올랐으나 모두 낙점을 받지 못했다고 한다.

오늘은 날이 몹시 화창하여 벌통에서 많은 벌들이 모두 나와서 훨훨 날아다니는 것을 보았다. 그제야 얼어 죽지 않은 것을 알았다. 기쁘다.

◎ ― 1월 7일, 8일

부석사의 중 법희가 방문해서 술과 떡을 대접해 보냈다. 덕노를 시켜 두부콩 2말을 부석사에 보내 두부를 만들어 왔다. 집안에 역병이 들었기 때문에 여기에서 만들 수가 없었다. 부석사의 중들이 우리 집에 간장이 떨어졌다는 말을 듣고 10여 사발을 수합해서 보냈다.

◎ ― 1월 9일

가까운 이웃 사람들을 불러서 술을 대접했다. 설날 때 방문했던 이웃 사람들을 역병 때문에 대접하지 못했기 때문이다.

◎ ― 1월 10일

전풍 등이 관아의 부역 때문에 내일 한양에 가기 때문에 여러 곳에 편지를 써서 보냈다. 보은과 이천에도 역시 편지를 써서 보냈다. 윤성이 지금까지 오지 않으니 이상한 일이다.

◎ ― 1월 11일

저녁에 윤성이 돌아왔다. 한노가 출타해서 그가 오기를 기다려서 떠나느라고 이렇게 오래 한양에 머물렀다고 한다. 두 번 토당에 갔다고 한다. 또 윤겸의 편지를 받아 보니, 이번 도목정(都目政, 도목정사)에 홍문관 수찬으로 옮겨 임명되었는데, 체찰사(體察使) 이덕형이 임금에게 윤겸을 종사관으로 추천해서 오는 13일에 경상도로 간다고 한다. 놀라고 걱정스러운 심정을 견딜 수 없다. 윤겸 자신이 멀리 떠나는 것도 문제이지만, 우리 집이 토당으로 올라갈 때 모든 일을 오로지 그 힘에 의지하려고 했는데 이제는 그러지 못하게 되었다. 더욱 걱정되고 탄식만 나온다. 문학은 5품이고 수찬은 6품이기 때문에 받는 녹봉도 역시 1섬이 감소한다고 하니, 우습다.

어머니께서 흰떡 1바구니와 어육(魚肉), 자반 등의 음식을 보냈고, 언명은 독한 술 1병을 또한 보냈다. 이은신이 말린 은어 5뭇을 보냈고, 윤겸이 찹쌀 2말을 보냈다.

또 도목정을 보니, 내가 선공감역(繕工監役)*에 부망으로 올랐지만 낙점을 받지 못했고 수망에 추천된 여순원(呂順元)이 제수를 받았다. 이 역시 운명이니, 어찌하겠는가. 지금 자식의 힘으로 나이 60세에 처음으로 관직 후보자에 올랐으니, 비록 제수를 받지는 못했지만 또한 하나의 다행스런 일이다. 내가 일찍이 음사를 지낸 적이 없고, 감역 자리는 취재(取才)* 없이 후보자를 올릴 수 있다. 이런 이유로 내가 갈 수 있는 벼슬길이 몹시 좁아 다른 관직은 의망(擬望)*을 얻지 못한다고 한다.

광노가 꿀을 싣고 이미 강도(江都, 강화도)로 들어갔다고 한다. 만일

....

* 선공감역(繕工監役): 선공감 감역관으로, 종9품 벼슬이다. 선공감은 건물의 신축, 수리 및 토목에 관한 일을 맡아 보던 관아이다.
* 취재(取才): 특정 부서의 관리, 서리, 군사, 기술관 등의 채용을 위해 보던 자격시험이다. 시취(試取)라고도 한다.
* 의망(擬望): 관원을 임명할 때 후보자 세 사람을 추천하여 임금에게 올리는 것이다. 주의(注擬)라고도 한다.

이 값을 받으면 봄을 지낼 일에 걱정이 별로 없을 것이다. 몹시 기쁘다.

◎ ― 1월 12일, 13일

관아의 사내종 춘금이가 지나갔다. 가는 길에 여기에 와서 며칠 동안 머물고 토당에 들렀다가 간다고 했다. 편지를 써서 전해 주고 또 꿩을 어머니께 보내 드렸다. 이 사람은 전날 우리 집에서 머슴살이할 때 막비와 살았기 때문이다.

이천 관아의 사내종 덕수가 왔다. 딸이 전인(專人)*에게 편지를 보내 위문하는 것이다. 자방(신응구)이 백미 5말, 소주 1병, 대구 3마리를 보냈고, 중진 어미는 청어 1두름, 조기 2뭇, 기름떡 1바구니, 강정 및 과일 1바구니, 기름 1되, 목화 4근을 보내왔다. 목화는 제 어미가 지은 옷에 집어넣을 솜이 없기 때문에 보낸 것이다. 중진 어미는 내 딸이니 감사할 필요가 없지만, 사위 자방(신응구)의 후의에 매우 고마울 뿐이다.

◎ ― 1월 14일

이천의 사내종 덕수가 북면으로 돌아갔다. 그 댁 사내종을 붙잡아 가기 위해서이다. 갈 때 이곳에 들러서 편지를 가지고 돌아가도록 말을 전달했다.

덕노는 그저께부터 도로 아파서 제 처와 함께 몹시 심하게 앓고 있다. 걱정스럽기 그지없다. 온 집안이 떠날 날이 임박했을 뿐만 아니라

....

* 전인(專人): 어떤 소식이나 물건을 전하기 위해 특별히 보내는 사람이다. 전족(專足) 또는 전팽(專伻)이라고도 한다.

심부름할 사람이 없으니, 다른 사람에게 알려질까 몹시 근심스럽다.

어제 마초가 떨어졌기에 이웃 사람들에게 빌리려고 했으나 모두 허락하지 않았다. 탄식한들 무슨 소용이 있겠는가.

◎ ― 1월 15일

어제저녁에 비가 내리더니 계속해서 큰 눈으로 변하여 밤새 그치지 않았는데, 아침에 일어나 보니 눈이 거의 한 자 남짓 쌓였다. 올겨울에 오늘처럼 눈이 많이 내린 적이 없었다.

두 사내종은 병으로 누워 있고 어린 사내종뿐이어서 눈을 쓸 수 없었는데, 마침 이웃 사람 언방과 정린(鄭麟)이 이곳에 왔기에 앞마당을 쓸게 하고 약밥을 대접했다.

오늘은 속절(俗節, 정월 대보름)*이어서 차례를 지내려고 했으나, 집사람이 역병에 걸려서 아직 송신(送神)*하지 못해 차례를 지내기 어렵다는 이유를 들어 약밥만을 천신(薦神)*했을 뿐이다. 안타깝다. 수찬(오윤겸)은 그저께 경상도로 출발했는지 알 수가 없다. 슬픔과 탄식을 가눌 수 없다.

◎ ― 1월 16일, 17일

자방(신응구)의 사내종 덕수가 북면에서 돌아왔는데, 내일 가기에

....
* 속절(俗節): 세속에서 지내는 민속 명절이다. 정월 대보름, 삼월 삼짇날, 오월 단오, 유월 유두, 칠월 칠석, 추석, 중양절(重陽節), 섣달그믐 등이다.
* 송신(送神): 집안에서 전염병을 겪은 후 역신(疫神)을 보냈다고 기념하는 의식이다.
* 천신(薦神): 때에 따라 새로 난 음식물 등을 먼저 신주나 신에게 올려 제사 지내는 것을 말한다.

등잔불을 밝히고 편지를 썼다.

◎ ─ 1월 18일

덕수가 돌아갈 적에 메주 5말과 편지를 주어 보냈다. 또 그편에 생원(오윤해)에게도 편지를 부쳐 중진 어미에게 양지 생원(오윤해)의 집에 보내게 했다. 거리가 하룻길 정도밖에 되지 않기 때문이다. 신상례(申相禮)가 한양에 왔는데 간장이 없어 메주를 얻으려 한다고 하기에 예전에 콩을 삶아서 만든 메주를 보낸 것이다.

익담촌에 다닐 때 숙박했던 집주인 자근동이 우리 집 근처에 마침 일이 있어 오늘 아침에 찾아왔기에, 술을 대접해 보냈다. 집 안에 달리 줄 물품이 없어 술 한 잔만 먹여 보냈으니 아쉽다.

◎ ─ 1월 19일, 20일

내일 덕노에게 태두(太豆)를 싣고 먼저 중로로 보내야겠기에, 태두(太豆)를 말로 계산해서 묶었다.

◎ ─ 1월 21일

덕노와 한세, 언세 등에게 말 2마리와 소 1마리에 태두(太豆)를 싣고 떠나보내서 양태항에 사는 이인준의 집에 두게 하고, 그편에 편지를 써서 보냈다. 또 대구 1마리를 이인준에게 보냈다. 말 2마리에는 각각 두(豆) 23말을 싣고, 소에는 태(太) 25말을 싣고 갔다. 1바리는 팥이다. 새 나무바가지 1개, 백반(白盤)* 2개, 족반(足盤)* 1개, 다리가 부러진 소반 1개, 깨진 소반 1개도 모두 보냈다. 나막신 2쌍은 모두 태두(太豆) 가

마니 속에 넣어서 보냈다. 곧바로 갖다 쓰기 편하게 하기 위해 한양에서 가까운 곳에 두고 우리가 올라간 뒤에 즉시 인부와 말을 보내 실어 갈 계획이다. 다만 진흙길이 얼어서 미끄럽다고 하니, 필시 소와 말이 제대로 가지 못할 것이다.

안협 사람 진수가 꿩 2마리를 가져왔다. 전날 우리 매를 사 갈 때 꿩 10마리를 잡아 오겠다고 약속했는데 그 뒤에 매가 병이 들어 사냥하지 못했다고 이유를 대더니, 오늘 비로소 꿩을 가지고 와서 하는 말이 지금은 매의 병이 회복되어 길들여서 사냥했기 때문에 가져온 것이라고 했다. 술을 대접해 보냈다.

◎ ─ 1월 22일

어제저녁에 전풍이 한양에서 돌아와 수찬(오윤겸)의 편지를 가져왔기에 보니, 16일에 작성한 편지였다. 17일에 체찰사 이덕형이 떠날 적에 당연히 모시고 갔어야 했으나 여러 날 입직했다가 어제저녁에 비로소 집으로 돌아왔기에 모든 행장을 전혀 준비하지 못해 매우 걱정스럽다는 내용이었다. 편지에서 소식을 듣고 슬픔과 탄식을 금할 수가 없었다.

또 인사 명단을 보니, 철원 부사 윤방(尹昉)이 이제 승지에 임명되어 올라갔다고 한다. 우리 집이 토당으로 가는데, 의지할 곳이 더욱 없어졌다. 무척 근심스럽다. 윤함이 명저(名楮, 과거시험에 쓰는 종이)를 찾

....
* 　백반(白盤): 옻칠을 하지 않은 소반이다.
* 　족반(足盤): 굽이 있는 소반이다.

아가는 일로 전인(專人)을 보내왔는데, 그편에 편지도 왔다. 현재 무사하다고 한다. 다만 역질이 근처에 막 번져서 아직 집에 들어가지 못하고 있으니, 이것이 걱정거리라고 했다. 명저는 일찍이 강남평(姜南平)*의 종이 내려갈 때 보냈으므로, 필시 미처 서로 보지 못한 것이다.

이곳 마을 사람들이 향도회음(鄕徒會飮)*을 하면서 술과 안주를 가져와서 즉시 처자식들과 함께 먹었다.

◎ ─ 1월 23일

덕노 등이 밤이 깊어서 왔다. 싣고 간 물건을 이인준의 집에 두었는데, 왕래할 때 길이 진흙탕이고 얼음이 미끄러워서 간신히 왔다고 한다. 새 철원 부사는 박동언(朴東彦)*이라고 하는데, 바로 중전과 남매간이다.

◎ ─ 1월 24일, 25일

다음과 같은 소식을 들으니, 전날 큰 눈이 내린 뒤에 고을 사람들이 개를 데리고 노루를 쫓아서 개들이 물어 왔는데, 많게는 30, 40마리를 잡았고 적어도 10여 마리는 잡았기 때문에 철원 시장에서 노루 5마리를 목일필(木一疋)로 바꾼다고 한다. 고을 사람이 가지고 있으면서 아직 도살하지 않은 노루도 많은데, 관아의 사내종 수남(守男)이 3, 4일 동안 잡은 노루가 30여 마리에 이르고 또 어떤 여자는 개를 데리고 노루

....

* 강남평(姜南平): 강종윤(姜宗胤, 1543~?). 남평 현감을 지냈다.
* 향도회음(鄕徒會飮): 향도(鄕徒)가 모여서 술을 마시는 모임을 말한다. 향도는 자연촌을 기반으로 조직되었고 회음(會飮) 의식, 장례 시의 부조 행위 등의 활동을 했다.
* 박동언(朴東彦): ?~1605. 누이가 선조의 비인 의인왕후(懿仁王后)이다. 내승, 공조좌랑, 사섬시 첨정, 철원 부사, 봉산 군수 등을 지냈다.

를 쫓아서 3일 동안 15마리를 잡았다고 한다. 그러므로 오늘 전업이 마을에 들어가기에 그편에 무명베 반 필을 주어 노루로 바꾸어 오게 하면서, 만일 2마리를 주면 바꾸어 오라고 보냈다. 김언신이 전날 가지고 간 무명베를 콩으로 바꾸어 15말을 가져오기로 약속했는데, 먼저 13말을 가져왔다. 박언방이 거두지 않은 무명베 값 대신 팥 1말 5되를 가져왔다. 그러나 본전은 쌀 1말 1되이다.

◎ ― 1월 26일

수찬(오윤겸)이 출발 날짜를 만일 17일로 정해서 떠났다면 이제 이미 10여 일이 되었으니, 분명 조령을 넘어 지금 영남 지역의 중간쯤에 이르렀을 것이다. 나랏일을 허술하게 해서는 안 되니 집을 돌아볼 수 없지만, 사사로운 정으로 생각하면 고민스럽고 절박한 일이 많다. 멀리서 그리움이 그지없다.

식사한 뒤에 최중운에게 가서 보았다. 전날 찾아준 데 대해 답례한 것이다. 내게 저녁밥을 대접했는데, 반찬에 꿩고기와 노루고기가 있었다. 꿩은 그 집의 매가 잡은 것이고 노루는 고을 사람들이 잡아서 보내준 것이라고 하니, 바로 며칠 전 큰 눈이 내렸을 때 잡은 것이다. 관가에 바친 노루가 70, 80마리라고 한다. 또 말하기를, "관인들이 잡은 노루도 매우 많아서 반드시 댁에도 보냈을 텐데 지금껏 받지 못했다"고 하니, 야박하다고 할 만하다.

◎ ― 1월 27일

전업이 현에서 돌아왔다. 전에 보낸 무명베 반 필로 노루를 사지 못했고, 다만 아전들이 1마리를 보내왔다. 또 병리(兵吏) 이신득(李新得)이 노루 다리 2짝을 역시 얻어 전업 편에 보내왔다. 무명베가 짧고 거칠어서 노루 2마리를 주지 않았기 때문에 도로 가지고 왔다고 한다. 곧장 노루고기를 구워서 술과 함께 대접해 보냈다.

◎ ― 1월 28일

아침에 최중운이 사람을 시켜 편지를 보내 문안하고 그편에 꿩, 노루 뒷다리 1짝, 감장 1사발을 보냈기에, 즉시 답장을 써서 사례했다. 또 말린 대추 2되를 보내서 선물에 보답했다. 감장을 보낸 이유는 우리 집에 떨어졌다는 말을 들었기 때문이다.

◎ ― 1월 29일

이전에 수찬(오윤겸)이 편지에서 일찍이 이천 현감을 만났을 때 만일 사람을 보내면 응당 구제할 물품을 보내 주겠다고 했다기에, 오늘 아침에 덕노를 보냈다.

전업이 오늘 또 현에 들어가기에, 좋은 무명베 반 필을 바꾸어 주어 날노루를 사 오게 했다. 아울러 소를 타고 갔다가 노루를 싣고 오게 허락했다. 전업이 소를 타고 가기를 원했는데, 힘을 다해서 사 오겠다고 했기 때문이다. 김언신이 전날 무명베 대신 콩으로 바꾸어 바칠 때 미처 받지 못했던 콩 2말과 패랭이 1개 값으로 또 2말을 가져왔다.

또 들으니, 판관 최응진이 현에 사람을 보내서 산 노루 5마리를 실어 왔다고 한다. 그믐날에 덕노가 오지 않으니, 필시 어제 이천 현감에게 편지를 전달하지 못한 것이다.

2월 작은달-3일 경칩, 18일 춘분-

◎ ─ 2월 1일

오늘은 바로 죽은 딸 단아의 기일이다. 그러나 집안에 역병이 들어 아직 송신하지 않았다. 그래서 전날 수찬(오윤겸)에게 편지를 보내 계집종 옥춘에게 묘소 아래에 가서 제사상을 마련하게 했다. 마침 수찬(오윤겸)이 바로 경상도로 떠나서 다시 지내지 못할까 걱정되어, 얼마 전에 이천 관아의 사내종이 돌아갈 때 또다시 중진 어미에게 제사를 지내도록 간곡히 말해 보냈으니, 두 곳에서 필시 그냥 넘기지는 않을 것이다. 그러나 우리 집에서 제사를 지내지 못하여 종일토록 생각만 하고 있자니, 슬픈 심정을 금할 수가 없다.

새해 이후로 집사람이 비록 별로 아픈 곳도 없으면서 원기가 편치 못해서 항상 이불을 끼고 누워 있고 일어나 앉는 때가 별로 없으며 음식도 이전보다 매우 적게 먹는다. 몹시 걱정스럽다.

덕노가 왔다. 이천에서 보낸 물품이 전미(田米) 2말, 콩 3말, 감장 1

말, 꿩과 닭 각 1마리이니, 참으로 손이 작다고 하겠다. 그러나 이것을 한양에 올라갈 종의 양식과 말먹이 콩으로 쓰려고 한다. 또 들으니, 어제 한 고을의 군사들을 모두 모아서 꿩 7섬, 날노루 6마리를 받아 오게 했다고 한다. 매달 이와 같아서 백성이 몹시 괴로워한다. 1섬에 꿩 40, 50마리가 들어간다고 한다.

◎ ― 2월 2일

전업이 날노루 2마리를 사 왔다. 포를 만들어 제수로 쓸 예정이다. 진수가 꿩 1마리를 가져왔다.

◎ ― 2월 3일

그저께 비가 내린 뒤에 얼음과 눈이 모두 녹아 시냇물이 몹시 불었다. 모레 덕노 등에게 먼저 짐을 싣고 한양에 가게 할 텐데, 길이 진흙탕이고 시냇물이 불어나서 걱정스럽다. 사 온 노루를 포로 만들었더니, 크고 작은 것 도합 5첩 7조이다.

◎ ― 2월 4일

집사람의 병이 오래도록 낫지 않는다. 떠날 날짜가 멀지 않았으니, 그 안에 쉽게 차도가 없을까 걱정스럽다. 대장장이 춘복에게 도끼를 고치게 하고 또 작두와 낫 등의 물품도 담금질했다. 또 가래를 다갈(多曷)* 3부로 바꾸었다. 수공(手功, 품삯)으로 두(豆) 1말을 주었다. 홍언규가 보

....
*   다갈(多曷): 대갈로, 말굽에 편자를 박을 때 쓰는 징이다.

내 준 벌통의 벌이 모두 얼어 죽었다. 안타깝다.

◎ — 2월 5일

집사람의 병이 어제부터 차츰 나아 가니 기쁘다. 그러나 병세가 일정치 않으니, 이것이 걱정이다.

◎ — 2월 6일

내일 덕노 등이 먼저 짐을 싣고 올라가기 때문에 오늘 짐을 묶었다. 덕노의 말에는 두 계집종의 두(豆) 8두, 언세의 두(豆) 1말 6되, 메주 8말, 계집종 옥춘의 두(豆) 2말 5되를 모두 짐바리 하나로 만들어 실었다. 소에는 여러 가지 생활용품을 모두 짐바리 하나로 만들어 실었는데, 언세가 끌고 갔다. 윤함의 말에는 그 집의 두(豆) 22말을 짐바리 하나로 만들어 한세가 끌고 갔다. 위아래가 쓸 꿀 7되들이 각(閣)과 화로 1개, 뚜껑 없는 솥 1개, 뚜껑 1개, 키 2개, 노루가죽 3장, 발 있는 나무상 1개, 호미 3자루, 도끼 1개와 그 나머지 소소한 물건들은 싸서 보냈다.

◎ — 2월 7일

아침 식사 뒤에 덕노 등이 떠났다. 인아는 자기 말이 절뚝거리기 때문에 할 수 없이 암소에 짐을 덜어 실어 보냈는데, 두(豆) 4말을 덜어냈다. 말과 소 3마리와 사내종 3명의 양식, 말먹이 콩을 모두 지급했다. 태(太)는 4말 8되, 죽거리는 콩가루 3말, 양식은 전미(田米) 2말, 간 두(豆) 2말이며, 마초 값으로 두(豆) 1되를 주었다. 갈 때 4일, 한양에 머무는 1일, 오는 데 3일, 도합 8일로 따져 계산했다.

◎ — 2월 8일

박언방이 한양에서 내려와서 학매(鶴妹)의 편지와 함께 이천과 보은에 사는 두 딸의 편지를 전달하기에 펴 보니, 모두 잘 있다고 한다. 지극한 기쁨을 어찌 다 말하겠는가. 김랑의 편지도 역시 왔는데, 지난달 10일에 쓴 것이다. 수찬(오윤겸)은 이미 떠나서 돌아왔는데, 돌아올 때 자방(신응구)이 중도에 나와 만나 보았다고 한다.

광노가 싣고 간 꿀은 이미 강화부(江華府)에 납부했는데, 그때 값을 얼마나 받았는지는 아직 알 수가 없다. 광노는 이미 한양으로 돌아왔다고 한다. 또 만춘은 이제 큰 역병을 치르고 무사하다고 들었다. 기쁘다. 다만 우리 집 식구들이 들어가 살 곳에 거주하고 있다. 우리 집 식구들이 올라간다면 그는 가서 살 곳이 없을 터이니, 이것이 근심스럽다.

◎ — 2월 9일, 10일

덕노 등이 가는 거리를 따져 보면 오늘쯤 한양에 도착했을 것이다. 단 도로가 진흙탕이어서 다니기가 몹시 어렵다고 하니, 무거운 짐을 싣고 가면서 무사히 한양에 도착했는지 모르겠다. 몹시 걱정스럽다. 처음에는 종자 벌을 실어 보내려고 했으나 길이 질고 물이 많다고 하기에, 필시 중도에 엎어지고 습기가 찰까 걱정되어 보내지 않았다. 지금은 많은 벌들이 출입하면서 꿀을 모으고 있고 날이 점점 따뜻해져 가니, 형편상 실어 보낼 수 없어 언신에게 주어 기르게 하다가 뒤에 실어 갈 계획이다.

생원(오윤해)의 사내종 안손이 말을 가지고 왔다. 우리 집의 행차를 모시고 가기 위해서이다. 이천에 사는 딸의 편지도 역시 도착했다. 모두 무사하다고 하니 몹시 기쁘다. 이천 딸이 양미(糧米) 2말, 대구 1마리, 방어 2조, 청주 2병을 보냈고, 학매는 그편에 산 숭어 1마리를 보냈다. 토당 아우의 편지도 도착했다. 어머니를 모시고 잘 있다고 하니 무척이나 기쁘다. 방어 1조, 생문어 2조를 보내왔다. 바로 강릉 심열이 보낸 물품이라고 한다. 우리 집이 행차하는 날짜는 오는 15일 아니면 22일로 정했는데, 15일의 경우 급박하고 또 한양에 간 사내종들과 말이 돌아오지 않았으니 마땅히 22일로 정해서 갈 계획이다.

또 들으니, 새 현감은 임경원(任慶遠)으로 서경(署經)*이 이미 끝났다고 한다. 임경원은 처사촌 여동생의 남편인 임태의 큰아들인데, 임태는 지금 개성 도사(開城都事)로 있다. 서로 가까이 지내던 친한 사이이니, 기쁘기 그지없다. 구관(舊官) 이성민(李聖民)은 4일 날짜로 떠나갔다고 한다. 또 들으니, 생원(오윤해)은 제 형이 죽산에 도착하던 날에 나가 보고 함께 잤다고 한다. 진수가 오는 사람 편에 꿩 1마리를 보내왔다.

◎ ― 2월 11일

채억복이 팥 2말을 가져왔다. 바로 패랭이 값이다. 또 찐 도토리 1포대를 가져왔기에 술을 대접해 보냈다. 마초가 장차 떨어지겠기에 안손을 연수에게 보내 7뭇을 얻어 실어 왔다.

....
* 　 서경(署經): 관원이 될 사람의 신원을 조회하여 확인하는 것을 말한다.

◎ ─ 2월 12일

종일 센 바람이 불고 큰 눈이 내렸다. 덕노 등이 오늘 출발해서 올 텐데 눈이 이처럼 내리니, 필시 출발하지 못했을 것이다.

◎ ─ 2월 13일

밤새 큰 눈이 내리더니 아침이 되어도 그치지 않았다. 지난겨울의 눈도 오늘보다 더하지는 않았다. 요새 날이 온화해서 진흙길이 점점 말라 갔는데 이제 눈이 내리니, 분명 전보다 갑절이나 질퍽질퍽할 것이다. 우리 집의 행차가 마침 이 시기를 만났으니, 필시 넘어지고 진창에 빠지는 걱정에서 벗어나지 못할 것이다. 몹시 걱정스럽다.

또 이천 딸의 편지를 보니, 지난 1일 제 동생 단아의 기일에 제사를 지냈다고 한다. 기쁘다.

◎ ─ 2월 14일, 15일

최판관이 어제 편지를 보내 만나기를 청하기에 아침 식사 뒤에 갔더니, 김명세, 김린, 김애일이 뒤따라 들어왔다. 오늘은 바로 그 집안의 기일이다. 제사를 지낸 뒤에 우리들을 맞이하여 이야기를 나누면서 과일, 면, 떡 등의 음식을 우선 내오고 각자 술을 몇 순배 마시고 나서 또 물만밥을 대접했다. 그리고 조용히 이야기를 나누다가 해가 뉘엿뉘엿 기울자 각기 헤어졌다. 또 최판관이 내게 떡과 과일 1바구니를 주었다. 가지고 와서 아이들과 같이 나누어 먹었다.

모임에서 들으니, 전 현감 이성민이 어제 떠나갔다고 한다. 추문이 많았는데, 떠난 뒤의 말들이라 모두 믿을 수는 없다. 세력을 믿고 교만

방자하여 아무런 거리낌이 없었단다. 내가 보고 들은 것도 역시 의심스러운 일이 많았다. 그러니 사람들이 와서 말하는 것도 필시 까닭이 있을 것이다.

현의 백성이었다가 난리 뒤에 타지로 옮겨 거주한 자들을 낱낱이 찾아내어 돌아오게 했고, 오지 않는 자에게는 정목 1필이나 명주 반 필을 징수했으며, 심지어 이웃 친족에게까지 추징이 미쳤단다. 이를 명나라 군대의 면피(面皮, 뇌물)나 부방군(赴防軍)의 가포(價布)*라고 핑계를 대고 거두었다가 둘 곳이 없어 관아의 사내종들을 시켜 밤중에 남몰래 모두 실어 갔다고 한다. 이뿐만이 아니라, 관아의 안채에 말 4필을 세워 두고 매달 2, 3차례씩 사내종을 시켜 실어 갔단다. 백성이 큰 호랑이나 작은 표범을 우연히 잡아 관에 납입하여 사또에게 바친 경우도 있었는데, 함정으로 잡은 것이 아니라고 해서 사또가 그냥 자기가 갖고 함정을 감독하는 감고(監考)에게 무명베를 징수하여 가죽을 사서 다시 바치게 했단다. 이와 같은 일들은 이루 다 기록할 수가 없어 우선 들은 내용만을 기록했다.

관아의 사내종 춘금이가 관아 안채의 구종(丘從)*으로 오랫동안 관아의 마구간에 있으면서 그 일을 자세히 알기 때문에 와서 말했으니, 필시 빈말은 아닐 것이다. 타지로 옮겨 간 백성은 거의 4, 5백 명이나 된다고 한다. 그렇다면 1명당 무명베 1필, 명주 반 필씩이면 적어도 5, 6동은 될 것이다. 또 이 무명베로 목반(木盤),* 나무바가지, 유기 등의

....

* 부방군(赴防軍)의 가포(價布): 부방군은 수비 등을 위해 변방으로 가는 군사이다. 가포란 국가에 신역(身役)을 치러야 할 사람이 동원되어 나가지 않고 그 대가로 바치는 포목이다.
* 구종(丘從): 관원을 모시고 다니는 관노비이다.

물건을 많이 사서 실어 갔다고 한다.

◎ ─ 2월 16일

인아의 말이 앞발을 잠시 절뚝거렸다. 한양에 갈 때 더 심해져서 걷지 못할까 걱정되었기 때문에 삭녕 사람 정광신의 말과 바꾸고 지난 해에 낳은 암송아지를 더 주었다. 이 말의 나이는 12, 13세로, 힘이 있다는 것을 예전부터 알았기에 바꾼 것이다.

날이 저물자 덕노가 돌아왔다. 싣고 간 물건은 무사히 한양에 도착했고, 어머니께서도 역시 평안하다고 하니 몹시 기쁘다. 다만 박교리(朴校理)가 한양에 없었기 때문에 편지를 받아 오지 못했고, 철원에 사는 부인의 편지만을 받아 왔다. 신상례도 역시 답장을 보냈고, 또 대구 1마리도 보내왔다.

수찬(오윤겸)의 편지를 송노(宋奴)가 받아 가지고 왔다. 편지의 내용을 보니, 경상도 지역을 순찰하다가 함창(咸昌)에 이르러 썼는데 무사하다고 한다. 송노는 문경현(聞慶縣)에 있을 때 잡아다가 즉시 올라가게 했기 때문에 와 본 것이다. 이 사내종은 지난 병신년 가을에 임천에 있을 때 도망가서 문경 가은현(加恩縣)* 내에 있는 분개(粉介) 어미의 집에 숨어 있다가, 이제 수찬(오윤겸)이 칭념(稱念)*한다는 말을 들었기 때문에 모습을 나타낸 것이다. 무명베 1필, 곶감 8곶, 찹쌀 5되를 가져왔

....
* 목반(木盤): 음식을 담아 나르는 나무 그릇이다.
* 가은현(加恩縣): 원문에는 가안현(家安縣)으로 표기되어 있는데, 가은현을 말한다.
* 칭념(稱念): 수령이 고을로 부임할 적에 그 지방 출신의 고관이나 친구들이 술과 고기를 가지고 와서 인사하며 자신의 친척이나 지인을 돌봐 주기를 부탁하는 것을 말한다.

다. 6년 동안 도망가서 신공을 바치지 않다가 이제 아주 적은 물품을 가져왔다. 매우 괘씸하지만 참고 용서해 주고 우선 그냥 두었다. 마침 한양에 갈 때 데리고 갈 사람이 없었기 때문에 한편으로는 기쁜 일이다. 그에게 들으니, 막정이 낳은 두 딸은 모두 죽었고, 송노 자신은 장가를 들어 두 아들을 낳았다고 한다.

생원(오윤해) 집의 두(豆), 태(太), 녹두는 말로 계산해서 억수의 집에 두었다.

◎ ─ 2월 17일

내일 먼저 안손을 보내기 때문에, 메주 13말과 일용품을 그의 집에 실어 보냈다. 두(豆) 3말, 태(太) 2말도 함께 보냈다. 또 편지도 써서 보냈다.

아우의 편지를 보니, 황해도와 충청도의 올 감시에서 유생들이 서로 공격하고 난리를 부려서 방문(榜文, 합격자 명단)을 내지 못했다고 한다. 모두 아들과 사위가 시험을 본 곳인데, 만일 그렇다면 10년 동안 바라던 것이 모두 헛일이 될 게다. 안타깝다. 그러나 아직 확실하지는 않다.

◎ ─ 2월 18일

안손이 올라갈 때 먼저 짐을 실어 보냈다. 또 송노에게 고개를 넘는 데까지 바래다주고 돌아오게 했다.

어제 덕노에게 무명베를 가지고 가서 여러 곳에서 쌀을 사 오게 했으나 팔지 못하고 빈손으로 돌아왔다. 걱정스럽다. 마침 수이가 소금

15말을 사다가 팔지 않고 여기에 두었기 때문에 우선 꾸어서 쌀로 바꾸어 양식으로 쓰려고 한다. 지금 또 덕노에게 싣고 가서 산참(山站) 등지에 팔라고 했다. 들으니, 요새 눈이 내려 길이 질어 소금 장수가 산촌에 오지 않아서 소금이 없다는 탄식이 심하다고 하기에 실어 보낸 것이다.

판관 최응진에게 서자가 있는데 초례(醮禮)*를 치르려고 목안(木雁)*을 간절히 구하므로, 김사위[金郎]가 가지고 왔던 목안을 보냈다.

저녁에 덕노가 소금을 팔아서 쌀 6말, 겉조 3말을 바쳤는데, 소금과 쌀을 맞바꾸었다고 한다. 남은 소금은 내일 다시 그를 시켜 안협에 가서 팔게 하려고 한다.

철원 부사가 봉고하는 일로 현에 왔다가 백미 1말, 두(豆) 2말을 보냈다. 아전들의 고목(告目)*에 새로 부임한 사또가 오는 20일에 출발해서 24일에 관아에 나온다고 한다. 그렇다면 필시 도중에 만나게 될 것이다.

◎ ─ 2월 19일

부석사의 중 법희와 태현이 방문했는데, 짚신을 가져왔다. 전날 보낸 두(豆)로 사 온 것이다. 밥을 대접해 보냈다.

이웃 사람 억수와 억지(億只) 형제가 두부를 만들어 가지고 왔고, 또 말먹이 콩 각각 1말씩을 가져왔다. 전귀실이 전병을 만들어 가져왔

....

* 초례(醮禮): 신랑과 신부가 혼례복을 입고 초례상을 마주하여 절을 하고 술잔을 서로 나누는 예식이다.
* 목안(木雁): 혼례를 치를 때 신랑이 신부의 집에 기러기를 가지고 가서 상 위에 놓는데, 나무 기러기[木雁]를 사용하기도 했다.
* 고목(告目): 각사(各司)의 서리와 지방 관아의 향리가 상관에게 공적인 일을 알리거나 문안할 때 올리던 간단한 문건이다.

고, 또 말먹이 콩 1말과 무 몇 말을 가져왔다. 박문재의 처가 떡을 만들어 가져왔고, 민시중은 두(豆) 1말과 김치 1그릇을 가져왔다.

덕노가 소금을 팔아서 쌀 2말, 겉조 6말 5되를 가져왔다. 이것으로 여행 식량은 되겠으나 말먹이 콩이 부족하니 걱정스럽다.

전업의 처가 전병 1바구니, 전풍의 처가 김치와 차좁쌀 5되를 가져왔다. 저녁에 갯지와 풍금이 등이 말을 가지고 왔으니, 우리 집의 행차를 모시기 위한 것이다. 또 수찬(오윤겸)의 편지를 보니, 이달 6일에 순찰하다가 대구부(大丘府) 감사영(監司營)에 도착해서 쓴 것이다. 계본(啓本)*을 모시고 가는 인편에 보낸 것이다. 편지를 보니, 일행이 무사하고 그길로 영천(永川)과 경주(慶州)로 향했다가 또 동래(東萊)와 울산(蔚山) 및 연변의 여러 진(鎭)으로 내려가서 여러 고을을 출입하면서 형편을 살펴보았단다. 그길로 전라좌도 통제사의 진영에 들러 수전(水戰)의 대비 절차를 설행(設行)한 뒤에 성주(星州)로 돌아오면 3월 초순이 될 터인데, 또 공무로 길을 떠나 그길로 충청도로 향하여 어버이를 찾아뵐 계획이라고 했다. 다만 여러 고을이 극심한 전란을 겪고 난 직후이기에 천 리 사방의 인가에서 밥 짓는 연기가 끊어졌고 변방은 더욱 심하다고 한다. 이때를 당해서는 관중(管仲)이나 제갈량(諸葛亮)의 재주로도 역시 무용(武勇)을 쓸 기반조차 없다고 하니, 진실로 한심한 일이다. 생원(오윤해)의 편지도 역시 왔는데, 시험 보는 일로 한양에 도착해서 이미 초장에 들어갔다고 한다.

김언보와 박언방이 각각 두부를 만들어 가지고 왔고, 박언수는 꿩

………

* 계본(啓本): 왕에게 직접 아뢰거나 의견을 묻는 내용으로 보고하는 문서이다.

1마리를 가져왔다.

◎ — 2월 20일

최중운이 내가 모레 올라간다는 소식을 들었기 때문에 와서 작별했다. 또 감장과 간장을 가져다주었다. 우리 집에 떨어졌다는 소식을 들었기 때문이다.

안협 사람 진선이 방문해서 꿩 2마리와 햇파 몇 묶음을 주었는데, 술이 없어서 전병만 대접해 보냈다.

후아가 이달 보름부터 이질을 앓아 밤낮으로 그치지 않고 혹 많기도 하고 혹 적기도 하여 몇 번인 줄 모를 정도이다. 이뿐만이 아니다. 계집종 막비가 어제부터 머리가 아프다기에 감기 증세인 줄 여겼더니 오후부터는 몹시 심하게 아파한다. 강비도 역시 전에 앓던 학질을 앓으니, 모레 떠나려고 하는데 모두들 이처럼 병들어서 몹시 근심스럽다.

양봉하던 종자 벌 3통을 지금 가지고 갈 수가 없기 때문에 이곳 사람들에게 나누어 주고 가련다. 김억수, 김언신, 집주인 억지 등에게 주었는데, 김억수와 김언신은 저녁에 모두 옮겨 가면서 다음과 같이 약속했다. 오는 여름에 벌이 산란할 때 먼저 생산된 1통 외에 그 나머지가 비록 2, 3통이라도 모두 자신들이 차지해 기르고, 오는 가을에 꿀을 딸 적에 마땅히 사람을 보내 채취해 가기로 정녕 약속했다. 하지만 이곳 인심이 너무 완악해서 속임을 당할까 염려된다.

◎ — 2월 21일

막비는 밤새 괴로워하더니 닭이 울 때쯤 좀 나았다. 필시 학질 증세이다. 오늘 증세를 다시 보면 알 수 있을 것이다.

주부 김명세, 별감 김린, 봉사 권흠(權欽), 교생 김애일 등이 각각 술병과 과일을 가지고 방문했다. 두 김씨 역시 말먹이 콩 각각 2말씩을 가져다주었으니, 그 후의에 깊이 감사하다. 김담과 김업산이 방문해서 각각 꿩 1마리씩 가져다주었다. 술을 대접해 보냈다.

안협 사람 진선은 어제 방문해서 꿩을 주더니 오늘은 또 말먹이 콩 10말을 보내 주어 몹시 기쁘다. 말먹이 콩을 얻지 못해 막 베를 팔려고 했는데 마침 때맞추어 받았으니 더욱 기쁘다.

내일 출발하기로 결정했기 때문에 행장을 차렸다. 전풍과 진수가 각각 꿩 1마리씩을 가져왔고, 진수는 말먹이 콩 2말도 가져왔다. 억수는 익힌 꿩을 가져왔다. 집안에 긴요하지 않는 일용품은 모두 이웃 사람들에게 나누어 주었다.

◎ ― 2월 22일

느지막이 비로소 출발했는데, 평소 친하게 지내던 이웃 마을 사람들이 모두 모여서 송별했다. 소근전의 향도인(鄕徒人)과 이 마을 향도인 중에서 젊고 건장한 사람 10여 명을 뽑아서 교자를 메게 하고 말지 고개를 넘었다. 이 고개의 길이 좁기 때문에 일찍이 두 마을 향도의 행수(行首)에게 인원을 요청했다. 집사람이 병으로 험한 길에 말을 탈 수가 없었기 때문이다. 고개를 넘어 고막근의 집에 도착하여 점심을 먹고 말을 먹였다. 막근이 밥을 지어 점심을 제공했다. 또 이웃 마을의 소를 빌려서 혹 타기도 하고 혹 짐을 실어 오기도 했다. 김언신은 자기 소에 짐을 싣고 3일 동안 모시고 가겠다고 했다. 그곳에서 데려온 사람들은 모두 작별하고 돌아갔다.

오후에 출발하여 철원 백악촌에 사는 백성 안희수(安稀壽)의 집에 도착해 그곳에서 잤다. 마침 안희수는 나와 동갑이고, 그 아내도 역시 집사람과 동갑이다. 떡을 쪄서 내오고 또 탁주를 대접하고 찹쌀 3되도 주었는데, 나는 아무것도 줄 것이 없어서 명나라 바늘과 명주 옷깃 두 가닥으로 보답했다.

삭녕 사람 김인수(金仁守)가 마침 일이 있어 이곳에 왔다가 만나 보았는데, 생닭 1마리를 주었다. 그는 김억수의 사촌으로, 일찍이 서로 알았기 때문이다. 저녁에는 날이 흐리고 눈이 내렸다.

◎ ― 2월 23일

눈이 몇 자 정도 내리다가 그쳤다. 유숙한 집에서 아침을 먹고 출발했다. 박언방은 여기까지 왔다가 작별하고 돌아갔다. 절반 거리쯤 와서 점심을 먹고 말을 먹이고 나서 또 출발해 멀리 가지 않았는데 새로 부임한 평강 현감 임경원을 만나 말에서 내려 길가에서 이야기했다. 마침 임면부[任免夫, 임면(任免)]의 부인도 역시 모시고 왔기 때문에 집사람이 만나 보기는 했으나 갈 길이 바빠 회포를 다 풀지 못하여 몹시 서운해 하며 작별했다. 임면부의 부인은 임경원의 숙모로 과부인데, 곤궁해서 살아갈 수가 없기 때문에 모시고 가서 봉양하려는 것이다.

이런 사정으로 멀리 가지 못하고 날이 저물어서야 양태항 이인준의 집에 도착해 유숙했다. 이인준이 꿩 1마리를 주었다. 짐이 무거웠기 때문에 덕노가 짊어지고 온 병풍을 이인준의 집에 보관해 두었다.

◎ — 2월 24일

유숙한 곳에서 아침 식사를 하고 출발해 가사야에 이르니, 길이 진흙탕이고 발이 빠지는 곳이 많았다. 넘어지고 빠지는 것을 가까스로 모면하고 대탄 건너편에 도착해서 말에게 꼴을 먹이고 점심을 먹었다.

다만 아침에 출발할 때 계집종 강춘과 개비 등이 발이 아프다고 했기 때문에 먼저 출발하게 했는데, 다른 길로 잘못 들어가 징파도(澄波渡)* 길로 향했다가 거의 반 식이나 간 뒤에야 간신히 길을 물어서 큰길을 찾아서 왔다. 게다가 또 행인에게 속아 다시 영평(永平) 길로 향해 가다가 마침 양반 행차를 만나서 길을 물었더니 그 길은 한양으로 가는 대로(大路)가 아니라고 했다고 한다. 데리고 와서 길을 가르쳐 주었기 때문에 우리가 점심을 먹는 곳까지 뒤따라왔다.

오늘은 반드시 익담촌에 도착해야 내일쯤 한양에 들어갈 수 있었는데, 사람과 말이 모두 피곤해서 걷지 못했기 때문에 가정자에 도착해서 잤다. 이곳에 사는 양반 김수희와 김세정(金世禎) 두 사람이 방문했기에 마초 두어 뭇[束]을 요청했다.

◎ — 2월 25일

날이 밝자 출발하여 천천촌에 도착해서 아침 식사를 했다. 오늘 한양으로 들어갈 계획이었는데 마침 비가 내렸기 때문에 가지 못하고 그대로 이곳에 머물러 잤다. 우리 일행이 많은데 행자(行資, 먼 길을 오가는 데 필요한 물품)가 거의 다 떨어질 지경이니 무척 걱정이다. 일정을 계

....

*   징파도(澄波渡): 연천군 왕징면 북삼리와 삼거리를 이어 주는 임진강의 나루이다.

산해서 양식을 가지고 왔지만 뜻밖에 지체되었기 때문이다. 내일도 만일 비가 내리고 그치지 않으면 할 말이 없다.

◎ — 2월 26일

아침 식사 뒤에 출발하여 누원에 도착해서 말을 먹이고 점심을 먹었다. 생원(오윤해)이 마중을 나왔는데, 그편에 들으니 이번 동당시(東堂試)*에 책문으로 차상 점수를 받아 합격했다고 한다. 몹시 기쁘다. 또 그곳에서 출발하여 한양에 들어오니 이미 저녁 무렵이 되었다. 집사람은 광노의 집으로 가고, 나는 이웃집에서 잤다. 아우 희철도 역시 한양으로 와서 마중하고 나와 같이 잤다.

◎ — 2월 27일

남매가 집사람에게 와서 보았다. 마침 남이상이 황해도에서 한양으로 돌아왔는데 올 때 윤함의 편지를 받아 전달해 주기에 보니, 윤함은 현재 무사하다고 한다. 집안에 역병이 들었지만 4명의 남녀가 모두 잘 치렀고 또 윤함의 처가 지난 14일 사시에 아기를 낳았단다. 게다가 사내아이로 7일 안에 큰 역병까지 잘 치렀다고 한다. 몹시 기쁘다.

이후로는 종이도 다 되어 그만 쓰기로 했다. 또 한양에 도착해서 이리저리 떠돌아다니지 않았기 때문이다.

....

* 동당시(東堂試): 식년시, 증광시, 별시 등의 문과 시험을 말한다.

조징사(曹徵士)에게 보낸 편지[*]

-퇴계(退溪) 이황(李滉) -

―

2월 3일에 저는 두 번 절을 올립니다. 지난번 전조(銓曹)[*]에서 유일(遺逸)[*]의 선비를 천거하자 성상께서 어진 인재를 얻어 임용하는 것을 즐거워하시어 특명으로 품계를 뛰어넘어 6품직에 서임(敍任)하시니, 이것은 실로 우리 동방에 예전에 거의 없던 성대한 일입니다.

생각건대, 벼슬을 하지 않는 것은 의(義)가 아니니 군신(君臣)의 큰 윤리를 어찌 폐하겠습니까. 하지만 선비가 혹 벼슬하는 것을 어렵게 여기는 것은 다만 과거(科擧)가 사람을 혼탁하게 하고 잡진(雜進)[*]의 길은 더욱 천하기 때문이니, 이것이 그 몸을 깨끗이 하고자 하는 선비가 종적을 감추고 숨어서 나아가는 것을 달갑게 여기지 않는 까닭입니다. 그런데 지금은 산림(山林)에서 천거된 것이니 과거처럼 혼탁한 것이 아니고, 품계를 뛰어넘어 6품직을 주는 것이니 잡진처럼 천하지도 않습니다.

그러므로 동시에 천거된 사람인 성수침(成守琛)[*]은 이미 토산에 부임했고, 이희안(李希顔)[*]도 고령(高靈)에 부임했습니다. 이 두 사람은 다 전날

....

* 조징사(曹徵士)에게……편지: 이 글은 퇴계(退溪) 이황(李滉)이 1553년에 남명(南冥) 조식(曹植)에게 보낸 편지이다.《퇴계집(退溪集)》의 원문과 비교하면 글자의 출입이 종종 보인다. 징사는 학행(學行)이 있어서 조정의 부름을 받은 선비를 말한다.

* 전조(銓曹): 문무관의 인사를 담당하는 이조(吏曹)와 병조(兵曹)의 통칭인데, 여기에서는 이조를 가리킨다.

* 유일(遺逸): 숨은 인재, 즉 산림(山林)의 선비로 학문이 높고 명망이 있는 사람을 말한다. 유일로 천거되면 왕이 특별히 조정에 불러 관직을 제수했다.

* 잡진(雜進): 문과나 무과의 합격자가 아닌 사람에게 초사(初仕, 첫 벼슬)로 참봉 같은 말직(末職)을 주는 것을 말한다.

* 성수침(成守琛): 1493~1564. 기묘사화 이후에 벼슬을 단념하고 공부에 전념했다. 1552년에 조정에서 특별히 6품 벼슬을 주어 지방 고을의 수령에 임명했지만 모친의 병환을 이유로 끝내 벼슬하지 않았다.

* 이희안(李希顔): 1504~1559. 유일로 천거되어 고령 현감에 부임했으나 관찰사와 뜻이 맞지

에 벼슬을 사퇴하고 은거하여 장차 그대로 몸을 마칠 것같이 하던 사람들입니다. 예전에는 벼슬길에 나서지 않다가 지금은 나섰으니, 이것이 어찌 그 뜻이 변하여 그런 것이겠습니까. 그들은 틀림없이 자신이 지금 나가면 위로는 성조(聖朝)의 아름다움을 이룰 수 있고 아래로는 자신이 쌓아 온 경륜을 펼칠 수 있으리라 하여 그런 것뿐입니다. 이어서 그대에게는 전생서 주부(典牲署主簿)를 제수했으니, 사람들이 모두 말하기를, "조군(曹君)의 뜻이 곧 두 사람의 뜻이다. 이제 두 사람이 이미 벼슬길에 나왔으니, 조군도 나오지 않을 리가 없으리라."라고 했는데 그대는 끝내 나오지 않았으니, 어찌된 것입니까. 나를 알아주지 못해서라고 말한다면, 깊이 숨어 있는 사람 가운데서 뛰어난 이를 뽑은 것이니 알아주지 않았다고는 말할 수 없을 것입니다. 시기가 아니라고 말한다면, 임금이 성스럽고 다스림이 융성하니 시기가 아니라고 말할 수도 없을 것입니다. 그대는 문을 굳게 닫고 단정히 앉아 몸을 닦고 뜻을 기른 지 오래되었으니, 터득한 것이 크고 쌓인 것이 두터워서 이를 세상에 시행하면 장차 가는 곳마다 이롭지 않을 데가 없을 터인데, 또 어찌 벼슬살이에 아직 자신이 없다며 칠조개(漆雕開)가 관직을 원치 않는 것*처럼 한단 말입니까. 이것이 출사하지 않는 그대를 내가 시원스레 이해하지 못하는 이유입니다. 그렇다 하더라도 내가 어찌 그대의 처신을 깊이 의심하겠습니까. 그대의 처신에는 반드시 그 까닭이 있을 것입니다. 잠깐 사이에 다 말할 수 있는 사안이 아닙니다. 우선 제 한두 가지 개인적인 생각을 말씀드려도 되겠습니까.

저는 영남에서 생장하고 집이 예안(禮安)에 있어서 남쪽 지방을 왕래할 적에 귀댁의 소재가 삼가(三嘉)에 있다거나 김해(金海)에 있다는 말을

....

않아 곧 사직했다. 고향에 돌아가 조식과 교유하며 학문을 닦았다.

* 칠조개(漆雕開)가……것: 공자가 제자인 칠조개에게 벼슬하도록 권했을 때, 칠조개가 "저는 벼슬하는 것에 대해 아직 자신이 없습니다."라고 사양하자 공자가 기뻐한 일을 말한다. 《논어》〈공야장(公冶長)〉에 보인다.

들은 적이 있습니다. 두 곳 모두 제가 일찍이 경유했던 곳이지만, 한 번도 형문(衡門)*에 나아가 그대의 훌륭한 모습을 만나 보지 못했습니다. 이는 실로 제가 스스로 덕을 닦을 뜻이 없어 덕 있는 이를 사모하는 데 게으른 탓이라고 추후에 생각하니, 매우 부끄럽기 짝이 없습니다.

저는 천성이 촌스럽고 고루한데다 스승과 벗의 인도를 받지 못했습니다. 소싯적에 옛사람의 책을 읽으면서 한갓 사모하는 마음만 있었습니다. 그러나 몸에 질병이 많아 친구들이 혹 권하기를, "하고 싶은 대로 해야 병이 거의 나을 수 있다."라고 했지만, 집이 가난하고 어버이가 늙으셨기 때문에 억지로 과거를 통해 이록(利祿)을 취하게 되었습니다. 저는 당시에는 실로 식견이 없고 쉽사리 남의 말에 흔들려 한결같이 몸을 허황한 지경에 두었는데 뜻밖에도 이름이 추천서에 올라 속세에 정신없이 빠져 한가한 날이 없었으니, 달리 더 무슨 말을 하겠습니까.

그 뒤로 병이 더욱 깊어지고 또 스스로 세상에서 도모할 수 있는 일이 없음을 안 뒤에야 비로소 머리를 돌리고 발길을 멈추어 옛 성현의 글을 더욱 읽어 보니, 기왕의 모든 저의 학문과 추향(趨向)과 처신과 행동거지가 대체로 옛날 사람과는 크게 어긋났습니다. 이에 두려운 마음으로 깨닫고 그들을 따르고자 길을 바꾸어 만년에나마 수습하려고 했습니다.

그러나 마음은 노쇠하고 정신은 피폐하며 질병마저 몸을 휘감아 비록 스스로 힘껏 강해지려고 했건만 힘을 쓸 수가 없게 되었습니다. 그렇다고 어찌 그대로 그만둘 수 있었겠습니까. 하직을 청해서 벼슬을 그만두고 서책을 싸서 짊어지고 고향 산중에 돌아가서 장차 이르지 못한 경지를 날마다 구하려고 했습니다. 부디 하늘의 신령에 힘입어서 조금씩 공부를 쌓은 끝에 만에 하나라도 터득하여 일생을 헛되이 보내지 않기를 바란 것이 바로 지난 10년 동안의 저의 소원이었습니다.

....
* 형문(衡門): 은사(隱士)의 집으로, 집이 가난하여 나무를 가로질러 문을 만든 데서 나온 말이다.

그런데 성은(聖恩)은 허물을 포용해 주시고 헛된 명성이 사람을 다그쳐서 계묘년(1543, 중종 38)부터 임자년(1552, 명종 7)까지 세 번 물러났다가 세 번 소환되었습니다. 노쇠한 정신으로 전심(專心)하는 공부를 못했으니, 이와 같으면서 성취하기를 바라고자 한다면 또한 어렵지 않겠습니까. 이 때문에 비록 제가 벼슬길에 나아가기도 하고 들어앉기도 하면서 공부를 멀리하기도 하고 가까이하기도 했는데, 제 학문의 수준을 스스로 생각해 보니 남보다 나은 점이 없었습니다. 이런 이유로 갈수록 자족하지 못하고 바삐 오가면서 공사(公私) 간에 보탬도 없이 피로에 지쳐서 한양에 누워 있자니, 세월이 더욱 흘러갈수록 고향으로 돌아가고픈 일념은 흐르는 물과 같았습니다.

이런 상황에서 멀리서 그대의 높은 의리를 들으니, 그 풍모를 향하여 나약한 제 마음이 흥기됨을 금할 수 없었습니다. 무릇 영리(榮利)의 길은 세상에서 다 같이 내달려 추구하는 대상이니, 얻으면 쾌락으로 여기고 얻지 못하면 한탄하는 것은 모든 사람들이 다 그러합니다. 어진 그대는 산림에서 이러한 의리를 수립할 만한 무슨 일을 했기에 저 영리를 잊어버릴 수 있는지 모르겠습니다. 그 반드시 일삼는 바가 있을 것이고, 반드시 터득한 바가 있을 것이며, 반드시 지켜서 편안한 바가 있을 것이고, 반드시 가슴 속에 즐거운 바가 있으면서 남들이 알지 못하는 것이 있을 것입니다.

만일 그렇다면 저와 같은 사람은 뜻이 여기에 있으면서도 갈팡질팡하며 참으로 얻지 못하고 있으니, 어찌 갈망하며 한마디 언급해 주시기를 생각하지 않을 수 있겠습니까. 천 리 멀리서 사귀는 정신적 교유는 옛사람도 숭상한 바이니, 또한 어찌 반드시 방문해서 만난 뒤에야 구면이 되겠습니까. 또 벼슬길에 나아가기를 경솔히 하여 말로(末路)에 여러 번 엎어진 것은 어리석은 제가 스스로 초래한 곤란함이고, 한 번 나아가기를 신중히 하여 평소의 지조를 온전하게 한 것은 어진 그대의 뛰어난 식견이니, 두 사람의 차이 난 거리가 어찌 천만 리뿐이겠습니까. 삼가 바라건대,

그대는 큰 도량으로 저의 이전 과오를 용서하고 늘그막의 간절한 진심을 애처롭게 여겨서 배척하여 외면하지 않는다면 어리석은 저에게는 큰 다행이겠습니다. 이만 줄입니다.

가정(嘉靖) 32년 계축(1553, 명종 8) 봄날에 절하고 조징군(曺徵君)의 책상 아래에 올립니다.

이첨지(李僉知)에게 회답하는 편지[*]

-남명(南冥) 조식(曺植) -

—

하늘의 북두성처럼 평소에 존경했건만 책 속의 사람인 양 오랜 세월 만나 뵙지 못했습니다. 그런데 뜻밖에도 정성스러운 말씀이 담긴 서찰을 보내 많은 깨우침을 주시니, 예전부터 조석으로 만났던 듯 느껴졌습니다.

우매한 제가 어찌 자신을 아낄 게 있겠습니까. 단지 허명을 얻어 세상을 속여서 성상을 그르쳤으니, 남의 물건을 훔친 자를 도둑이라고 하는데 하물며 하늘의 물건[*]을 훔침에 있어서겠습니까. 이 때문에 두려워 몸 둘 바를 모르면서 날마다 하늘의 벌을 기다리고 있었습니다. 하늘의 벌이 과연 이르러 홀연 작년 겨울부터 허리와 등이 쑤시고 아프더니 달포가 지나자 갑자기 오른쪽 다리를 절어 이미 걸어 다니는 사람 축에도 끼지 못하게 되었습니다. 평지를 걷고자 한들 어찌 뜻대로 되겠습니까. 이에 사람들이 모두 저의 못난 점을 알았고, 저도 사람들에게 저 자신의 못난 점을 숨길 수 없게 되었습니다. 웃고 탄식할 일입니다.

다만 생각건대, 공에게는 서각(犀角)을 태우는[*] 것 같은 밝음이 있고 저

....

* 이첨지(李僉知)에게……편지: 이 글은 남명 조식이 퇴계 이황에게 보낸 회답 편지로,《남명집(南冥集)》권2에 〈답퇴계서(答退溪書)〉라는 제목으로 실려 있다.
* 하늘의 물건: 도덕이 훌륭하다고 천거되었기에 하늘의 물건을 훔친 것이라고 말했다.
* 서각(犀角)을 태우는: 서각은 물소의 뿔인데, 이를 태우면 밝은 빛이 난다고 한다. 진(晉)나

에게는 동이를 머리에 이는* 것 같다는 탄식만 있을 뿐인데도 글을 통해 가르침을 받을 길이 없었습니다. 게다가 눈병마저 있어 눈이 침침해 사물을 제대로 보지 못한 지가 여러 해이니, 명공께서 어찌 발운산(撥雲散)*으로 눈을 틔워 주시지 않겠습니까. 부디 살펴 주시기 바랍니다. 멀리서 지면을 빌려 어찌 마음을 다 표현할 수 있겠습니까. 삼가 글을 올립니다.

정랑 정영국(鄭榮國), 유학 채겸길(蔡謙吉) 등이 서로 계속해서 상소하여 조정의 신료들을 지목해 배척했다. 이 일로 조정이 시끄러워 영의정 이원익과 우의정 이헌국(李憲國)이 차자를 올려 사직했으니, 이때가 기해년(1599) 11월 16일이다. 그 차자의 내용은 다음과 같다.

"삼가 아룁니다. 백성이 뿔뿔이 흩어져 나라의 근본이 이미 흔들리고 오랑캐가 날뛰어 변고를 헤아릴 수 없기에 나라의 형세가 위태로워 아침에 저녁 일을 예측할 수 없을 정도입니다. 조정은 사방(四方)의 본보기가 되니, 조정이 어지러우면 모든 일이 잘못됩니다. 이른바 '가죽이 남아 있

....

라의 온교(溫嶠)라는 사람이 길을 가다가 무창(武昌)의 저기(渚磯)에 당도하니, 물이 아주 깊고 물속에 괴물이 산다고들 했다. 온교가 서각에 불을 붙여서 물속을 비추니, 얼마 뒤에 물속에 있던 기이한 모습의 물고기들이 모두 모습을 보였다고 한다. 《진서(晉書)》 권67 〈온교열전(溫嶠列傳)〉. 여기서는 지혜가 매우 밝음을 비유했다.

* 동이를 머리에 이는: 동이를 머리에 이면 하늘의 해를 볼 수 없는 것처럼, 흔히 신하가 임금의 밝은 빛을 받지 못한 채 깜깜한 어둠 속에 놓여 억울하게 되었다는 뜻으로 쓰는 표현이다. 사마천(司馬遷)이 임안(任安)에게 보낸 글에 "동이를 머리에 이고서 어떻게 하늘을 바라볼 수나 있겠는가[戴盆何以望天]."라는 말이 나온 데서 유래했다. 《문선(文選)》 권41 〈보임소경서(報任少卿書)〉. 여기서는 어리석어 희망이 없음을 비유했다.

* 발운산(撥雲散): 눈이 흐릿하여 잘 안 보이고 눈물이 많이 흐르는 데 쓰는 안약이다. 《남명집》에는 '발운산(撥雲散)'으로, 《쇄미록》에는 '발령산(撥靈散)'으로 기록되어 있는데, 《남명집》을 근거로 번역했다.

지 않으면 털이 전해지지 못한다.'는 말에서 조정을 바르게 하는 것이 왜 적을 대비하고 백성을 보호하는 급선무에 달려 있음을 알 수 있습니다.

국가가 불행하여 수십 년 이래로 공무를 받드는 의리는 사라지고 편당(偏黨)을 세우는 풍조가 만연하여, 사람을 등용하거나 시사를 의논할 때 오직 자기와 뜻이 같은 사람만을 취하고 자기와 뜻이 다른 사람은 무조건 배척합니다. 혹 편당을 세우지 않고 공론을 주장하는 사람이 있더라도 손가락으로 가리켜 차별을 하니, 온 조정의 사대부들이 어질거나 불초함을 막론하고 모두 당색(黨色) 속으로 들어가서 잘잘못이 구분되지 않고 사특함과 올바름이 분별되지 않으며 진퇴가 떳떳하지 못하고 임용함에 믿고 맡기지 못해 국사(國事)가 날로 잘못되고 나라의 명맥이 날로 끊어져서 세도(世道)가 이 지경에 이르렀습니다. 참으로 마음이 애통합니다.

작년에 제멋대로 주장하는 의론이 일제히 일어나고 방자하게 행동하고 서로 간사한 계책으로 모함해서 일시의 사류(士類)들이 거의 다 배척되어 내쫓겼습니다. 이로부터 조정의 기강이 더욱 문란해져서 사람마다 각각 팔을 걷어붙이고 이론(異論)이 날로 일어나 더욱더 서로 분열되어 오늘날의 대혼란을 초래했으니, 무슨 말을 하겠습니까.

주상께서 시류에 편안치 못하다고 책망하셨는데, 시류가 편안치 못한 죄는 전날 사류(士流)를 배척해 내쫓은 데 있었고 오늘날 홍여순과 임국로(任國老) 등을 논변하여 배척한 데 있지 않습니다. 홍여순과 임국로의 사람됨은 여론에 버림을 받은 지가 오래되었습니다. 그 논변해 배척한 것은 실로 한두 사람의 개인적 의견이 아닙니다. 이런 사람이 뜻을 얻어 지위에 오르면 훗날 국가가 필시 그 피해를 받을 것입니다. 대각(臺閣)이 직책을 상실하면 서관(庶官)이 이를 말하고 조정이 도리를 상실하면 초야(草野)가 이를 말하는 것이니, 혹시 이치상 다스리는 방도에 보탬이 있다면 이는 진실로 쇠퇴한 세상에 큰 다행입니다.

그러나 풍속이 점점 경박해지고 인정(人情)이 험악해져 공정한 의론은 거의 들리지 않고 거짓과 괴이한 말이 뒤섞여 나오고 있습니다. 그리고 밖으로는 관계가 먼 사람들의 공정한 말이라고 의탁하고 안으로는 편당에 붙는 사사로운 계교를 부려서 혹 임금님이 살피지 못하고 이를 용납한다면 조정이 반드시 편안치 못할 것입니다. 그러므로 신료들 사이에 서로 공격하는 데 반드시 바깥의 사람이 먼저 그 단서를 열어 놓으니, 이것은 몹시 악독한 마음씨와 태도입니다. 근자에 한 행위는 더구나 몹시 해괴합니다. 정영국은 앞에서 떠들고 채겸길은 뒤에서 화답하여 한 번도 이미 심각한데 마침내 두 번이나 행했습니다. 그들이 의론한 말의 뜻은 편당에 기울어졌는데, 모두 그 편당에서 뜻을 잃어 실각한 자를 위하여 온갖 방도로 그들을 붙잡아 도와주어 필승을 기약하고 임금님에게 총애받는 것을 마음에 두고 있습니다. 이와 같은 상황은 전혀 길한 징조가 아닙니다.

국가가 아무리 쇠퇴하더라도 위로 군부(君父)가 계시고 아래로 신료들이 있는데, 누가 어떤지 알 수 없는 자들이 감히 계속 이어져 일어나 큰소리로 떠들면서 조정에 아무도 없는 듯이 보고 있으니, 성스러운 조정에 있어 지극한 수치입니다. 사람 사람마다 의심하면서 두 마음을 품고 수수방관하며 물러나 서서 모두들 직책에는 생각을 두지 않고 있습니다. 오늘날의 형세를 한 번 보면, 나라를 망치지 않고서는 그 행위를 중지하지 않을 것입니다. 포의(布衣)*나 소관(小官) 한 명이 말 한마디로 모든 관료들을 뒤흔들고 있습니다. 신들은 모두 용렬한 자질로 문무 관료 중 제일 높은 자리를 차지하고 있으면서 제 자신을 돌아보니 까마득히 역량이 없어 신료들을 진정시키지 못합니다. 오늘날의 사안에 대한 죄가 신들에게 있습니다.

삼가 바라건대, 주상께서는 신들을 배척해 파직시키고 어질고 덕 있는 자를 대신 제수함으로써 조정을 엄숙히 맑게 하고 한세상을 편안하게 하

....
* 　포의(布衣): 벼슬길에 오르지 못한 사람들이 입는 무명옷으로, 벼슬하지 못한 선비를 말한다.

시면 몹시 다행이겠습니다.”

비답을 내리기를, “차자를 살펴보았다. 오랫동안 경들을 만나 보지 못했는데 지금 이 차자의 내용을 보니, 얼굴을 마주 대하면서 지극한 의론과 좋은 말을 직접 듣는 것만 같다. 아무리 이훈(伊訓)이나 열명(說命)*이라고 한들 어찌 차자 속에 있는 내용보다 더하겠는가. 임금을 충애(忠愛)하는 마음과 나라를 걱정하는 정성을 충분히 볼 수 있으니, 감탄을 견디지 못하겠다.

나는 사리에 어둡고 용렬한 성품에 잔병치레가 많아 날이 갈수록 더욱 쇠약해지고 있으니, 어찌 몸만이 늙어 귀가 먹고 눈이 어두운 지경에 이르렀겠는가. 오늘날 국사가 하루가 다르게 무너져 가고 있으니 반드시 망한 이후에야 그칠 형세이다. 따라서 나 같은 사람은 일찌감치 물러났어야 하는데도 그렇게 되지가 않았다. 이것이 바로 내가 밤낮으로 가슴 아프고 정신적으로 위축되어 한 발자국을 걸을 적에도 잊지 못한 채 스스로 애타고 밥을 먹을 때에도 밥맛을 모르고 잠자리에 들어도 잠을 못 이루는 이유이다.

차자에서 진달한 내용은 바로 현재의 병폐를 적중한 말이라고 하겠다. 다만 이른바 제멋대로 주장하는 의론이 방자하게 행해지고 사류를 배척해 추출했다는 말은 어떤 일을 지적하는 것인지 모르겠다. 혹 류성룡의 일을 지적하는 것이 아닌가. 류성룡의 일에 대해서 언관들이 말한 내용이 참으로 지나치다고 한 점에 대해서는 나 역시 예전부터 항상 잘못되었다고 여겼다. 그렇다고는 해도 꼭 옳지 않다고 할 수 없는 점도 그 가운데에는 있을 듯하니, 아마도 이처럼 말을 해서는 안 될 것 같다. 이른바 배척해 추출했다는 것에 대해서는 배척으로 추출당한 사람이 누구이며 추출한 사람이 누구인 줄 모르겠다. 하지만 이 사안은 조정의 조치와 직접적

<hr />

* 이훈(伊訓)이나 열명(說命): 이윤(伊尹)과 부열(傅說) 같은 유명한 신하들이 군주에게 간언과 훈계를 한 내용이 《서경(書經)》에 실려 있다.

으로 연관이 있는데, 어찌하여 대신은 시종일관 두려워하기만 하고* 어찌 문제제기만 하며* 대상자를 지목하지 않는단 말인가.

만일 이와 같은 일이 있다면, 논계(論啓)하여 배척해 추출한 자를 곧바로 지적해서 그 죄를 낱낱이 책망하고 그자에게 유방찬극(流放竄殛)*의 형전(刑典)을 적용하여 조정을 바로잡는 것이 진실로 대신들의 직분이다. 이에 대해 들려주기를 원한다.

대체로 시비(是非)란 것은 한 사람의 사견(私見)으로 판단되는 것이 아니요, 또한 임금이 강제로 시킨다고 해서 되는 것도 아니다. 삼사에서 논핵한 신하로 현재 조정에 포진한 자를 손꼽아 셀 수 있는데, 그들 모두가 임금을 속이고 어진 선비들을 축출한 죄에 스스로 빠졌다고는 할 수 없을 듯하다. 그러나 조정의 시비에 대해서야 내가 어떻게 알 수 있겠는가.

그리고 채겸길의 상소에 대해서는 내가 요즈음 펴서 읽어 볼 여가가 없어서 아직까지 상소에 무슨 내용이 있는지 모르고 있다. 그러나 필시 천지를 경영할 문장*이나 국면을 대전환시킬 책략*은 아닐 것이다. 천균(千

....

* 두려워하기만 하고: 원문의 외수외미(畏首畏尾)는 《춘추좌씨전(春秋左氏傳)》〈문공(文公)〉 17년 조의 "머리도 두려워하고 꼬리도 두려워한다면 몸 가운데 두려워하지 않는 부분이 얼마나 되겠는가[畏首畏尾 身其餘幾]."라는 대목에 나오는 말이다. 처음부터 끝까지 겁내며 걱정하는 기색이 역력했다는 뜻이다.

* 문제제기만 하며: 원문의 인이불발(引而不發)은 《맹자(孟子)》〈진심상(盡心上)〉에 나오는 말이다. 활쏘기를 가르치는 자는 시위를 당기는 것까지만 도와주고 쏘지는 않는다는 뜻이다.

* 유방찬극(流放竄殛): 유(流)는 멀리 귀양 보내는 것, 방(放)은 일정한 곳에 두고 다른 곳에 못가게 가두는 것, 찬(竄)은 멀리 몰아내서 금고하는 것, 극(殛)은 죽을 때까지 곤란하게 하는 것이다. 《서경》〈우서(虞書)·순전(舜典)〉에 "공공(共工)을 유주(幽洲)로 귀양 보내고, 환두(驩兜)를 숭산(崇山)에 가두며, 삼묘(三苗)를 삼위(三危)로 쫓아내고, 곤(鯀)을 우산(羽山)에 가두어 죽을 때까지 곤고(困苦)하게 했다."라고 했다.

* 천지를 경영할 문장: 원문의 경천위지(經天緯地)는 천지를 법도로 삼는다는 뜻으로, 천하를 경영하고 국정을 다스린다는 의미이다.

* 국면을 대전환시킬 책략: 원문의 선건전곤(旋乾轉坤)은 하늘과 땅을 되돌려 새로운 국면을 개척한다는 뜻으로, 위급한 국면을 만회하고 새로이 개혁 정치를 펴 나가는 것을 의미한다.

鈞)의 쇠뇌[弩]는 생쥐 따위를 잡자고 쏘는 것이 아닐 텐데, 대신들이 이런 사안으로 사직까지 한다면 스스로 가볍게 처신하는 결과가 되지 않을까 싶다. 차자의 내용은 마땅히 마음속 깊이 간직하고* 유의하겠다. 사직하지 말라."라고 했다.

승정원에 전교하기를,* "지금 대신의 차자를 보니, 정영국과 채겸길에 대한 언급이 있다. 채겸길의 상소에 대해서는 내가 요즘 명나라 장수를 접대하느라 눈코 뜰 새가 없었고 몸마저 편치 않아서 아직 무슨 일을 상소했는지는 모르는 형편이다. 그런데 어떻게 해서 대신이 이 상소를 내리기도 전에 먼저 알고서 이런 차자를 한단 말인가?"라고 했다. 승정원이 아뢰기를, "채겸길의 상소를 내리기도 전에 대신이 차자를 올리게 된 연유를 신들도 알지 못하겠습니다."라고 하자, 알았다고 전교했다.

전교하기를, "승정원은 중추적인 역할을 수행하는 기관이니, 무릇 왕명을 출납할 때에 지극히 신중하고 치밀히 하여 오직 성실 근면한 태도로 왕명을 잘 받들어야 마땅하다. 그런데 이번 채겸길의 상소와 관련해서 내가 요즈음 온몸이 피곤하고 목숨이 실낱같이 붙어 있는 상태라서 아직까지 상소의 내용을 보지도 못했다. 이른바 채겸길이라는 이름을 차자에서야 처음으로 알게 되었다. 임금이 보지도 못한 상소를 대신이 먼저 알고서 차자를 올려 다투듯 변론하기에 이른 것이다. 계하(啓下)*하지 않은 상소는 본디 조보에 나올 리 없으니, 이는 필시 승정원에서 지레 발표했거

....
* 마음속 깊이 간직하고: 원문의 서신(書紳)은 원래 중요한 말을 잊지 않도록 허리에 맨 띠에 적어 두는 것을 뜻하는데, 《논어》 〈위령공(衛靈公)〉에 나온다. 여기에서는 마음속에 잘 간직하겠다는 의미이다.
* 승정원에 전교하기를: 《국역 선조실록》 32년 11월 16일 기사에 보인다.
* 계하(啓下): 상소문이나 일반 안건을 임금에게 올리면 임금이 본 뒤에 '계(啓)' 자를 새긴 도장을 찍어 해당 부서로 내려보내는 것을 말한다.

나 개인적으로 사전에 몰래 알려 두어서 그렇게 되었을 터인데, 사체(事體)로 볼 때 매우 해괴하고 놀랍다. 엄중히 사실을 따지고 싶으나 우선은 용서할 것이니, 앞으로는 이와 같이 하여 스스로 죄를 짓지 말도록 하라." 라고 했다.

이상 두 조목은 비권(批卷)의 앞에 있어야 한다.

영의정 이원익과 우의정 이헌국이 아뢰기를, "신들은 삼가 승정원에 내리신 전교를 듣고 편치 못한 심정을 가누지 못하겠습니다. 일반적으로 상소를 올리면서 비밀리 하지 않는 이상 자연히 전파되어 밖에서 알지 못하는 이가 없는 법인데, 어찌 승정원이 몰래 통보했을 리가 있으며 또 어찌 몰래 통보한 뒤에야 알 수가 있었겠습니까. 당초에 정영국이 올린 상소의 내용이 편당되었으므로 신들이 말씀드리려고 한 지 여러 날이 되었는데 채겸길의 상소가 또 뒤를 이어 이르렀습니다. 선비들의 습속이 바르지 못함이 이 지경이기에, 신들은 임금님의 비답을 기다리지 않고 정영국까지 거론하여 변론함으로써 임금께서 바르지 못한 선비들의 습속을 분명히 아시고 통렬히 끊으시기를 바랐던 것입니다. 그런데 이번에 또 차자에 비답하신 뜻을 삼가 보건대, 더욱 황송하고 두려운 마음을 비할 데가 없습니다.

신들이 말씀드린 사류는 류성룡 한 사람만을 지적한 것이 아닙니다. 류성룡의 행위가 꼭 다 옳다고 할 수 없고 그때 이른바 사류들도 모두 꼭 훌륭하다고 할 수는 없습니다. 그러나 멸사봉공의 자세로 직무를 수행한 것만은 다른 사람에 비해 월등했는데도 제멋대로 주장하는 의론이 일제히 일어나 까닭 없이 모두 배척했으므로, 이때부터 조정이 크게 어지러워져 나라의 체통을 이룰 수 없게 되었습니다. 그래서 신들이 오늘날의 일을 논하면서 전날 당시의 일까지 언급했으니, 임금님께서 이미 환히 아시는 사실이거늘 신들이 어찌 감히 두려워하여 발설하지 않겠습니까.

한 조정에 있는 선비들끼리는 형제간의 의리가 있느니만큼 사정(邪正)에 대해 의논이 아주 달라 의리상 서로 용납하지 못할 경우가 아니라면 진실로 공경히 서로 협력하여 국사를 제대로 이루어 나가야 합니다. 각각 사당(私黨)을 세워 날마다 서로 무함하고 헐뜯는 것을 일삼는 것은 결코 국가의 복이 아닙니다. 그리고 경박한 습속에는 본디 진압하여 안정시킬 방도가 있을 터인데, 성스러운 임금님이 계신 아래에서 어찌 유방찬극의 형전을 적용하여 바로잡는단 말입니까.

조정을 맑게 하고 선비의 습속을 바르게 하는 것은 대신의 책무라고 할 터인데, 신들과 같이 용렬한 자로서는 결코 감내할 수 없는 일입니다. 그래서 무거운 짐을 벗어 버리고 어질고 유능한 인재를 등용할 수 있는 벼슬길을 피해 주기를 청했던 것인데, 어찌 일개 채겸길의 상소 때문에 면직을 요청한 것이겠습니까. 신들은 대신의 신분으로 나라의 두터운 은혜를 입고 있습니다. 부족한 저희들의 뜻은 조정을 안정되게 하며 세도(世道)를 맑고 태평하게 하고자 하는 것이어서 마음속에 품은 생각이 있으면 감히 주달하지 않을 수 없기에 이런 속된 말이나마 올리게 되었습니다만, 뜻은 진정 다른 데 있지 않습니다. 황공하게도 감히 아룁니다." 했다.

비답을 내리기를, "경들의 뜻이 극진하다. 하지만 나 역시 한마디 할 말이 있으니, 이에 감히 번거롭게 말해 볼까 한다. 오늘날의 국사는 철류(綴旒)*와 같은 위태로운 형세로 거의 머리카락으로 당기는 것과 같아, 나라 안에서는 생령(生靈)들이 살아갈 길이 막막한데다 담 밖에서는 흉악한 도적이 엿보고 있는 형편이다. 저 야만스런 왜적들이 필시 조만간 들이닥쳐 마치 질풍이 낙엽을 쓸듯이 몰아치고 침략해 올 텐데, 모르겠지만 경들은 어떤 계책으로 막아 낼 것이며 무슨 군대로 지켜 낼 것인가. 개진하

....

* 　철류(綴旒): 철(綴)은 매단다는 뜻이고, 유(旒)는 깃술을 말한다. 곧 깃술이 바람에 따라 흔들리며 왔다 갔다 하는 것처럼 흔히 국가의 위태로움을 비유할 때 사용하는 표현이다.

려고 하니 기가 먼저 막히고, 말을 하려고 하니 저절로 오열이 터져 나온다. 그저 축지법(縮地法)이라도 해 보고 싶은 심정이지만 장방(長房)의 술법(術法)*이 부족하여 숨어 들어갈 구멍도 없으니, 아, 이런데도 차마 말할 수 있겠는가.

대저 시비를 따지는 것이야말로 인성(人性)에 본디 있는 데에서 근원하고 있으니, 참으로 없다. 그렇다고는 해도 시비를 귀하게 여기는 것은 진정 옳고 그른 것을 말해서일 따름이다. 어찌 말세에 말하는 시비는 개인적인 형기(形氣)에서 나오고 편벽된 의견에서 발동되면서 모두 내가 잘났다고 말하는 식이 아니겠는가. 예부터 나라가 보존되지 못하는데 자기 집만 보존된 적은 있지 않았다. 그러니 조정에서 칼날을 겨누는 것보다는 변진(邊鎭)에서 군사를 훈련시키는 것이 낫지 않겠는가. 감정을 쌓아 당을 나누는 것보다는 성곽을 수비하고 요새지에 웅거하는 것이 낫지 않겠는가. 칼을 매만지면서 서로 노려보기보다는 창을 베고 변란에 대비하는 것이 낫지 않겠는가. 구차하게 말로만 승부를 다투어 한때의 패권을 잡으려고 개인적인 계책에 골몰하기보다는 일찌감치 병농(兵農)의 제도를 계획하여 영세토록 모범이 될 큰 규범을 만들기에 급급한 것이 낫지 않겠는가.

그리고 죄를 짓고 용렬하며 늙고 병든데다가 실성한 나머지 하는 일마다 망령되이 어긋나게 행동한 임금을 반드시 속히 물러나게 하여 정령(政令)을 크게 시행하고 사방을 용동시킨 다음에야 모든 일을 제대로 해 나갈 수 있을 것이다. 그렇지 않으면 주공(周公), 소공(召公), 이윤(伊尹), 부열(傅說)이 묘당(廟堂)에서 도를 의논한다고 하더라도 이익이 없을 것이다. 진실로 임금이 임금 노릇을 하지 못하면 자연히 만사가 어그러지는 것이니, 아무리 수습하려고 해도 되지 않을 것이다.

....

* 장방(長房)의 술법(術法): 축지법을 하는 선술(仙術)을 말한다. 후한(後漢) 때 비장방(費長房)이 선술을 배워 지맥(地脈)을 줄임으로써 거리를 가깝게 만들었다는 고사에서 유래했다.

내가 전후하여 누누이 말하는 것은 국가를 위하고 종묘사직을 위해서이다.《서경(書經)》에서는 대신을 고굉(股肱)*과 주즙(舟楫)*이라고 했고,《사기(史記)》에서는 주석(柱石)과 교악(喬嶽)으로 비유했다. 이극(李克)은 '나라가 어지러울 때는 어진 정승을 생각한다.'*라고 했고, 두보(杜甫)는 '안위는 대신에게 달려 있다.'*라고 했다. 경들에게 기대하는 바가 무척 크다."라고 했다.

12월 22일에 대사간 민몽룡(閔夢龍)이 와서 아뢰기를, "근래 일을 만들기 좋아하는 연소배들로 남이공(南以恭)과 김신국(金藎國) 같은 자들이 붕당을 결성하여 권세를 제멋대로 농락함으로써 조정을 안정되지 못하게 하고 국사를 분열시키고 있는데도 사헌부 대사헌(大司憲) 류영경(柳永慶), 집의(執義) 송응순(宋應洵), 지평 유희분(柳希奮)과 사간원 사간(司諫) 송일(宋馹), 헌납 남탁(南晫), 정언(正言) 조탁 등은 언관의 신분으로 그 죄를 규탄하여 바로잡는 한마디 말도 한 적이 없습니다. 직무를 수행하지 못한 잘못이 크니 모두 체차를 명하소서.

종부시 정(宗簿寺正) 남이공과 사복시 정(司僕寺正) 김신국 등은 낭관

....

*   고굉(股肱): 고굉지신(股肱之臣)의 준말로, 임금이 팔다리같이 믿고 소중히 여기는 신하를 말한다.《서경》〈우서(虞書)·익직(益稷)〉에 순(舜) 임금이 "다리와 팔이 기뻐하여 일하면 머리가 흥기하여 백공이 기뻐하리라[股肱喜哉 元首起哉 百工熙哉]."라고 했다. 원수(元首), 즉 머리는 임금을 말하고, 고굉(股肱), 즉 팔다리는 신하를 말한다.
*   주즙(舟楫): 배와 노를 말하는데, 세상을 구제하는 재상과 대신을 비유한다.《서경》〈상서(商書)·열명상(說命上)〉에 "큰 냇물을 건널 때는 너를 배와 노로 삼겠다[若濟巨川 用汝作舟楫]."라고 했다.
*   이극(李克)은……생각한다: 전국시대 위(魏)나라의 문후(文侯)가 이극에게 정승의 역할에 대해 묻자, "집안이 가난하면 어진 아내를 생각하고, 나라가 어지러우면 어진 재상을 생각한다[家貧思賢妻 國亂思良相]."라고 했다.《통감절요(通鑑節要)》권1〈주기(周紀)〉.
*   두보(杜甫)는……있다: 당나라 두보의 〈거촉(去蜀)〉에 나오는 시 구절로, "국가의 안위는 대신에게 달렸으니, 굳이 눈물을 길이 흘리지 않으리라[安危大臣在 不必淚長流]."라고 했다.

(郎官)으로 있으면서 국권(國權)을 잡으려고 경박한 무리와 결탁하고서 남을 무함하고 헐뜯는 흉악한 행동을 제멋대로 행함으로써 조정을 날로 더욱 어지럽게 했으므로 여론이 통분하게 여기지 않음이 없습니다. 아울러 파직을 명하소서."라고 하니, 아뢴 대로 하라고 답했다.

25일에 영의정 이원익이 시대의 잘못된 폐단에 관한 차자를 올렸는데, 차자 속에 청대(請對)*를 언급한 말이 있었다고 한다.

비답을 내리기를, "나도 정말 만나 보고 싶다. 그러나 오늘은 승여(乘輿)가 이미 떠날 채비를 갖추었고 내일은 어느 곳으로 갈지 모르는 상황이니, 우선 며칠만 기다리라."라고 했다.

26일에 영의정을 인견했더니, 수백 자를 극진히 진달했다.

대사간 민몽룡이 아뢰기를, "남이공과 김신국 등이 권세를 제멋대로 농락하며 분쟁을 일으킴으로써 조정을 안정되지 못하게 만드니, 여론이 모두들 통분하게 여기고 있었습니다. 그런데도 언책(言責)*을 맡은 자들이 모두 그들을 비호하면서 말을 하지 않고 있기 때문에 전례에 따라 체직하기를 청했습니다. 대간이 일단 체직된 이상 -원문 빠짐-"라고 했다.

황해도 해주 월곡면(月谷面) 상림중동(桑林中洞)에 거주하는 10대손 봉선(鳳善)이 베껴 쓴 뒤에 부기(附記)함.

....
* 청대(請對): 신하가 급한 사안이 있어 임금에게 만나 뵙기를 청하는 일이다.
* 언책(言責): 언관(言官)의 책임으로, 임금에게 간언을 올리는 관원의 책임을 말한다.

〈기해일록〉, 〈경자일록〉, 〈신축일록〉 인명록

가유약(賈維鑰) ?~1630. 명나라 관료이다. 자는 무경(無扃)이고 호는 지백(知白)이
며, 직례(直隷) 순천부(順天府) 준화현(遵化縣) 사람이다. 만력 계미년(1583)에
진사가 되었다. 계사년(1593) 3월에 흠차 사험 군공(欽差査驗軍功) 병부 무선
청리사 주사(兵部武選淸吏司主事)로 나와 의주에서 군공을 조사하고 안주에서
군대를 위로한 뒤 바로 돌아갔다. 기해년(1599) 4월에 원임 낭중(原任郎中)으
로 경리 만세덕을 보좌하여 다시 나왔다가 경자년(1600) 7월에 돌아갔다.

강덕윤(姜德胤) 1545~?. 본관은 진주(晉州)이다. 오윤함(吳允誠)의 장인이다. 1573
년 식년 사마시에 입격했다.

강종윤(姜宗胤) 1543~?. 본관은 진주(晉州), 자는 백승(伯承)이다. 오윤함(吳允誠)
의 처삼촌이다. 이이(李珥)의 문인이다. 1567년 식년 사마시에 입격했다. 임
진왜란 때 선무원종공신에 녹훈(錄勳)되었다. 1595년 6월 5일에 남평 현감에
부임했다가 이듬해인 1596년 9월에 재상(災傷, 자연재해로 농작물이 입은 피
해)으로 파직되었다.《율곡전서(栗谷全書)》권17〈종부시정노공묘갈명(宗簿寺
正盧公墓碣銘)〉.

김가기(金可幾) 1537~1597. 본관은 경주(慶州), 자는 사원(士元), 호는 일구당(一丘堂)이다. 오희문의 벗이며 사돈이다. 1579년 사마시에 1등으로 입격하여 이산 현감을 지냈다. 김가기의 아들인 김덕민(金德民)은 1600년 3월에 오희문의 둘째 딸을 재취로 맞았다. 1597년 정유재란이 일어나자 마을에 침입한 왜적에 맞서 대항하다가 순절했다.

김경(金璥) 1550~?. 본관은 연안(延安), 자는 백온(伯蘊)이다. 1579년 생원시에 입격했다.

김제남(金悌男) 1562~1613. 본관은 연안(延安), 자는 공언(恭彦)이다. 둘째 딸이 선조의 계비 인목왕후(仁穆王后)가 되어 연흥부원군(延興府院君)에 봉해졌다.

김지남(金止男) 1559~1631. 본관은 광산(光山), 자는 자정(子定), 호는 용계(龍溪)이다. 오희문의 매부이다. 1591년 사마시에 입격하고, 같은 해 별시 문과에 급제했다. 1593년에 정자(正字)가 되었다. 임진왜란이 일어나 선조가 서쪽으로 피난했을 때 노모의 병이 위독하여 호종하지 못하고 호남에 머물며 의병을 소집하여 적을 막을 계책을 세웠다. 이후 여러 벼슬을 거쳐 경상도 관찰사에 이르렀다. 저서로 《용계유고(龍溪遺稿)》가 있다.

김첨경(金添慶) 1525~1583. 본관은 강릉(江陵), 호는 동강(東岡)이다. 1549년 문과에 급제했다. 1572년 천추사(千秋使)로 연경에 갔다 왔다. 대사헌, 호조참판, 예조판서를 지냈다.

나대용(羅大用) 1556~1612. 본관은 금성(錦城), 자는 시망(時望), 호는 체암(遞菴)이다. 거북선 건조의 책임자로, 이순신(李舜臣)을 도와 임진왜란 때 큰 공을 세웠다.

남경례(南景禮) 1539~1592. 본관은 의령(宜寧), 자는 문중(文仲)이다. 1583년 별시 무과에 급제했다. 첨사를 지냈다.

남상문(南尙文) 1520~1602. 본관은 의령(宜寧), 자는 중소(仲素), 호는 쌍호(雙湖) 이다. 오희문의 매부이다. 성리학과 경사를 두루 익혔고, 명나라 경리 양호 와 경학을 논하였는데, 양호가 그의 학식에 감동하였다. 고성 군수를 지냈다. 《월사집(月沙集)》권48 〈첨지남공묘지명(僉知南公墓誌銘)〉.

류공진(柳拱辰) 1547~1604. 본관은 진주(晉州), 자는 백첨(伯瞻)이다. 1583년 별시 문과에 급제했다. 남원 부사, 사섬시 정 등을 지냈다.

류영길(柳永吉) 1538~1601. 자는 덕순(德純), 호는 월봉(月蓬)이다. 1559년 별시 문과에 장원 급제했다. 강원도 관찰사, 경기도 관찰사, 예조참판 등을 지냈다.

만세덕(萬世德) ?~?. 명나라의 관료이다. 호는 진택(震澤)으로 산서(山西) 태원부 (太原府) 편두소(偏頭所) 사람이며 융경 신미년(1571)에 진사가 되었다. 무술 년(1598)에 흠차 조선 군무(欽差朝鮮軍務) 도찰원 우첨도어사(都察院右僉都御 史)로 경리 양호를 대신해 11월에 압록강을 건너왔는데, 3로(路)의 왜적이 모 두 철수해 돌아갔다는 말을 듣고 급히 차관(差官)을 보내 군진(軍陣)에 가서 살펴보게 하였다. 기해년(1599)에 군문 형개가 주본을 올려 그를 머물게 하 였으므로 만세덕은 그대로 경성(한양)에 남아 있다가 경자년(1600) 6월에 돌 아갔다.

문홍도(文弘道) 1553~?. 본관은 남평(南平), 자는 여중(汝中)이다. 1588년 식년 문 과에 급제하여 홍문관에 들어갔다. 임진왜란 때 정인홍(鄭仁弘) 등과 함께 합 천에서 의병을 일으켜 적을 토벌하기도 했다. 수원 부사, 의정부 사인 등을 지 냈다.

민우경(閔宇慶) 1573~?. 본관은 여흥(驪興), 자는 시약(時若)이다. 1616년 증광시 에 입격했다.

박동언(朴東彦) 1553~1605. 본관은 반남(潘南), 자는 인기(仁起)이다. 1588년 진사

시에 입격했다. 임진왜란이 일어나자 강원도 소모사(召募使)로 나가 군사를 모집했다. 내승, 공조좌랑, 사섬시 첨정, 철원 부사, 봉산 군수를 지냈다.

박동열(朴東說) 1564~1622. 본관은 반남(潘南), 자는 열지(悅之), 호는 남곽(南郭) 또는 봉촌(鳳村)이다. 신응구(申應榘)의 막내 매부이다. 1594년 정시 문과에 장원으로 급제했다. 황주 목사, 성균관 대사성 등을 지냈다.

박여룡(朴汝龍) 1541~1611. 본관은 면천(沔川), 자는 순경(舜卿), 호는 송애(松厓) 이다. 오윤함(吳允諴)의 부인 진주 강씨(晉州姜氏)의 숙부이다. 임진왜란이 일어나 선조가 의주로 파천했다는 소식을 듣고 해주에서 의병 5백 명을 모아 어가를 호위해서 사옹원 직장으로 특진되었다. 저서로《송애집(松崖集)》이 있다.

박충원(朴忠元) 1507~1581. 본관은 밀양(密陽), 자는 중초(仲初), 호는 낙촌(駱村), 정관재(靜觀齋)이다. 1528년 사마시에 입격했다. 대제학, 병조판서, 좌의정 등을 지냈다.

박홍구(朴弘耈) 1552~1624. 본관은 죽산(竹山), 초명은 홍로(弘老), 자는 응소(應 邵), 호는 이호(梨湖)이다. 원래 이름은 박홍로(朴弘老)였는데, 박홍구로 바꾸었다. 1582년 식년 문과에 급제했다. 1594년에 각 도의 군사 훈련을 권장하고 수령의 폐단을 막기 위해 암행어사로 하삼도(下三道)에 파견되었으며, 군량미 조달을 하는 전라 조도어사를 지냈다. 충청·전라도 관찰사를 지내고, 이조판서·좌의정에 올랐다.

성문준(成文濬) 1559~1626. 본관은 창녕(昌寧), 자는 중심(仲深), 호는 창랑(滄浪) 이다. 1585년 사마시에 입격했다. 아버지 성혼(成渾)이 무함을 당하자 벼슬을 버리고 14년간 은거했다. 영동 현감 등을 지냈다.

성수침(成守琛) 1493~1564. 본관은 창녕(昌寧), 자는 중옥(仲玉), 호는 청송(聽松)

이다. 1519년에 현량과에 천거되었다. 기묘사화 이후에 벼슬을 단념하고 공부에 전념했다. 1552년에 조식(曹植), 이희안(李希顔), 성제원(成悌元), 조욱(趙昱) 등과 함께 조정에서 특별히 6품 벼슬을 주어 지방 고을의 수령에 임명했지만 모친의 병환을 이유로 끝내 벼슬하지 않았다.

신각(申恪) ?~1592. 본관은 평산(平山)이다. 무과에 급제한 뒤 임진왜란이 일어나자 한양 수비를 위하여 이양원(李陽元) 휘하의 중위대장에 임명되었고, 다시 도원수 김명원(金命元) 휘하의 부원수로서 한강을 지켰다. 양주 해유령(蟹蹂嶺)에서 왜군을 크게 무찔렀다.

신경희(申景禧) 1561~1615. 본관은 평산(平山), 자는 언완(彦緩)이다. 1593년 고산 현감으로 도원수 권율(權慄)의 휘하에 종군하여 행주대첩에 일조했다. 통천 군수, 재령 군수, 수안 군수 등을 지냈다.

신광한(申光漢) 1484~1555. 본관은 고령(高靈), 자는 시회(時晦), 호는 기재(企齋)이다. 1510년에 식년 문과에 급제하고 대제학을 거쳐 판돈녕부사를 지냈다. 학문과 시에 두루 능하여 당시 문단에서 정사룡(鄭士龍)과 함께 한시로 쌍벽을 이루었다.

신벌(申橃) 1523~1616. 본관은 고령(高靈), 자는 제백(濟伯)이다. 함열 현감 신응구(申應榘)의 아버지이다. 안산 군수, 세자익위사 사어 등을 지냈다.

신순일(申純一) 1550~1626. 본관은 평산(平山), 자는 순보(純甫)이다. 오희문의 장인 이정수(李廷秀)의 동생 이정현(李廷顯)의 사위이다.

신응구(申應榘) 1553~1623. 본관은 고령(高靈), 자는 자방(子方), 호는 만퇴헌(晩退軒)이다. 오희문의 큰사위이다. 1594년에 재취 안동 권씨(安東權氏)가 죽고 난 뒤 오희문의 딸을 다시 부인으로 맞았다. 함열 현감, 충주 목사, 공조참의 등을 지냈다.

신홍점(申鴻漸) 1551~?. 본관은 고령(高靈), 자는 충거(沖擧), 호는 우봉(牛峯)이다. 1588년 식년시에 입격했다. 마전 현감을 지냈다.

심열(沈說) ?~?. 본관은 삼척(三陟)이다. 오희문의 매부인 심수원(沈粹源)의 아들로, 오희문의 생질이다. 양덕 현감 등을 지냈다. 《어촌집(漁村集)》 권11 〈부록·행장(行狀)〉.

오윤겸(吳允謙) 1559~1636. 본관은 해주(海州), 자는 여익(汝益), 호는 추탄(楸灘), 토당(土塘), 시호는 충정(忠貞)이다. 오희문의 큰아들이며, 성혼의 제자이다. 1582년 사마시에 입격했고 영릉(英陵), 광릉(光陵) 봉선전(奉先殿) 참봉을 지냈다. 임진왜란 때는 충청도·전라도 체찰사 정철의 종사관이 된 뒤 평강 현감으로 부임하여 선정을 펼쳤다. 1597년 대과에 급제하며 동래 부사, 충청도 관찰사, 이조판서 등을 거쳐 1626년에 우의정, 이듬해 정묘호란 때에 왕세자를 배종하고 돌아와 좌의정을 거쳐 영의정에 이르렀다. 저서로 《추탄집(楸灘集)》, 《동사상일록(東槎上日錄)》, 《해사조천일록(海槎朝天日錄)》 등이 있다.

오윤성(吳允誠) 1576~1652. 본관은 해주(海州), 자는 여일(汝一), 호는 서하(西河)이다. 오희문의 넷째 아들이다. 음직으로 벼슬하여 진천 현감을 지냈다.

오윤함(吳允諴) 1570~1635. 본관은 해주(海州), 자는 여침(汝忱), 호는 월곡(月谷)이다. 오희문의 셋째 아들이며, 성혼의 제자이다. 1613년에 사마 양시(兩試)에 입격했고, 산음 현감을 지냈다.

오윤해(吳允諧) 1562~1629. 본관은 해주(海州), 자는 여화(汝和), 호는 만운(晚雲)이다. 오희문의 둘째 아들이다. 숙부 오희인(吳希仁, 1541~1568)의 양아들로 들어갔다. 양어머니는 남원 양씨(南原梁氏, 1545~1622)이고, 아내는 수원 최씨(水原崔氏, 1568~1610)로 세마(洗馬)를 지낸 최형록(崔亨祿)의 딸이다. 1588년 식년시에 생원으로 입격했고, 1610년 별시에 급제했다.

오희철(吳希哲) 1556~1642. 본관은 해주(海州), 자는 언명(彦明)이다. 오희문의 남동생이다. 아내는 언양 김씨(彦陽金氏)로 김철(金轍)의 딸이다.

윤민헌(尹民獻) 1562~1628. 본관은 파평(坡平), 자는 익세(翼世), 호는 태비(苔扉)이다. 이이(李珥), 성혼의 문인이다. 1599년 사마 양시에 입격하여 선공감역에 임명되었으나 나아가지 않았다.

윤방(尹昉) 1563~1640. 본관은 해평(海平), 자는 가회(可晦), 호는 치천(稚川)이다. 아버지는 영의정 윤두수이다. 철원 부사, 경기 감사, 형조판서, 영의정 등을 지냈다.

윤승훈(尹承勳) 1549~1611. 본관은 해평(海平), 자는 자술(子述), 호는 청봉(晴峯)이다. 1573년 식년 문과에 급제했다. 대사헌, 이조판서, 영의정 등을 지냈다.

윤의중(尹毅中) 1524~1590. 본관은 해남(海南). 자는 치원(致遠), 호는 낙천(駱川), 태천(駘川)이다. 평안도 관찰사, 부제학, 형조판서 등을 지냈다.

윤환(尹晥) 1556~?. 본관은 해평(海平), 자는 군회(君悔)이다. 1582년 진사시에 입격했다. 이천 현감을 지냈다.

의엄(義儼) ?~?. 승려이다. 속명은 곽수언(郭秀彦)으로, 휴정(休靜)의 제자이다. 임진왜란이 일어났을 때 스승인 휴정을 도와 황해도에서 5백 명의 승병을 모집하여 왜군과 싸웠다. 1596년 첨지에 제수되었고 여주에 파사성을 쌓았다.

이공기(李公沂) ?~1605. 본관은 한산(韓山)이다. 선조 연간에 어의를 지냈고 수의(首醫)에까지 올랐다. 임진왜란 때 선조를 의주까지 호종한 공으로 호성공신 3등에 녹훈되었고 한계군에 봉해졌다.

이귀(李貴) 1557~1633. 본관은 연안(延安), 자는 옥여(玉汝), 호는 묵재(默齋)이다.

오희문의 처사촌이다. 1592년 강릉 참봉으로 있던 중 왜적이 침입하자 의병을 모집하였다. 이후 삼도소모관에 임명되어 이천으로 가서 세자를 도와 흩어진 민심을 수습했다. 이듬해 다시 삼도선유관에 임명되어 군사 모집과 명나라 군중으로의 군량 수송을 담당했다. 체찰사 류성룡을 도와 군졸을 모집하고 양곡을 운반하여 한양 수복을 도왔다. 그 뒤 장성 현감, 군기시 판관, 김제 군수를 역임하면서 전란 후 수습에 힘썼다. 인조반정의 주역으로 정사공신(靖社功臣) 1등에 책록되었다.

이덕형(李德馨) 1561~1613. 본관은 광주(廣州), 자는 명보(明甫), 호는 한음(漢陰), 쌍송(雙松), 포옹산인(抱雍散人)이다. 1580년 별시 문과에 급제했다. 임진왜란 때 정주까지 왕을 호종했고, 청원사(請援使)로 명나라에 파견되어 파병을 성사시켰다. 한성부 판윤으로서 명나라 장수 이여송(李如松)의 접반관이 되어 전란 중 줄곧 같이 행동했다. 형조판서, 영의정 등을 지냈다.

이분(李蕡) 1557~1624. 본관은 연안(延安), 자는 여실(汝實)이다. 오희문의 처사촌이다. 아버지는 오희문의 장인인 이정수의 셋째 동생 이정현이고, 어머니는 은진 송씨(恩津宋氏)이다. 1592년 임진왜란이 일어나자 형 이번(李蕃)과 함께 의병을 일으켜 곽재우(郭再祐)의 휘하에 들어가 많은 공을 세우고 화왕산성 수호에 최선을 다했다.

이빈(李賓) 1547~1613. 본관은 연안(延安), 자는 여인(汝寅)이다. 오희문의 처사촌이다. 1579년 사마시에 입격했다. 1591년 청암 찰방에 제수되었으나 임진왜란 후로 벼슬하지 않고 은둔했다. 젊은 시절에 성균관 옆에 살았고, 만년에는 회덕으로 물러나 살았다. 《사계유고(沙溪遺稿)》 권6 〈찰방이공묘갈명(察訪李公墓碣銘)〉.

이빈(李贇) 1537~1592. 본관은 연안(延安), 자는 자미(子美)이다. 오희문의 처남이다. 아버지는 이정수(李廷秀)이다. 임진왜란 당시 장수 현감을 지내고 있었다. 오희문은 1556년에 연안 이씨와 결혼한 뒤 한양의 처가에서 30여 년 동안 처가살이를 하면서 이빈과 함께 생활했다.

이산해(李山海) 1539~1609. 본관은 한산(韓山), 자는 여수(汝受), 호는 아계(鵝溪), 종남수옹(終南睡翁)이다. 1561년 식년 문과에 급제했다. 병조좌랑, 사헌부 집의, 영의정 등을 지냈다. 저서로 《아계유고(鵝溪遺稿)》가 있다.

이승훈(李承勛) ?~?. 명나라의 장수이다. 자는 석용(錫庸) 호는 경산(景山)으로 절강(浙江) 처주위(處州衛) 사람이다. 흠차 제독 남북 수륙관병 조선 방해 어왜 총병관(欽差提督南北水陸官兵朝鮮防海禦倭摠兵官) 좌군도독부 도독동지(左軍都督府都督同知)로 기해년(1599) 7월에 나왔다가 경자년(1600) 10월에 돌아갔다. 마무리를 잘 할 책임을 지고 경성(한양)에 머물렀는데, 몸가짐이 매우 공손하여 소란을 피우는 폐단이 없었다.

이시윤(李時尹) 1561~?. 본관은 연안(延安), 자는 중임(仲任)이다. 오희문의 처조카이다. 오희문의 처남인 이빈의 아들이다. 1606년에 사마시에 입격했고, 동몽교관을 지냈다.

이영윤(李英胤) 1561~1611. 본본관은 전주(全州), 자는 가길(嘉吉)이다. 또 다른 이름은 희윤(喜胤)이다. 종친으로, 죽림수(竹林守)에 봉해졌다. 청성군(青城君) 이걸(李傑)의 아들이다. 그림을 잘 그렸는데, 특히 영모(翎毛)와 화조(花鳥), 말 그림에 뛰어났다.

이정귀(李廷龜) 1564~1635. 본관은 연안(延安). 자는 성징(聖徵), 호는 월사(月沙)이다. 오희문의 처칠촌이다. 이조판서, 좌의정 등을 지냈다.

이정형(李廷馨) 1549~1607. 본관은 경주(慶州), 자는 덕훈(德薰), 호는 지퇴당(知退堂), 동각(東閣)이다. 1568년 별시 문과에 급제했다. 임진왜란 때 선조를 호종해서 개성부 유수로 특진되었다. 이때 임진강의 방어선이 무너지고 개성이 함락되자 형 정암(廷馣)과 함께 의병을 모아 왜적을 격파했다. 이듬해 장례원 판결사로 이여송을 따라 평양성 탈환전에 참가했다. 1595년에 사도 도체찰부사가 되어 군권을 담당했다. 1602년에 예조참판이 되어 성절사로 명나라에 다녀왔다.

이종윤(李宗胤) ?~?. 본관은 전주(全州)이다. 왕실의 종친이다. 익양군(益陽君) 이회(李懷)의 증손자이며, 인성정(仁城正) 이경(李儆)의 아들이다.

이지(李贄) ?~1594. 본관은 연안(延安), 자는 경여(敬輿)이다. 오희문의 처남이며, 이빈의 동생이다.

이천(李蔵) 1570~1653. 본관은 연안(延安)이다. 오희문의 처사촌이다. 이정현의 막내아들이다.

이충원(李忠元) 1537~1605. 본관은 전주(全州), 자는 원보(元甫), 원포(圓圃), 호는 송암(松菴), 여수(驪叟)이다. 1566년 문과에 급제했다. 임진왜란 때 선조를 의주까지 호종한 공으로 형조참판에 올랐다. 홍문관 수찬, 첨지중추부사, 한성부판윤 등을 지냈다.

이현(李俔) ?~?. 본관은 전주(全州)이다. 광평대군(廣平大君) 이여(李璵)의 6대손이다.

이희안(李希顔) 1504~1559. 본관은 합천(陜川), 자는 우옹(愚翁), 호는 황강(黃江)이다. 1517년 사마시에 입격했다. 그 뒤에 유일(遺逸)로 천거되어 고령 현감에 부임했으나 관찰사와 뜻이 맞지 않아 곧 사직했다. 고향에 돌아가 조식과 교유하며 학문을 닦았다.

임극신(林克愼) 1550~?. 본관은 선산(善山), 자는 경흠(景欽)이다. 오희문의 매부이다. 1579년 진사시에 입격했다. 임극신 부부는 임진왜란 당시 영암군의 구림촌에 거주하고 있었다.

임면(任免) 1554~1594. 본관은 풍천(豊川), 자는 면부(免夫)이다. 오희문의 동서이
다. 1582년 생원시에 입격했다.

임태(任兌) 1542~?. 본관은 풍천(豊川), 자는 소열(少說)이다. 오희문의 처사촌 여
동생의 남편이다. 임진왜란 당시 연기 현감으로 재직 중이었다.

임현(林晛) 1569~1601. 본관은 선산(善山), 자는 자승(子昇)이다. 오희문의 매부인
임극신의 조카이다. 1591년 사마시에 입격했고, 1597년 알성시에 급제했다.
권지 승문원 부정자가 되어 이후 승정원, 세자시강원, 예문관 등에서 벼슬했
다. 예조좌랑 등을 지냈다.《국역 성소부부고(惺所覆瓿藁)》제17권〈문부14·
예조좌랑임군묘지명(禮曹佐郎林君墓誌銘)〉.

정숙하(鄭淑夏) 1541~1599. 본관은 동래(東萊), 자는 경선(景善), 호는 월호(月湖)
이다. 1572년 별시 문과에 급제했다. 임진왜란이 일어나자 의병장으로 전공
을 세웠다. 좌승지, 병조참지, 병조참의, 강원도 관찰사 등을 지냈다.

정효성(鄭孝誠) 1560~1637. 본관은 진주(晉州), 자는 술초(述初), 호는 휴휴자(休休
子)이다. 1589년 진사시에 입격하고 음직으로 회덕 현감에 발탁되었다. 강화
유수 등을 지냈다.

조유한(趙維韓) 1558~1613. 본관은 한양(漢陽), 자는 지국(持國)이다. 1589년 증광
문과에 급제했다. 예문관 검열, 대교 등을 지내다가 1593년 12월에 세자시강
원 사서에 임명되었다.

조익(趙翊) 1556~1613. 본관은 풍양(豊壤), 자는 비중(棐仲), 호는 가휴(可畦)이다.
오희문의 처사촌 이빈의 사위이다. 1588년 알성 문과에 급제했다. 승문원 정
자, 병조 좌랑, 광주 목사 등을 지냈다. 임진왜란 때 호남지방에서 의병을 일
으키기도 했다.

조탁(曺倬) 1552~1621. 본관은 창녕(昌寧). 자는 대이(大而), 호는 이양당(二養堂), 치재(恥齋)이다. 1599년 별시 문과에 급제했다. 공조참판, 한성부 좌·우윤 등을 지냈다.

진효(陳效) ?~1599. 명나라의 관료이다. 자는 충보(忠甫) 호는 민록(岷麓)으로 사천(泗川) 성도부(成都府) 정연현(井研縣) 사람이며 경진년(1580)에 진사가 되었다. 정유년(1597) 12월에 흠차 어왜 감찰 요해 조선 등처 군무 감찰어사(欽差禦倭監察遼海朝鮮等處軍務監察御史)로 동정군(東征軍)의 공죄(功罪)를 조사하라는 명을 받고 나왔다. 압록강을 건널 즈음에 경리 양호가 도산(島山, 울산 왜성)을 포위했다는 말을 듣고 전속력으로 달려와 무술년(1598) 정월에 경성(한양)에 도착하였다. 그러나 울산 왜성에서 군대가 후퇴하는 바람에 공을 조사하지 못한 채 3월에 요동으로 돌아갔다. 9월에 다시 나와 10월에 경성에 도착하였으며, 11월에 남쪽으로 내려가다가 신령(新寧)에 이르러 왜적이 도망쳐 갔다는 말을 듣고 도산·부산·남원·전주 등 각 영의 군사가 주둔해 있는 곳을 두루 돌아본 뒤 기해년(1599) 정월에 돌아와 군문(軍門) 형개(邢玠) 이하 여러 아문과 함께 공을 조사한 데 따른 연회를 가졌다. 그 뒤 2월 22일에 갑자기 죽었는데, 당시 전해지는 말로는 유정(劉綎)에게 독살당했다고 하였다.

최광필(崔光弼) 1553~1608. 본관은 강릉(江陵), 자는 정로(廷老)이다. 1588년 생원이 되었고, 이해 식년 문과에 급제했다. 예산 현감, 봉상시 주부, 강원도 도사 등을 지냈다.

최기남(崔起南) 1559~1619. 본관은 전주(全州), 자는 여숙(與叔), 호는 만곡(晚谷), 만옹(晚翁), 양암(養庵)이다. 성혼의 문인이다. 1585년 사마시에 입격했다. 1591년 정철의 건저문제(建儲問題)로 서인(西人)이 실각당할 때 연루되어 대과에 응시할 자격을 잃었다가 1600년 왕자사부로 발탁되었고 2년 뒤 알성 문과에 급제했다.

최진운(崔振雲) 1564~1623. 본관은 수원(水原), 자는 군망(君望)이다. 오윤해의 처남이다. 1616년 별시 문과에 급제했다. 충청도 도사를 지냈다.

최형록(崔亨祿) ?~?. 본관은 수원(水原), 자는 경유(景綏)이다. 오윤해의 장인이다. 세마(洗馬)를 지냈으며, 승지에 증직되었다.

한술(韓述) 1541~1616. 본관은 청주(清州). 자는 자선(子善), 호는 도곡(陶谷)이다. 1570년 진사시에 입격했고, 1580년 알성 문과에 급제했다. 예조정랑, 삼척 부사, 서천 군수, 해주 목사 등을 지냈다.

허준(許浚) 1539~1615. 본관은 양천(陽川), 자는 청원(清源), 호는 구암(龜巖)이다. 30년 동안 내의원 어의를 지냈다. 임진왜란 때 선조를 의주까지 호종한 공로로 1604년에 호성공신 3등에 녹훈되었고 양평군에 봉해졌다. 저서로《동의보감(東醫寶鑑)》이 있다.

홍여순(洪汝諄) 1547~1609. 본관은 남양(南陽), 자는 사신(士信)이다. 1568년 증광 문과에 급제했다. 임진왜란이 일어나자 병조판서로 선조를 호종했다. 난이 끝난 뒤 남이공(南以恭), 김신국(金藎國) 등과 함께 류성룡 등을 몰아내고 정권을 잡았다.

홍인헌(洪仁憲) ?~?. 본관은 남양(南陽), 자는 응명(應明)이다. 1572년 별시 문과에 급제했다. 사헌부 장령, 강원도 관찰사 등을 지냈다.

황신(黃愼) 1560~1617. 본관은 창원(昌原), 자는 사숙(思叔), 호는 추포(秋浦)이다. 1588년 알성 문과에 장원으로 급제했다. 임진왜란 때 명나라의 요구에 의해 무군사(撫軍司)가 설치되고 명나라 사신의 재촉을 받아 세자가 불편한 몸을 이끌고 남하했는데, 이때 황신도 동행했다. 1596년 통신사로 명나라 사신 양방형(楊邦亨)과 심유경(沈惟敬)을 따라 일본에 다녀왔다. 한성부 우윤, 대사간, 대사헌 등을 지냈다. 저서로《추포집(秋浦集)》등이 있다.

찾아보기

쇄미록 6 기해일록·경자일록·신축일록

2018년 12월 19일 초판 1쇄 발행
2019년 4월 30일 초판 2쇄 발행

지은이	오희문
옮긴이	장성덕·김유빈·안성은
기획	최영창(국립진주박물관장)
윤문	김현영(낙산고문헌연구소), 이성임(서울대학교), 전경목(한국학중앙연구원),
	김건우(전주대학교), 김우철(국사편찬위원회)
교열 및 교정	김미경·서윤희(국립진주박물관), 박정민
북디자인	김진운
발행	국립진주박물관
	경상남도 진주시 남강로 626-35
	055-742-5952
출판	(주)사회평론아카데미
	서울특별시 마포구 월드컵북로 12길 17
	02-2191-1133
ISBN	979-11-88108-96-1 04810 / 979-11-88108-90-9(세트)